文學好因緣

封德屏◎主編

編者序

◎封德屏

一九七七年四月，我進入「出版家文化公司」的《愛書人》雜誌工作。首件任務，就是負責「作家的第一本書」專欄約稿，這應該是我和作家接觸的開始。因爲周伯乃先生的介紹，我陸續向朱西甯、洛夫、管管、呼嘯、鄧文來、尹雪曼、季薇、王書川等約稿。這個專欄在當時很受讀者喜愛，可惜受限於字數，作家只能談談第一本書出版前後的事。

一九八四年進入《文訊》，當時編輯部已策劃了「筆墨生涯」專欄。不久後，我接續這個專欄的約稿工作。因爲沒有嚴格的字數限制，我從這些回顧創作生涯的因緣、悲喜、奮鬥的文章，得以深一層認識作家。後來我有機緣再親炙這些作家時，印證當時閱讀的內容，彷彿故友重敘、舊地重遊，有無比的親切感。同時，這些珍貴的第一手資料，滿布那個時代的文學群聚、文學地圖、文學因緣，也是我企畫專題、專欄的重要線索之一。

多年後，再次重讀這些文章，不僅感動依然，更有不同以往的心得與感受。

蕭傳文認爲偉大的文學作品，沒有不肩負對人生社會的神聖使命，因此隨時警惕自己，絕不敢寫下腐蝕人心、腐化社會的作品，寧願寫得笨拙，也不要做文字遊戲。

王聿均自謂從事創作主要是爲了「抒心與寄情」。他認爲，「每個人在生活上或精神上，都會遇到一些意想不到的變化或刺激，無論是成功或挫敗，無論是醉心的歡樂或蝕心的痛苦，都是一種沉重的負擔，除非把他化爲文字，使感情昇華，才會擺脫一切的束縛，而獲得天清地明的寧靜感覺。」

王書川在「江山代有才人出」及如何「超越自己，拔升質量」的壓力下，終於決定把一切看淡，「擺脫許多得失上的枷鎖、成敗的顧忌；率性而寫，能寫什麼就寫什麼，寫到什麼程度就算什麼程度，至於作品能否禁得起歷史的浪潮，那是身後事，自也不再計較了。」

墨人「活到老寫到老」的篇名，正是他眞實生活的映照。

詹冰文章一開頭就說「寫作是一條快樂之路」，他認爲「辛苦愈多，快樂愈大」。

李冰捕捉自小熟悉的山村野陬的小人物，記錄他們的生活及純樸的性格，希望他們的秉性與操守，能給現代人一些警惕作用。

王明書將她成功挽回兩個頑劣孩子的辛酸經驗，透過情眞意摯的文字，與天下父母親共享。

嚴友梅自述創作初始，如何嘗試用各種題材、各種表現方式，最後終於爲自己找到兒童文學、童話這個「合腳的舞鞋」。

張彥勳自述語言變遷中，前行代創作者內心的悲苦、徬徨與無助，以及如何努力學習文字的艱辛過程。

廖清秀以數十年不曾停歇的筆，告慰當年中國文藝協會「小說研習班」的師長。

歸人自述與詩人楊喚結下「文字緣」的動人情誼。

蓉子年輕時曾有一本永不會印行的詩抄《紅花集》，以「讓紅花開遍了，生命永無止息」，象徵女詩人對詩的摸索和期待。

童真以羸弱的身子完成一部又一部的長篇巨作，在影視媒體的侵壓下，仍堅信「美好的文體、靈逸的意象、微妙的心理」是無法取代的。

小民以閒暇寫文章的「身教」，使全家人都舞文弄墨起來。

大荒自述在「沒有什麼掌聲中」的路上，仍堅持創作的心路歷程。

貢敏雖自嘲劇本創作是把「每一句對白都寫在水裡了」，但仍認爲「筆端蠕動時，方是生活中最充實的時刻」。

段彩華是點蠟燭長夜創作的苦行僧，追憶創作上的「豁然開朗」，宛若從黑暗走到光明。

趙雲嚴格要求自己的作品做好「品質管制」，多年來她的作家夫婿王家誠，一直扮演鐵面無私的第一位讀者。

林文月中年以後讀書創作「不再滿足於華麗誇飾，而逐漸喜愛淡雅，甚至饒富澀味者」。

張健視寫作爲終生的事業，他認爲「世間其他的得失毀譽，跟它一比，有如星月之於太陽」。

趙淑敏在魚與熊掌不能得兼的情況下，也曾想放棄寫作，但「心裡卻堵滿了浪費生命的焦慮和重整思緒的渴望」。

康芸薇敘述創作過程中認識的一些「知音」，僅僅爲了尋覓這樣的讀者，她也要「排除萬難，努力寫下去！」

透過這些眞實的紀錄、優美的文字，似乎已進入作家的內心世界。不論他們以寫作爲興趣、爲責任或是抒發性情，他們其實早已堅定的、從一而終的選擇創作爲一生的志業。世俗的榮辱毀譽，對他們來說，早已是身外之事，創作已和他們的生命融爲一體，是終生事之而不悔的約定。

這些專欄的約稿，集中在《文訊》一九八四年至一九九〇年間。近十幾年來《文訊》改版，較少登長篇文章，這個專欄就沒有持續下去，想想還眞有些可惜。因此，藉著《文訊》二十五週年慶，特將這四十四篇文章集結起來，按照作者出生年月排序，重編成書。

謹以此書，向這些一生埋首創作園地，辛勤耕耘的前輩們致敬。

感謝他們的堅持與努力。文學是他們靈魂的支柱、快樂的元素。因爲文學，成就他們美好的人生價值；因爲文學，帶領我們進入他們的私花園，盡情享受一個個美不勝收、奇幻繽紛的生命世界。

目錄

魏紹徵

文藝老尖兵的自白

魏紹徵，籍貫湖北武漢。1909年生，1992年逝世。武昌大學畢業。曾任湖北《中山日報》副刊主編，成立武漢文藝社、武漢《文藝》月刊，抗戰時期從事文藝戰鬥活動，來台後寫作以時論雜文爲主，文藝創作較少。出版有《駿痕集》、《國民革命與臺灣史畫》等。

承《文訊》月刊總編輯孫起明先生專程來寓，向筆者徵稿，指定寫抗戰時期的文藝戰鬥活動，並說是大作家王藍自海外來信推薦（後此函即在本刊抗戰時期文學專輯中刊出），而林適存兄（現在是名教授和文學講座）也作此推介；當時曾以在養病中婉辭，而起明兄邀意甚堅，也就勉強允承了，幸未辱命，總算如期交了稿，也佔了那期專輯不少寶貴篇幅。

不過，在事後對王藍兄推許筆者為「文藝界前輩」，總覺得有點汗顏，須有機會加以說明才好，以免有些青年朋友會以為我默認了「為自己臉上貼金」，一大把年紀了，還如此的好虛面子，不知藏拙。

現在本刊增闢「筆墨生涯」專欄，孫總編給筆者一個自白的機會，藉此抒述從事文藝寫作的經過，其時間也不算短，但我只是一個文藝作戰的老尖兵，談不上是作家，文藝老前輩更不敢當；只是現在馳名於台灣不少作家，當時在我主編的文藝刊物和報紙副刊寫稿；如今有時晤面，他們還說不是當年被採登所寫的文稿，且有銀元稿費可以補助需要，也許就不會從事文藝寫作了。

發表獨幕劇處女作

先從民國十一年說起，當時筆者就讀於湖北省立第一中學（這是四年制的舊制中學，須高等小學畢業才可以投考，那時高等小學功課水準相當高，一年級就讀英文模範讀本，到了三年級已讀英文納氏文法，英文程度如此，國文水準的要求當然更高了），中學的國文課中有杜甫的「暮投石壕村，有吏夜敲門……」一首詩，筆者讀了後，激起心中無限的感慨，因為當時軍閥在湖北到處胡作非為，前一年省會武昌在端午節前夕，竟發生督軍署所轄的部隊半夜在長街洗劫店舖商家（此事經過，筆者曾寫〈我的入黨動機和初期活動〉一文，刊六十三年十二月的《中央日報》副刊），引起我創作戲劇的動機（當時學校圖書館有上海出版的《小說世界》，該刊每期刊登一齣戲劇，我必仔細讀完），遂即以石壕村的故事為藍本，寫一獨幕分場劇，不過將詩中老婦對惡吏悲悽的哀告，改寫成怨憤投訴的對白；而我在劇中又創造了一個人物，就是天將明時，老翁踅回家門，並帶回一位青年，這是他遠房的姪兒，老翁與這位青年有一場很重要的對話，他鼓勵姪兒從速投奔南方，那才是青年的希望，光明的所在。這時幕景天空亮起曙光的霞彩，這位青年就挺起胸膛大踏步的向前走去，戲幕也就徐徐落下。

筆者將這處女創作獨幕劇，投稿到漢口《大漢報》副刊（《大漢報》負責人是武昌辛亥首義革命黨人胡石庵，他當時就負責介紹青年到廣東去投考黃埔軍校），大概十多天後，「石壕村」獨幕劇在《大漢報》的副刊上登出了，我當時看到後興奮得難以形容，被一位同學知道了，就請他到「謙記」牛肉館去吃一頓（武昌馳名有兩樣食品，所謂「山前牛肉」和「山後餅子」，牛肉是指大朝街的「謙記」，後遷青龍巷；餅子是指文華大學對面一家餅店所做的酥脆香甜的薄餅，量大的人一口氣可吃十個，這兩樣食品馳名數十年而不衰）。

瀏覽中外文學名著

之後，學校功課緊了，又要準備投考大學各項試題的事前研習，那時沒有聯考，要自己去蒐集預備考的大學前一屆招生的試題，由於家族親戚和經濟關係，預定的目標是北京「清華大學」（有親戚已考入，家裡當時也可供應），其次是杭州「浙江大學」（母親的外家有好幾位已在就讀），最後的目標是武昌「師範大學」（這是讀省一中要升大學多數人的目標，這個學校後來就是武漢大學，我考入時已易名爲國立武昌大學，後又一度改爲武昌中山大學，時間很短），就沒有時間來從事文藝寫作了。其間，在課餘與寒暑假期間，也瀏覽此外國翻譯名著，如《易卜生戲劇集》，菊池寬的《父與子》，屠格涅夫的《初戀》，托爾斯泰的《復活》、《茶花女》及《戰爭與和平》等，至於中國古籍及才子小說——由《三國演義》、《水滸傳》、《紅樓夢》以至於《鍾馗捉鬼傳》，早在十二歲左右利用寒暑假都生吞活剝的看過了，到了一中讀書時，有兩部中國文藝名著，曾好幾次引起我動筆的念頭，那就是吳敬梓的《儒林外史》和蘇曼殊全集，其中《斷紅雲雁記》的長篇小說，曾賺了我不少眼淚，但究竟功課太緊而擱筆了。

到了民國十八年，筆者已響應時代的號召，參加革命陣營，在完成政治教育後，派到中央宣傳部見習，隨著轉到浙江省工作（任民眾團體整理委員），浙江省黨部同仁在這年要舉行元宵同樂會，籌備會決議要演戲劇，推舉筆者負全責，另請由當時省黨部宣傳部指導科主任劉湘女老兄輔導，我固辭不獲，且措手不及，於是關了房門不停筆的寫了兩天和一個通宵，勉力湊成一齣獨幕劇，劇名是「青年鏡」，寫一個青年由自誤而自覺，角色有青年的父母，青年的老師，青年的愛人，和幾位引誘青年墮落的伙伴；這位自誤的青年由於老師的誘導，愛人的責備和鼓勵，終於在家庭、老師和愛人的濃厚「愛」的感動中而覺悟向上了。在這齣戲沒有演出前，角色的安排，布景的製作，戲的排演，統由我一人挑起，尤其是女主角戴石生（中央黨校一期畢業，現在已不知美人何處了。）的脾氣相當嬌，有一次排戲排了一半，不知爲什麼她忽然嘟起小嘴跑離現場，走進宿舍關起房門哭了起來，筆者沒有辦法，站在房門外說了不少好話，總算開了房門答應繼續排演下去。由於湘女老兄的指導和協助，戲總算如期演出了，還得到相當好評（劉湘女兄現任立法委員在台灣）。

全心投入新聞工作

民國十九年春，離開了春光明媚的西湖（這裡有筆者不少留戀的舊事），回到家鄉武漢，進入湖北《中山日報》工作（它的前身是《中央日報》，後遷南京，留下相當完整的設備改由湖北省政府與省黨部聯合督辦，日出四大張，銷行兩萬多份，當時是很大的報紙，從此筆者即終身從事新聞文化工作未嘗離開崗位，而一切的調動，都聽命於中央宣傳部），負責主編副刊。副刊有兩個版面，一名「中流」，以討論社會學與國際政治爲主（如當時甘地正提倡「不合作運動」，以及墨索里尼與希特勒所發動的「藍衣社」和「納粹」等）；一名「翠亭村」，是文藝性的，佔半個版面，兩副刊同日刊出，因爲報社雄於資，稿費較厚，來稿非常踴躍，筆者每天忙於看稿改稿（退稿另由一位校對襄助），有時版面缺一塊，長的太長，短的又不合適，於是由筆者臨時湊一首新詩或舊詩，有時寫點文藝雜感，寫這類文字，有時有神來之筆，有時卻搜索枯腸，眞是非當事人不知此中苦樂。

我的工作表現，得到層峰的欣賞，常常給予鼓勵，二十一年三月調赴宜昌，主持改組鄂西《中山日報》；奉命之初很感意外，確屬既惶恐又欣喜，深恐不克勝任，而層峰認為年輕人應有接受考驗學習的機會，只有鼓起勇氣啓程了。

宜昌是三峽的門戶，是湖北省鄂西重鎮，設有縣治；而當地駐軍卻是四川部隊，鄂西《中山日報》那次由中宣部補助加以改組。其用意在充實設備與人事後，旨在加強傳達中央政策（時日本軍閥已在前一年製造「九一八」事變發動對中國侵略，中央已積極作抗日的部署，為使川鄂兩省關係搞好，乃以副刊文藝作品，鼓吹民族意識，並發布新聞，聯絡川軍感情；又宜昌有日本領事館，住有不少日本僑民，與當地軍民來往，偶而也有齟齬，報社要居間斡旋，從新聞與輿論上予以化解。這是我推展報社業務外所應負的責任，有關上述事項的社評，均由筆者自己動筆，往往在深夜拈毫沉思，煞費心機。辛勤耕耘，總算有了收穫，與川軍將領往還融洽（以前的社長見不到駐軍的首腦人物，即使縣長亦復如此）；而日本領事館有一兩次想製造事端，由於報社事先探知消息，聯絡了軍方加以防範，得以消弭於無形。

寫老故事有新創意

其時在上海，有所謂左翼作家聯盟大搞「普羅文學」，意在分化顛覆，中央為了防止其氾濫猖獗，二十一年秋在南京成立中國文藝社，出版文藝月刊，倡導民族文藝運動；為了推展武漢方面的工作，廿二年二月，層峰令調筆者回武漢，我在將報社責任向後任交代清楚後，就乘輪西下，一路行船快速，眞是「千里江陵一日還」。

筆者回到武漢後，立即展開工作，積極響應中央提倡民族文藝運動，先舉行民族文藝徵比文賽；繼之在九月成立武漢文藝社；廿三年武漢《文藝》月刊創刊（詳情見五十七年五月中央舉行第一次文藝會談所印發的拙撰〈三十年代文藝運動在武漢〉小冊，茲不贅述）。

筆者現在要自白我實際從事文藝寫作的生涯了。

當時因看到自上海所刊行由馮雪峰、周揚、徐懋庸等一批左翼分子先打後捧挾持坐上了左翼聯盟幫主「寶」座的魯迅，寫有不少篇「故事新編」，藉古諷今，以其尖酸刻薄紹興師爺的刀筆，對時事盡攻擊謾罵之能事，筆者讀了後，相當的氣憤，認爲中國固有歷史，多的是傳統文化的結晶，何不以其中故事，加以創作，來發揚民族精神。

於是我首次動筆寫小說了，所選的題材是漢武帝時李陵出征匈奴戰敗的事，後世憑〈李陵答蘇武書〉，說李陵是向匈奴投降的，實際這封信是有人討好漢武帝僞造的，筆者查證正史，李陵是糧盡援絕，於重圍血戰中而陷敵手。《史記》載有：「天漢二年，李陵以步兵五千，當單于八萬餘騎，數度殺虜達萬人，虜不利，欲去；會陵部曲軍侯管敢因受校尉所辱降匈奴，進言陵無後援，單于乃反撲，致陵兵盡糧絕被俘陷敵。」

筆者就以〈絕援〉爲題，爲李陵伸張正義，小說中還創造了其他男女人物和情節，含有多方面的意義。用「魏詔蓁」的筆名發表在武漢《文藝》月刊上，這是筆者所寫的第一篇小說。

接著又以《三國誌》所載關羽被曹操所擒，在受封漢壽亭侯後，得知大哥劉備消息，毅然掛印封金，辭曹而去，這在陳壽撰《三國誌》，有這樣的紀載：「建安五年，曹公東征，先主（指劉備）奔袁紹，曹公禽羽以歸，拜爲偏將軍，禮之甚厚。」「曹公壯羽之爲人，而察其心神無久留之意，謂張遼曰：『卿誠以情問之？』既而遼以問羽，羽歎曰：『吾極知曹公待我厚，然吾受，將軍厚恩，誓以共死，不可背之，吾終不留，吾當立效以報曹公乃去。』遼以羽言報曹公，曹公義之，以羽殺顏良，曹公知其必去，重加賞賜，羽盡封其所賜，拜書告辭。」

上項敘述很簡略，而羅貫中的《三國演義》，又寫得太神化，我認爲人到中年，很需要安定的享受生活，既已享盛名封號又獲黃金美女，要一旦完全拋棄，仍然再去過飄蕩無定前途渺茫的生活，這該是如何不易的非凡之舉，筆者乃以〈辭曹〉作題目，來創作第二篇小說，寫作的重心，是將關羽人性化，描述一個中年人以理智克服物慾與肉體享受與精神昇華交相作戰的矛盾痛苦，輾轉思維，徹夜難眠；而晨曦雞鳴，喚醒了關羽的心靈，堅定他的意志，生死之交應以道義爲第一，其他都毫無價值，於是就毅然決然掛印封金辭別曹操了。

這兩篇小說在武漢《文藝》月刊發表後，不意接到不少讀者來信鼓勵，大概那時以這類題材寫小說人不多的關係；更出乎意外地是——潛伏在武昌省民政廳內「創造社」後期的大夥計馮乃超（大陸淪陷後，馮出任僞廣東省委）冒險從地下浮出地面，投稿漢口《大光報》副刊（由現在靠攏中共搞文藝工作的孔羅蓀主編），批評筆者所寫的〈絕援〉與〈辭曹〉小說，是新鴛鴦蝴蝶派（老鴛鴦蝴蝶是指擁有廣大讀者的張恨水），於是我們發動了對馮筆戰，有位武漢文藝社社友主動出頭，在報紙上寫稿提出，魯迅寫「故事新編」，是「大手筆」，是「新文藝創作」，魯是你們的幫主，別人冒犯不得；魏韶蓁以歷史創作小說，就是新鴛鴦蝴蝶派，天下有這樣的歪理嗎？其他還有不少位在報紙和雜誌上對馮打筆戰，馮以勢孤虛晃了一兩槍，也默然而息了。

這樣一來，反而提起了我的寫作興趣，新鴛鴦蝴蝶派也好，老鴛鴦蝴蝶派也好，只要有讀者就行，於是陸續寫了〈梅花嶺上〉（寫史可法）、〈風波亭中〉（寫岳飛）、〈喋血秦廷〉（寫荊軻）、〈碧血丹心〉（寫文天祥），以後有一篇是以《紅樓夢》一書中的一篇長詩「姽嫿將軍林四娘」的故事，也創作了一篇小說，即以〈姽嫿將軍〉爲題，我覺這題目很嫵媚，寫得比較費了心思，篇幅也比較長，在《奔濤》半月刊發表後（武漢《文藝》月刊發行後兩年，中宣部指示要辦更具戰鬥性的這個半月刊，雖在武漢編輯，卻由上海雜誌公司總經售。蘇雪林的「致蔡孑民」、「致胡適之」這兩封信，就是在《奔濤》半月刊創刊號上發表，其他各家陸續寫稿的很多，如傅東華、趙景深、李青岩、陳銓、向培良等），有一兩位當時在武漢報界頗具有分量的前輩，在人前背後，對〈姽嫿將軍〉這篇小說加以推許。

關於《奔濤》半月刊由上海雜誌公司總經售，是筆者親往上海與該公司總經理張靜廬簽訂合約的，在往上海前，先赴南京，分訪文藝作家王平陵、余上沅等，並參加「中國文藝社」交際夜；我抵達上海後，看到南京《中央日報》登有一則新聞：

本報訊：湖北筆會祕書武漢文藝作者協進會籌備委員魏紹徵，爲聯絡京滬文藝作家與武漢文藝界取得連繫關係起見，特於日前來京，分訪本京文藝作家王平陵、余上沅等，並於昨晚參加中國文藝社交際夜，報告武漢文藝界近況，藉資聯絡，並將於今晨乘車赴滬。（錄自民國廿六年三月五日南京《中央日報》第四版，這則新聞是前幾年一位在黨史會的工作同志，清理史庫，發現這份南京《中央日報》，特抄寫了送給筆者。）

筆者創作小說，大概只有以上這七八篇，有一篇已定了題目「撼山」（寫戚繼光），寫了一半沒有寫完，原因是奉調擔任行政工作（行政工作實在是很累人的），調到大本營（廿六年抗戰，中央改組各部會混合編組所成立的）第六部武漢辦事處（方治先生任主任）所轄非常宣傳委員會擔任主任幕僚，這個會從策劃到實驗示範工作（下轄兩個宣傳團，各有男女團員二十人），從此為人作嫁，參加開會，簽辦文件。輔助團體活動，獎助刊物發行，獎助個人文藝寫作，眞是忙得昏頭轉向，清晨五時即起，直至午夜一時才得休息，確實是非常時期的戰鬥生活。

時論雜文取代文藝創作

保衛大武漢的戰鬥，至廿七年冬轉進，中樞遷到重慶，大本營又將各部會恢復建制，筆者回到中央宣傳部，仍然是批閱文件，參加開會，負責輔助團體活動，獎助雜誌發行，獎助個人文藝創作，忙碌的情況，較在武漢時稍有規律些，然而有開不完的會，看不完的文件，又忙於撰宣傳文稿，抽不出時間來寫作文藝作品；而在撰宣傳文稿方面，有值得一提的，是筆者撰稿，由中宣部印行一本小冊，封面題字是「慈航普渡」，裡面的題目和內容，是「戰地民眾的任務和使命」，共印了五千冊，分發到各戰地去傳播運用，主其事者是編審科長李應兆（現在私立銘傳女子專科學校校長包德明的先生），他告訴我這是中宣部遷到重慶後所印宣傳小冊份數最多的一本。

至於參與文藝戰鬥生活，已在本刊抗戰文學專輯中敘述了一個概略，就這樣一直到抗戰勝利，因辛勤工作，獲中央賜頒抗戰勝利勳章，並派赴武漢擔任接收宣傳工作，嗣又被任命主持湖北省新聞處，後又調赴四川，整理成都《中央日報》，大陸陸沉，撤退來台，雖仍在宣傳單位工作，仍是任職幕僚，襄助宣傳工作，也有寫作，只是有關時論雜文，很少有時間從事文藝創作，不過，在時論方面，有兩本小冊子，需得提一提。

那時台灣光復不過幾年，因為被日本佔據了五十年，一般人對台灣與祖國的文化淵源，以及台灣革命志士為抗日而奮鬥的英勇史實，都不十分明瞭，連台灣鐵路是由劉銘傳任台灣巡撫時所開始興建，都不大知道，以為是日本人來了才有的，更不知道　國父發動第二次起義，是以台灣為策劃基地。這必須要寫一本有系統、有歷史依據的冊子，來喚起台灣民眾的認識，筆者於是廣事收集資料，由連雅堂的《臺灣通史》到日本人所印行的《臺灣總督府沿革誌》（載有羅福星事件，霧社事件等），所參考的史料共有十多種。窮一年之力，寫成一本《國民革命運動與台灣》小冊，由中央改造出版社出版，這書引起主持台省黨務工作的郭澄（鏡秋）先生所欣賞，希望筆者能再加以通俗化，並濃縮為每一子目附上一幅圖畫，於是浼請人物畫名家李靈伽合作，每一幅由筆者設計，由他來繪畫（李靈伽嗣以繪畫美總統艾森豪肖像，被邀赴美訪問，他夫婦旅美不幸在一次車禍中去世），書成，更名為《國民革命與臺灣史畫》，交由省黨部所轄民間知識社出版（此事有賴魏希文兄大力助成）。而國防部又邀筆者即以此書內容在優秀預備軍官講習會中講課（這批優秀預備軍官在講習會結業後都是巡迴各地宣講的三民主義教官），每一期講習會中都講，因此現在不少新聞、文化和行政界的名流，都聽過講，而尊稱筆者為老師。

另一本小冊是鑒於台灣灣經濟起飛後，社會日趨繁榮，一般生活競尚奢靡，無復當年在重慶抗戰時集中意志力量為爭取勝利而苦幹的精神，今天我們建設台灣，是以光復大陸重建中華為唯一職志與鵠的，像現在這樣鬆弛而享受，那是很危險的，於是報紙輿論嘗提醒大家重振抗戰時的重慶精神，筆者即以親身體驗的各種實例，以「發揚重慶精神」為總題目，在《暢流》半月刊每期以一實例寫一篇，大約寫了一年，於六十六年八月，中央舉行第二次文藝會談時，將文章彙集成書，書名《發揚重慶精神》，自費出版，只印了一千本。除中央文藝基金會購兩百本外，其餘銷售得很快，連香港都有人託一位青年到筆者寓所來買（當時沒有辦郵政劃撥）。現在有朋友建議再版，也有出版社初步接洽，但還沒有具體辦理。因筆者一向不以敝帚自珍，現在後悔沒有將在武漢時所創作的七八篇小說彙編成冊，如今已無從蒐集了。

在台灣，也並不是完全沒有文藝寫作，當總統　蔣公八秩華誕時，各界擴大慶祝，曾組有慶祝華誕文藝創作集編輯委員會，廣徵作品，筆者應徵寫了首共分四節的朗誦詩〈人性昇華的樂章〉，被採用登載在《永恆的讚歌》文藝創作集厚厚的一冊中，躋身於諸名作家之林。筆者的文藝寫作生涯，大概就是以「石壕村」的獨幕劇開始，而以〈人性昇華的樂章〉爲總結。

至於篇首提到如今在台灣有好幾位名作家，與作者晤面時，談起倘不是當年在武漢在筆者主編的文藝刊物投稿，也許就不會從事文藝寫作，現在舉幾個實例：如小說家涂翔宇，有年在春節前到中央四組領取文藝獎金，特別買一漂亮的日記本贈我，爲當年投稿以誌紀念；再如戲劇家吳若（慕風），本年初在社教館演出他創作的「海宇春回」一劇，送招待劵邀愚夫婦前往觀賞，當進場時，他在門口相迎。贈我一本《吳若自選集》，集內開始的第一頁「小傳」中，就提到「在魏紹徵主編的大型綜合刊物《奔濤》及與胡紹軒（卅年文藝運動在武漢已有詳細介紹）主編的《武漢文藝》上，先後發表了〈文學革命與革命文學〉的專論及許多短篇小說、獨幕劇。」再如大書法家李超哉在某一次聚餐會後，特別寫一個條幅寄來，記述當年在武漢投稿工讀的事，還有如王紹清、林適存等名家，見面常說起，就不再贅述。這些也許是我這文藝老尖兵自白的多餘話吧。

原發表於一九八四年六月《文訊》十二期

蕭傳文

筆耕終生

蕭傳文，籍貫湖南醴陵。1916年生，1999年逝世。上海大夏大學心理系畢業。曾任貴陽、昆明《中央日報》副刊編輯，中國國民黨祕書處獨立出版社編輯，來台後歷任成功大學、靜宜大學、中國文化大學中文系教授。作品有濃厚的鄉土色彩，除表現作者不同時期的生活，亦勾勒時代若隱若現的面貌，曾入選維也納保羅納富公司出版之世界最佳短篇小說集。創作文類有論述、散文及小說，出版有《鄉思集》、《陋巷人家》、《淥江橋畔》等20餘種。

文學紅樓夢

直到現在，我仍在懷疑，在我童年時代，那個偏僻閉塞的小村落——我的故鄉，在那百年以上的祖居老屋的樓上，會找到一本中國古典愛情的經典之作《紅樓夢》。記得讀鄉村小學三年級時，一個漫長的暑假中，實在閒極無聊，將老屋十幾個幽暗陰涼的房間，從樓下到樓上，到處搜尋著，一些已經褪漆的舊木箱，布滿塵灰蛛網，霉氣撲鼻，我就在樓上的一隻破箱中，找到了一本從未看過的線裝書，封面字跡模糊，裡頁卻能清楚看到「石頭記」三個字，一時好奇，一頁頁翻過去，眞是圖文並茂，隔幾頁就有一幅插圖，亭臺樓閣，小塘垂柳，雲髻高聳的古裝仕女，手執小扇，倚立在門口或欄杆旁，有的俯首沉思，有的凝眸遠眺，一律細緻的工筆畫，鬢髮和衣褶，纖毫畢露，我先爲這些畫幅所迷，每一幅都看得津津有味，然後再讀文字內容，是半文半語的章回體，每章前面有一首七言絕詩，我半懂不懂，每章用文言標題二句，也是七言，我參照著圖畫讀去，興趣愈來愈濃，從此在我上學的書包中，第一次除課本外，有了一本課外讀物。我自認這本《石頭記》是帶領我跨入文學領域，並從而奠定我人生目標的一把鑰匙，啓發我對人生眞、善、美的憧憬和嚮往，雖然非常幼稚朦朧，卻像在茫茫大海中撈到了一點可以依恃的什麼。

後來，我又癡迷於蒲松齡筆下美麗可愛的鬼怪故事，這是開啓我文學心扉的另一把鑰匙，漫長的夏日午後，在蟬聲悠揚中，我跟著作者一步步進入一個廣大淒迷的世界，飄渺虛幻，跟《紅樓夢》中的世界大不相同，眞奇怪，也一樣使我著迷。讀初中時，我又迷上了李後主和李清照的作品，而且每首都背誦，最欣賞的詞句，至今仍然記得。接著便是大讀特讀章回小說，除《紅樓夢》外，就是《儒林外史》、《三國演義》、《水滸傳》及《西遊記》等古典文學作品，最愛讀的是《老殘遊記》。

讀高中時，我們的國文老師雖是一位前清的秀才，思想卻相當新穎。他房間的書架上，除線裝書外，還有不少新文學一類的書籍及期刊，像林琴南所譯的西洋文學作品，更有《創造月刊》及《小說月報》等大型的文藝性定期刊物，我都萬分的好奇和驚喜，向他借閱既然毫不困難，便成爲我最好的課外讀物，這是我接觸新文學的第一步。不料跨入門檻之後，便一頭栽了進去，欲罷不能。在二年級放暑假時，經過長沙回家，走遍長沙各書店，發狂般地搜購，帶回大包小包的新書，回到家裡，被父親發現，將我大罵一頓，說什麼書不好讀，偏要去看那些風花雪月和的了嗎呢的邪門書，叫我燒掉，我陽奉陰違，仍然偷偷閱讀，往往看到深夜，甚至到次日凌晨聽到雞啼爲止。自從讀了魯迅、老舍及冰心等人的作品後，使我眼界大開，對這些作品從個人及家庭的生活瑣事擴展到廣大的社會人群，從男女愛情擴大到對民族國家之愛的偉大情操，受到了莫大的衝擊和震撼。

接著我又讀了胡適的《什麼是文學》這本書，纔對文學有了稍微清晰的觀念，他在該書中對文學有下面的定義，他說：「語言文字都是人類達意表情的工具，達意達得好，表情表得妙，便是文學。」他又加以解釋說：「文學有三個要件，第一要明白清楚，第二要有力，第三要美。」對文學有了這層認識後，我讀當時最爲青年讀者所嚮往的一些作品，像巴金的《家》，茅盾的《子夜》，冰心的《寄小讀者》

等作品，覺得津津有味。我自認憑自己對文學幼稚淺薄的瞭解，還不能分辨什麼是最好的作品，什麼是壞作品，只是囫圇吞棗，近乎盲目。

他們叫我書蟲

我開始接觸西洋文學，是在上海讀大學的時候，那時大夏大學的中國文學系有幾位著名的教授，使我留下深刻印象的是李青崖，專講法國文學，張夢麟專介紹日本文學，謝六逸講英美文學。我不是文學系的學生，但只要上課時間不衝突，必跑去旁聽，比主修本系的心理學聽得更有興趣，本想要求系主任轉系，但心理學系的學分已修了不少，已經升二年級，來不及了，系主任不答應，如要轉系，必須補修中文系的許多學分，恐怕要讀五年才能畢業，考慮結果，只得作罷。在李青崖教授的班上第一次知道弗羅貝爾、左拉及莫泊桑等法國寫實主義大師的名字，然後是雨果、巴爾札克、都德、大仲馬及小仲馬等人；在張夢麟教授的班上，第一次知道有島武郎、夏目漱石、武者小路實篤及谷崎潤一郎等人的名字和作品；在謝六逸教授班上，第一次知道哈代、狄更斯及莎士比亞等人名字及作品，這一來我眞像劉姥姥進大觀園，一時眼花撩亂，不知道要看什麼好，這個五彩繽紛、浩瀚無垠的文學世界，幾乎使我完全變了另一個人，我已不是原來的我了，無論人生觀點和生活興趣都大爲轉變，從此我不再在周末跟同學們逛四大百貨公司，逛兆豐花園和在霞飛路上觀賞法國梧桐和外國商店的櫥窗，我一頭鑽進書肆林立的四馬路和棋盤街的商務印書館。先在舊書店搜尋各種各類的西洋文學作品，因爲舊書便宜，買不到舊書才到商務去買新的，每次都抱著大包小包回來，惹得同房的室友笑我書蟲。大學圖書館的藏書固然很多，但都被中文系主任指定爲參考書，並要同學做讀書報告，我這個外系的學生根本輪不到借閱，因此只好自掏腰包去買了。

以上是我在學生時代對文學嚮往與熱愛的情形，跨出學校大門，進入社會服務後，也跟文學結下不解緣，先後在報社及出版社任編輯工作，寫的和看的都是文學作品，報紙的副刊不必說，連出版社的編輯工作也一樣，尤其在獨立出版社四年，沒有編過一本書，僅審查了幾本文藝作品，有新詩也有散文，閱畢僅寫下幾句評語，就交差了事，剩下大部分時間都是自己寫作。

「夕陽渡頭」渡我到文學彼岸

提起寫作要從高中時代說起，上面我提到的國文老師雖是前清秀才，卻容許我們用白話作文，出的作文題目也新穎，記得我的第一篇投稿就是從作文簿上抄下的，題目是〈夕陽渡頭〉，經過老師修改後，試著投在《衡陽日報》的副刊上，卻是一舉中的，眞出我意外，從此以後我便開始正式寫作投稿了，長沙《市民日報》及後來的《武漢日報》等，愈投膽量愈大，在上海讀書時投往《申報》及《新聞報》的副刊，當然常遭退稿，不過我不灰心，知道自己寫作的功力不夠，偶有一篇刊出，認是僥倖。記得一次在《申報》副刊登出我的一篇散文，題爲〈舊鞋〉，以第一篇刊出，在版面上顯得相當特出，自己看了不禁眼睛一亮，並有受寵若驚之感。

我寫第一個長篇小說〈征人之家〉時，是在獨立出版社服務，因我一位堂兄以獨生子身分毅然放棄家中的舒服享受，前往軍中服役，他在復旦大學畢業後，擔任該校講師，在廿六年底，回到家鄉辭別母妻及妹等，投筆從戎，廿八年春即殉職，我為此大受感動，寫下廿餘萬字長篇小說。當時獨立出版社社長盧逮曾先生，北京大學畢業生，他最先看我的原稿，當即撥四萬元法幣收購，不料尚未出版，忽傳抗戰全面勝利，社中同仁一時紛紛復員還鄉，我也奉命復員南京，該稿因此擱下未能出版，卅八年四月匆匆地離開上海來到寶島，在臺灣書店出版的。

在寫作漫長的旅途中，我的起步只是抱著好奇和好玩的心情，從不敢奢望在此園地中有所貢獻或成就，在大陸投稿東一篇西一篇，筆名至少在十個以上，往往因筆名而造成困擾，外子便建議我用固定的姓名，如此便沿用至今。我從未寫過詩，不是不愛詩，相反的不僅愛讀，而且十分欣賞，唐詩宋詞不必說，書桌上經常擺著，即使現代詩我也欣賞，就是不寫，不敢嘗試。寫得最多的是散文，無論欣賞與寫作，我對散文都有一份特別的感情，想起日本文學理論家廚川白村在其名著《苦悶的象徵》一書中，曾說文學是作者絕對獨立自主的一個世界，一片落葉、一縷夕陽，都是寫作散文的題材，日月星辰，湖光山色，幾乎無一不可用來寫散文，散文的題材眞是千端萬緒，俯拾即是，所以我特別愛用散文來表達個人的情感，發抒心中的塊壘。由於童年生活是在鄉村渡過的，對大自然有一份執著的愛戀，我的散文十有九篇是以大自然爲對象，一草一木，風聲鳥語，都是我筆下描寫的對象。

我也寫小說，無論長篇或短篇我都愛寫，從第一部長篇小說《征人之家》出版以後，接著我寫了

《藍色的海》、《殘夢》、《銀妹》、《小橋、流水、人家》、《珍珠》、《愛與夢幻》、《淥江橋畔》及《丹鳳村》等長篇，短篇小說集則有《妹妹》、《母愛》及《南半球的幽怨》等。以上這些作品，雖然沒有一部自認滿意的，但當我執筆寫作時，卻是非常認眞的，也竭盡了我的力量和心血。遇到中途寫不下去，或是故事情節有困難時，我往往擲筆起身，在房間走來走去，想了又想，實在遇到思路枯竭，無以爲繼時，我便索性走出書房，找些別的事情來做，有時是掃地抹桌椅，有時撫箏，有時磨墨作畫，有時在中途忽然有了靈感，可以接下去寫了，我就立刻丟下手邊的活動，重又回到書房寫下去，很奇怪，往往可以一直寫去，直到全篇終了。

過去我寫作時，不能中途被打擾，否則再也無法繼續，內心懊惱異常，恨不能將對方責罵一頓，可是現在卻不然，寫到中途任何時候可以停筆不寫，也任何時候可以重新執筆，這一點我不認爲是什麼修養功夫，只是因爲寫作多了久了，自然養成習慣，不怕被人打擾。

寫作是會上癮的

是那一位作家將寫作這種工作說做筆耕，我認爲眞是非常恰當，農人用犁耕田，木匠用斧切木頭，裁縫師用剪刀裁衣服，都是一種用體力的工作，作者用筆寫下作品，既用體力也用腦力，其工作的目的都是爲人類社會服務。文學是一方廣大的園地，每個作者用自己的心血，寫下自己的作品，就是一種耕種工作，所不同的只是看各人努力的程度，胡適博士說你要有什麼樣的收穫，就要看你去怎樣的栽培，寫作也是如此。在這條艱辛漫長的路上，我會繼續耕種下去，直到個人生命到最後終結爲止。我相信寫作這種活動是會上癮的，寫成習慣了，如果過十天半月不寫，就會覺得手癢，感到內心空虛，感到日子過得徬徨無聊，不提筆寫點什麼，倒眞感到難過，我相信每一個從事寫作的人，都會有這種經驗，並非我一人如此，我曾聽到一位資深的作家說，她十天半月不出門可以，但十天半月不提筆，就坐立不安，覺得生活乏味，日子難過。也聽到其他的文友有這種說法，可見寫作這活動，除非你沒有開頭，有了開頭想中途放棄，恐怕是不容易的，德國十九世紀最偉大的文學家歌德，在八十二歲高齡仍寫作不輟，其名著詩劇《浮士德》寫到他離開人世的那一天爲止，可見寫作這玩意，是如何的令人著迷，可說陷溺其中便很難脫身了。

在漫長的寫作途中，我也曾經試著做過逃兵，想中途開溜，是二十多年前的事，我忽然愛上了國畫和古箏，在台北跟胡念祖學潑墨山水，他跟花鳥畫家喻仲林合作，設畫室「麗水精舍」於敦化北路，我每周從民生東路聯合二村乘公車前往，在敦化橋下車後，步行一段路到他的畫室，只要上課時間一到，我是風雨無阻前往學習，興趣之高昂，決不亞於讀左拉的《酒店》和狄更斯的《雙城記》。後來我又去學古箏，在杭州南路一條狹窄的小巷裡，每次要爬上四樓，進入老師的家，只聽見一片悠揚古雅的箏樂聲，我又如醉如癡地學習，從基本指法到古典獨奏，每一個音符，都帶給我莫大的快樂和撫慰，因自己的上課時間衝突，有時是晚間去學古箏，台北的冬夜，往往風雨連綿，而我卻甘之如飴，無論公車如何擁擠，我也毅然前往，當初一同報名從師的鄰居共三人，一個月後只剩我一人繼續，後來她們反跟我來學習，眞是有趣。大約有一兩年功夫，我醉心於圖畫和古箏，將寫作荒疏了，一位主編期刊的文友，來信問何以久不見我的作品，由於他的邀稿和催稿，才又怵然驚覺，竟然做了一名可恥的逃兵，眞太對不起自己的良心了，立時遵囑將文稿寫好寄去，從此重又拾回寫作。

在漫長的寫作途中，我自認不是成功的一個，但對寫作的態度卻是嚴肅的、謹愼的，舊俄時代偉大的作家托爾斯泰曾說過：「除非你每浸一次筆，能在墨水瓶中留下一塊你自己身上的血肉，否則就不能從事創作。」這是何等發人深省的話，偉大的文學作品沒有不肩負一種對人生社會的神聖使命，有人說文學家是人類靈魂的工程師，這一無形的工程師比有形的工程師，其影響力之深遠和強大，實遠遠超過。所以又說文學是人類最重要的精神糧食，因爲只有文學可以使人的心胸開闊，生命充實而豐富，提升人生的境界和品質，一個從事文學創作的人，應該隨時警惕自己，提醒自己，數十年來，我都是兢兢業業，小心戒懼，絕不敢寫下腐蝕人心、腐化社會的作品，寧願寫得笨拙，也不要作文字遊戲。

原題〈從一本書說起〉發表於一九八六年十月《文訊》二六期

王逢吉

默默寫自己願意寫的

王逢吉，籍貫湖北漢口，1918年生。四川國立社會教育學院畢業。曾任職政治部中國電影製片廠、漢口市青年館，後任教於嘉義女中、台中師範學院等，並參與台灣省文藝作家協會、北加州洛杉磯華文作家協會。其以一系列哲理散文廣獲讀者喜愛。創作文類有論述、詩、散文及小說，出版有《文學心靈與傳統》、《悠悠故人情》、《人生之智慧》等20餘種。

感謝啟蒙恩師

我在求學的時候，就非常喜歡文學。而眞正啓發我興趣的人，是小學三四年級時，我的級任導師彭崧生先生。每一學期中，總有好多次在發作文簿時，當著全班同學大大的誇獎我一番。說我作文好，要大家互相傳觀並貼在布告欄裡亮相，對於我這幼稚的心靈是極大的鼓勵。興奮之餘，內心感謝我的恩師對我的作文如此欣賞，並沒絲毫驕傲之意，只是對作文課的興趣更爲濃厚，更加用功。

我是個身材比較瘦小的人，編排座位老是在前排正中間。上國文課時彭老師戴著金邊近視眼鏡的白胖細緻的臉，就在我的頭頂上。他老人家口若懸河，滔滔不絕的大聲講解時，口沫橫飛，彷彿濛濛細雨。我就在下面仰著臉恭敬的承受恩澤，倒也聽得十分入神，很有點忘我的境界。至今半個世紀了，我沒有忘記他老人家教書的神態和風趣。

初步培養我寫作能力的人，則是五六年級時的齊叔平老師。這位身材微胖，膚色紅黑，蓄著小平頭的恩師，滿臉驕氣，一身傲骨，冷然嚴峻，不苟言笑。同學怕得很，調皮搗蛋分子都乖乖的，一聲不吭，暗中稱他爲「齊閻王」。他一襲藍色長衫，站在講台上娓娓娓悔悔，從從容容，分析結構講解作法，精采盡出。教室裡安靜無聲，把我們這群小蘿蔔頭兒，引進了至美的文學天堂。成爲我們崇拜的先知。

齊老師教學嚴，要求高，責罵多於誇獎。每次發作文時我們這群小鬼莫不膽戰心驚，魂不附體。當作文簿甩在地下的一刻，並沒有羞辱之感，反而慶幸逃過皮肉之痛。在這段時間中我平安度過，也學到了許多寫作技巧。沒有讀完小學我就越級升入初中，所遇到的國文老師都不很理想。到了高中以「英文」、「數學」爲主，國文成了附屬品，學校多不重視。只有自己到圖書館和書店裡去滿足求知的慾望了。同時也偷偷的寫些小東西祕密向外投稿。那時候報紙不多，雜誌都在上海、北平。辛辛苦苦的寫好寄出去之後，不是打了「回票」，就是石沉大海，杳無音訊。對精神上的打擊很大，幾乎不願投稿了，覺得寫文章竟是這麼艱困咧。

爲了滿足發表慾，邀了幾個志同道合的同學組織文藝社，自辦刊物。先是油印，後來鉛印。由非賣品成爲正式出售的期刊，因爲頗有銷路，大家欣喜若狂。於是廢寢忘食，夜以繼日的寫文章，吃飯睡眠入廁的時間都利用上了。一學期下來，我們這群瘋子的英語和數學兩科全軍盡「赤」——紅字不及格也。結果，補考的，留級的，轉學的，紛紛作鳥獸散。文藝社終以悲劇落幕，下場淒涼，尤其是搞得大家灰頭土臉，很不好意思。遭遇到這麼沉重的打擊之後，大家依然愛好文藝寫作，只是對主科略加注意了。當時市面上出版的書籍雜誌，無論左右，如《論語》、《文學》、《現代》、《文季》、《譯文》等，以及各色作家的作品讀了不少，並非完全懂，卻也是手不釋卷，沉溺入迷。大有「乘雲御風，以遊於塵埃之表」的心靈之樂。古人所謂的「孔顏之樂」者，大概就是這種味道吧！

辛勤筆耕，終有所成

民國廿五年《大光報》在漢口市創刊發行，很有《大公報》的風格，副刊內容十分充實。曾經刊登我一篇〈公園之夜〉的小散文，經過這次鼓勵，我又開始投稿了。第二年發生「蘆溝橋」事變，抗戰開始。先是自組話劇社到鄉下巡迴公演，作抗日宣傳活動，繼而參加軍中政工。不久戰局逆轉，華中失陷，隨中國電影製片廠撤入湖南長沙，進電影大隊工作，並配屬第九戰區指揮。在長沙大火之前，曾在某日報副刊登小品文兩篇，因無稿酬，竟和報館大吵一架。現在回憶起來，覺得少不更事，幼稚可笑。年輕人畢竟是年輕人囉！不免犯錯。

奉令調回四川重慶後，我繼續完成學業。當時學生全是公費，食住不愁，其他則靠自己了。我只有寫些小詩和短文弄點稿酬貼補零用。重慶上饒金華各地報刊時有我的小詩亮相。經常發表作品的園地，則是《壁山導報》副刊，稿酬奇少，但和編輯老兄成了莫逆之交。畢業後到重慶市工作，生活情況大爲改善，擬自費出版詩集，得同學熊君介紹，請著名的朗誦詩人高蘭先生寫序。這位文壇的先進長者，和藹可親，文質彬彬，給我許多鼓勵和指點。他這麼熱心地提拔後學，多年來我一直是非常感激的。幾經波折終於和幾位小詩人合集出版了。忽然抗戰勝利，大家一陣瘋狂興奮，匆匆忙忙急著還鄉，這本小冊子就不知所終。經西北公路回到家鄉以後，八年離亂，滿目瘡痍，工作也不理想。更不幸的是，稚子因病夭折，我也大病一場，幾瀕於死。幸得賢妻細心看護，諸多安慰，總算活過來了。

秋高氣爽時節，我病體康復。老同學譚君接編《中華日報》副刊，索稿孔急。勉強寫了些小詩短句之類以補版面。沒有料到好幾省的日報副刊爲之轉載，老譚特來相告時彼此沾沾自喜，有了迴響是令人高興的事。

這年冬天接受台灣省長官公署教育處邀聘來台，從事教育工作。教學相長，生活安定，工作之餘投稿《公論報．日月潭副刊》，得識主編王聿均教授。先後發表文學「欣賞小論」及「綠川漫筆」等專欄。四十二年出版《菱湖戀人》、《三個女性的塑像》等小說集。書銷三版，我沒有拿到一個銅板。唯一的安慰是出了幾本書。名耶！利耶！一無所有。搞文學藝術的人，就是這麼可笑，說是傻子亦未嘗不可。

後來我向《聯合報》投稿，得主編林海音女士支持，發表短篇小說頗多，從未退稿，可謂僥倖。這些作品得台大傅佩榮教授之助，定名《悠悠故人情》出版，時在民國六十年夏天。內容盡是故人舊事，沒有英雄好漢，卻充滿悠悠之情。

民國五十年以後，因授「國學概論」、「中國文學史」，遂專心這類史料，曾出版《文學創作與欣賞》、《國學概論講稿》、《語文學新論》、《語文學習心理與社會功能》、《易經》、《老莊》、《孟荀思想與人生境界》等專論著作十多種。從此對中國古典文學及傳統文化似略有心得。惟學如煙海，尚未見「宗廟之美，百官之富」也，僅僅略有涉及耳。

民國五十四年以後，讀書較多，範圍亦廣。情感漸趨穩健冷靜，思想有其皈依。青少年時代迭經憂患，累遭挫折，而今面對複雜詭變的現實環境，不免痛定思痛，有所感悟。課餘之暇，執筆寫哲理散文，投寄《中央日報》副刊，作一系列的發表，五十八年結集出版，定名《人生之智慧》。沒有料到竟成暢銷書，連續十五年之久，依然暢銷不衰。除盜印版不計，將近四十版之多，可謂異數。繼出之續集亦近三十版，估計當有十萬冊以上。前年重排新版問世，不到兩個月，兩萬冊銷罄。對於我這個作者，當然是極大的鼓勵。不幸文壇盛傳我發了大財，其實發財的不是我，而是書店老闆，我依舊兩袖清風。知道社會大眾對這部書的價值有如此的肯定和歡迎，如願足矣！復有何求？

民國六十年以後，應董樹藩先生及王祿松先生之邀約長期為《中央月刊》撰稿，後結集出版《心靈之美》散文集。同時，又應台大教授傅佩榮博士邀約，為《青年日報·中西文化版》寫稿，後出版《心靈之開拓》文集，立論多在文學與哲學之間。

《臺灣日報》副刊主編陳篤弘先生約，連載「遊美心影」，六十九年出版，是我第一次赴美探親觀光的遊記，銷路甚佳。

《臺灣新聞報》副刊「西子灣」主編魏端先生邀，發表自傳性的散文，以及第二次游美及訪問東南亞各國遊記，後出版《憂患歲月》和《遊踪憶語》各一冊，因切近生活，我情有獨鍾焉。

七十三年蒐集在各報刊雜誌發表之文藝短論，出版《文學的靈魂》一冊，討論語文學較多，為一硬性理論文集。

七十六年三月起，《青年日報》專欄組李主任宜涯邀寫專欄——「綠川隨筆」，精選七十篇出版第一集，定名爲《人生之旅》。

文學家的可愛處

時光匆匆，歲月如流。教學之餘從事筆耕，已經四十多年了。雖未髮蒼蒼，視茫茫，每逢伏案執筆時嘗有「時不我與」之感。幾十年來，我既不俯趨時代的新潮流，也沒有仰承特定旨意，默默地寫我自己願意寫的，表達自己的眞性情。無功利之慾，亦未著意文以載道、耳提面命教導什麼人。只願意將我在坎坷不平、多災多亂大時代的生活經驗，憂患重重中，對人生的許多體悟，以悲憫怛惻之心，誠懇的表現出來，克盡區區報國之忱而已。

發明「相對論」的大科學家愛因斯坦曾經說過這樣一段話：「人只有獻身於社會，才能夠找到那實際上是短暫，而有風險的生命的意義。」在工作中去追尋生命的意義，古往今來科學家是如此，文學藝術家又何嘗不是這樣呢？執著於無條件的獻身社會大眾，一無所求，一無所得。懍懍焉，皜皜焉，其與環玉秋霜媲美也。這也許是文學藝術家的可愛處吧。

原題〈筆耕四十年〉發表於一九八八年八月《文訊》三七期

劉枋

天才誤我

劉枋，籍貫山東濟寧。1919年生，2007年逝世。北平中國大學化學系畢業。曾任《西北日報》、南京《益世晚報》、《京滬週刊》、《公論報》編輯，來台後任《全民日報》副刊編輯，後與友人創辦《文壇》月刊，擔任主編，並於台灣省婦女寫作協會、國軍新文藝運動輔導委員會、中央電影公司、中國婦女寫作協會擔任要職，曾於金甌高商任教。創作以小說和散文爲主，也寫劇本、報導文學、傳記，林海音曾以「五項全能」形容劉枋的跨文類寫作功力。出版有《我及其他》、《逝水》、《小蝴蝶和半袋麵》等20餘種。

二十多年前的一個夏末秋初季節，跟隨著多位男女老少作家訪問金門，在那裡除了舉行文藝座談會，還有好幾場專題演講，當時一位很有成就的年輕女作家在演講中說：「當我在小學二年級時，我的日記寫的使老師不相信出自一個小女孩之手，從那時起，就奠定了我從事寫作的基礎……」她的講題我已不記得，上面的幾句話，也不可能是原句無誤，但大意如此是不錯的，因爲那時一兩位年紀較長的作家，如詩人紀弦等，那似不以爲然的輕輕的搖頭，微微的撇嘴的神情，給我留下了不可磨滅的印象。

我沒和他們抬槓，但心中卻覺得這位年輕女作家的話不無道理，一個人有沒有寫作的細胞，可能是與生俱來的。因爲和她一樣，我也自認爲是「小時了了」；只是和她不同的是，她的寫作成就與年齡成正比，而我卻眞的是「大未必佳」，老更無成。儘管無成，卻總是舞文弄墨過，且容我話說從頭。

童年時代，我未曾按部就班的由幼稚園而小學，在胡里胡塗的認識了一兩千個方塊字之後，十歲拜師入塾，先讀三百千，再讀四子。學作文之前先塡字，第一次老師出了個天字，下面畫三個圈圈，也就是要造一個四個字的句子，當時我的「同窗」臧德謙、黎敏賢和我程度相等，他們不約而同塡的是天下爲公，我的弟弟塡的是天天天天，我塡了四句：「天下太平」、「天上地下」、「天懸明月」、「天際晚霞」，老師問我：「你怎樣想到的？」我指指茶几上的小實報（當時我的課外讀物）：「跟那上邊學的。」當時老師沒有誇獎我，可是有一天對我父親說：「這個女學生，很有天分，東翁可能喜有詠絮女啊！」父親呵呵的笑了。我知道他笑的是什麼，因爲一張他抱著我的照片上，他所題的一首絕句的末一句就是「他年詠絮果何如？」

那時我已知謝道韞的故事，不多久當我讀完千家詩，又讀唐詩三百之後，就成天口中平平仄仄的胡亂吟哦起來。十二歲那年冬天，老師教我們詠雪，因爲柳絮而想到春天，我成詩曰：「春季來何早？梨花拂面狂，但覺寒徹骨，不聞花飄香。」老師瞪著眼問：「抄自何處？」我不能回答，因我不知抄自何處。那時，我喜歡作詩比作文多多，從所讀的《論說文範》等學來，任何題目，我都用「今夫天下之人」開始，大概「天才」不在這方面。

十三歲上了初中，國文課本上都是白話文章，一下子我就迷上了，我背朱自清的〈匆匆〉，背冰心的〈寄小讀者〉，一如我背論孟。好像頭兩篇作文我還必須打好文言文的草稿，再逐字逐句自己譯成白話，等到作了三五篇之後，才「的了嗎呢」的不再費勁了。等到老師出題「雪後」，我就把冰心寫雨景的句子改頭換面的搬了出來，等到題目是「丁香花」，我就把朱自清的〈梅雨潭之綠〉的形容綠的變做形容紫，千古文章一大抄，抄得老師給我批「才華橫溢」，眞是天曉得！

說到正題

讀初二時，第一篇小說〈春寒〉，刊登在一個當時也是學生創辦的刊物《星火》上，是國文老師推薦去的。接著另一個刊物《螢火》又刊登了我的第二篇小說〈玟姐之死〉。沒有稿費，可是得到了杜斯妥也夫斯基的《罪與罰》和《卡拉馬助夫兄弟們》兩本文學巨著。如果說寫出來的東西變成鉛字被很多人看見，就算是從事寫作工作了，那我的筆墨生涯可以說從此開始吧？

上初中三時，濟南高中的同學們辦了一個大型（十六開本）的月刊《華蒂》，其實，眞正的主持人物是那時讀正誼中學的張春橋，也就是中共四人幫中的那個人物。我是由一個算是男朋友的馬吉峰拉去寫稿的，當時馬的筆名叫蕲紅，我就取名黃鳳，還有一個藍容，一個白鷗。五色之中獨缺黑，大家就說張春橋該叫黑奴。這段時間我寫的很雜，只記得一首詩題是〈敲石子的女孩〉，其中句子：「沉重的鐵錘，舉起，敲下，白石片片，青春片片。」記憶的一點也不完整，但當時已感到幼稚可笑，從那時，我發誓不再寫詩（新詩）。

第一次拿到稿費，是讀高二時寫的一篇八九千字的小說〈赤背〉，刊登於山東《民國日報》副刊。那兩塊四毛錢，我買了上海良友出版公司靳以、丁玲、穆時英等當時名作家的十本書，啊！滿足啊！但，那也是我那段歲月中最後一次稿費。

一段空白

爲了賭一口氣（不知和誰賭氣），高中二分組時我就選了理組，啃（該用K）大代數、解析幾何之餘，雖然也瀏覽了文組必修的文學史等，但，考大學仍然沒選文學系或國學系，在北平私立中國大學我讀的是化學系。那時華北已淪陷，在抗戰勝利後我們被認爲是「僞」學生，我並不以爲忤，因爲我是沒認眞讀書向學，有學生之名，無學生之實的「僞」學生。四年的荒嬉，對我也不無好處，否則，後來我就無法替名藝人章翠鳳寫《大鼓生涯的回憶》，以及替顧正秋寫《舞台生活的回顧》了。雜耍國劇各方面的知識及欣賞能力，都是這段時間不務正業而獲得的。

卅二年我離開故都奔長安，投筆從戎，直到三十五年勝利還都，那麼長的歲月中，我眞的而且絕對的投筆，任什麼也沒寫（這六、七年是我筆墨生涯的空白）！可是那年夏天一到南京，就發現一本當時流行二十開本的刊物《京滬報》上，竟然有我的名字，題目是〈不是情書〉，原來我的家信，都被丈夫大人盜賣版權了。（《京滬報》的主編是徐蔚忱先生，我的大學同學，民國三十八、九年間曾任《中華日報》副刊主編。）賺稿費如此容易，爲什麼我不再寫？

大磨銹筆

南京《益世晚報》創刊，我去當了副刊編輯，徐蔚忱要北歸探親，《京滬報》的編務也交給了我。初生之犢不怕虎，不是勇敢，而是無知。有人說學寫作是「把筆頭磨亮」，我的一枝銹筆在此時眞是大磨特磨。在副刊「石頭城」上，以劉姥姥筆名寫雜文，也就是現在所謂的方塊，以柳燕的筆名寫每週小說。在《京滬報》上以劉翼鵬的筆名寫專題報導，一篇〈夫子夜遊記〉，使該報的老板楊慕神父直問：「這是那個報的記者？」只是不論寫好寫壞，當時絕沒想到這些碎箋零篇可以集之成書。寫書的人該是眞有成就的大作家，自己還不敢大膽妄爲到那程度。

卅六年秋風吹動遊子鄉愁，離開南京回北平。那裡有我的家，有我的親人，就是沒有逼我寫文章的工作或動力，又是兩年空白。

三十八年四月底我來到台灣，《全民日報》的副刊「碧潭」等著我，原本的主編是採訪主任馬克任先生兼任，他定了「碧潭」的風格是純文藝的，我接下來當然蕭規曹隨，在他的那篇寫華清池的「一代王朝，從此休矣！」之後，我又用類似的筆調寫了故都拾憶。反正我會抄會仿嘛，只是那時肯欣賞純文藝（其實該說是純文學）的作品的人不多，寫好散文小品的人更少，在總編輯林志烈先生的指導下，副刊一變再變，稿源仍是不暢。八千字的地盤總不能塡滿啊，我的銹筆就大有用途了。記得中秋那天除了兩首詩，其餘一篇〈中秋舊夢〉，一篇〈嫦娥不悔〉，一篇〈月是故鄉明〉，都是我一人寫的，只是在遣詞造句方面力求不同而已。反正自己寫，不開稿費，報社方面也樂得如此。

又賭一口氣

從三十九年開始，女作家漸漸各展長才，出露頭角，可是偏有人說：「她們只會寫寫身邊瑣事而已。」我是個鼠肚雞腸好和人賭氣的人，聽了此話當然萬分不服，所以當時我所寫的，絕無一字提及丈夫或兒子。被《暢流》退稿後，後來吳愷玄先生又當面相邀，我說：「我不再給你退的機會。」他竟說：「我不知道你是位女作家呀。」我心想：「女性爲何優先？不寫。」後來換了吳裕民先生主編《暢流》，他登門訪劉枋，我殷勤接待，他一再問：「你先生不在？」我說：「你是找他還是找我？我是劉枋。」

四十一年《文壇》創刊，三個臭皮匠，穆中南、王藍、我，關起門來自封官兒，分任社長、總經理和主編。我最自傲的就是這一點了。我編的那七期，內容水準最整齊。每期我佔五六千字的一篇散文地盤，後來我的第一本書《千佛山之戀》，《文壇》發表過的散文居多。又有閒話傳到我耳中：「女作家也只有張漱菡、郭良蕙能寫點風花雪月的言情小說而已。」我發了脾氣：「誰說的？寫篇給你們瞧瞧！」於是我寫了〈北屋裡〉，又寫了〈清明時節〉。明知這不是個好標題，穆中南就提筆給改成〈未完案的愛情〉。後來彭歌先生用綠墨水給批上「內容值兩個中華文藝獎，題目該打四十大板。」當時大家都年輕啊！好可愛的往事、好難忘的往事。

真正煮字療飢

四十二年我家庭發生變故，一時又沒找到工作，幸蒙張公道藩給我替中廣公司寫廣播劇的機會，有這筆固定的稿費才免於凍餒。當時我們的執筆人陣容，固定每月交一劇本者四人，趙之誠、劉非烈、朱白水、我。機動者一人，王鼎鈞。也就是說，那個月有五個星期天，這一次就由王執筆。兩年中至少也寫了近二十個劇，我的《陋巷天使》廣播集裡只收了五個本子。原因是當時我寫應景的和有新聞的劇本較多，有藝術價值的少。這是因爲我不會用嘴說故事，每月由邱楠先生主持會議討論劇本內容大綱時，我總是懦於言，三句兩句就交代了我的構想，不像他們幾位，只聽故事敘述，就動人萬分。我筆下比較快，有新聞性的事件，決定了，廿四小時之內我一定交卷。通常我要交劇本時，晚飯之後，一杯濃茶，再預備點巧克力糖、花生米等可嚼之物，從晚上八點鐘坐下來寫，翌晨八點之前，兩萬字的劇本絕對出貨。

第二度完全賣文爲生，是自五十二年開始，用狄荻筆名給《大華晚報．甜蜜家庭版》寫專欄「齊家祕訣」，接著是「假如我成了家」，再是「假如我遇見她」。用柳綠蔭筆名給《新生報．家庭週刊》寫談吃、談美，當時還不時寫寫短篇小說。《顧正秋的舞台生活回顧》，是《中國時報》連載的，中間我還做了一件善事義行，就是替章翠鳳寫《大鼓生涯的回憶》，當時每月萬字，稿千元，是偏高的價錢。文章我寫，稿費她花，出版後版稅也全部歸她所有，因爲她比我更窮，她會唱，沒人要聽，我會寫，尚可賣錢。她連自己名字都寫不好，所謂她口述，實在是我胡編，把我對這方面的知識都用進去了。正好我會將京片子口語化，寫的十分像說的。替顧正秋寫稿是頗有賺頭，稿費千字一百五十元，版稅六千元，全書當時獲得二萬元，那年月，算是不少了，可惜的是，當再版時，中國時報出版部沒知會我這執筆人，直接找了顧小姐，送她一百本書，要她簽了賣斷的約。當偶然發現書已出了第四版，追問起來，早已大局定矣，我原該再得的版稅，就此全部泡湯。

僅有的三個短長篇

我從未寫過一部像樣的長篇，主要的是功力不夠，還有就是定不下心，坐不穩。寫短篇三五千字也好，總是不眠不休，一揮而就，寫完既不敢再看，更遑論推敲。能如此，也就是依靠別人所謂的我那點可憐的天才而已。寫長篇，構思布局，每天固定寫若干字，三四十萬字沒有一年半載是寫不成的，我三天打漁兩天曬網的寫作方式如何能成？出版了《兇手》、《誰斟苦酒》、《坦途》三個一二十萬字的小說，名之曰長篇，實在太短。說來可笑，《兇手》是在一個兩週休假的時間內勉強寫成的，前十天拖拖拉拉的沒寫出六萬字，後四天每天趕一萬字，結尾前那段，是一夜趕出了一萬四千字。《文壇》原說一次刊出，後來穆二哥考慮：「不能那麼捧劉枋，會讓她太驕傲。」乃分成上下兩月登完，中間他刪去部分情節，大約一萬字左右。當時我只後悔「早知如此，不如根本就少寫那一萬字，多省勁兒。」

《誰斟苦酒》是張明大姊所辦的《今日婦女》月刊連載，她相信我，每月只逼我一萬字，被逼了八個月，《今日婦女》停刊了，我的「長篇」也無疾而終，事隔十多年，一位老弟搞出版社，非要替我出本書，我手中找不到剪存稿，只有這篇缺少划水的半條魚，他看過後覺得如不寫成，十分可惜，他的鼓勵使我又用了一週時間，連改既有的，再寫未完，勉強算是成功了。排好後我沒校對，因爲自己不忍卒睹。

心中也曾有個計畫，寫一個自七七抗戰開始，到播遷來台爲止，就以自己的眞實生活爲背景。我的剛正的老父、慈祥的老母，和我們九姊弟，定題是「龍生九子」，三次開頭，都是寫了萬把字就擱下了，原因是我刻畫不出我父親那嚴正的形象，對他老人家，我越記得清楚，越是寫來不像。

《坦途》是應省政府新聞處之約寫三輪車改業計程車的故事，拿了人家稿費，拖了一年沒寫出來。那年一次國際文藝作家的什麼集會，大家去日月潭參觀，必須去面對付我稿費的吳昆倫先生，只好連開幾個夜車，那天到了日月潭，我說「稿已帶來，回去之前一定交你。」於是大家座談、遊湖、吃飯我都不參加，悶在房裡，渾汗苦寫。第二天登車回程時，我奉上了我的「大作」，九萬四千字。欠新聞處六千字稿費，第二年才用一個短篇補足。這之間，倒也還寫了近二十篇的短篇小說，出版了《小蝴蝶和半袋麵》以及《慧照大亮的春天》兩個集子。

再度空白後

自六十一年起到六十五、六年，這四五年間我沒寫過一個字，說是再度空白其實是第三度停筆。原因六十一年我開刀割瘤，六小時的麻醉，病好後記憶力衰退得可怕，提筆忘字，而且根本不能集中思維。原本我就沒把自己的「筆涯生活」當做一回事，我不寫對誰都無害，何必勉強自己！原說就此罷休，不再受搜索枯腸之苦；可是，一方面因爲身爲中國婦女寫作協會的常理兼總幹事，人無法離開「文藝圈」，一方面好朋友一致說：「你很有寫作天才嘛，不寫太可惜。」

《文壇》由朱嘯秋兄接辦，我不能不捧他的場，故都故事每月一題三千字，寫了三年。《快樂家庭》特約我寫文友群像，每月一人，寫了三十三人，《消費時代》約寫關於吃的文章，四五年間也寫成近十萬字。今天，當執筆寫此文時，寫關於文友的那三十幾篇，已定名《非花之花》，由采風出版社排好付印，即將出書；談吃的短章也定名《吃的藝術續集》，大地出版社在排印中。故都故事交給了黎明，他們嫌故事不夠，要我補寫兩篇。嘯秋兄的序都發表了半年多了，我該補的文章還不知在那兒。不過快了，當我寫完此文後，即將離開台北，南下朝佛光山，拜星雲大法師。不是旅遊，而是在那兒長住。當誦經參佛之餘，可能將已計畫好的「魂縈故土」、「浮生散記」一系列的散文寫完。這兩項，前者原已寫了〈塞上除夕憶從頭〉，請中副發表，不想被改為〈塞上憶趣〉，剪頭去尾，完全不是我的原意。這等於打我一記悶棍，令我半年以來，一直意興闌珊，連原要接著寫的憶江西、長安、洛陽等文，也遲遲動不了筆。後者早幾年已寫了〈啖心記〉、〈遇狼記〉、〈戒賭記〉……接下來如「變性記」、「從軍記」等題目也已列了二十有一。

有人說人生七十才開始，我七十歲時可能真的開始另一種生活，剃去煩惱絲，不問紅塵事。在這之前的三兩年裡，把該寫的、想寫的，在那個清淨的環境，都好好的寫將出來。

當年家塾老師識人不明，說我有天才；後來朋友不好意思說我學養不足，也只能說我有天才，天才天才，眞的害死了我，假使我不是被天才兩字沖昏了頭，當年該有些足以享人的小說或散文。可是五十年來，我的幾本爛書，那本是看了不使自己臉紅的？如今還談什麼筆墨生涯，說來眞是慚愧呀慚愧！

原題〈天才誤我五十年〉發表於一九八五年十月《文訊》二〇期

王聿均

抒心和寄情

王聿均，筆名燕然等，籍貫山東費縣。1919年生，2007年逝世。重慶中央大學歷史系畢業，倫敦大學亞非學院研究一年。曾主編青島《民言報・藝文周刊》、台北《公論報・日月潭副刊》，先後任台灣師範大學、中興大學、淡江大學、輔仁大學兼任教授，曾任中研院近代史研究所所長。曾獲中興文藝獎章。寫作主題偏向於對大我之關愛。創作文類有論述、詩、散文和傳記，出版有《燕槩詩稿》、《涑川集》等十餘種。

與筆墨結緣，轉眼已超過了半個多世紀，我所經歷的時代風雨，和個人內心的波濤，都是那麼的變化多端，然而寫成的作品卻如此之少，現在回憶起來，實在沒有什麼可誇耀的，也沒有什麼可慚愧的。雲的飄飛和水的流逝，是生命的象徵，一切都順其自然，原不必刻意的留下些人工雕琢的痕跡。

我之喜歡寫作，與我少年時敏感內向的性格有關。過多的幻想與心靈根蒂的憂鬱，時常使我浸沉在一種朦朧的詩境裡，並且把那些感受，默默地記錄下來。在十六、七歲的時候，開始嘗試著寫詩，一股創造的情調佔有著我，在個人內心的小宇宙和萬有的大宇宙之間，似乎有著某種的默契和幽密的關聯。雖然那些詩都極爲幼稚，到現在留存下的也不多，但卻影響了我一生的寫作態度。

我從事寫作，主要是爲了抒心和寄情。每個人在生活上或精神上，都會遇到一些意想不到的變化或刺激，無論是成功或挫敗，無論醉心的歡樂或蝕心的痛苦，都是一種沉重的負擔，除非把它化爲文字，使感情昇華，才會擺脫一切的束縛，而獲得天清地明的寧靜感覺。這種心的淨化作用，往往使我突破自己織成的繭殼，解開心中的結，而有勇氣再面對新的生活。所以，寫作對我來說，就像一杯冰橘子汁，或一杯冰檸檬，完全是清涼劑的作用，不僅解渴，而且慢慢品它的味，觀賞它的色，更富於自娛的成分。我從未想到當一位作家，我的寫作，只是生活中的客串，或是生命的點綴。

寫作生涯的轉捩階段

在我十八歲的時候，抗戰開始了，蘆溝橋邊的烽火，瞬間便蔓延起來，我也離開家鄉到後方去。民國二十七年的春天，入漢口市立中學借讀。這時前方戰況緊張，臨沂大捷、台兒莊大捷、徐州會戰的消息，相繼傳來，給我內心以莫大的激動，幾乎無法安心讀書，於是又藉著寫詩來疏導自己的情緒。數月之中，寫了不少的朗誦詩和自由體詩，皆以歌頌民族戰爭爲詩的主題，用不同的筆名發表於武漢幾家日報的副刊上，這是我的作品首度獲得發表的機會。可惜那些詩作，都散佚了，現在僅留下一首〈憶沂河〉，是用「沂筠」爲筆名寫的。這年暑假，我經過千辛萬苦，到了重慶，接著進入中央大學文學院就讀，四年的大學生活，可說是我寫作生涯的轉捩階段。從修習的文學、哲學、史學課程中，我開始領略到心靈和理念的廣闊天空。

中央大學從南京遷到重慶，設在郊區的沙坪壩，一年級新生則在柏溪分校，兩地都緊靠著嘉陵江邊。順流而下，到了朝天門，就是嘉陵江和揚子江匯合之處。這兩條江給我以豐富的幻想，那些與流水綠波爲伴的日子，也逐漸使我忘記了現實。川江的風景有一種神奇俊媚的美，險灘和怪石，使水流湍急，濺起大小的水花，朵朵作海棠狀，尤其在月夜裡，由於月光的激射，江波閃現點點的碎金，更是引人遐思。在這一段時間裡，我曾寫下了不少的詩，但顯得十分纖弱與蒼白，難免流於美的夢囈，輕愁和慨嘆，到後來連自己都感到厭倦了。這些詩稿，有一部分帶在身邊，歷經戰亂，所幸還沒有丟掉，可是經過幾十年，連原稿紙都變得既脆又黃了，我選了其中的二十餘首，收在《燕琹詩稿》裡，這是我出版的唯一一本詩集。

我最初讀中文系，後來轉入歷史系，但卻選習了不少哲學系的課程，所以我所學的極爲駁雜不純，當時中大文學院的教授，都是一時之選，對我影響較深的，有胡小石、沈剛伯、宗白華、方東美、唐君毅和李長之等幾位老師。他們使我認識了希臘羅馬的世界，魏晉人的藝術心靈，東方的道德意識和人文精神，近代西方文明的歧途徘徊，於是我的視野漸漸地擴大，興趣也廣泛起來了。我開始讀尼采、叔本華、哥德、柏格森、斯賓格勒、湯恩比，以及當代作家羅曼羅蘭、紀德等人的著作，我會心的去讀它們，以無限的崇敬和同情去讀它們，就像飢餓的蠶不斷的呑食桑葉，我的寫作天地，開始由詩而轉向散文和文學批評。在散文方面，當時我最喜歡讀的兩本書，一本是紀德（Andrew Gide）的《地糧》，一本是馮至的《山水》。

抗戰勝利後，我回到青島，在市立女中教書，同時主編《民言報》的「藝文周刊」，《民言報》是當時青島市最大的一家日報，總編輯薛心鎔兄（現任台北《中央日報》的副社長），又是一位認眞負責、極爲難得的報業人才，在他的主持之下，報紙的新聞、社論、專欄和副刊等，都有很高的可讀性，得到廣大讀者的喜愛。我編的這個週刊，每週三出刊，每期可容納八千字到一萬字。內容以中外著名作家的介紹，文藝的欣賞和批評，詩（包括譯詩）、散文、雜文爲主。因篇幅所限，暫不刊載戲劇和小說。經常爲週刊寫稿的，有潘穎舒等多人。前輩作家王統照也將其翻譯印度女詩人奈都夫人（Mrs. Sarozini Naidu）的詩篇多首，交由「藝文」發表。此時爲民國三十五年秋到三十六年夏，「藝文周刊」大約維持了一年的光景，我開始以思幻爲筆名，寫了不少的散文小品，以及作家介紹、名著欣賞等類的文章。

作品是生活的反映

來台後，我於民國三十八年夏到四十一年冬，主編台北《公論報．日月潭副刊》。因爲報館的經費短絀，稿費太低，又往往不能按時發出，約稿極爲困難。爲了要塡滿每天七千多字的版面，稿源缺乏時，只好自己來寫。我用了諦諦、魯民、秋水、老頭子等十多個不同的筆名，寫方塊、雜文、掌故、文藝理論、歷史小說、詩和散文各種文體，我非敢對寫作粗製濫造，更不是十項全能，只是一種責任心的驅使罷了。那時候，我對寫作的態度依然是十分認眞的，往往在風雨陋巷中，孤燈獨坐，手不停揮的一直寫到深夜，讓青春的歲月無聲流逝。還記得以「老頭子」爲筆名寫過「龍門陣」和「人生漫談」兩個專欄，曾得到讀者熱烈的迴響。有一天，劉心皇兄初次到報館來找我，見面握手之後，他訝然道：「你就是老頭子嗎？」兩人相視大笑。這是我們締交的開始，轉眼已是三十六年以前的事了。

「日月潭」本來是一個綜合性的副刊，我接編之後，特別重視它的文藝性，增加了不少文藝作品的篇幅，也因此認識了許多文藝界的朋友，有些都成爲終生的老友了，這是使我最感愉快的事。那段時間認識的朋友，有覃子豪、李莎、方思、彭邦楨、陳慧、汪亞汀、楊念慈、季薇、王逢吉、王鼎鈞、何欣、虞君質、劉非列等數十人，我的老同學孟瑤女士的第一篇文章〈筆〉，也是在「日月潭」發表的。他們在詩、散文、小說、廣播劇、文學理論和翻譯各方面，都曾有著卓越的成就。雖然有幾位已遠適海外，有幾位已作了古人，但空間或生死都不能隔斷了昔日美好的記憶，我的生命中，永遠帶著友情的祝福。

約略在同時，大概從民國三十九年到四十三、四年之間，我寫過不少書評和文藝理論的文字，都是用本名發表的。最早的一篇是評葛賢寧《長住峰的青春》，以後陸續寫的，有評水東文的《紫色的愛》，潘人木的《蓮漪表妹》，潘壘的《紅河三部曲》，端木方的《疤勳章》，墨人的《哀祖國》，張秀亞的《三色菫》，季薇的《藍燕》，李辰冬的《陶淵明評論》和《文學與生活》，奚志全的《校花日記》，王逢吉的《水蜜桃》，彭邦楨的《載著歌的船》，蕭綠石的《綠色的年代》等大約有三十餘篇，多半發表在《文藝創作》、《當代青年》、《中華文藝》及中央、中華兩報的副刊上。若干年後，有朋友建議我也像司徒衛兄一樣，出版一本「書評集」，作爲紀念。可是我手頭上早已沒有存稿，事過境遷，也就不想多此一舉了。

從民國四十一年到七十二年，漫長的三十二年之間，我僅出版過七本書，除了前述的一本詩集之外，《謇謇錄》是雜文與理論的合集，《泰戈爾及其他》是一本有關批評和欣賞的書，嚴格說來，不算純粹的文學創作。剩下的四本散文集，是我比較偏愛的。按出版的年代順序，依次爲《涑川集》、《心智錄》、《人生寄語》和《心葉·心頁》。在量上來看，可說是太寒傖了。四本書中，要數《人生寄語》銷路最好，第一、二版是由大江出版社印的，第三版之後至十幾版，是由世界文物出版社印的，先後大約銷了三萬餘冊。《人生寄語》一共僅有十七篇，係《自由青年》半月刊的主編呂天行兄約我寫的一個專欄，從五十年七月到五十一年八月之間，斷斷續續寫成。每篇用一句古詩或一、兩句格言作題目，例如〈欲窮千里目——論人生之境界〉、〈更上一層樓——論人生之價值〉、〈他山之石，可以攻錯——論批評與辯論〉、〈沉默是金、談話是銀〉、〈陶然共忘機——論生活的態度〉、〈頃刻風波有萬重——論人生之際遇〉等，我總覺得這樣的題目太機械了些，好像穿上制服一樣；內容有了規範，也就難以揮灑自如了。未料讀者們特別喜愛這類的題目，二十多年來，「更上層樓」、「他山之石」、「沉默是金」等字眼，隨處都可以見到，已成爲最通俗的口語了，這眞是當初從未想到的事。

我認爲最能代表我的散文風格的，只有《涑川集》和《心葉．心頁》兩本小集子。前者由詩人金軍的「詩木文藝社」出版，後者由蔡文甫兄的「九歌出版社」出版，時間上相差了三十多個年頭。兩書雖然都是直抒心曲，但壯年的情懷和暮年的心境，卻迥乎不同的。《涑川集》記載著個人殘夢的影子，和生活的烙印，唱出內心的痛苦和歡樂之歌；《心葉．心頁》卻逐漸突破了小我窄狹的藩籬，而從各種角度來體驗宇宙、世界與生命。所抒的心，爲天地之心；所寄的情，爲蒼茫萬古之情！不錯，作品是生活的反映，但生活也有著不同的層次，從實際的層次到心靈和理念的層次，都有寫作可能攝取的題材。我在《心葉》中，就嘗試著描摩出時間的刻劃，空間的層疊，天和人的密切聯繫，以展現一個包容宇宙和自我的大生命。於是，我不再以「自娛」爲滿足了。

埋首歷史研究

四十四年的春天，我進入中央研究院近代史研究所，開始了另一種的文字生涯。三十多年來，我將大部分的時間和精力，都用在史料的蒐集、編纂，以及史學專題的研究上，很少再從事文藝的創作；和文藝界的朋友們，也很自然的疏遠了。歷史研究和文學寫作是兩條完全不同的道路，一重分析、客觀、證據、判斷，須要以冷靜的態度去處理它；一重靈感、想像、直覺、感受，須要從生活的體驗中來汲取它。一屬於知識的範疇，靠著理智的思考，認知歷史的眞實；一屬於藝術的範疇，靠著熱情的鼓盪，直感生命的莊嚴。我如今想將二者像魚與熊掌一樣的兼而有之，自然難免碰到許多困難、矛盾、挫折和痛苦。同時具有兩種性質完全相異的興趣，不僅使我的精神無法專注，而且內心也時常變成冷與熱、理智與感情的矛盾衝突的戰場，無法加以適度的調和。長期埋頭於原始的檔案資料中，會窒息了創作的靈感，使豐富的想像力，日漸枯萎；倘若將研究工作，暫時擺在一邊，把孕育成熟的文學作品，有系統的寫出來，則又會打斷了研究的工作，把已經爬梳排比、好不容易找到的歷史線索中斷了，使我的努力完全白費。就是因爲這個緣故，我曾爲王璞兄主編的《新文藝》寫過兩個專欄，都是虎頭蛇尾，半途而廢。我看到很多朋友執著的專注於一種興趣，從不移情別戀，所以他們無論在文學的或學術的道路上，都走得比我遠多了。我對他們極爲佩服，但並不羨慕，因爲我的歧途徘徊，雖然把我的心靈撕裂，但也瀏覽了兩個世界的不同風景，而有著會心的喜悅。同時，研究和創作，也有相輔相成的地方，多年以來，在不知不覺之間，我的文學作品，有時也有抽絲剝繭的冷靜分析，表現條理與秩序之美；我的史學論著，有時也在史實的論述中，貫注以智慧和生命。

在近史所的這段漫長的日子，是我一生中最値得紀念的日子。但所完成的史學著作，也並不很豐富。頭十年做的全是史料編纂工作，與同事們合編了《海防檔》、《中法越南交涉史料》、《中俄關係史料》和《朱家驊先生言論集》等幾部大部頭的書，並且參加了「口述歷史」（Oral History）的訪問工作，完成了二十餘萬言的訪問紀錄。後來兼管行政的工作，又消耗了七、八年的時光，所以專心從事近代史專題研究，大約只有十多年的光景。最初研究外交史，五十二年出版第一本專著《中蘇外交的序幕——從優林到越飛》，論文有〈舒爾曼在華外交活動初探〉、〈加拉罕與廣州革命政府〉等篇。其後興趣轉移到思想史和抗戰史的範圍，最近六、七年，一共寫了專論和通論三十餘篇，約五、六十萬言，像〈清代中葉士大夫之憂患意識〉、〈民初文學的趨勢〉、〈徐松的經世思想〉、〈抗戰期間川康的經濟發展〉、〈朱家驊與韓國獨立運動〉、〈羅家倫對史學與文學的貢獻〉、〈梁敬錞的著述生活〉等，就是這段時期我所寫的一部分論文。此外，我參加了教育部主編的《中華民國建國史》編輯小組，撰寫了第一篇「革命開國」的第十章〈開國規模〉部分，及第二篇「民初時期」的〈文學藝術〉部分，兩部分共約十萬言。上述的史學著作，〈清代中葉士大夫之憂患意識〉一篇，主旨爲論析魏默深、龔定庵等的思想淵源、特點和影響，是在民國六十九年中研院主辦的「第一屆國際漢學會議」上宣讀的，曾引起不少熱烈的迴響。七十三年深秋，到美國德拉瓦州威明登市（Wilmington Delaware）出席「全美中國研究協會（The American Association for Chinese Studies）第二十六屆年會」，我宣讀的論文題目爲〈戰時日軍對中國文化的破壞〉，指出日軍有計畫的摧殘中國文化，並列舉焚燬書店、轟炸大學、占領學術機構、劫掠圖書文物、破壞寺廟古蹟、殘害知識分子六端的具體事實，以爲歷史的眞相作證。近年來我對抗戰史特別感到興趣，因爲我是從那個血和火的時代走出來的，對它有著濃厚的感情和不可磨滅的記憶；所以很想藉著學術的研究刻繪出那一時代的風貌和輪廓，以求對過去史實的重建。本年（七十五年）八月杪，近史所舉辦「近代中國區域史研討會」，我宣讀論文的題目是〈抗戰時期之重慶〉，在這篇文章裡，我第一度嘗試著將歷史之筆與文學之筆合而爲一！

天黑之前還有很長的路

數十年如一轉瞬。消逝的是往昔的足音，響起的是未來的腳步。新的一代作家，人才輩出，不論在詩、散文、小說的創作方面，都展露著驚人的才華。我深深地爲他們祝福，就像祝福生命清晨閃耀的力量和光釆。至於我呢，雖已漸近桑榆晚景，卻依然未曾厭倦筆墨的生涯。在我的有生之年，仍將繼續不停的寫下去。

去年五月，我用「燕然」爲筆名，寫了一首以〈下午五時的風景〉爲題的詩，發表在《青年日報》的副刊上。詩的最後一節是：

在下午五時
有些輕喟　有些微醺
有打著松枝和芭蕉葉的陣雨

有照著山坡和小溪的晚霞。
天黑之前，還有很長的路呢
我再次揹起行囊。

這幾句詩，正可說明我對寫作「衣帶漸寬終不悔」的態度，和我當下的心境。

原發表於一九八六年十二月《文訊》二七期

郭嗣汾

戰亂中的寫作生涯

郭嗣汾，籍貫四川雲陽，1919年生。陸軍官校畢業，中國地政研究所土地經濟系研究。曾於海軍出版社、省新聞處、台灣電影製片廠、文獻會、亞洲華文作家協會擔任要職，並任錦繡出版社、江山出版社發行人。曾主編《海洋生活》、《中國海軍》、《臺灣書刊》等刊物，擔任中國文藝協會理事長、中國青溪新文藝學會常務理事等。曾獲中華文藝獎戲劇獎、文獎會小説獎、亞洲小説獎。爲五〇年代重要作家，曾創作海戰作品，受稱爲「海洋作家」。創作文類包括散文、遊記、小説、戲劇，出版有《生命的火花》、《懸崖的悲劇》、《雲泥》等50餘種。

投入抗戰行列

古今中外的許多作家和他們的作品，都免不了以戰爭作爲題材，而我從事於寫作生涯，也正是在戰爭中開始。

民國二十六年夏天，日本軍閥發動了對我國的全面戰爭，在華北、在華東上海，挑起了大規模的戰火。我全國軍民在領袖　蔣公的「地無分南北、人無分老幼」展開全面長期抗戰的號召之下，奮起抗戰。割據多年，內訌不已的四川將領們，也一致放棄私見，出兵抗日。四川的學生，也紛紛組成了學生戰地服務團，東下到第一線去服務。那時候，我剛進入十八歲，也慷慨地簽名參加了。等到我們東下時，京滬等名城都相繼淪陷，川軍轉戰於江西、安徽等地，浴血抗戰，犧牲慘烈。我們在第一線慰勞傷患，協助民運工作，經常編寫壁報，演出獨幕話劇，搬運補給品等。與國軍共同生活，出生入死。而我那時，年齡比較小，編壁報、演話劇、代傷患寫家信，成了我的經常工作。由於戰線變動不常，又時時撤退，危險辛苦，遠非筆墨所能形容。但事後想起來，那種刺激的生活，那些寶貴的經歷，都是最值得珍惜的。

二十七年夏，徐州會戰後，展開武漢保衛戰，學生服務團撤回漢口後，無形解散，各奔前程。我由於戰地一段時間的薰陶，喜歡塗塗抹抹，開始寫新詩，寫報告文學。住在漢口，整天無事，曾寫了幾篇報導戰地生活的文章，寄給家鄉的報紙，發表後，頗得好評，使得安居在大後方的人們，也嗅得一些戰爭氣息，認識了戰時的艱苦生活。在這同時，也寫了一些短文，包括新詩、散文，投給漢口的幾家報紙。有的如石沉大海，不知所終；但有一家《漢口新民報》（我不知與南京、重慶的《新民報》是否有關係？）卻一連刊出了三篇。第一篇是一首新詩，題目是〈別了，一切幽夢的幽夢〉。在領取稿費時，認識了副刊主編謝青雲先生。他給我不少鼓勵，也對我邇後的道路影響很大。因爲他的輾轉介紹，我考入了軍委會戰時工作幹部訓練第一團受訓，後來轉入軍校十六期畢業，正式加入了抗戰建國的行列。

在考入戰幹團之前，在團員中，認識了一位歐陽本松，四川人，和我年齡差不多，個性也相投。他是「塞上風雲」、「李秀成之死」編劇者歐陽翰笙的弟弟。那時歐陽翰笙在政治部第三廳工作，好像田漢、洪深等也在裡面，廳長是郭沫若，地點在武昌曇花林。我們常到那裡去，來來去去的都是一些年輕男女，非常熱鬧。有名的「孩子劇團」就是那時候組成的。另外還有不少作家，當時我孤陋寡聞，見過後也沒有什麼印象。當時政治部有三個廳，第一廳主管工作之一是人事；第二廳主管和經費有關；第三廳則主管宣傳。所以有一個笑話：第一廳叫做「客廳」，求職、分發的人都去那裡；第二廳則叫做「飯廳」，從那裡出來都有飯吃了；第三廳則名「跳舞廳」，多少宣傳隊、劇隊都是從那裡產生出來的。如果當時我不考入戰幹團受訓，說不定也參加那些團體工作了。

輾轉各地從事文宣

是年十月，武漢保衛戰告一段落，我們在日軍的轟炸和追擊之下，撤退到湖南，然後輾轉經貴州到重慶。長途行軍，跋涉關山，停下來就是嚴格的訓練，寫作自然中輟。不過，沿途的名勝古蹟我都一一記入日記中。像荊州的古蹟，八百里洞庭湖的浩瀚風光，桃花源眞實面貌等；以及辰州木排的法術、湘西趕屍的神祕傳說、遍地罌粟花（鴉片）的奇觀、苗區的跳月和奇風異俗等，都成了我采集的對象。行萬里路，等於讀萬卷書，我得以領略其中眞諦，也爲邇後我寫山川文物方面的文章打下了基礎。

軍校畢業以後，正式擔任帶兵官，很快就直接加入了戰鬥，如長沙會戰、宜昌會戰等等，都是有名的大戰役，除了戰鬥生活外，部隊經常在移防、補充，很少在一個地方定居下來。這一段時間的活動範圍，多在長江南北岸，粵漢鐵路以西的西南各省，足跡所到的名城如長沙、衡陽、芷江、桂林、柳州、貴陽、昆明等處。戰鬥的生涯是危險的、單調的和無比艱困的，但在一個地方短期住下來時，當地的風光景色、名勝古蹟，常使我忘掉現實的苦難，沉醉在山水徜徉中。長沙的嶽麓山、汨羅的屈原祠、巍峨的南嶽衡山、多彩多姿的桂林山水、旖旎迷人的貴陽花溪風光、昆明的西山翠湖、金馬碧雞等處，消磨了多少個日子，也使我對於祖國河山，更加熱愛。我曾在南嶽一座古剎中，看到一副對聯：「退後一步想，幾時能再來。」當時還不覺得有什麼特別，現在想起來，何時能再去？何時能再度登臨勝覽祖國大好河山風光，令人不勝黯然。

民國三十年夏，我從廣西前線轉戰到長江沿岸，在宜昌南岸前線，忽接家中來信，父親病重；我設法趕回四川家中，得見先父最後一面。由於家中乏人照料，只好暫時留下來。三、四年中，家鄉已有很大的變化，大後方正値劇運高潮，軍中劇隊和民間劇隊經常演出話劇。我被留下來擔任三民主義青年團工作,兼主持青年劇團。我們演出了幾個戲,成績都不算壞。當時因為經費短絀,設備簡陋,只能演出人物少,布景簡單的劇本。最受歡迎的如陳銓先生的「野玫瑰」(後來改名「天字第一號」)、「金指環」、「藍蝴蝶」等,都是三幕一景的話劇。另外還演出了一些獨幕劇,如「樑上君子」、「人約黃昏」、「最後一計」等,都很受觀眾歡迎。同時還組織了一個歌詠隊,舉行過幾次演唱會。那時在桂林出版的《新音樂》月刊,每期都有新歌,收到後立即教唱。這些活動,為小小的山城帶來了文宣高潮。

在那一段時間中,我的生活非常充實,也充滿了刺激。每一次演出,事前都是既沒有場地,又沒有經費,人員大半也是臨時湊合而來的,常常臨時起變化,而影響了整個的演出計畫。但是也在每一次都能夠克服種種困難,設法演出,從未半途而廢。

當時的最大困難,仍然是劇本,每排一個戲,只能演出幾場。那時候在重慶上演的劇本,多半布景富麗堂皇,演員眾多,不適合我們小型劇團之用。後來,便想法子自己來編劇,我寫了一個三幕劇,劇名「激流」,是寫幾個年輕人的故事,一個退役的軍官、一個無所事事的少爺、一個不務正業的年輕人,湊在一起,在時代激流的薰陶,和抗日戰爭的啓示下,振作起來,投身抗戰的故事。這也是我們劇社的故事,雖然不怎麼曲折,但是頗能切合時代的需要,相當受到觀眾的歡迎。後來政府號召青年從軍,有兩個劇團把這本子改成投效青年軍,作為多次的演出,也有相當良好的反應。

這段時間中,我的另一重大收穫是認識了幾位年輕的文藝工作者,他們當時都沒有什麼名氣,但寫作很努力,小說、散文、詩都寫得不錯。最早是何穆容,由他陸續認識了上官予、田野、柳君朔等人。

後面三位都來了台灣，我們一直保持著非常良好的友誼。可惜田野於三十九年去香港後失去消息；君朔來台後改在新聞單位工作，未續寫作，只有上官予繼續在詩壇上放出異彩。

演出「激流」後不久，國軍九十四軍調駐川東鄂西，正準備成立政工大隊，希望我去主持，最好能把劇社一起帶過去。這樣我把原來的隊員大部分帶過去，再加上由軍中遴選了一部分工作人員，兩個月的時間，組成了一支能歌能演的劇隊。軍、師所有的康樂活動，包括球類比賽，運動大會，都由我們包辦。同時還在軍中擔任政治課程和軍歌教唱，充分提高了全軍的士氣。不過全軍整補完成後，不到一年時間就開往鄂西、湘北作戰。部隊在作戰時流動性太大，話劇演出在無形中停止下來，改做一些後勤、宣傳的工作，我也請假離職到重慶去了。主要原因，是覺得自己各方面都不夠，需要多學習，對我而言這才是重要的。

狂熱的閱讀、看話劇

在重慶，過了一段打從抗戰開始以來最安定的日子，有了讀書的時間，也有了寫作的時間，更有機會接觸了在戰時首都的許多有名的作家。

在重慶時，一大半時間住在南岸的南溫泉，那裡是重慶有名的風景區，與北碚（北溫泉）齊名。每一個週末，都到重慶去度過。逛書店買書是最重要的一件事；其次是訪友，拜訪有名的作家；然後是設法看話劇。抗戰後期，日本已無力空襲重慶，我剛去時還經常遭到轟炸，滿目瘡痍。但是很快地市容又恢復了繁榮。出版創作更顯得蓬勃發展，書店中陳列著琳瑯滿目的中外名著，每一次去重慶都會買一大包回來，然後廢寢忘食讀完它們。像麗尼、傅雷、孟十還、傅東華、高地等先生的譯書，就不下數十種之多。我幾乎全部收羅閱讀。買不到的，也設法借閱。至於當代作家的作品，略有名氣的都不願遺漏。這一兩年中，可說是我一生中讀書最勤最多的時候。在話劇方面也是一生中看得最多的時期。印象較深的，有沈浮的「重慶二十四小時」、楊村彬的「清宮外史」、郭沫若的「孔雀膽」、袁俊的「萬世師表」、于伶的「杏花春雨江南」、吳祖光的「少年遊」、師佗的「大馬戲團」等等。往往散戲時，已是子夜時候，既無多餘的錢住旅館，更不能渡江，只好三五知己，找一處辦公室聊天喝茶，聊到天明後再各奔前程。後來到市郊石橋舖一家中學教書，看完戲後走路回去，到學校，也快到黎明時光了。到底是年輕，現在回想起來，那一份狂熱和執著，簡直是不可想像了。也許，這就是文學領域中的「衣帶漸寬終不悔」的境界吧。

這段時間，也是我寫作最努力的一個時期。雖然寫的東西並不成熟，而且抗戰時作家雲集重慶，也很難擠入他們的地盤，不過，仍然有些地方發表了我的文章。後來在《世界日報》的副刊上，也占了一席之地，以郭晉俠的筆名先後發表了〈桂林在我們後面〉（報導文學）、〈流星底季節〉（短篇小說）、〈海潮〉（短篇小說）、〈廢園之夏〉（中篇小說）。《世界日報》在市中心七星崗，和共黨機關報《新華日報》望衡對宇，相距不遠。〈廢園之夏〉由於勝利復員，只刊了幾章就停止了。

在重慶，我有一位叔父在郵政儲金匯業局工作，他以「齊明」筆名常在《大公報》副刊發表散文、小品文。文筆清新嚴謹，意境深遠。他住在南岸黃桷埡山上，我經常過江上山去看他，把我的新作送給他指正後再發表。他對我的批評是：「文字已經沒有問題，寫小說故事雖然很重要，寫作技巧更要注意，多看名家作品，可以揣摩他們的長處。你的生活經驗相當豐富，是長處。妥爲處理，可以寫出成功的作品來。」他對我的作品提出的意見都十分中肯。不過他希望我走寫實的路線，我卻一直未能做到。因爲我當時最崇拜的作家是屠格涅夫，我收羅了所能找到的他的作品，讀完了每一本後都寫了研究心得。當然我的創作自然而然地受了他的不少影響。有趣的是，我的關於屠氏研究幾萬字的原稿，後來被一位中央大學女同學拿去做了她的畢業論文，也算是「種瓜得瓜」吧。

懷念戰時的人與事

前面提到在川東從事劇運工作時，也認識了幾位年輕作家，除了何穆容見過幾次面外，另外上官予、田野、柳君朔三位，都是文字之交，一直沒有機會見面。他們幾位都經常有作品在一家《川東日報》發表。他們三位，都在青年軍，駐四川萬縣。萬縣是川東沿長江第一大城市，非常繁榮，戰時學校遷來甚多，大學有「上海法學院」，中學有二十餘家之多。報紙有兩家大報，《萬州日報》和《川東日報》。後者的副刊內容十分充實，刊出的作品都有相當的分量，且幾乎以新詩爲主流。後來像曾卓、伍禾、鄒滌帆、蘇柳、劉北汜等，都是該刊的作者。大家爲了田野的詩還引起了一次相當規模的筆戰。

抗戰勝利後，我東下武漢，在善後救濟總署湖北分署工作，生活比較安定，也無形中成了一處聯絡中心。那時候，上官予到華北，田野去航海，他們的作品，大半都寄給我轉送出去發表。曾卓到了漢口後，任《新湖北日報》副刊主編，他的一首〈重慶頌〉，甚受詩壇重視。曾卓的編務，後來由伍禾接替。《新湖北日報》似乎是湖北省政府的報紙，但是後來副刊幾乎完全被左派文人把持了。我在武漢時就認識了邵荃麟、葛琴、王采、端木蕻良、鄒滌帆等人。端木蕻良和他們走得並不近，他那時還把《安娜．卡列尼娜》改編成話劇在國民黨黨報《武漢日報》上發表。因此，凡是寄到我手中的朋友的作品，前一半多在《新湖北日報》發表，後來改送《川東日報》和《華中日報》發表。

那段時間，我的工作較忙，且經常到湖北各縣市去展開救濟工作，應《武漢日報》的特約，寫了十幾篇報導，後來也因此得罪了一些地方人士。除了工作，我還兼了「西南新聞社」駐漢口特派員，寫特稿報告武漢各方面動態。不過寫作沒有放棄，寫了一些散文和小說。小說多半發表於《華中日報》。「華中副刊」當時由康祥兄主編，在他手上我發表了好幾個短篇。後來我又把〈廢園之夏〉整理成長篇在該報發表。又跟在重慶一樣，不久我離開了武漢到台灣，而大局隨之逆轉，這篇東西又告夭折，而且連原稿都找不到了。康祥兄到台灣後，在南部《新聞報》先後擔任副刊主編和總編輯。我們見面後，還談過這部小說。

在漢口，除了和那一批文友經常有往來外，值得一提的，是當時漢口的劇運非常蓬勃，先後有演劇九隊、四隊和六隊在漢口演出大型話劇，轟動武漢三鎮。這三個劇隊中，都有我的朋友，也義務參加他們的演出工作。最引起票房高潮的，有九隊的「小人物狂想曲」、四隊的「海國英雄傳」（鄭成功）、六隊的「天國春秋」等等。後來他們先後赴京、滬一帶演出，九隊在上海演出「麗人行」，曾創下了連滿兩個月，欲罷不能的盛況。有件事值得提到的：三個劇隊都隸屬聯勤總部，但是編制很小，為了演出，加入了許多臨時工作人員，經常不敷應用。因此，他們從漢口東下，遭到運輸上的困難。而我服務的善後救濟總署，每星期都有大型美軍登陸艇運救濟物資來漢口，然後裝運難民復原。於是設法讓他們都變成難民身分，搭船東下，他們在船上開晚會，很受老美和難民們的歡迎。可惜後來他們輾轉各地演出，淪陷在大陸。那一批老友，都失去音訊了。

十年戰亂，馬齒徒增，學問事業，一無所成。但是，我一直懷念那些離亂年代中的顛沛流離的生活；懷念許多值得懷念的人與事。特別是：在國家民族面臨生死存亡的大風暴時，我也曾分擔過歷史的創痛，分享過歷史的光榮。偉大的時代與不平凡的生活，是令人永生不忘的。

原發表於一九八四年四月《文訊》十期

王書川

滿頭華髮終不悔

王書川，籍貫山東淄博。1920年生，2007年逝世。山東洗凡高等學校畢業。曾任中國晚報社總經理，創辦中國聯合通訊社、新創作出版社，主編《浙東日報》、《浙海日報》副刊，自五〇年代參與南部文壇活動逾半世紀，於中國作家藝術家聯盟、中國文藝協會、中華民國青溪新文藝學會等擔任要職。作品以樸實筆觸，描寫戰亂慘痛的回憶，傾向寫實主義，晚年著意表現人生哲理。創作文類有散文、小說，兼及傳記，出版有《簾裡簾外》、《落拓江湖》等十餘種。

在創作的漫長生涯中，似乎可以用「癡」、「迷」、「狂」、「淡」四種境界來形容。

癡

最初踏入寫作之門時，可以說是「無心插柳」。只是年輕氣盛，喜歡塗塗寫寫，心有所感，意有不平，就提筆亂寫。寫的多了，看的也多了，在比較、揣摩、累積詞彙、鑽研技巧之下，寫作的水準及境界也提升了。有時被報刊雜誌刊用發表了，那種成就感的快意及刺激，會鞭策著自己，繼續如癡如狂的向前摸索。

迷

「學不成癡，藝不精」。記得，父親準備叫我去學木匠的時候，特別給我拜了個乾爹。在行完大禮之後，乾爹說：

「孩子！你要學木匠，一定要苦學三年，方能出師。一塊木頭是原料，要鋸，要刮，要雕，要刻，全在自己。但必須埋頭在木材中，苦苦的鑽研，忘寢廢食，如癡如狂，才能成爲一個『好木匠』、『巧木匠』。」

受此啓示後，在寫作上，我就認爲木材與文字，同樣是原始質料，但要分析，組合，雕塑，修削，都要下一番苦功。我的木匠乾爹，給我底一生的影響很大。

狂

由於癡迷執著，不計成敗、得失，朝如此，夕如此；雖然饔餐不繼，也狂熱不減。故文人多窮，窮而益堅，賣稿稿費微薄，也不在意，孜孜矻矻，從「一」而終。別人可能視爲「狂」，自己卻自得其樂，至死不渝。

淡

寫作的年事略高，寫作的甘苦也嚐的多了。能寫出震鑠古今的文章，固然不易；要進入「作家」之林，也不簡單。

「江山代有才人出」，一代比一代高，要想超越自己，拔升質量，也不容易。於是領略到自己的才具，自己的修持，自己的稟賦，自己的內涵，及文壇上的新風異雨，拚此一生，滿頭白髮，也僅在此一水準上徘徊。

理解了這一點，心情上逐漸趨向了一個「淡」字。擺脫了許多得失上的枷鎖、成敗的顧忌；率性而寫，能寫什麼就寫什麼，寫到什麼程度就算什麼程度。至於作品能否禁得起歷史的浪淘，那是身後事，自也不再計較了。

淒涼的童年

我的身世十分淒涼，生長在一個窮鄉僻壤的貧苦農家。曾祖父鏡公曾是私塾先生，祖父佐成公以農牧爲業，傳到父親已是破落戶兒，僅有二間茅屋，四畝薄田，一頭跛驢。後來連跛驢也賣了，父親在耕種外，兼做礦工，方可維持全家的溫飽。

我幸而有個外祖父，住在鄞縣博山城裡，自幼把我抱去養育，才能突破命運，不被送去學木匠，反而進入了「新式」學堂，接受現代教育。

更幸運的是，外祖父與父親打賭式的，讓我試考當時有「貴族學校」名稱的顏山中學，必須在前五名內錄取，方可考慮雙方集資讓我試讀。所謂「試讀」是看我的命運，如果雙方籌措的學費足夠，就讓我讀下去，否則，即輟學就業。

僥倖考取了第三名。

父親典了二畝田，母親看了不少親戚的白眼，被嘲諷著：「什麼身家？不自量力，還讓兒子讀那種貴族學校！」

東湊西湊，總算湊足了四十塊銀元，才能繳費入學。外祖父流著眼淚送我到學校，班上的學子們看到我穿著襤褸，都投以鄙視的目光。

第二年，由於成績優異，名列「免費生」，順利完成了學業。

在學校內，又幸運的得到國文老師徐愛濤先生的愛護，對我諄諄教導，督促極嚴。他不但古文底子好，現代文學也極爲擅長。他經常在上海《大公報》、《申報》、《益世報》等副刊上發表文章。發表過的都給我們傳閱，並且講解寫作的內容與技巧。

在課餘之外，又增加研讀《古文觀止》及《左傳》等，他分析文中的造句及用字極爲精闢。他比喻讀古文叫「打樁」，要建築高樓大廈非打下深厚的樁不可。

他教的每一篇，都要背得滾瓜爛熟，背不過就要受到嚴厲的責備。當時我們都怕他，認為他太苛刻，現在想想卻要感激他一輩子呢。

大概是受了這樣的教導與薰陶，使我逐漸接近了文藝的殿堂。

那時候，除了正常的課程外，寒暑假期間，寫完了書法，就拚命的讀些通俗小說。不過《封神榜演義》，卻是奉四姊母之命，每天在燈下講述的。四姊母為了補貼家用，包攬了許多裁縫衣服縫製，她一面不停的縫衣，一面聽我講述《封神榜》的精彩章目。聽得入神的時候，我就故意停止不講了，急得四姊母趕快掏出幾個銅板塞給我，故事才繼續講下去。

於是，《西遊記》、《三國演義》、《水滸傳》……等，皆在講述之列。我不但進入了章回小說的世界，也間接領略了許多詞彙，和描寫上的技巧。

十九歲，是我一生最大的轉變。

日本兵的炮火，攻破了樸實寧靜的縣城。

眼看著敵寇那種燒殺、姦淫、擄掠的暴行，使我熱血僨張，遂懇求外祖及父母的同意，上山參加了游擊戰爭。在沂蒙山區裡，朝夕與山為友，與草木為伴；唯一與我相隨的是一支步槍，和一本日記。無事時，就躲在山崖下，石洞裡，荒村中，執筆寫日記。日記無格局，無拘束，想寫什麼就寫什麼。大者論國家大事，小者寫些兒女私情；或論、或敘、或歌、或詩，無所不寫。使我在文字上盡情的揣摩應用，在遣詞上任意安排使用，在寫作上給了我一個專心磨練的場地，在時間上是一段心無旁騖的絕佳時期。

所以，我的抗戰生活，可以說是生活在戰鬥與日記裡。

三十三年，參加了十萬青年十萬軍的熱潮。

由沂蒙山區潛遇敵僞匪的封鎖線，冒九死一生的危險，到達了皖北的抗戰重鎮——阜陽。

在大別山區集訓，我被選爲主編《戰地日報》。一塊鋼板，數張臘紙，自刻自撰自印，確也發揮了報導及文宣的效果。在與大後方新聞傳播的撰寫，及新出版書籍文稿的接觸，使我的思想與新文學的認知，有了更進一步的探索。

滯留江南

三十四年，日本無條件投降。

我們全軍移師安徽省城安慶市。奉命改編爲憲兵教導第三團，團長黃祥烈把我們這些年紀較大的暫編爲一隊，放在文廟裡「奉養」。不必出操上課，天天閑來無事，我便以孔老夫子的神案爲桌子，開始了我的寫作生活。每日仍以日記爲主要課程，另外散文、新詩、小說也不斷創作。脫稿後即送到當地報紙《皖報》發表，賺了稿費，就請同隊的袍澤們喝酒吃水餃。

記得，最使我傷心的是，用稿費剛買了一雙久發心願的半高筒皮靴，放在神案上，一夜之間，竟被老鼠咬了兩個大洞，心痛的竟淚流滿面。

在這一段等待「復員」的期間，使我有更大的收穫，就是在這個縣城裡，可以買到山區戰地內所買不到的書籍。於是中外名家散文、小說、詩集等，統統買回廟內，如饑如渴的狂讀不已。有時讀它兩三遍也說不定。讀時有佳句雋詞，或優美的描寫與布局，都記在札記裡。有閑空時再熟讀札記，使那些精鍊鮮活的詞句深記在腦海裡，然後經過沉思消化變成我的營養資料，流入我寫作的血液裡。

復員離營後，我並未回去故鄉山東，反而迷戀那江南風光。

順著長江的巨流，撐帆到了南京。好像鄉巴佬逛都市，用深沉的悲懷，去認識這座歷史的古城。然後，到了繁華的上海，作了短暫的瀏覽。

最後轉到古今馳名的杭州。

我像一個行腳僧，住進了西子湖畔的昭慶寺。

早晨在朦朧的薄霧中，沿著蘇堤慢跑，看湖水隨風激盪，嗅那濃郁的荷香，迎風送鼻；欣賞那柳絲輕盈的搖曳，驚詫那水鳥在芙蕖間拍水遊戲。

傍晚霞光褪盡，湖岸燈水晶瑩，萬條銀蛇在湖面上竄動；情侶小舟不時穿梭往來，船娘漁歌，此起彼落，形成一幅浪漫、安樂又繁華的景象，令人陶醉。

這時，我靜坐在岸邊，清風習習，凝神沉思，思潮洶湧，寫作的衝動宛如湖水般的激盪不息。

在昭慶寺禪房裡，桌椅俱備，展開稿紙又開始了我的寫作生活。稿件多投在《浙江日報》上發表，這時的我，畢竟是一朵遊雲。

生活的不安定，促使我離開了杭州，過錢塘江，渡曹娥河，到了王陽明的故居餘姚縣城。在遊完了名川大城，來到這裡，竟又蟄居到山區裡。在幽篁叢竹中，變成了四明山的「山大王」——四明縣代縣長。

雖然身繫縣政工作，但在此深山幽谷中，民風淳樸，鄉村零散，日無政事可做。抽空我又提筆寫些散文雜感，投於餘姚《浙東日報》上發表。

可惜，宦途短暫，不久即被一陣狂飆，從北方吹來。

三十八年，京滬相繼淪陷，杭州不保。在驚惶緊急中，率領著一批患難弟兄們，由寧波渡海，抵達舟山。

當時舟山群島，兵馬雲集，由石覺將軍統一指揮，成立了防衛司令部，改編部隊，重新部署，匪軍則集結五個師的兵力，向周邊島嶼進攻，情勢危殆。

我首先加入了對匪心戰委員會，每天協助製印各種傳單標語，派飛機到前線匪軍聚點散發，打擊渙散匪軍士氣。一面為舟山唯一的大報《浙海日報》撰稿，以「來論」、「專欄」及散文、小說等，提供軍政意見，及輕鬆幽默的文字，安定鼓舞士氣民心，頗獲石司令官重視，數次召見嘉勉。

《浙海日報》在此時的浙海前線，所發揮的無比威力，可比一個師一個軍的力量。它協助軍事對敵增強心理作戰，協助政治鼓舞民心士氣，團結後方軍民力量，鞏固基地。遂造成了「登步島」的輝煌大捷，殲滅匪軍千餘人，使匪燄為之大折，不敢輕舉妄動。最後奉命全軍轉移台灣，在匪軍不知不覺中，完成了媲美「登寇克」的全勝壯舉。

該報發行人沈友梅，總編輯陳英烈等先生，在那時兵馬倥傯、物資貧乏的海島上，艱苦支撐，奮力作戰，深受軍民崇敬。而我那時又承聘爲編輯，加入了他們的作戰陣容，與當時在舟山的作家王臨泰等，輪流執筆寫稿，稿費雖然微薄，但也足夠我與臨泰在路邊小攤，一壺酒，一盤水餃，相對低酌，成爲當時無上的享受。

不久，原北平《市民日報》社長謝起及張行周先生，發起創辦「中國聯合通訊社」（簡稱中聯社）。聘我爲總編輯，以報導敵後消息爲主，藉以彌補台灣對大陸消息之中斷。創刊以後，以電信傳送到台灣各大報刊，甚受歡迎，爭相刊用，造成極大的傳播宏效。以後並承政府協助派員深入上海蘇浙等地採訪，所獲匪情及殘酷暴政的資料甚多，均陸續以新聞及專欄發布，「中聯社」之名遂宣騰中外。

浮沉於高雄

三十九年，舟山撤退來台。

「中聯社」全部人員都住在台北市銅山街的一棟日式的平房裡。屋小人多，白天拉開桌子辦公寫稿，晚上則把桌子疊起，睡在榻榻米上。

我除了編稿以外，又開始我的散文小說投稿。以文會友，認識了當時《中央日報》副刊編輯耿修業先生（茹茵），《新生報》副刊編輯馮放民先生（鳳兮），《中華日報》副刊編輯林適存及冷楓先生，

《暢流》半月刊吳愷玄、王琰如先生等。由於作品不斷的在各報刊發表，文友也間接的加強了聯繫，讀者的反應也很熱烈。世界書局更採用在《中央日報》發表的一篇〈賣饅頭〉的散文，編入中學教科書，引起了教育界的重視。

不久，張道藩、陳紀瀅等先生，籌組「文藝協會」，遂加入為會員，並與文友努力推動起如火如荼的「戰鬥文藝」活動。

四十年，社方派我到高雄市成立分社。帶了三個同仁一齊前去，藉以減輕社方的負擔。分社設在鼓山一路，與《新生報》南部版毗鄰而居。

房子是借用的，前半段作為辦公室，後半段則用甘蔗板隔成兩個大小房間。我在小房間內放了一張竹床、木桌及一個書架，又開始了我的寫作生涯。

這時的稿件，除了投向台北各報外，又多了一個《新生報》南部版的園地。副刊「西子灣」是由老報人歐陽醇總編輯兼編，時常電話催稿，對我的寫作給了最大的鞭策與鼓勵。

不久，與老作家尹雪曼先生，合作創辦「新創作出版社」。我首先出版了第一本小說集《瑞典之花》，雪曼則出版了他的《小城風味》。

當時，陳暉先生創立「大業書店」，以「為推動創作而出版」為號召，使文化荒漠的南台灣，掀起了一股熱風。南北文友不約而同的都聚集在該書店。由陳暉介紹相約認識而聚會，由慕名而相識、而餐敘，大家似乎神交已久，一見如故，無所不談；歡笑與戲謔，評論與研討，渾然都成了日後難忘的記憶。

我在「大業」先後出版了《北雁南飛》、《花箋憶》、《藍色湖》、《簾裡簾外》等散文集，及《歸夢》小說集，都引起文壇耆宿王平陵等先生的評介與謬讚。

四十四年，與女作家王黛影小姐結婚，洞房仍是在那間小甘蔗板房裡。次年，她出版了長篇小說《不歸鳥》，引起文藝界的重視，並曾接受軍中電台、復興電台的連播。以後又出版了《後塵》、《歧路》兩部小說。其中，《後塵》經韓國作家權熙哲先生翻譯刊載於《女流文學》，極獲該國文壇之稱譽。她現在又著力完成一部長篇小說《沙堡春夢》，約二十萬字，已接近完成。

在四十二年以後，我的寫作生涯，起了一點變化。

由於因緣際會，我竟參加了高雄市議員的競選。一輛破腳踏車，四千塊新台幣就上陣了。經過一番奔走煎熬，終以高票當選。接連連任了三、四、五屆三屆議員，耗費了九年的寶貴時光（那時三年爲一屆），也就是浪擲了我的精壯年華（卅一歲到四十歲），使寫作斷斷續續，不能全力灌注在寫作上，時間與生活被政治活動所吞噬。往往正在執筆沉思撰稿，忽被一通電話，召去議會開會，或去處理一件民眾糾紛。就這樣的日無寧日，時無寧時，一晃九年，竟造成了畢生莫大的遺憾。

生命裡似乎有許多偶然，這些偶然有時是事前無法捉摸的。但是「際遇」一旦降臨，竟不容你抉擇，竟牽因扯緣的捨身而投入了。

海明威曾說：「文藝是個嚴苛的女神，她不容你接近財富，接納高官厚職，投入幸福的生活。她要你窮困、孤獨、寂寞，要用你一生的時間從事，全神貫注，永不懈怠。」

我曾一度迷失，與「寫作生活」背道而馳。人是一種什麼動物？竟眷戀「權貴」而至死不悟！在第六屆議員改選開始，四面八方的敦促，蜂擁而至，幸而賢妻王黛影，拿出了撒手鐧：「再競選就離婚！」這句話才擊退了各方的壓力，使我脫離了那個頭痛而紛擾的漩渦。

六十三年，舉家遷居台北，告別「親愛的」廿六年的高雄故鄉，住進這座椰林道旁幽靜的小巷裡。平撫下心猿意馬的心境，找回了迷失的自己，再回到書桌前，開始我牽心掛肚的寫作生活。

幸而，稿件承蒙各報副刊主編的見愛，不斷的刊出。六十四年出版我的《王書川散文集》。六十七年復承黎明文化出版公司出版《王書川自選集》。現正精選近幾年發表的散文，準備出版另一本散文集。

在此階段，最快慰的是無「官」一身輕，七十二年已從某大企業退休下來。餘年的全部時間，已可歸我自由運作。已不必栖栖惶惶趕那「八點半」，也不必誠惶誠恐的看人家的臉。「隨心所欲，而不逾矩」，正可摒絕俗務，專心致力，爲腦海中久所籌思的長篇小說而著筆了。

每逢對鏡，驚見華髮滿頂，不勝感嘆時間的匆促。我與老妻都已年逾花甲，雖無老態，但也難掩歲月的折磨。所喜長子大維已完成了維斯康辛大學的學業，在洛杉磯建設公司就業，並已結婚。女兒維妮嫁給雕塑家楊英風先生的長子奉琛君，目下只有一個小兒亞維已從文化大學畢業，在軍中服役了。

感謝老天！使我這個礦工的兒子，在貧窮的泥窩裡，一跌一爬的走上抗戰的前線。在槍林彈雨中，幸而不死；憑持著一支禿筆，在文藝戰線上，略盡棉薄。至今雖未寫出如何震撼文壇的作品，但我一息尚存，努力不懈，就憑數十年的血汗經驗，累集採擷的豐富資料，定能寫出可感無憾的作品。但願以此爲自勵。

原發表於一九八六年六月《文訊》二四期

墨人

活到老寫到老

墨人，本名張萬熙，籍貫江西九江，1920年生。陸軍官校、中央訓練團新聞研究班畢業。曾任報社主筆、總編輯、總經理，曾任教於東吳大學及香港廣大學院中文系所，現任劍橋國際傳記中心副董事長。曾獲中華文獎會獎金、金鼎獎、嘉新優良著作獎等。作品語言充滿鄉土色彩，幽默且富哲思，因其文學成就，多次榮列英、美等名人傳記。創作文類有論述、詩、散文與小說，出版有《自由的火燄》、《紅樓夢的寫作技巧》、《紅塵》等50餘種。

從民國二十八年在報上發表第一篇拙作算起，今年剛好四十七年。

本來我是投筆從戎的，那時年輕，正逢抗日戰爭如火如荼，爲了不做亡國奴，我像一粒微塵一樣，捲入那個「大時代的洪爐」，以爲如果僥倖不死，自然會以軍人事業終此一生。可是卻意想不到，後來又轉學新聞，拿起筆桿上前線，連自衛手槍也沒有帶一枝。就這樣決定了我一輩子從事筆墨生涯。

寫詩開始

那時新詩十分蓬勃，我也開始寫詩。

抗戰時期生活十分艱苦，而且很不安定，尤其是我，一年往往換兩三個地方，又沒有一個地方不是在日本飛機轟炸之下的。有一段時期我還是白天跑警報晚上編國際版新聞。因此我的詩作大半是在躲警報中寫的。產量最多的是三十一年到三十四年這個階段。

勝利後我到上海、南京工作，生活仍不安定，只寫了十來首詩和一些散文、少數短篇小說。

三十八年來台灣之後，詩又寫得多了。

三十九年，我出了第一本詩集《自由的火燄》，收集了長短詩八十六首。當時寫作的人很少，出版詩集的更少。只有葛賢寧、紀弦、金軍和我出了詩集，覃子豪還未公開發表作品。《海洋詩抄》是以後我勸他出版的。

四十一年我出版了第二本詩集《哀祖國》。

四十二年到五十一年這十年之間我只寫了〈雪萊〉、〈海鷗〉等二十二首詩，直到民國六十一年中華書局出版我的一套五大本《墨人自選集》時，我才將這些詩和精選的二十八個短篇小說編入一大冊《短篇小說．詩選》內，一共收了一〇六首詩。

五十一年以後我很少寫詩，直到六十八年宋瑞兄陪我登山，突然詩興大發，六十八、九年之間，一下子寫了三十四首，加上了〈台北的黃昏〉、〈歷史的會晤〉、〈羅馬之雲〉、〈羅馬之松〉、〈翡冷翠的女郎〉、〈塞納河〉、〈六月之荷〉、〈哀吉米卡特〉、〈花甲之歌〉、〈無題〉、〈龍泉低語〉等，六十九年出版了第三本詩集《山之禮讚》，距我第一本詩集剛好三十年。

四十一年以後，我專心於小說創作，所以詩寫的少了。

小說世界

四十二年我寫了一部兩本約三十多萬字的長篇小說《閃爍的星辰》，本來《暢流》雜誌有意發表，但因連載時間太長，高雄大業書店要出版，我就交給大業直接出版，陳暉先生先付給我六千元版稅。這在當時確是創舉，也是陳暉先生的大手筆，其實他那時只有三萬塊錢的現金資本。那時我兩個男孩子都生肺病，鏈黴素要二十塊錢一針，這筆版稅正好救了兩個孩子的性命。同時高雄百成書店也出版了我第一個短篇小說集《最後的選擇》。不巧，百成書店一夜之間被大火燒光了。

民國四十四年我又在香港亞洲出版社出版了第二個長篇《黑森林》。亞洲是資金雄厚的大出版機構，這次拿的版稅比《閃爍的星辰》多三四倍，同年還獲得文獎會八千元長篇小說獎金，這兩筆錢在當時是一筆不小的財富，可買一百多兩黃金，而左營中學附近的土地只要六元一坪，別人勸我買土地或房屋，我連寫字檯都不買一張，一是眷舍太小，放不下；二是我相信「一年準備……」，三五年內就會回去。我有太多逃難、搬家的經驗，三十八年逃到台灣來，除了一家七口外，什麼都沒有帶，還能帶著土地房屋回去不成？因此，除了接濟朋友外，這兩筆錢都存進銀行，作爲子女教育費。可是不到三個月，一夜之間這筆錢就貶值一半了！沒有發揮一點效用。一直到現在，在我的寫作生涯中，再也沒有拿過那麼多的錢。

四十七年我又有一個長篇《魔障》在《暢流》發表出版。

四十八年有個長篇《孤島長虹》在《文壇》連載出版。

四十九年我提前自軍中退役。這年文協開會決定，推定五個人寫短篇小說參加維也納納富出版公司一系列的世界最佳小說徵稿，先在《作品》雜誌發表，然後譯成英文寄維也納，《作品》主編章君穀告訴我要我立刻寫一篇，我寫了〈馬腳〉，想不到拙作是五篇中唯一入選的一篇（蕭傳文女士是自己應徵的，也入選）。大陸有老舍、郭沫若入選。五十年（一九六一）選集出版，該公司寄我一本還附來版稅。一看選集內容，作者大都是世界名作家，如諾貝爾文學獎得主美國作家威廉福克納（William Faulkner）、瑞典作家拉革克菲斯特（Puiil Lagerkvist）等都有作品入選。

五十年我以江州司馬筆名寫了一個短篇小說〈小黃〉，亦由馮馮譯寄，簡歷由馮馮編造，亦再入選。第二年由馮馮送來新書，他也有一篇入選。以後我就沒有再參加了。

以上所有的作品大都是公餘在辦公室或晚上伏在床上寫的，因爲我沒有書桌。

退役以後我先是在台北養雞，希望賺了錢以後再去深山寫作，但事與願違，不但賠光過去在左營留下的一點老本，還犧牲了三四年寶貴的時間。養雞失敗使我走進了死巷子，只好埋頭寫作，以短篇養長篇，又養家活口，這段時間我寫得很多，台港兩地都有我的作品發表，因此朋友多說我是「多產作家」。

五十二年香港九龍東方文學社出版了我的中篇小說《古樹春藤》。五十三年又出版了我的短篇小說集《花嫁》，收集了〈教師爺〉、〈劉二爹〉……等十四個短篇。

五十三年高雄長城出版社出版了我三個中短篇小說集《水仙花》、《颱風之夜》、《白夢蘭》，共收集了四十七個中短篇。

五十四年長城出版社出版了我在《中華日報》連載的長篇小說《白雪青山》、及在他報連載的另兩個長篇《春梅小史》、《東風無力百花殘》。同時省政府新聞處又約我寫了一個長篇《合家歡》，出版之後又由大業書店再版。

五十五年我寫了文藝理論《紅樓夢的寫作技巧》，恰巧五月馬尼拉華僑文藝講習會請我主講一個月的文藝課程，我除了講新詩外，就講「紅樓夢的寫作技巧」，返回台北後就交商務印書館出版。原先我以爲這種書沒有人買，想不到一連賣了九版，而且銷路一直很穩定，買的人多是寫作的朋友。《女強人》

作者朱秀娟女士今年在文協曾親口對我說她把《紅樓夢的寫作技巧》擺在案頭，當作工具書。朱小姐和我向無交往，她如此坦誠，使我感動。別人從未說過這種話。

這年商務還出版了我的中短篇小說集《塞外》，收集了十四篇作品。

五十六年小說創作社出版了我的長篇小說《碎心記》。

五十七年小說創作社又出版了我在《中華日報》連載的長篇小說《靈姑》。水牛社出版了我的第一本散文集《鱗爪集》，收入了七十六篇散文。

五十八年商務印書館出了我的中短篇小說集《青雲路》。

五十七年商務又出版了我的中短篇小說集《變性記》。幼獅書店出版了我的長篇小說《龍鳳傳》。

六十年立志出版社出版了我的長篇小說《火樹銀花》。這本來是我在十年以前計畫寫作的百萬字大長篇「大地龍蛇」的第一部，有三十多萬字，實際上我寫了五十多萬字，但格於情勢，無法再寫下去，只好提早放棄，單獨出版第一部。這年我還在高雄《新聞報》連載了長篇小說〈紫燕〉。

散文天地

六十一年聞道出版社出版了我的散文集《浮生集》。學生書局出版了散文小說合集《斷腸人》。

六十一年對我個人來說還有一件大事，那就是一向不出版文藝書籍的中華書局出版了我一套五大本《墨人自選集》，包括長篇《白雪青山》、《靈姑》、《江水悠悠》（《東風無力百花殘》易名）、《鳳凰谷》

及《短篇小說·詩選》，這是二十四開本的印刷考究大方的自選集，開台灣出版界出版作家自選集的風氣之先（此外還有彭歌、蕭傳文等人自選集）。

這以後我很少寫了。一是因爲當了公務員的關係，二是對文藝風氣失望，三是潛心探索中國文化源頭。修訂《紅樓夢》，並構思準備另一個百萬字大長篇。

第三項工作相互關聯，互爲因果，花了我十年以上的時間。我對中國固有文化以宇宙爲中心，以人爲本的眞面目，尤其是我固有文化重視宇宙自然法則的科學精神，更多體認，我總算撥雲見日。《紅樓夢》的修訂工作完成了，我定名爲「張本紅樓夢」，以別於「程乙本紅樓夢」。我修訂的重點是人物年齡、景物時序、章回之間前後調整、重新分段分行，更改兩處回目，另加四百七十多條眉批，並指出曹雪芹的思想淵源、層次，以及《紅樓夢》的主題意識。這些工作很不簡單，但我也完成了，只是沒有資金雄厚而又有魄力的出版機構出版，所以暫時藏著。

六十七年我應秦心波先生之約，寫了一本傳記小說《詩人革命家胡漢民傳》，由近代中國社出版。

六十八年學人文化公司出版了我的長篇小說《心猿》（《紫燕》易名）。這本書是一位小學女老師的眞實故事，當年她將自己的慘痛愛情故事和身世原原本本告訴我，日記也交給我，希望我寫成一本書，作爲少女的殷鑑。我寫了，她也看了連載，但那時她還沒有歸宿，所以我一直沒有出版，等事過境遷，我才易名出版。

六十九年中華日報社出版了我的散文集《心在山林》。學人文化公司也出版了《墨人散文集》。其實

《墨人散文集》收集的多是談論中國文化與文學的理論文章，如〈中國文化的三條根〉、〈中國文化的眞面目〉、〈宇宙爲心人爲本〉、〈中國文化的宇宙觀〉、〈李約瑟與中國文化〉、〈人與宇宙自然法則〉、〈文化、社會形態與當代文學創作〉、〈文藝界的「洋」痲瘋〉等，一共五十多篇，我不想以學術理論唬人，所以定名爲《墨人散文集》。可惜這家出版公司因爲擴張太快，人謀不臧，倒了，除了我的兩本書沒有發好，還丟了我一本遊記剪稿，十分遺憾。

七十二年商務印書館出版了我的散文集《山中人語》。

七十四年江山出版社出版了我兩本散文集，一是《三更燈火五更雞》，一是《花市》。

因爲我一直在構思準備那個百萬字的大長篇，所以這些年來我沒創作其他長篇。

投注心力於大長篇

本來我計畫在六十五歲以前完成這個大長篇，但遲遲不敢倉促動筆，更不敢邊寫邊發表。我一生的心血都將投在這個大長篇上，我希望提前退休專心來寫，但不巧的是幾年前我陰錯陽差地當上了主管，七十三年請求提前退休不成，而年齡日增，深恐無力完成這個艱巨的工作，不得已，在這年端午節那天，內人住院割白內障，我一人在家，無人干擾，節也不過，破釜沉舟地動筆了。長篇小說開頭最難，尤其是百萬字以上的大長篇更是千頭萬緒，開頭不好便注定失敗。也許是構思準備了十多年的關係，那天開頭即很順利，一天寫了五六千字，信心大增，於是接著寫下去。每天我要上班、處理公務，再加開會、瑣事、來往擠公車，耗在這方面的時間總在十一小時左右。寫作時間多在夜間，每夜只能睡兩三小時，一覺醒來就趕快爬起來寫，想睡也睡不著，這樣我每月平均可以寫六七萬字。可是寫到七十四年六月十四日半夜，六百字的稿紙寫到一千二百六十一頁，我突然覺得天旋地轉，只好暫時停筆。本來謝冰瑩大姊看了我在中副發表的〈三更燈火五更雞〉之後，早在七十三年八月二十五日就從舊金山飛函勸我保重身體，不要拚老命寫這麼大的長篇，我當初就決定了以老命換取這個大長篇，所以沒有聽她的勸告，結果還是出了毛病。這樣拖了一個多月還是照常上班，寫寫停停，公保又看不好病，醫院也住不進去，成天頭暈腦脹，最後才住進馬偕醫院。幸得薛一鴻大夫對症下藥，兩天就完全好了。他又爲我驗血，做超音波檢查，電腦斷層掃描，沒有發現腦血管有什麼損傷，住滿一週出院，幸而我一切正常，尤其是血壓，一生未變，始終是八十、一百二十以下，不然這次的後果不堪設想。

出院後我一面服藥一面繼續寫作，七十四年八月一日正式退休，十二月底完成了這部一百一十多萬字的大長篇「變色龍」。直到現在我才不得不宣布書名，希望別人不要再套用。因爲以前的那個未完成的大長篇題目「大地龍蛇」早在二十多年前已經公開，現在卻被人套用了！大長篇固不易寫，題目也很難定，但願同文大發慈悲，這次放過我。

這個大長篇完成之後，休息了幾天我就開始研讀《全唐詩》，邊讀邊寫〈全唐詩尋幽探微〉，現在已經寫了八萬多字，正在高雄《新聞報》陸續發表，不久即可完成，當在十萬字以上。同時我也寫了十七首七言絕律。我始終覺得中國絕律詩有許多特殊的優點，是西洋詩無法相比的。

活著就要讀書寫作

到現在爲止，我一共出版了詩集、散文集、長短篇小說、文藝理論三十八本，完成了一個一百一十多萬字的長篇（超過《紅樓夢》十五萬字）；也列入英、美、義、印度等國編印的《國際文學史》、《國際作家名錄》、《國際詩人名錄》、《世界名人錄》等十餘種。但我總覺得自己的努力不夠，過去浪費的時間太多，有生之年我還要繼續努力下去，活到老、寫到老。

過去每年我都在公保體檢一次，一切正常。最近又在古道堂用西德進口的「生物能」診斷儀檢查了一次，經電腦判讀，醫生說我健康狀況與青年人一般，活一百歲沒有問題。我今年六十七歲，果眞如此，那我還可以再寫三十來年，以彌補過去的損失。我活著就要讀書寫作，別無所求，利害毀譽在所不計，但求心安，盡其在我而已。

原發表於一九八六年十月《文訊》二六期

陸震廷

我的寫作歷程

陸震廷，筆名郭風，籍貫江蘇松江。1921年生，2002年逝世。上海持志大學政經系畢業，革命實踐研究院黨政、戰地政務班結業。曾任《中央日報》特派員、《中國晚報》總主筆、《中華日報》特約主筆，並於文協南部分會、青溪新文藝學會、高雄縣記者公會等單位任理事長等職。曾獲中興文藝獎章、大韓民國文學獎等。作品以經歷與採訪實錄爲主，重視眞實性。創作文類有散文、報導文學及傳記，出版有《烽火情劫》、《奮鬥人生》等十餘種。

掀開生命史寶貴的一頁

抗戰時期，我不過是一名十六、七歲的大孩子，但已開始愛上了文學寫作。那時我一面在上海租界讀書，一面從事三民主義青年團敵後工作；另一面在讀書和工作之餘，勤筆寫作，鼓吹抗戰。所寫作品大都能在當時報紙及刊物上發表。

抗戰後期，寫作更勤，地區也擴大從上海租界到大後方。

抗戰勝利，一直到三十八年從軍來台這一階段內，雖然自己創辦了報社、刊物，但因青年團工作繁重，無法抽空寫作，所以作品較少。

三十八年大陸匪亂擴大，烽火漫天，我從軍來台。在軍中目睹許多動人故事，無形中提供了我寫作的寶貴資料，乃在百忙中抽暇從事寫作。不久，我從軍中轉入新聞界服務，因為工作關係，所寫的文稿以報導文學爲多。

雖然文學寫作和從事文藝活動，對我來說不過是一項業餘工作，但因我對它特別酷愛，有時奉獻的心力，比正式的工作還要多。這中間，還發生了不少感人的故事。

上述寫作生涯和活動，將成爲我生命史上最寶貴的一頁，所以我對它特別珍惜。今就記憶所及，把它分成「抗戰時期」、「勝後階段」和「復興基地」三個階段，作一概略記述。

抗戰時期：激起寫作熱情

記得在抗戰前二、三年，那正是三十年代文學蓬勃發展的時代，那時我已愛上了文學。記得那時開明書店所出版的《新少年》、《中學生》等刊物，我都是長期訂戶，並開始投稿，在「青年習作」上刊出不少習作。

民國廿六年，七七抗戰爆發，接著八一三進入全面戰爭，我舉家至上海租界避難，繼續求學。廿八年我基於愛國熱忱，救亡圖存，乃祕密參加三民主義青年團，擔任敵後文宣工作。

由於文宣工作，更激起我寫作熱情，在上海《中美日報》、《正言報》副刊上投稿，大都能刊出，因此我成爲「中美日報集納副刊筆會」會員。

後來經老師吳丁諦、楊同芳的介紹，在《文綜》大型文藝月刊上寫稿。《文綜》月刊水準很高，執筆者包括名作家巴金等人。

不久，我又成爲另一大型文藝月刊《文苑》的執筆人，《文苑》爲好友張揚兄主編，他也是青年團的文宣幹部。

三十年十二月八日，日機偷襲珍珠港，太平洋戰爭爆發，英美對日宣戰。日軍進占上海租界，一夜之間租界變色。我奉命轉往浙江莘塔忠義救國軍蘇嘉汙挺進縱隊司令部報到。

一個月後，奉命率同五十多位男女學生越過蘇嘉路，京杭國道，經廣德進入大後方。不料在浙江璿璉途中，被日軍所俘，一個月後僥倖脫險，輾轉回到上海。報告失事經過，改派回到故鄉松江，從事敵後文宣工作。

在故鄉松江四年，以教育工作爲掩護，先後創辦《新聲月刊》、《青聲月刊》，用舊瓶裝新酒的方式，展開抗日文宣工作。

這二本刊物，一直到三十四年春，因一名工作同志被捕而被迫停刊。當時我除擔任青年團文宣工作外，還兼任中宣部東南戰地辦事處新聞指導員。

不久，我青年團松江分團主任周家治、工作人員方奎光、夏家鎮、余星翊等人，經杭州轉往安徽屯溪報到，聽候工作派遣。

屯溪爲當時東南戰區重鎮，有「小重慶」之譽。中宣部東南戰地辦事處就設在那裡，主任爲名報人馮有眞先生，他並兼任安徽《中央日報》社長。

我一到屯溪，就和《中央日報》接觸，應邀爲該報寫了一篇長達數萬字題名〈江南血痕〉的報導，敘述日軍暴行及軍民抗日愛國故事。因爲這是第一手資料，所以刊出後頗受各方重視。

此外，我並在該報「青鋒」副刊上撰稿，主編爲胡道靜先生。當時，同鄉女作家羅洪女士兼編該報「文藝週刊」，羅女士丈夫爲朱雯先生，都是三十年代的成名作家，這對夫婦作家，馳名文壇，傳爲佳話。我應邀在「文藝週刊」上寫了一篇長達二萬字小說〈沈韻清〉，是記述江南戰區青年兒女英勇抗日的故事。

我在屯溪僅住了短短二個多月，發表的作品多達四、五萬字，可以說是我業餘寫作生涯中最豐收的一段時間。

勝後階段：社論多文學少

八月十日晚上，我參加安徽《中央日報》成立三週年紀念晚會，晚會是公演李健吾的話劇「寄生草」。

在晚會將開始時，社長馮有眞先生突然上台，以激動的語氣說：「今天本來是慶祝我們中央日報在屯溪成立三週年紀念，但已擴大改爲慶祝抗戰勝利！」接著這位名報人繼續說明日本宣布向盟國無條件投降的經過。

一時全場情緒激動，歡聲雷動，大家衝出會場，歡呼、奔跑、跳躍。

我和同伴匆匆趕回隆阜宿舍時，已收到青年團通知，命我準備動裝，翌日乘船返回上海，進行復員工作。

經過爲時約一週的艱險路程，我們一行抵達杭州。命令日軍派專車赴上海，我們幾個人到松江先下車，和留在當地的書記盛朗套取得聯絡，展開復員工作。

當時我負責全縣文宣工作，創辦《青年日報》、《青年月刊》，後來又創《女青年》月刊和《前鋒報》，分別擔任社長、總主筆等或顧問等職。

在這一段時間內，百廢待舉，工作繁重，剝奪了寫作時間，文學稿寫得很少，社論稿卻寫得很多。這一情況，一直維持到三十七年底。

這中間，我還抽空改寫了幾部劇本，如「抗戰血痕」等，供青年劇社公演，成效十分良好。

三十七年底匪亂擴大，烽火漫天，徐蚌戰局失利後，大局日趨嚴重。我激於義憤，毅然投筆從戎，和友人杜啓平等同時進入陸軍訓練司令部，在上海知識青年招考處，擔任招考工作。

這一批知識青年到台灣受訓，成效宏大，男性的爲入伍生總隊，女性的爲女青年大隊，他（她）們目前都已成爲復國的中堅高級幹部。

以文藝方面來說，如朱西甯、司馬中原、薇薇夫人等，都是當時從軍的愛國男女青年。

來台之後：活躍南部文壇

我從三十八年四月廿三日率領五百青年從上海抵達基隆，當晚乘火車抵達台南市旭町套房。在渡海來台短短三天內，因江陰要塞司令戴戎光叛變，以致迫使國軍放棄南京，退守上海、杭州，江南戰局急轉直下。

我當時的職務是入伍生總隊第三團第一營指導員兼第二連指導員，不久調升總隊部政治處祕書，並奉命創辦「新軍報社」，擔任社長，兼新聞發言人；並經友人介紹，兼任了《民族報》（《聯合報》前身）南部特派員。

在《新軍報》副刊上，我寫了一篇一萬多字短篇小說〈模範家庭〉，描寫愛國青年從軍報國故事。在《民族報》上寫了一篇一萬多字以〈今日的花木蘭〉為題的專欄報導，刊出後十分轟動，因為這是女兵的動人故事。

翌年，我又兼任《中央日報》記者，接任黎世芳兄遺缺，世芳兄因本身工作從鳳山調往澎湖。因為我當時常在《中央日報》投稿，報導鳳山軍營練兵許多動人故事，認識了該報主編何貽謀先生。何先生來函希望劉垕兄和我二人中，有一人兼任該項遺缺，結果因垕兄要上台北，不願擔任，而由我接任。後來垕兄出國深造，鴻圖大展，目前擔任總統府第一局局長。而我，接任了這一工作後，先後達三十多年，以迄於今。

三十九年冬，我來台後第一本單行本《時代的尖兵》出版。那完全是以描寫軍營故事的報導文學，約十萬字左右，出版後，銷路良好，曾再版一次。

四十年，中國文藝協會成立，我是創始會員之一。

四十一年，南部分會成立，我當選為理事，其他理事我記得尚有葛建時（已故世）、尹雪曼、王書川、郭良蕙、郭晉秀、艾雯、郭嗣汾、墨人、馬各等多人。

當時，我常發表作品的報紙，為《中央日報》、《中華日報》、《新生報》等。此外，還在軍報上寫一些東西。軍報那時很多，除我主辦的入伍生總隊《新軍報》外，還有陸總部的《精忠報》、八十軍的《正義報》、三四〇師的《英武報》，內容及編排均十分精采。

四十三年救國團第一次擴大舉辦暑期青年戰鬥訓練，並設立新聞採訪獎。

當時我的本職是陸軍步兵學校政治教官，主講「國際現勢」。爲此而寫了《國際現勢大綱》一書，約十多萬字，由阮毅成、黃大受兩位先生作序，並獲國防部及台灣省教育廳審定通過而出版。《中央日報》命我參加採訪暑期青年戰鬥訓練新聞行列，那時我除在步校上課外，還兼暑訓戰鬥營國際現勢講師，再加上採訪上項暑訓新聞，一人擔任三份重要工作，那時年輕力壯，不當一回事。我採訪的暑訓新聞，以騎士大隊和射擊大隊爲主，一個月左右時間內，在報上刊出的特稿和專訪有四十多篇。

我來台後，認識前輩作家王平陵和趙尺子兩先生，他們都特別敬佩我故鄉松江先賢神童夏完淳。聽說我是松江人，一再鼓勵我爲夏完淳作傳記。

夏完淳一生眞可以說是可歌可泣，我在松江時也知道，來台後也爲他寫了一些故事。今經兩位前輩作家鼓勵，乃進行資料蒐集，開始撰寫。爲了使它成爲信史，所以我下筆時十分謹愼，經過了二、三年的時間才完稿，全傳只有八、九萬字，先在《戰鬥》月刊及《青溪》月刊上發表；然後由高雄大業書店出版，並蒙陶希聖先生作序，書名是《江左少年夏完淳》。

翌年在國軍文藝大會上，名評論家朱介凡先生作專題報告時，特別推介該書，頗多溢美之言。

折有進者，當時中視剛成立開播，把該書編爲地方戲連續劇，連播一週。那時電視劇很少有連播，連續上映一週，更不多見。事後該台又以單元國語劇先後演出多次，甚獲觀眾歡迎。

在刊物方面，經常發表我的作品的，以《中央月刊》、《自由談》、《自由青年》、《文壇》、《戰鬥》、《青溪》月刊及《中華文藝》等爲主。尤以《中央月刊》在鍾雷兄主持編務的時候，經常指定我撰寫某一類或某一事件文稿。如在六十一年該刊四卷八期刊出的一篇一、二萬字眞人眞事的〈稚子心〉就是一個實例。這一故事由筆者發掘在《中央日報》上刊出後，蔣夫人十分重視，特派專人南下實地調查，成爲當時很轟動的新聞。因此鍾雷兄要我以報導方式把它撰成一篇完整的報導文學。

此外，尹雪曼兄要我撰寫的〈五代同堂〉，也是一篇完整的報導文學，刊在《中華文藝》上。

我擔任文協南部值年常務理事先後達二十多年，這中間，曾先後出版了四部集體作品，由我和郭晉秀、艾雯、李冰、王牧之等主編，計爲《我們的作品》（三十多萬字）、《六十年代》（二十多萬字）、《南方》（十多萬字）、《金色年代》（二十多萬字），在南部文壇上或多或少有所貢獻。

我除了擔任文協南部分會值年常務理事外，並又擔任青溪新文藝學會理事暨南部分會理事長、台灣省作家協會常務理事等職。因此經常推動各種文藝活動，包括文藝講座、座談會、文藝營、文藝徵文比賽，以及各型大小文藝活動，使文藝下鄉扎根，到工廠、到寺廟。這些不但都是吃力不討好的工作，而且也剝奪了我大部分的寫作時間。

去年十月，我受報壇元老馬星野先生鼓勵，以採訪三十多年新聞的經驗和成果，出版了一部三十多萬字題名《金色陽光》的報導文學，榮獲中興文藝獎。不久前，由於郭嗣汾兄和胡秀兄等建議，收集以描寫女性奮鬥從軍故事爲主的十多篇作品，刊行了《中華女兵》一書。

《金色陽光》一書馬星野先生十分重視。他在序文中說：

這一本書，是三十年來陸先生新聞文學的匯集。看這本書，可以了解台灣由動亂不安經濟落後，而進爲經濟起飛、社會和諧團結的經過歷程。……陸先生的大作，不但有時代之價值而且有文學的興趣，我對本書的刊行非常高興因以爲序。

長者風範，獎勵後進，使我深爲感動。

青溪新文藝學會成立後，和韓國文藝界建立了良好關係，每年舉行中韓作家會議一次，在兩國輪流舉行，我都應邀參加，爲兩國文化交流略盡棉薄。因此，這一次在漢城舉行第四屆中韓作家會議時，韓國當局特以文學獎，頒贈給筆者和公孫嬿、朱嘯秋、趙文藝、郭嗣汾、戚冠華、蔡文甫等七人。

筆者在台灣三十多年來所撰寫的作品，如果依日本華文作家聯絡會會長、名記者李嘉先生的看法，新聞作品就是文學作品的話，那筆者所發表的作品，至少在三、四百萬字左右。

真實才能動人

目前，我想撰寫一部以抗戰時上海地區爲背景，描述當時從事敵後工作英勇奮鬥愛國青年的故事，以及「江左少年夏完淳」歷史小說。

我從事寫作，一直重視故事的眞實性，我深深地感到寫實的東西才能感情奔放，文筆生動。如果完全憑想像虛構，在文字上無法注入感情，文筆當然也笨拙一些。

也許，我一直從事新聞工作，故特別重視眞實性，這一說法我承認，但眞實性作品寫起來內容比較充實，文筆較爲生動，我想這一點大家也應該承認。關於此，我願舉一個實例加以證實，那是名作家王藍兄親身經歷的一個寫作故事。

他說他在中學唸書時，作文並不好，成績大都是乙或丙，因爲老師所出的作文題他不熟悉，也不喜歡。但有一次，老師不出題目，要大家自由發揮。那時他剛剛喪姊，於是以「悼亡姊」爲題，寫了一篇哀痛文字。因爲這是眞事，所以文中感情流露，洋溢姊弟情深，完成的作品和過去大不相同，因此獲得了甲上的特優成績，同時也啓發了他的寫作興趣。

除了重視眞實性，今後我從事寫作，爲加強引發讀者愛國情操，爲國家奉獻一份心力，一份熱情；爲個人增加生命內涵，生活情趣。

原發表於一九八五年六月《文訊》十八期

詹冰

寫作是一條快樂之路

詹冰，本名詹益川，籍貫台灣苗栗。1921年生，2004年逝世。日據時期台中一中、日本明治藥專畢業。後任教於苗栗縣卓蘭國中。曾於日本《若草》詩刊發表作品，後參加銀鈴會，1964年與友合組笠詩社，創辦《笠》詩刊。曾獲洪建全兒童文學創作獎兒童詩組首獎、聯合報極短篇獎、教育廳兒童劇本獎、教育部兒童文學獎、教育部散文獎等。爲「跨語一代」作家之一。早期作品實驗性濃，晚期轉爲人文與現實的關懷。創作文類包括詩、散文、小說、劇本、兒童文學及歌詞，出版有《綠血球》、《詹冰詩集：實驗室》等。

對我來說，寫作是一條快樂之路。四十多年的筆墨生涯，並不是沒有辛苦，我認為有辛苦才有快樂。辛苦愈多，快樂也愈大（辛苦與快樂是成正比的），不然的話，我老早就放棄寫作之筆了。

欲寫好詩，先熱望寫好詩

民國十年，我出生於苗栗縣卓蘭鎮。後來就讀日據時代的卓蘭公學校（國小）。那時候，我就喜歡看書，常看的有日文的《幼年俱樂部》、《少年俱樂部》、《譚海》等。公學校畢業以後，我考入台中一中（五年制）。一年級的第一節作文課，我就大膽地寫了一首「和歌」（三十一字構成的日本傳說詩），博得老師的誇獎和鼓勵。以後感覺「和歌」對我的性格有點格格不入，再改做「俳句」（十七字構成的日本詩）。中學五年級時，台中圖書館對一般社會徵求「俳句」，我投稿的作品意外地得獎了。這是我的作品第一次用鉛字印刷出來。俳句是一種高度濃縮過的詩，剛好投我所好，也影響以後我的新詩風格。那時候我又代表學校參加台中市的作文比賽，參加的有台中一中、台中二中、台中師範、台中商業、台中工業、台中農業等，各學校選出來的學生都是日本人，只有我一個是台灣人。作文當然是用日文寫的，題目是「馬」，結果，我得到第二名。

台中一中畢業以後，我留學日本東京。在東京，首先我常煩惱要投考文科或者理科（醫藥）的問題。有一天果斷地向父親寄出要求投考文科的信，可是受到父親強烈的反對，我只有吞著眼淚考入藥學專門學校。雖然我唸的是藥學，對文學的熱情不但毫無減弱，而且更加增強。我一隻手握著試管，一隻手翻開詩集。三十二年，我第一次投稿新詩，一首〈五月〉成爲日本名詩人堀口大學的推薦作品，博得不少的好評。接著〈在溢民村〉、〈思慕〉也成爲推薦作品。我信奉堀口先生的一句話：「欲寫好詩，那麼你先熱望寫好詩吧！」自信地繼續邁進新詩的大路。

除了詩以外，也精讀小說、戲曲、哲學、天文學、社會學、醫學、心理學、動物學、植物學、宗教等書籍，作爲詩的營養。到三十三年日本戰敗的貌態逐現，詩誌漸漸停刊。所發表出來的都是「愛國詩」，而純粹的詩隱沒，招來新詩的黑暗時代。當時文科學校的學生，大部分被徵召入伍，變成學生兵。就讀第三高等學校的摯友劉慶瑞君（已故台大法學院教授）也被召入軍營，我時常把新作的詩寄給他，精神糧食缺乏的學生兵們就拿我的詩輪流閱讀而背誦起來。我聽後感動得流淚，愈覺得詩人的可貴和重任。東京留學時代，一有閒暇我就歷訪圖書館和書舖，涉獵文學書、詩集、詩誌等，尤其重視屬於「詩與詩論」的詩人作品和詩論，我研究學習他們的詩法。同時富於「機智」而明朗的法國詩也引起了我的注意和共鳴。

寫詩是樂趣而不是工作

藥專畢業後（三十三年九月）我冒死回到台灣。那時正值沖繩島戰爭之前，所以，十月二十九日出航神戶的船，到十二月七日才抵達基隆。整整四十天的死亡航行，其間好幾次受到美國潛水艇的魚雷攻擊。回台後，次年三月結婚。十月台灣光復，我開始踴躍學習國文，可眞不容易。三十五年，報紙還採用一部分日文，當時我在《中華日報》的日文文藝欄發表過〈扶桑花〉、〈戰史〉、〈不要逃避苦惱〉、〈寸景三題〉、〈私小說〉等詩篇，聽說主編是龍瑛宗先生。不久日文欄休刊，我就失去發表的機會，詩作自然逐漸減少了。到了三十七年，我參加張彥勳爲主的銀鈴會，作品又發表在《潮流》詩刊上。《潮流》是一本中日文混合的季刊油印詩刊。銀鈴會的同仁除了張彥勳，還有林亨泰、錦連、蕭翔文、許育誠、詹明星、陳素吟等。當時的銀鈴會，可以說是文壇上活動的唯一文藝團體，他們的貢獻，在台灣文學史上的功勞是不可磨滅的。可惜《潮流》在三十八年休刊，我又失去發表的園地。那時候才痛感學習國文的需要，又開始學習國語。可是因工作忙碌又無實際應用，所以毫無進步，想用國文寫詩簡直是不可能的事。其間曾託朋友翻譯，但有隔靴搔癢之感。這期間我的興趣向多方面發展，例如電影、美術、音樂、書法、攝影、集郵、種花、釣魚、剪貼等，我希望它們都變成我詩的肥料。

四十七年，卓蘭中學缺理化教師，請我去擔任。當時我想，學習國文的好機會來了，所以很快就答應下來。我認眞學習國文，所以這次進步快多了。我的國文老師是就讀於國小的子女和字典。五、六年後，因好友桓夫的鼓勵，才用未成熟的國父，翻譯以前寫的詩作或直接寫詩，我好像重回青年時代的感觸。

五十三年三月，與吳瀛濤、桓夫、林亨泰、錦連、林宗源、白萩、趙天儀、杜國清、黃荷生等創立「笠」詩社，六月發行《笠》詩刊創刊號。笠詩社沒有什麼主張，只希望各同仁自由發揮自己的特長。有發表的園地，我加倍努力寫詩。五十四年十月，不到四百篇的詩作中選出五十篇，出版我的第一本詩集《綠血球》。以後我沒有強迫自己寫詩，有靈感才拿起詩筆，所以我的詩作不多。到七十五年才出第二本詩集《實驗室》。寫詩是心靈及感覺的舒展，是一種樂趣而不是工作。作詩時愉快，欣賞自己的詩時更快樂。有詩，我的人生才充實而有意義。我曾寫過：「寫詩好像接吻一樣，寶貴生命的浪費。聽說接吻一次會縮短五分鐘的生命。那麼寫一首詩縮短的生命不只五分鐘吧。可是沒有人因會縮短五分鐘的生命就放棄和愛人接吻。何況，寫詩是和維納斯的接吻（可能是世界上最甜最高的接吻），不能輕易就放棄的！」桓夫在他的論評〈光復前後台灣新詩的演變〉一文中說：「詹冰就是把光復前的前衛詩精神，帶入光復後開花的第一位詩人。」這樣看來我快樂的寫作也有一點成績了。總之，我認爲詩人的使命是創造獨特的、前人未踏過的詩世界。現在我還在途中摸索、徬徨。

童詩及其他

我寫新詩以外，對童詩也很關懷。我認爲童詩就是兒童也可以欣賞的詩。無論兒童作的也好，成人作的也好，首先童詩必須是詩。童詩不是初期階段的詩，也不是降低格調的詩。童詩也應是一篇完美的詩。童詩的作者要有「詩心」、「童心」、「愛心」以外，更重要的應是「無心（虛心）」，這樣才能寫出境界更高的童詩。我寫的童詩〈遊戲〉一篇獲得「洪建全兒童文學創作獎」兒童詩組的頭獎，〈奶奶與我〉一首也得到「月光光獎」。七十年選出童詩六十首，出版童詩集《太陽．蝴蝶．花》。

我也喜歡戲劇。從小我就喜歡看布袋戲、歌仔戲，去日本又看歌舞伎、新劇，光復後又看平劇、舞台劇、電視劇，也喜歡看莎士比亞、易卜生等戲曲集。戲劇中最喜歡的還是電影，在東京時，有一天看五場電影的紀錄。光復後，我寫的電影劇本「日月盟」，被玉峰電影公司看中而準備要拍電影，可是一個月以後，該電影公司倒閉而胎死腹中。六十二年，我寫的兒童劇本「日月潭的故事」入選教育廳主辦的徵文，因而奉命參加「兒童戲劇教師研習會」（在板橋），受訓一個月，由名劇作家李曼瑰老師親切教導。「日月潭的故事」曾在台北、高雄公演。我在台北看到自己寫的劇本被可愛的小學生們演出，高興得眼淚都流出來了。還有輕歌劇「牛郎織女」獲得中國兒童歌曲創作首獎（郭芝苑作曲），曾在台中、台北及法國巴黎公演。七十五年四月，「牛郎織女」在巴黎公演的情形，報紙做如下報導：演出地點是藝術氣息濃郁的巴黎市夏龍東歌劇院，由郭聯昌國際管弦樂團公開演出。這是中國的歌劇作品第一次在國外的演出，動員參與演出的人數接近一百人，籌備演出的時間則長達二個多月。所有演員、工作人員乃至樂團指揮及成員，全部由華人擔任，曾在淡江大學法文系執教的李瑞媛，挺身而出擔任導演，還有許多華僑也熱心協助演出，充分表現了團結與互助的精神。結果，演出非常成功，獲得如雷掌聲，三次的謝幕仍未平息雷動的掌聲，許多人在散場後還慷慨解囊，捐助樂團經費，另有一些熱情觀眾則到後台與演員們寒暄及合照留念，包括名聲樂家姜成濤在內。法國政府對於這項演出也給予許多幫助，應認為是中法實質文化交流的又一個波潮，只要海外的中國人不斷努力，中法之間必將搭建起新的友誼橋樑。……

我在小說方面的寫作比較少，因為我們被稱為「跨越語言的一代」，在語言方面吃虧不少。到現在還不能正確流利地使用國文，所以很怕寫比較長的文章。自中學時代起，我就喜歡看文藝小說，從小說之窗我看見了五光十色的人生形象，可以說學校正課以外，小說是我另一門最有價值的課程，尤其是歌德、托爾斯泰、杜斯妥也夫斯基等展現給我的世界更值得驚歎。寫小說是自我與理想的表現，〈母親的遺產〉獲得聯合報極短篇獎以外，發表的小說只有〈颱風〉（《新生報》）、〈天使的笑聲〉（《新生報》）、〈外星人侵襲防禦法〉（《小說坊》）、〈死亡航路〉（《文學界》）及幾篇少年科幻小說而已。還有幾篇評論、散文、歌詞等，在《聯合報》的新聞眉批曾入選六十篇；偶爾也翻譯日本詩。

沉浸在美的時刻裡

我提起寫作之筆以外，有時也拿起繪畫之筆。中學時代我的美術成績是全校第一，美術老師勸我進入東京美術學校，我也願意，可是父親不贊成。但我對美術的興趣毫無減少，我自習素描、水彩、油畫等，至少美術引導我踏入美的世界。我們的生命只要沉浸在美的時刻裡，才真正活著。拿畫筆外，我也喜歡欣賞畫集、畫展等。現在我心中對美術憧憬的一把火，還一直在燃燒著。我希望完全退休後，以不滅的熱情再拿起畫筆，畫出我的美感和美夢。美國的摩西婆婆便是八十歲才開始學習繪畫，今年只有六十八歲的我，比她年輕多了。我的書房門口有一副對聯：

有一房書心亦足

仗兩枝筆老猶樂

兩枝筆是指文筆和畫筆。近來，我的名利心變淡了許多，知足、博愛的教訓成了我修養的指標。我相信我會漸漸地捨棄小我的生活而進入大我的境界，再進一步達到反璞歸眞的人生佳境。活到老學到老，我要繼續學習研究孔子、老子、釋迦、耶穌、穆罕默德、史懷哲等前輩聖哲的偉大思想，去蕪求菁，集其大成，再加上自己的思索經驗，以愛心和科學精神，創造最完美、最滿意的作品，而貢獻人類。

原發表於一九八八年六月《文訊》三六期

畢璞

三種境界

畢璞，本名周素珊，籍貫廣東中山，1922年生。廣州嶺南大學中文系肄業。曾任《大華晚報》、《徵信新聞報》家庭版、《公論報》副刊主編，《中國時報》董事長祕書，《婦女月刊》總編輯，中國婦女寫作協會理、監事。為台灣五、六〇年代重要作家之一。創作文類包括散文、小說、傳記、兒童文學，旁及翻譯。散文以抒情小品為主，小說題材著重於倫理、婚姻、愛情，主人翁多為中產階級之知識分子。出版有《春花與春樹》、《第一次真好》、《十六歲》等30餘種。

已經是第三次寫「筆墨生涯」這個題目了。

第一次大約是二十年前，中央副刊以這個題目向作者徵文。那個時候我正處在寫作的狂熱中，當然不肯後人的也寫了一篇去湊熱鬧，我的題目是〈一個沉默的耕耘者〉。沉默寡言是我的本性，一個筆耕的人也不需要多言，我那篇蕪文倒是十足的寫實之作。只是，流光逝去二十年，思想的層次已不盡相同，如今再回頭去讀那篇小文，竟有幼稚之感。

第二次是去年《大華晚報．淡水河副刊》邀約為他們的「筆墨生涯」專題所寫的〈寫作是永遠不必退休的行業〉，發表的時間距離今天剛好是一年零一個月，想法無殊，但是我卻不希望兩篇文章的內容一樣，因此，寫來也是煞費苦心的。

感謝三個人

每一位作者談到自己的寫作生涯，一定會細說從頭，當然我也不能例外。我為什麼會對文學發生興趣，為什麼走上寫作這條路，我想我要感謝三個人。第一位是我的父親，他在我的童年時代便教我讀唐詩、對對子，而且還買了好多兒童讀物供我閱讀；使我小小的心靈開始對文學生出憧憬。

第二位是我在小學五年級時的國文老師麥炳榮先生。我還記得他是一位戴著深度近視眼鏡的青年，對學生們親切得有如兄長。他選了許多五四時代的新文藝作品教我們讀，讓我們知道了謝冰心、蘇梅、廬隱、徐志摩、朱自清這些作家的名字。有一次，麥老師把一幅風景畫貼在黑板上，叫我們寫一篇文章描寫。畫裡有夕陽下的樹林和一間煙突裡冒著炊煙的小屋。我一看就愛上了這幅水彩畫，一時間福至心靈，下筆居然十分暢順，成績爲全班之冠，麥老師還大大的誇獎了我一番。現在回憶起來，這篇作文，也可算得上是我從事文藝創作的奠基之作吧？

另外一位我的文學啓蒙人是小學六年級時的國文老師洗鳳樓先生。他跟麥老師剛好相反，是一位典型的老學究。他乾乾瘦瘦的，戴著副黑框眼鏡，外形跟印度聖雄甘地有點相似，我們這些學生就偷偷給他取了「甘地」這個綽號。年輕的麥老師灌輸我們以新文藝的知識，年長的洗老師則爲我們開啓了中國古典文學的大門，他大量地從《古文觀止》、《唐詩三百首》、《白古詞譜》中選取教材，還要我們背誦。儘管我們對那些優美的古典文學只不過是一知半解；然而，假使我現在還能記憶一些古文或舊詩詞的片段，都可說全是那個時期的背誦之功，而不是後來在中學、大學裡學來的。

小學畢業，升上初中，我混沌初開的文學意識逐漸形成，也因爲開始沉迷於古典章回小說和新文藝小說而變成了一個小書呆子。我偷偷地學寫舊詩，寫了卻是祕不示人，而又隱隱以小詩人自居。從十三、四歲開始，我寫了不少強說愁的舊詩詞，都用毛筆抄在一本用宣紙裝釘而成的簿子上，還用灑金紙做封面，題名「危樓吟草」。這種生澀的舊詩，我寫了差不多十年，一直到結婚以後，詩心被孩子的奶瓶尿布，還有現實生活中的柴米油鹽嚇跑，從此也就跟平平仄仄和一東二冬三江四支……絕了緣。

回首三十年

雖則我早在民國三十二年就發表了生平的第一篇文章投稿，以後也偶然發表過一些不成熟的作品；不過，正式加入文藝的陣營，那還是民國四十二年以後的事。驀然回首，又已邁過了三十幾個年頭。

王國維在《人間詞話》中談到古今成大事業大學問的三種境界：「昨夜西風凋碧樹，獨上高樓，望盡天涯路。此第一境也。衣帶漸寬終不悔，爲伊消得人憔悴。此第二境也。眾裡尋他千百度，驀然回首，那人卻在燈火闌珊處。此第三境也。」我覺得，從事文學或者藝術創作的人，也必定會經驗過這三種境界。

以我個人而言，剛起步學習寫作時，一切全憑摸索，亂寫一氣。那個階段，我又寫又譯，不論實用稿、雜文、散文、小說、兒童故事，甚至廣播劇，我都寫過；說得不好聽，簡直是個寫稿匠。這個階段，可說等於王國維所說的第一個境界。獨自暗中摸索，前途渺茫，豈非是「獨上高樓，望盡天涯路」？

到了五十年左右，我漸漸摸到了自己的路子，專寫短篇小說和散文，而不再胡亂塗鴉、粗製濫造。這時正值盛年，銳氣尚未消失，衝勁也還存在，我寫得很努力，也寫得很多。一股狂熱支持著我，竟然一日不可無此君，只要有一星期寫不出文章，就會嗒然若喪。這正是我寫作的第二個階段：「衣帶漸寬終不悔，爲伊消得人憔悴」，是一種生死與之的情感。

狂熱終有一天會冷卻，漸漸地，隨著年齡的增長，我對寫作已沒有當年的癡迷與執著，近年更是產量大減。很多第一次見面的人總是這樣對我說：「我在做學生的時代就拜讀過你不少的作品了，我好喜歡你寫的散文（小說）。現在為什麼很少看到大作呢？」

幾乎是千篇一律的問題，教我如何去回答？已經寫不出來了？不，倒還不到江郎才盡這個地步。工作太忙？也不，現在再忙也比不上當年孩子幼小時內外兼顧的狼狽吧？事實上，就是因為熱忱不再，而有點意興闌珊，不想勉強自己。這種心情，雖然還不到「驀然回首，那人卻在燈火闌珊處」的境界，卻也不遠了。但是，這種心境上的轉變，又怎能為外人道？

在寫作的路途上踽踽獨行了三十餘年，雖說參透了兩種少壯的境界，而且行將邁入成熟的第三境；但是，說來慚愧，到現在還沒有寫出一篇令自己滿意的文章，既未得過任何獎章，也沒有出過磚頭巨著。唯一有形的收穫是出版了三十三部薄薄的單行本，這裡面，包括了中、短篇小說、散文、雜文、傳記文學、兒童文學和翻譯小說。

在這三十三本書裡，最早的一本短篇小說集《故國夢重歸》出版於民國四十五年；然後，過了幾年，才又由皇冠出版社出版了我的第一本中篇小說《風雨故人來》。記得那個時候，中廣有一個小說選播的節目曾經播過我這篇小說，他們用布拉姆斯小提琴協奏曲的第二樂章做配樂，播音員充滿了感情的磁性聲音加上盪氣迴腸的琴音，聽得我和孩子們如醉如癡。現在回想起來，在那個沒有電視機的時代，家庭生活似乎更加溫馨與融洽。

那個時代，小說很受歡迎，散文則不受重視；因此，我在出版了五本小說之後，到五十七年才出版了第一本散文集《心燈集》。從五十七年到六十八年，可說是我的豐收季，在這十一年間，有一年出版三本書，也有四本的，最高紀錄是五本。然而，十年河東，十年河西，近年來，出版商有志一同的摒棄小說而偏愛散文，散文比較難寫，字數又比小說少得多，想湊成一本十萬字的選集本已不容易，何況我寫的散文又特別短（有一個時期我專寫一千字左右的抒情小品，自嘲為「千字文作者」）？自從七十三年九月由大地出版社出版了我那本散文集《春花與春樹》後，下一本書簡直是連胚胎都還沒有成形。

老驥伏櫪

三十年光陰如逝水，轉瞬之間，已白了少年頭。既然已經走上了這條爬格子的路，雖然有點寂寞，但也曾給過我不少歡樂，倒是沒有什麼好怨尤的。好在這是一種最自由的職業，只要你高興，有時間，有精力，不妨隨意發揮。興趣缺缺嗎？也沒有人強迫你寫，你儘可以暫時怠工，把筆放下。這種職業很適合於我這類沉默、內向、不善逢迎、不擅交際的書呆子型人物，我很高興我當年選擇了它。

我既然沒有後悔自己走上了寫作這條路，又說過它是一種永遠不必退休的行業；那麼，看樣子，我是注定了此生還是要與筆墨為伍了。當一個人行將進入驀然回首這種境界時，心裡多多少少總會有著一份歷盡滄桑的荒涼之感。還好，這種感受不是黃昏日暮的悲哀，而是老驥伏櫪的壯懷。今後有生之年，但願能寫出一兩篇有分量的作品，也就無憾了。

原發表於一九八六年四月《文訊》二三期

李冰

歲月無情筆有情

李冰，本名李志權，籍貫山東招遠，1922年生。陸軍官校畢業。曾任主編、記者、圖書館主任、中國青年寫作協會監事、中國文藝協會南部分會理事，曾創辦《山水詩刊》。曾獲國防部新詩獎、國軍新文藝金像獎、中國文藝協會小說獎章、台灣省作家協會文藝獎、鳳邑文學貢獻獎等。作品多描繪小人物，寫作風格自然平實。擔任《高縣青年》主編數十年，對南部文壇貢獻良多。寫作的範圍涵蓋詩、散文、小說和文藝評論，出版有《鷹架》、《陽光酒》等20餘種。

時間風化了生活中的某些存在，卻也鑄造了經營中的某些存在。近四十年的寫作生涯，歲月抓皺了我的臉額，文字卻紀錄下我有意義的生命，眞是歲月無情筆有情，這枝筆將永遠與我同在。

走進文學

小時候爹就教我扶犁耕田，總是歪歪斜斜力不從心，可是在學校拿起筆寫字，老師總是獎愛有加的多批兩個紅圈兒，從那時候我對筆桿產生了興趣，一晃眼過了半輩子，鋤頭槍桿都被我半路拋棄，只有這枝筆仍形影不離，在流亡的路上，在戰爭砲火中……一切哀愁苦痛，都會在筆的發抒下平靜下來。

祖父曾是前清舉人，不進城爲官，卻在鄉間辦小學，就這樣我家被譽爲「書香門第」。後來家門不幸，祖父與大伯父癮上了兩支大煙槍（吸鴉片），二伯父傾家蕩產去東瀛留學，三伯父經營的酒館油坊也在北洋軍閥的作亂中被毀掉，於是厄運降落我們這一代，貧窮使我們瀕臨失學，幸好分家時父親撿了那棟老宅，歷代珍藏的書卷未被搬走，使我得有機緣博覽群書。

我是李家這一代最小的孩子，哥哥們爲了生活都遠走關外去當學徒，他們把延續「書香門第」的責任寄託在我身上。我九歲才入村立小學，幸運的遇上學校改制讀新書，但「小弟弟，小妹妹，來來來……」的國語讀本，不足以滿足我的求知慾望，於是，時常翻閱家中的書櫃，《三國演義》、《西遊記》、《水滸傳》、《封神演義》這些古本文學作品，我在小學三年級就看完了，而這些作品亦引我走進了文學的領域。

與詩結下不解緣

「生命中有詩，詩中有生命，生活中有詩，詩離不開生活。詩與人類生活一樣，是一個生生不息的有機體的創造——創造語詞、創造意象、創造境界、創造風格，唯有這種突破傳統超越傳統的創造，才能衝出陳舊的因襲與拘束，而拋棄俗語的堆砌和形式上的僵化……」

這是我對新文學的看法，也是我的詩觀，在這種意識的啓導下，使我童年就走向詩。小學三年級在《小學通訊》上發表一首題名〈傍晚〉的小詩，指導我的張國興老師竟高興得訇嚷遍全村，一時競相傳誦，我竟成爲村中的「才子」了。四年村立小學畢業後，張老師推荐我到區立高小讀五、六年級，因家貧父親不同意，張老師特寫信給在外鄉教書的二伯父，在二伯父的囑咐下，父親雖然勉強答應，但無法負擔兩年二十五銀元的學費，所以只好插班入高小二年級。這時我仍向《小學通訊》投詩稿，作品多被刊用，這對我的鼓勵很大。高小畢業後，張老師仍勸父親送我去城裡讀中學，但不幸該年秋天母親逝世，升學亦成泡影。當時家中只有父親和我兩人，在下廚房及幫助父親耕作之餘，由張老師給我補習《論語》、《孟子》，以及選讀古文，對文言文雖然興趣不濃，但在這些古書中悟覺到許多做人做事的道理，尤其古文，更啓發了我對文藝創作的興趣。後二年，張老師離校他去，我即隨堂兄去關外吉林省公主嶺習商，當時仍有不成熟的詩作，以「寒影」爲筆名在當地報刊及《麒麟》雜誌上發表。

三十四年抗戰勝利，東北光復，我即棄商從軍，於三十六年九月隨軍來台，駐守鳳山。當時軍中訓練嚴格，時間掌握在別人手中，但在操場野外之餘，仍以寫詩爲樂。後戰況逆轉，東北失守，戰火割斷了我與未婚妻的信息，沉痛之餘，全部感情寄託給文字，這也是我眞正詩創作的開端，作品開始在《野風》、《半月文藝》、《新新文藝》，以及爾後的《現代詩》、《自由新詩》、《創世紀》、《南北笛》、《海鷗》等詩刊發表。四十三年並以〈懷邊疆三題〉獲國防部舉辦的新詩獎。

我有幸一直任職於軍事學校，環境好，時間多，詩與我年輕的生命須臾不離，可謂迷於詩、醉於詩。我感謝當時的詩友紀弦、羊令野、葉泥、上官予、張默、洛夫、瘂弦、綠蒂、田湜等，他們不但發表我的作品，也給我指導與鼓勵。那時候除紀弦和田湜外，大家都是「光棍」，以自由之身寫自由詩，狂妄得有些不知天高地厚，故當紀弦登高一呼要組「現代派」，大家群起響應，不想此一行動竟惹惱反對現代詩的人；記得那是四十六年除夕，我們群集在一位女詩友家中舉辦「詩人聯誼會」，有位方塊作家竟爲文大罵一番，最後矛頭竟指向我，感謝他還給我留點面子，將李冰改爲「李水」，這也是我在詩壇上最出鋒頭的一次。「現代派」雖然無人再提起，但現代派所強調的創作路線已被肯定，今天大家不是已經「殊途同歸」了嗎？

寫詩的那些年，是我最愜意的一段歲月，在課堂授課之餘，整日擁抱著詩與愛情。

敲開小說之門

《聖門集》是我的處女詩集，於四十六年十月由創世紀詩社出版，這也是創世紀詩叢的第一本書。

出版後我自己曾做了一番檢討，感到自己實在不具詩的才華，在語詞結構及意境塑造上都欠缺火候，創造性與敏銳性也不夠。當時在鳳山的小說作家司馬中原更慫恿我說：「詩集出版了，開始寫寫小說吧，因為你有飽和的北方語言，一定可以走小說的路子。」是的，如果能刻意的經營小說，也許更能展現我走過的貧困與苦難，給讀者一種惕礪作用，更能使北方大野上那些淳樸的農家、獵戶、牧場上的漢子們常活人間，於是，決心去敲小說的門扉。

第一篇小說〈磨坊往事〉很幸運的在平鑫濤先生發行的《皇冠》上發表，繼之〈紅白喜事〉在朱嘯秋先生主編的《青年俱樂部》發表，〈敦德堂糧棧〉在桑品載主編的《中國時報》（當時為《徵信新聞》）「人間」副刊上刊出，這都是萬字以上的短篇，能在這些權威的大刊物上刊出，確實建立起我小說創作的信心，使我敢執筆大膽的寫下去。

經驗告訴我，以詩的創作技巧，來結構任何文學作品，都會無往而不利，我的小說就是以詩的屬性來展現它的語言與意境。五十年長篇小說〈雪地春夢〉在《野風》雜誌連載，五十二年以短篇小說〈雪葬〉獲陸軍最佳小說獎。五十四年四月國軍召開第一屆文藝大會，成立國軍新文藝輔導委員會，並設置文藝金像獎，當年秋，即以〈神蹟〉獲第一屆文藝金像獎佳作，五十七年以〈舅舅的恩澤〉獲國軍第四屆小說銅像獎，五十八年由中山學術文化基金會獎助出版《磨坊往事》小說集，商務印書館出版《鄉土》，並列入叢書「人人文庫」。六十年中篇小說〈還鄉記〉由瘂弦主編的《幼獅文藝》連載，六十一年該文獲陸軍文藝小說類金獅獎，並易名《牧馬鞭》，由商務印書館出版，當年該書又獲國軍第九屆榮譽金像獎，這是國軍文藝獎設立以來唯一的一個文藝類榮譽金像獎。當年《皇冠》出版了我的短篇小說集《梨花開的時候》，六十七年獲中國文藝協會第十七屆小說類文藝獎章，六十九年獲台灣省作家協會頒贈文藝教育獎一座。這期間曾由阿爾泰、黎明、山林等出版社出版了長短篇小說與自選集多種。

我不善於往自己臉上貼金，亦羞愧於炫耀自己作品，我回憶這些創作的經營紀錄，主要是感謝文藝推動單位及各位文藝界的朋友給我的垂愛與鼓勵，如果沒有這些機遇與提攜，可能早就「偃旗息鼓」，孤獨在小說的門外徘徊了。因此，我感謝這期間的司馬中原、吳東權、端木野、平鑫濤、桑品載、瘂弦等對我的厚愛。

山水中找到散文

環境與時空是寫作的主要因素，在過去的工作中，我曾有過這種優渥的條件，所以才能專心創作。自六十八年退休後，爲了一家五口的生活及孩子們的教育費，沒有把握以煮字來滿足他們，於是應聘替別人編刊物、編叢書，爲拓展南台灣的文風，並在高雄市文化中心及高雄縣團委會創設「文藝創作班」，亦應聘在學校擔任文藝輔導，這樣不但可以固定收入，滿足生活上的需要，更可以做些文藝播種工作，但它剝奪了我大部分創作時間，再也不能安靜下來從事小說創作。於是，只有零零星星寫點散文了。

「行萬里路，讀萬卷書」，以有生之年，讀萬卷書恐已不可能，行萬里路卻對我充滿了誘惑。多年來，由主管文藝的各機關團體之邀請，走遍了島上山水風光，七十一年秋，應邀參加在韓國舉行之「第二屆中韓作家會議」，曾遍遊韓國及順道去日本觀光後，竟激起我遨遊世界的心願，近幾年來，除了東北亞之外，又去過東南亞、美洲及歐洲……在觀光訪問中，我廣吸大自然山水的靈氣，瞭解到各國的風土人情，而表達這些美感與風尚，散文是最直接的表達方式，就這樣，我又從大自然的山水中找到了散文。

「散文如浮雲山岫，舒卷自如，無拘無束，瀟灑飄逸，是我們從生活經驗到想像的生活紀錄，可引領我們遨遊山川曠野，可以紓解精神的緊張與枕邊的寂寞……」

這是我對散文的詮釋，而使我生命中有了散文。「仁者樂山，智者樂水」，我愧非仁者也非智者，但山水給我的啓示深深感悟了我的性靈，自強不息的生生世界，使我感悟出生命與大自然整體關係，密不可分。我的散文創作即以此爲基礎，從事物的認知到感知，從感知到意象與思想的展現，一草一木都是一條生命，都是我生活中的好友。陋居偏近鄉野，暇時常獨坐田埂，仔細觀賞一粒種籽是怎樣鑽出泥土，是怎樣把營養與水分輸送向枝葉。我會用觸覺鋸開一棵樹、一根甘蔗，觀察分析它們血液的顏色，甚至和它們談天閒話家常，這時候，我感到自己也成爲它們的族類，親切而自然的把它們移植到我的散文中。

我出生在傍山的農家，從小與山水爲伴，因此在出國觀光時，我都放棄異國夜色下的浪漫，卻從不放棄異國的大野風光，我仔細記錄著它們的面貌與特點，在國內如此，在國外亦如此，我就這樣走進山水，從山水中尋找散文。

我不會放棄小說

詩是我寫作里程上一朵曇花，散文是我生命中靈性的乍現，小說才是我整個的創作生命，也只有小說才能抒發我「走過從前」的那些經驗與歷練。

貧寒的院落，走的是坎坷路，從苦難的黃河岸到漠原大野的關外，接觸的都是那些山村野陬的小人物，我熟悉他們的生活環境，瞭解他們淳樸的性格，甚至體驗過他們以雙手求取生活的方式，寫他們就如同寫我自己一樣的熟悉，不必誇張，不必粉飾，他們那種傳統道德的生活規範，那種和諧相攜的社會風氣，雖然有些已被時代的潮流所淹沒、淘汰，但他們鮮活的影子永遠活在我心中，我仍然喜歡捕捉他們做題材、做榜樣，來映照這個時代，希望藉以滌淨這個混亂罪惡的社會。桂文亞小姐曾說：「李冰的小說一步一個腳印，沒有太多的峰迴路轉，也缺乏眉黛歛秋波的溫婉長情，平順、質樸，是馱著冬糧的駱駝，只要打點好精神就能長途跋涉。」司馬中原亦曾說：「李冰是位默守崗位創作的作家，他的作品產量不多，卻極為穩厚堅實，自然展現了他生命的風貌。他的作品取材方面，偏重於北方大地的事物，在開拓、變亂、流離的年代，有根性的鄉野人們，是怎樣秉承著民族的文化傳統，甚至不惜忍受著一切犧牲和苦痛，執持著，並保衛著他們的生存原則，這些看來是卑微的人物，在作者筆下，都顯示出隱隱耀動著的文化心胸……」這也許稍嫌誇獎了些，但我確實沒見過大「世面」，而自己也希望只是「一隻馱著冬糧的駱駝」，「是一位默守崗位的作者」。我希望那些舊社會的小人物，他們的秉性與操守，能給現代人一些警惕作用，使我們的現代社會能步上和諧與秩序之路。

由於以上的願望，我今後不會放棄小說的創作，而這枝筆亦將與我同在。

原發表於一九八八年十月《文訊》三八期

楚卿

投資整個人生的事業

楚卿，本名胡楚卿，籍貫湖南龍山。1923年生，1994年逝世。湖北師範學院教育學系畢業。曾任大專、中學教師、《民眾日報》副刊主編。曾獲日本奧林匹克小說獎、國軍新文藝小說銀像獎、高雄市文藝獎。其創作偏重人性分析，較少故事傳述。創作文類包括詩、散文、小說及劇本，出版有《生之謳歌》、《八面山高西水長》等十餘種。

夾在樹中一豆苗 覺來太矮要攀高

睜開眼睛，意識到自我存在的時候，正赤條條地蜷在被單裡面，什麼東西壓住了嘴巴，有點透不過氣來。我悶氣地哼了一聲，壓著的東西鬆開一點。隨即送來輕輕的話語：「不要作聲，土匪在燒我們的房子，你爹他們都不知道那裡去了，我怕土匪也繞來這邊，先帶你到這裡躲藏起來。看到沒有，那邊？」

看到了。前面，大火正在燃燒，天空紅殷殷的。火光四周有人在奔跑，夾帶著一兩聲辟啪聲響。離開火勢越遠越黑。更遠的地方，除了尖尖的山，尖尖的樹，全是黑的。

突然，從黑暗裡出現一小團火光，接著四周一小團一小團的火光向中間燃燒著大火處閃去。

那是我的記憶頂點，忘記是幾歲的時候，也不曉得是什麼世界，等我離開了那兒，才知道那是川黔湘鄂四省邊區裡的一個小地方，位置和名字，就是在軍事詳圖上也找不出來。我們自家卻叫它爲太平壩。

那個不太太平的太平壩靠近湘西，離縣城秀山約三十五公里，離湘西名鎮——桐油集中地——約二十五公里，在一個小小平原的中心。除了五天趕一場集，就只三十來戶人家形成的一條冷冷小街。據說我是在其中一戶人家出生的；而我意識到自我存在的那個記憶頂點，卻在小平原一邊斜坡上的荊棘堆裡，後面是叢林地帶。抱著我的是我的大媽，父母和二媽被土匪逮走了。

我在那個地方成長了幾個年頭。土匪放的那把火由於四周人家的救援，只燒去我家和其他幾家。除了我家，大都陸續重建起來。（大約我家山邊也有房子，父母和二媽失蹤，就不再建了）。

在我的記憶裡，平常，太平的時候，那兒也是個美麗的地方，四周的青山聳翠，中間的綠水長流。大媽常帶我去拜訪那些巨族世家，綠樹叢中紅紅的大燈籠，寬大光滑的院落裡，抽著陀螺、踢著毽子的男女孩童，以及逢年過節燃放鞭炮舞龍玩獅的熱鬧景象，我也分享到無限喜悅。

但是，我的心靈深處有著無數的疑問，這些疑問，直到今天，仍沒找到答案。正因找不著答案，又是我意識糾葛的中心，記憶盤繞的邊緣，不是三更入夢，就是在動用和連綴文字當中突然引發幽思，而成為我生涯裡的無盡靈泉。我常說：「記憶不死，我將永生。」而永生似乎只有借諸筆墨了。

那是個由田、彭兩大姓為主聚族而居的蠻荒世界，我們的獨一姓胡人家怎麼會到那個地方定居下來，有了一大片產業？而且我同時存在、同居一起的三位母親都不是當地人家的女兒，親母來自鄂西，大媽出生秀山縣城，二媽根本不知道家在何處。父親兄弟四人，他排列老二，三位伯叔做的什麼？去了那裡？在我往後讀了兩年私塾，每年中元逼著寫「包封」（祭祖冥錢）時寫的那些祖先名字，拿我現在的認知標準，也十分文雅而富深意，如鐘士、秀起、鳳林等等，都沒有蠻族跡象。最不可思議的是我往後見到的父親，能把《三字經》、《增廣賢文》、《百家姓》、《論語》、《幼學瓊林》倒背如流，能說出全部《三國演義》和《水滸傳》，能雕刻出無數的戲劇故事（如太師椅背上的全本大登殿浮雕等），能畫出山水人物花鳥蟲魚，能繪製一座寺廟的建築圖樣而照樣建完，卻一字不識。此外，他還懂得藥草、治病、巫術和符咒；他也精於騎術拳術和槍法，巨大強壯的個子，滿身是刀疤和彈痕，臉上從沒失卻笑意。他究竟是何種人物？爲什麼那樣？

那時，我全無所知，也無事可做，大媽伸手隨意一指，說是我們的山林田野。她一雙金蓮小腳，我童稚無力，我只活著，是怎樣活過來的卻不知道。在我獨自能活動的時候，我總是去那條我出生的小街上走走，而常常入眼驚心的是那些掛在屋簷下或樹枝上的人頭，血淋淋的，飛撲著蒼蠅。人的頭顱是在頸子上轉著動著想事情的，怎麼要砍下來掛著？——啊，砍人頭的事情我見得太多了。

有沒有不砍人頭的地方？如果有，我要去那裡。

我轉望著四處，山峰不高，樹木密茂。我覺得是株小小的豆苗夾在樹木之間。我下意識地挺挺身子，要攀上樹巔，或是越過山頭。

山頭的雲霧散去，那天，奇跡似地，我看到比樹比山更遠更高的東西，首先我以爲是一片白雲，它卻久久地一動沒動。我張大眼睛，哦，我看清，往後也了解到了，它是聳立在四省邊區裡的八面高山，象徵著這個地區裡人們的堅挺與野蠻，而那時我想的卻是那座高山以外的世界。

那點意念給隨著而來的時代巨風吹得膨脹起來，就像塵埃上的一粒石子，吹成空中一隻風箏，不管它斷不斷線，都成了我整個人生的飛揚和飄落了。

而在這樣飄落的幾十年時光裡面，那種求長求高的豆苗心願早已失落，我抓到的究竟是什麼？幾枝筆？幾點墨？

遍地烽煙我奮飛　天涯從此無歸路

土匪放火燒毀我家房屋後第七年，大媽知道我的父親已在里耶立足，二媽在長沙經營油莊。我們先去里耶，再去長沙。但是長沙一把火，燒死了大媽，也把我燒回父親的身邊。我自己的母親仍無消息。父親戀棧里耶，我現在了解到了：一是長沙的油莊要靠湘西川東的油源，二是他在當地從事建築和家具生意，建屋不多，卻有做不完的嫁妝中的家具可做，由於才藝出眾，得到當地人們的喜愛，且蜚聲鄰近地區；而最大的原因，他繫心故鄉的產業，等年代太平，他要回去。

我從長沙回到里耶，就跟著當地畢業無法外出升造的子弟上了特為他們開辦初中程度的補習班。當時里耶一位留日學生瞿孫樓先生回到家鄉，閒著無事，到班教授國文。他曾在北方一些大學裡教過書，和謝六逸等人交往，沈從文也跟隨過他，湘西人的眼裡他是個了不起的人物，而他用新的方法講解語體文，分析和批評課本上鄭振鐸的文章文句不適、用詞不當等等，使我大開耳界，也對文字表達的方法，滋生了好感，遠比中元寫「包封」用的那些有趣得多。

補習班讀了一年，四省邊區裡有了幾所中等學校，我選擇了永順簡易師範。少年羈旅，兒時遭遇，常有感發；宣洩在作文裡面，結果為國文老師左宗伯認為我有文學細胞，特別鼓勵我去當時遷到該地的省立圖書館（館長是他的同學）借書閱讀。我記得他要我借的第一本書是羅曼羅蘭的《七月十四日》。

往後的兩年裡，我幾乎把館裡所有文學文藝的書本看完，也使得我的文思源湧，每次發下作文簿就寫得滿滿的。顯然，左老師感到很得意，他也選了另外幾個同學，常常要我們到他的房間去，拿出巴金等人的最新作品，要我們輪流閱讀以後，為我們講「杜大心」為什麼死的，「張如水」怎樣地無濟於事。他說我們這一代的年輕人要像「雷」和「敏」，說「我們不是愚人，不是畸人，要把幸福爭過來」。進一步他講「魯迅的思想和寫作路線」，講「高爾基」，批評「羅亭」，然後問我們讀了「鋼鐵是怎樣造成的」感想。最後，他把「馬列主義」的書籍拿出來讀給我們聽。而那時，我對文學固然有了一點喜愛，什麼主義，卻無意去了解。

這些時間，曾有一些機關團體從里耶經過，激動了當地年輕人們投向外界。一個曾住過我家的張姓戰幹團員和我聯絡達三年之久，他鼓勵我離開湘西，到更大的世界裡去求發展，他說全國到處都有公費學校。

我要離開這個地方，就像離開我出生的地方，有著另外的懷抱，只是說不出來。

終於，我離開了湘西，經由川東，到達秀山，那兒剛經過大轟炸，殘垣斷壁之間，餘煙未熄。我的心懷創痛。外界的烽火，比我從曚昧裡醒來見到的慘烈得多，這世界究竟那裡有太平？懷著無窮的疑問繼續上道，經由黔東的松桃、銅仁，到了芷江。在那裡找到了一個公費學校，我已成了高師的新生了。

這段期間，兩件事情和我往後的生涯有關。一是江西贛州正氣出版社《青年報》招聘特約記者，只要寄上一篇報導，合格錄取。而我寫的三次大火目擊記，得到了經國先生簽署的採訪證。二是桂林的《新文學》也以同樣的方式給了我一張聘書。現在想起來，那都不是專業文件，我竟然帶著它們，胡里胡塗地跑遍了整個西北西南。我那樣年幼，敢於獨自那樣地涉水登山，穿越叢林小徑，或是搶搭黃魚而毫無畏懼，現在想來，眞不可思議——是什麼一種力量促使我那樣幹的？

是高爾基草原故事裡馬伽爾周達「走走地方，見見世面」八個字害慘了我！我看到廣大世界比我那個小小的蠻荒地區更野蠻而慘酷。多少次我從死亡邊緣撿回這條小命，而有一次一個美麗的生命，在我指尖上炸開如爆竹的火花，一轟而散……。

這些，都使我記憶不死，我永生在我的作品之中。

而且，現在回想起來，那時四處漂流，是潛意識裡對故鄉那樣野蠻落後生出的一股厭惡和反抗，但也懷抱著一種長遠的愛心，好像要從天涯海角尋找某種濟世良藥再回歸家園去醫治它們。因此，三十七年我大學畢業那天，恩師羅季林教授要我「去看看剛光復的台灣」，我又繼續走向更遠的天邊了。

如今，故鄉如夢，那座八面高山，是否仍然傲然挺立？都不得而知，我即使已獲得救治它的良方，又有什麼用呢？

姑將寥落作豪邁　曾未艱辛在隱微

到了台灣，準備待上一年，回到故鄉去辦學校。一年之內我跑遍寶島的每個角落。但是時代再度逆轉，我在這裡滯留下來。而且，從四十年開始，整個身心突然感到無比的疲憊，再沒有一點求動的意念了。當時一些同學約我向新大陸進軍，我了無興趣，再度回到花蓮，過著隱居的日子。

我不去新大陸，大約是我英文太差的緣故。往後，我在這方面力求補救，以翻譯入手，拚命學習；但是孤立無援，寂寞無友，沒有人督促和匡正。直到今天，即使我譯了二十多部各類書籍，譯索氏《癌症病房》並預中該書必獲諾貝爾獎，我的英文仍是半吊子！

至於創作，在大陸上奔走的那些歲月裡，雖有，不多。來台以後，開始寫的，都是些記憶的反芻，情緒呼喚的敘事長詩。五十年左右，才轉移精神從事小說和劇本的創作。小說有〈長河〉、〈迴旋路〉、〈不是春天〉、〈南盤江上〉、〈萬花入夢〉等長篇和幾十個短篇；劇本有〈國父傳〉、〈岳傳〉、〈天河怨〉等，因為沒有出路，〈岳傳〉撕掉，〈國父傳〉改寫成《日月光華》長篇小說，由陸軍出版社出版。〈天河怨〉改成萬餘行的詩劇，由《中華文藝》連載完畢，既未出書，也沒演唱的機會。

那段時間，我轉到台中任教，由於婚變，我得獨自照顧兩個稚齡女孩。有時甚至背著小的上課、改作業、做別的事情，卻沒妨礙到創作，每月至少七八萬字，也許那是前幾年我的一篇〈稻草球〉在日本奧林匹克寫作競賽中，居然從幾十個國家，四百餘篇小說中獨獲小說獎，給了我一些鼓勵。

五十年到現在，除了中、長篇和譯作，我寫了兩百多個短篇，出版了十部集子，獲得幾次獎，也堆滿一櫃子未出書已發表過的稿件，即使我四十多部書，除了黎明的四本（《自選小說集》、《淑女》、《變奏曲》、《癌症病房》），坊間都無法買到，但是出版家仍對我的作品不感興趣。

文星出版的《楚卿小說選》，文字操作也許不如現在精密，取材卻較特殊，當時給隱地先生評得一文不值，當然，他也遭到其他評者的反擊。上月他要出版在自立副刊上刊出的作家日記，有我一篇，來信作禮貌的徵求，我十分禮貌地表示同意。但是順便附上一函，想要賣一部小說集給他，他就相應不理了。不理沒有關係，希望他不要餘怒未熄。

皇冠老闆，接受過我的《不是春天》，後來退貨不算，還把我譯的《最後的難題》稿費扣去抵債，當時他和很多作家朋友簽約先付酬而後多數未收到稿件。其實那時他已成氣候，我們早在摟鎧介紹中認識，且為他效勞閱過七等生的稿件，又何必在乎我那幾文？大約是我生來命薄，沒有友人援助。但是也好，我畢竟沒有賣稿打高空，也是寂寞隱微生涯裡一分自得。

六十九年，我從學校退休下來，爲《民眾日報》編副刊，懷抱著滿腔熱忱，以五文（文學的、文藝的、文教的、文化的、文明的）爲努力目標，希望建立一個獨特的副刊風格。也許，我期許過高，或其他因素，加上副刊原是報紙最賠錢的版面。民營報紙沒有大量的金錢花在副刊上，我熱情儘管熱情，總是發不出火燄來。

現在，垂老的生涯中，由於漫天瀰地的孤寂，我一股腦兒鑽到寫作裡去了，恢復了我五十年代的月產量。更使我感到高興的一件事情，前年在東海大學趙滋蕃兄主辦的創作班上講了半年短篇小說創作，因而涉獵和思索了一些短篇小說的創作理論，加上我幾十年摸索的寫作經驗，給了自己很大的教育。小說要成爲藝術，應該講求一點理論和技巧，否則，即使作者是天才，那種「才」也會打去折扣。

除了這些，五年來，我讀過很多稿件，深深覺得年輕一代的寫作朋友，大部分思想空白，氣度不夠，缺乏操縱文字的功力。這三點是作品永遠不入流的致命阻礙。

而我自己，即使老之將至，但能揮筆一天，總不忘這是我投資整個人生的事業。我還在自我期許，我可以安於和甘於人生的寂寞和隱微；我的作品總要讓它們有著喧騰和發光熱的時候。

原發表於一九八五年八月《文訊》十九期

嚴友梅

山是山，水是水

嚴友梅，籍貫河南信陽。1925年生，2007年逝世。曾任文星書店兒童讀物編輯、《少年文摘》主編，並任教於中國文化大學家政系兒童福利組，爲大作出版社發行人。曾獲行政院新聞局推介優良課外讀物金書獎。爲台灣兒童文學拓荒者之一，童話曾被譯爲外文，頗獲迴響，後專事兒童文學研究及教學。創作文類包括散文、小說、各類兒童文學等，出版有《月亮的背面》、《小仙人》、《老牛山山》等40餘種。

寫作不是我的志願

童年時期，我喜歡讀書，喜歡唱歌，而我的志願是當俠客。少年時期，俠客夢已遠，想當科學家和音樂家。青年時期，科學夢難圓，音樂家之外想當哲學家。成年後，什麼也不是，而且了解，無論什麼「家」，都要捐出半條命才可望成功，不是容易當的。於是，有一段時間幾乎變得無夢也無志。

寫作不是我的志願，我從來不做作家夢，甚至也不大喜歡「作家」這個名詞。倒是一直坐在家裡，生活的重要內容是煮飯帶孩子。我曾經自思自忖，學生時期當過多次「模範生」，相當優秀，那麼，似這般「上駟之材」居然做了抹布和尿布，未免「暴殄天物」；但是我能做什麼呢？在「家庭第一」、「孩子至上」，可以不要全世界，不能不管我的家的原則下，「管家婆」是當定的了。記得有一位可愛的、聰明的、善心的鄰居對我說：「看你像個能手，還是出去工作好，不要整天窩在家裡。請個女傭吧！那怕把薪水全給了傭人也值得，換換環境，也換換心境。」感謝鄰居的好意，但是我沒有接受。別的不談，孩子交給傭人，我怎能放心？讓我天天提著個心臟去上班嗎？

有一位記者問我為什麼寫作，我原來就不同意做什麼得為點什麼，於是不經意的回答：「沒有別的本事啊！」其實，寫作又何嘗是我的本事？只不過在我的生活環境中，比做別的事方便些而已。

民國四十一年的一個冬夜，孩子睡著了，丈夫鼾聲微起，我失眠，想故鄉，想雙親，想哭又無奈，靠在藤椅中看了一本《小鹿斑比》。又一個晚上，看了一本歌德的《浮士德》。又一個晚上，看了一本雨果的《悲情世界》。又一個晚上，看了一本《莫泊桑小說選集》。又一個晚上……。短短兩個月，看了大疊的世界文學名著。有些是過去看過的再重新閱讀，而且，做了一些讀書劄記。有一天，突發奇想，試試能不能自己提筆塗鴉——一提就提了三十多年，迄今沒有放下。

可是，到今天我也不認爲自己最適合寫作。我是個急性人，凡事快快快，唯獨寫作總是慢悠悠的。寫一篇三千字的稿子，從起草、修改、謄清，合起來至少是三千乘以三。何以如此？笨嘛！遠不如學生時期，作文從不起草，總是一揮而就。想起有人可以倚馬千言，有人可以當時把前一半稿子付排，一邊可以趕寫後一半，而德國作家雷馬克能在戰壕裡寫下皇皇巨著，我似乎換個桌子都覺得彆扭；所以我不能當記者，也不適合「趕稿」度日。何況我一直認爲，用文字彰顯心靈原就笨拙，世間有太多「筆墨難以形容」的事。否則爲什麼有「會心的微笑」和「盡在不言中」的說法？那會心，那不言，或許就是筆力達不到的境界了；又何況，往往蘸了血和汗和淚和腦汁營造的篇章，可能因了讀書的感悟層次不同，不能產生預期的效果。更何況，傳遞和發揚中華文化的精華給大眾，可不是簡單的事啊。所以，儘管我長年寫作，也長年是戰戰兢兢的，佛家的參禪悟道，主張「不著文字」確有道理。而前輩們早說過「文章千古事」，我想，幹嘛要用我的短短百年去做千古之事？

找到了合腳的舞鞋

寫作要有豐富的生活經驗，而生活經驗和年齡、智慧並不是有絕對關係。有人一生平順或平淡；有人在短短幾年中事故頻頻；有人一輩子沒出過城；有人環遊世界就像逛一趟衡陽街。我了解自己的條件，生活比較單純，雖然走過抗戰，走過戡亂，也到過十多個國家；但大致說來，仍不能算是「經驗豐富」。按照中國的老說法，我是比較「好命」，連會算命的作家黃露惠都說：「爲你批命不容易表現功力，風平浪靜的沒有大起大落。」畫家也不喜歡爲我畫像，因爲十畫九不像，沒有特徵嘛。那麼，我的寫作之途該怎麼走法？

起初，我嘗試各種題材，用各種形式表現。我寫小說，寫散文，寫詩歌，寫戲劇，也寫童話故事——對了，童話、兒童文學，我忽然感覺它們跟我是那麼貼近，那麼親切；它不僅引發了我埋藏在心底深處的「童趣」，也給了我爲國家塑造「希望」的使命。我很高興，總算找到了合腳的舞鞋，可以開步走，可以跳躍了。不過這雙舞鞋不是好穿的，就像霍夫曼故事中的舞孃，永遠不能停止舞蹈。啊！快要四十年了，舞得好快樂，舞得好幸福，舞得好辛苦，也舞得好寂寞！

辛苦和寂寞未必是壞事。我雖然不是吃得苦中苦的人上之人，但我早已學會了如何欣賞寂寞，享受寂寞。如今似乎成了習慣，反而不能適應「熱鬧」了。

有一天，忽來興致，把發表過的作品列表數了一數，居然有一百零四本。——不必訝異，兒童書字少，有三五千字一本的，有幾萬字或十幾萬字一本的。本數雖多，實在也算不得「著作等身」。想想看，假如一天搬一塊磚，長年的搬，總有一天能蓋一座房子。如果我有彭祖之壽，我還能築起童話長城呢！（可是這一堆作品，其中大約有三分之一強，到現在也沒有出版單行本。）任何一件事，只要一直做下去，最後一定有成績，就像滴水穿石一樣。道理人人懂，只看你是否實行，貫徹始終。我曾經玩笑的說過：「三十多年，種個石頭也會發芽了！」

大約從民國四十五年到五十五年間，我的一些童話作品，曾經譯為德、英、韓文，在外國發表及廣播，也得到一些令人欣慰的迴響。有一位韓國老作家權熙哲，翻譯了不少我的童話，和少量的小說，在韓國的報章雜誌上刊登。我也收到幾位小朋友的來信，還寄了相片，要和我做朋友。大約七年前，又冒出來一位年輕的韓國作家宣勇，輾轉打聽到我這個「大作家」，最後見了面，只告訴我兩句話，一句是很欣賞我的作品，一句是已著手翻譯我的長篇童話《小仙人》。我很高興，也有點失望；因為《小仙人》不是我的代表作，早知他要翻譯，我會給他另一本。

民國五十五年到六十五年間，德國作家史汀柏格，把我的童話在德國電台（不是德國華語電台）播放。有趣的是每播放一次，還「致贈薄酬」美金五元給原作者哩！我高興的不是他們表示「意思意思」的五元美金，而是認為人家懂得尊重著作人及著作權，值得感激。（如果她不告訴我，我根本不知道啊！）

此外，五十三年冬季，在中東地區的《生活》雜誌上，也登載過我的童話英譯稿。據我國駐當地的文化單位主管說，這是我國在該地區發表作品的第一人。我沒有興奮，因為我不大情願當「第一」。第一總是吃苦，也容易造成「眾矢之的」。

沒有一定的章法模式

但是從事兒童文學的研究和寫作，我總是很愉快的。獸言鳥語，花叫草笑，一支「童話筆」揮動起來有相當的自由和樂趣。記得從前有個裁縫老太太，做了大半輩子衣服，架著老花眼鏡依然縫做不停。我曾問她煩不煩？她說，襯衫做膩了就換做裙子，大人衣服做膩了就改縫童裝。她給了我啓發，我如法炮製，童話寫膩了就換寫童詩，故事寫膩了就換寫小品，反正兒童文學包括的種類多，我讓它們排隊，輪値輪休，隨我的興致折騰。

我寫作也沒有一定的章法模式，年輕的時候喜歡奇巧，老了喜歡平拙。爲什麼？沒想過。管它爲什麼！不過寫的多了，有個發現，「夾文夾白」比較容易，「沒有廢字的純白話」反倒困難得多。例如，我的第一本小說的第一篇「希望的船」的第一段：「在我國西北，黃河上游，甘寧兩省交界之處，有一個懸流湍急的險灘。這險灘位於兩岸對峙的峽道之間，黃河放乎中流。河水在此道流過的時代已不可考，不過歷次河水氾濫使這削壁下部因沖刷而楔入的痕跡，十分顯著。這裡地形彎曲，水勢淴瀃瀆瀑，因爲兩岸巉岩聳立，所以置身其間覺得陰森恐怖極了。」這是民國四十五年發表在《聯合報》副刊的作品。

再看今年發表在《中央日報》副刊的一首小詩〈來去〉：

一隻小鳥飛來了，

兩隻小鳥飛來了，
一群小鳥飛來了，
樹上好多小小鳥。
一隻小鳥飛去了，
兩隻小鳥飛去了，
一群小鳥飛去了，
樹上沒有小鳥了，
風兒在林梢！

一個朋友來了，
兩個朋友來了，
一群朋友來了，
小木屋裡好熱鬧。
一個朋友走了，
兩個朋友走了，
一群朋友走了，

小木屋裡安靜了。

月兒窗前照！

我不知道別人的感覺，我自認爲「大有進步」。當然小說的一段和一首詩不同種類，不宜相比。我寫的時候，在構思方面，小詩字面淺淺，反而用力較多。

我喜歡寫作，但是並不入迷。大概因爲我永遠是「才高七斗」，且時常眼高手低或手不應心。我喜歡研究，但是不夠深澈，也許因爲我「智商太高」，發覺自己樣樣懂又樣樣不懂。譬如寫詩，我就不了解有些詩人的「分行」方法。以拙作〈小水流〉爲例吧：

他跳不過那條小水流，
像螞蟻遇到了河；
我的手如一片落葉，
載著他安然渡過。
有一種奇妙感覺，
暖暖的在我心窩；
就像一條小水流

潺潺唱著歌。

如用現代詩人的現代寫法，很可能是：

他跳不過那條
小水流像螞蟻
遇到了河我的心
如一片落葉載著
他安然
渡過
有一種奇妙
感覺暖暖的在我
心窩就像一條小水
流潺潺
唱歌

爲什麼要如此這般排列呢？不知道。我曾向兩位名詩人請教，也許我心眼兒堵實了，悟性不足，竟然不得要領。所以我寧喜古體詩詞，這也是我爲小朋友出版《兒童讀唐詩》的原因之一。

《兒童讀唐詩》一到五輯，共五本。這一套書很有「造化」，從民國六十四年出版第一輯時就引人注目；之後我在《國語日報》少年版開闢「詩詞欣賞」專欄，一連寫了三年，陸續出版，更獲好評。不僅暢銷一時，並獲新聞局推薦爲優良兒童讀物。這套書的特色是我的女兒霽霓畫圖，我的丈夫陳風題字，是一家人「精心合作」的成果。能夠帶領兒童進入詩的世界，指引兒童認識中華文化精華，我認爲這件事做得好，做得對，做得正確。如今處處有兒童的琅琅吟詩聲，我的苦心似乎沒有白費。同時有些外語學校把我的作品選作教材，也是令人歡欣鼓舞的事。

坐林間，悠然聽鳥啼

二、三十年前，幾位作家和出版家把兒童文學的寫作稱做「寂寞的一行」，有位高雄的出版家陳暉先生也曾對我說「獨木不成林」，在在說明早年寫兒童文學的人是「稀有植物」。當時兒童書出版很不容易，大家並不關心兒童文學，一般出版商認爲兒童書是「賠錢貨」，大眾生活也比較清苦，行有餘力才考慮爲孩子買書，而社會也缺乏讀書風氣，我最初的兩本童話是在民國四十六年自費出版的。

後來我曾想，到那兒去找一群兒童樹來造林呢？有個時期，我到處宣揚兒童文學，幾乎逢人吆喝。除了到許多電台連續廣播之外，也到各地文化中心演講。從民國六十一年起，到文化學院家政系兒童福利組（後改爲文化大學青少年兒童福利系）開兒童文學課。也曾多次到教師研習會，到國語日報語文中心，到台灣省教育廳或文復會主辦的文藝研習班去講授兒童文學寫作。到救國團文藝營，到耕莘文教院寫作班，到基督教傳播中心，到佛教普門寺及大雄精舍，到許多中小學，甚至跑到菲律賓去教課。像傳信鴿一樣的傳送了兒童文學，並爲菲華創立了「菲華兒童文學研究會」……還有我一時想不起來的等等等等。這些，大概都算是「造林」工作吧！

不過現在對這些事，我可以「退休」了。我這「獨木」也可以坐在「林間」悠然的聽聽鳥歌了。

記者又問我對未來的寫作計畫。我要是早有計畫，就不會是今天這般「自在」了。要知道，牧童在牛背上吹笛子，原是自得其樂，不會去想參加樂隊，更不會去想到國家音樂廳演奏，更更不會去想誰頒個金像獎給他。我的寫作生活可以比喻爲牧童弄笛。我也只希望隨遇而安，隨緣而過，隨興而作。今後的生活環境適合做什麼就做什麼，不勉強，不做作。想起每年元旦日，我總在書桌的日曆上寫下八個字：「認眞做事，輕鬆度日。」而我的座右銘之一是：「盡我渺小的力，使世界更美麗。」這些大概足以說明我的人生和寫作態度了。如今，就像參禪悟道者的「見山是山，見水是水。」一般，最後也如最初，我仍舊是童年的晴朗心境，仍舊喜歡讀書，喜歡唱歌。我的塗鴉筆也並未放下，或許會在樹蔭下寫些歌詞，看看天上雲兒飄行，就像十多年前我寫的：「輕風吹來飄飄我衣衫，臨流垂釣夕陽在天邊……。我歌我唱樂陶然，釣得晚霞滿漁船。」一般，在我的寫作生涯中，不也是一種明亮的、很高的樂趣嗎？

原發表於一九八九年八月《文訊》四六期

張彥勳

萌芽·追尋·迷惘·再生

張彥勳，籍貫台灣台中。1925年生，1995年逝世。日據時代台中一中畢業。曾任內埔國小教師，並於台灣省作家協會、兒童文學協會任監事，亦爲笠詩社等之社員。曾創辦銀鈴會，主編《潮流》，曾封筆自修中文，重握筆桿後改寫小說、兒童文學。曾獲台灣文學獎、中國語文獎章、教育部兒童文學獎。其作品側重寫實主義，描寫時代巨輪下小人物的悲苦。創作文類包括評論、詩、小說、兒童文學，出版有《張彥勳詩集——朔風的日子》、《驕恣的孔雀》、《阿民的雨鞋》等十餘種。

前言

每個人都擁有他自己的夢：有的夢想做一個偉大的教育家，有的夢想做一個出色的科學家，也有人夢想做一個卓越的政治家。但卻也有不少人夢想做一個傑出的作家，因為他們崇拜作家，希望自己將來也能成為作家，讓別人來崇拜和尊敬。

我乃是其中的一個。夢想將來要成為作家，便是當時踏上文學之路的最初意念。然而，當我長大成人，見解較成熟之後才發覺，「文學之路」並非想像中那麼容易行走：它滿布荊棘，充滿血淚，是條遙遠艱苦的道路，其艱苦之鉅，實非局外人所能想像。

因此，要做一個偉大的作家，讓別人敬仰，這種幼稚的意願也在歲月的累積中逐漸消失，深深體會到做為一個作家所背負的使命有多艱鉅！任務有多重大！他必須在複雜的環境中，透過自己的見解、意識、經驗，甚至人生觀，將它赤裸裸地呈現出來，傳達給世人，繼而達成啓迪人生的作用。

萌芽

一個出生在鄉村的少年，終日所接觸的便是綺麗風光的四季變化：有和風吹過的陣陣花香，也有高張在空中的赤熱陽光，有足以撼動心情的蟲鳴，也有冷得徹骨如刺的寒風。春季的花香、夏季的陽光、秋季的蟲鳴、冬季的寒風，這些都是令我難忘的生活體驗，從小就在一個如詩如畫的環境中成長，在大自然的薰陶之下長大的我，逐漸對文學發生了興趣，這乃是理所當然的事。當時的我，擁有人人羨慕的好家境，出生在富裕的家庭裡，在無憂無慮的生活中，也接觸過不少書籍。而且我有滿腔的熱情，愛眞理，更愛文學。因此，我極盼望自己眞正能成爲作家，寫出震撼文壇的曠世鉅作。

然而，眞正引導我踏入文學殿堂的，就是我的小學級任導師——日本人二宮先生，他影響我一生最深。二宮先生才氣縱橫，能文能武，大凡音樂、文學、美術、運動、舞蹈、演劇等樣樣都行，尤其最令我折服的是，他在寫作方面的造詣，他教我寫詩、寫短歌（三十一字構成的日本傳統詩）、寫童話、也寫小說，使我將索然無味的小學生活變得多彩多姿。

作品要簡捷有力才能引起共鳴，才能打動讀者的心弦——他這句話竟然成爲我日後寫作的依據。詩，要簡短精緻，將捕捉的刹那心象（image）加以純化與提煉，然後予以整理；而小說應以最感人最精彩的斷面剖析加以發展，呈現在讀者面前，這乃是多年來我寫作的基本準則。

追尋

民國二十八年，我考進中部最著名的一流學校——台中一中，對我的寫作生涯而言是有正面的助長。它不僅名氣大，設備好，師資佳，而最重要的是學生的素質頗高，可以說是集全省精英於一堂。就讀三年級的時候，命運之神讓我在班上遇見一位了不起的同學，顯然的，這是命運的安排，一個人在一生當中總會遇上一兩位影響他最深的人，而倘若沒有與他相遇，今日的我或許是另外一種情況呢。

朱實，彰化市人，爲人熱情豪爽，在班上頗有影響力，他不但能寫詩、寫散文、寫小說、寫劇本、寫評論，還能寫一手漂亮的字，每當在黑板上揮毫，都會讓同學瞠目驚視而羨慕不已。我們很快就成爲知己，一起談文學、談人生、談抱負，談得頗爲投機，似乎有相遇恨晚之感。當時，日本的大東亞戰爭已到了末期，即將遭受敗北的命運，況且台灣的文學活動雖在民國初年就有了眉目，但這些台灣先輩作家，由於處在殖民地政策的壓制下，不敢積極推展，因而不能夠毫無忌憚的表現出來。

鑑於此，我們決心要挑起這個擔子，便開始籌劃發行同人雜誌。終於在一九四三年創辦了「銀鈴會」，作爲推展台灣新文學爲宗旨的文學團體，並發行同人雜誌。這份雜誌，起初只是把個人的作品裝訂成冊，以傳閱方式來相互切磋，並以讀後心得或評論作爲進修的依據。後來又改以油印刊出，經過兩年的滲澹經營，在畢業時已擁有會員二十餘人。這份以油印刊出的同人雜誌叫《ふちぐさ》（緣草），內容爲日文現代詩、童謠、短歌、俳句（十七字構成的日本傳統詩）、散文、英詩翻譯、古詩解說、小說、劇本等，同人均爲二十來歲的年輕人，作品充滿熱情和浪漫氣息。我的日文新詩即是此期的作品，還閱讀了不少外國詩人的詩集，諸如島崎藤村、北原白秋、上田敏、佐藤春夫等，以及海涅、拜倫、雪萊等等都屬於洋溢著敏銳的感性和近代風格的詩人。民國三十三年出版的《幻》和三十五年出版的《桐の葉落ちて》（桐葉落）兩本詩集，則是這個時期的總整理。

民國三十四年，美國在日本投下兩枚原子炸彈，結束了八年抗戰，台灣回歸祖國。由於台灣的回歸所帶來的語言文字障礙，使得一時難以適應而紛紛停筆的先輩作家也不在少數；然而不論時代如何變遷，語言如何改變，仍然有一群不屈不撓的詩人們在繼續不斷地努力著。他們以大無畏的精神或在崎嶇不平、遍地荊棘的道路上，或在濃霧瀰漫、黑暗難行的夜路上，像一個苦行僧，也像一個夜行人踽踽前進，從日文到中文，依然孜孜不懈地創作著。雖然，由於文字障礙，致使「銀鈴會」於民國三十五年一度停刊，但旋即又於三十七年復會，與林亨泰、詹冰、蕭翔文等同好攜手將刊物更名為《潮流》，繼續以日文、中文兩種文字發行，但仍然被時代的潮流所淘汰，終於在民國三十八年解散。

迷惘

自從台灣回歸祖國之後，受語言變遷和報紙日文版陸續停刊的影響，迫使一些台灣先輩作家在一時間無法適應，而造成精神上的空虛，在無可奈何的情況下紛紛停筆或結束寫作活動，說起來也是時代所造成的悲劇。

出生在台灣，我們這群屬於「跨越語言的一代」的文學工作者（註：指由日文轉換中文的作家），命運裡註定要背負相當艱苦的文字試煉：年輕時在日帝統治下不得不使用異國文字，而寫的又是些在殖民地政策壓制下無從發揮的作品；台灣光復後，馬上又得面臨文字障礙而不能不從頭再來。這種因語言觸礁所帶來的雙層手續，在當時不知害苦了多少文人。

這是時代的悲劇。出生在台灣島上的人都是這場悲劇的主人翁。在人生舞台上，各個扮演著不同角色的悲劇人物。我當然不例外，我扮演的角色，乃是要如何在這場巨變中，不屈不撓的去面臨文字語言的挑戰，將它克服擒拿。

「銀鈴會」在民國三十八年因《潮流》的停刊而解散之後，我的文學活動因語言觸礁，幾乎成了停筆狀態。這段時期是我的寫作生涯上的一段空白，令我感到迷惘。直到民國四十八年的十年之間，從沒寫過任何文學作品，幾幾乎跟文壇絕了緣。

我不僅感到迷惘，也覺得十分的徬徨和無助。語言文字的壓力有多沉重！這對一個曾經寫過文章的人而言，是多麼難以忍受的事實；而對於一個想要表達而無從表達的人，是何等殘忍的巨變。啊，中文！無論如何，我非克服這層障礙不可！我必須勇敢地面對現實，從頭做起，打好文字基礎再向文壇進軍，縱然粉身碎骨也在所不惜。

於是乎，我決心要從頭學起，訂妥了一份工作表，照計畫進行。我的計畫分兩方面：研讀作品在白天，而晚間的一段寧靜時間，則用於訓練寫文章。研讀的作品選用古今中外名著，除本國作品還包括日本、歐美的名著，不管懂不懂，總要勉勵自己必須看完它。

練習寫作的步驟則分為三個階段，先練習造詞，再練習造句，然後才作文。造詞時，先提一個「字」讓自己絞盡腦汁來填「詞」，等到再也想不出其他詞來了，才翻閱辭典作補充。例如「動」字，我按自己當時的能力僅能填寫動力、動工、動手、動心、動向、動武、動員、動詞、動搖、動態等詞來，經過辭典又認識了動彈、動議、動亂、動輒等詞。在造句時，我盡量找出各種不同類型的文句，以求磨鍊自己的造句能力，假若遇到好句子，則將它抄錄下來加以細細品研。

我執筆十年、苦練十年、掙扎十年、煎熬十年。整整十年漫長的歲月，便在努力奮鬥的過程中流逝過去。好長的十年啊！好長的三千六百多個日子啊！對於一個急於蛻變的人來說，這段漫長的歲月實在難度。

再生

總算皇天不負苦心人。感謝上蒼保佑，我雖然嘗過不少辛酸，卻因而克服了文字障礙，順利地邁向中文創作的坦途，於民國四十八年重握筆桿再度回歸文壇，不過，寫的卻不是詩而是小說。足足十年漫長的空白，詩神早已離我而去，並且去得好遙遠。或許是我對新詩的熱愛已被歲月的激流給沖走了，或許是十年的煎熬和磨鍊令我茁壯，令我沉著，也令我尋到了對無情世界有了獨特的處理方式吧，我認爲詩畢竟是一種感動的產品，倘若毫無感動，寫得再好也無濟於事，倒不如不寫。

總而言之，我開始專攻小說，正式以中文寫稿子投去各大報。退稿固然足以削減投稿者對寫作的慾望，但我並不氣餒，越戰越勇，越寫越有勁兒，看見自己熬夜的成果逐漸印成鉛字，其中之樂趣難以筆墨形容。

自民國四十八年至民國六十年間，我陸續寫過一百五十萬字小說，先後出版的有《芒果樹下》、《川流》、《驕恣的孔雀》、《海燈》、《蠟炬》、《沙粒沙》、《仁美村》、《他不會再來》、《淚的抗議》等九本小說集和長篇小說，其中值得一提的是，五十七年間由水牛出版社出版的《驕恣的孔雀》一書，總共發行了五版以上，在我的小說中是最暢銷的一本。又曾以短篇小說〈妻的腳〉榮獲第一屆台灣文學獎。

《仁美村》乃是我唯一的長篇小說，於六十二年間由省新聞處贊助出版，是以本省中部的鄉村爲背景，描述村民的樸實生活與熱愛鄉土之濃郁情味，再配合社區發展和基層民生建設，以及現代醫療中心的設立等，來表現本省農村新發展的境況。

民國六十一年，板橋教師研習會舉辦了一次爲期一個月的「兒童讀物寫作研習」，邀集了全省從事兒童文學工作的教師們與會，我代表台中縣去受訓，在研習員中邂逅了黃郁文、徐正平、藍祥雲、傅林統等數位早就在兒童文學創作上有名氣的學員，令我頗爲興奮。

在這之前，我已對兒童文學發生興趣，也曾寫過童詩、童話、少年小說等作品在兒童刊物上發表，經過此次研習，令我更加體認兒童讀物在兒童成長過程中的重要性。

因爲它是兒童最重要的精神食糧，它不僅給兒童精神方面的鼓勵與知識上的滿足，又能激發兒童思想、涵養兒童心理、變化兒童氣質，進而更能培育兒童進取向上的精神。

自民國六十一年至民國七十年間，我總共寫了五本兒童文學專集，計有《兩根草》（長篇少年小說）、《獅子公主的婚禮》（童詩、童話合集）、《阿民的雨鞋》（少年小說集）、《小草悲歡》（長篇少年小說，分爲上下冊）。其中《兩根草》一書曾於民國五十六年在《國語日報》少年版連載期間，頗受好評，紛紛接到全國兒童們的來信關懷，令我感動不已。童話〈烏鴉和阿龍〉一文則榮獲六十七年度教育部兒童文學獎。

自民國七十年起，我又回到了現代詩的創作陣容，在我所屬的《笠》詩刊上耕耘。這是非常不得已的事，因爲我的視力再也不允許我來耕耘字數較多的小說創作，倘若再酷使僅剩一隻視力唯有零點三程度的眼睛，可能會拖不到三年便告全盲。而從此在暗黑中度日，不但無法寫作，就連看書也沒辦法做到。儘管在七十一年到七十三年間，又提筆寫過幾篇像〈鑼鼓陣〉、〈阿K和他兩個兒子〉等有分量的小說作品，然而還是被迫放棄，以照顧眼睛爲重。

結語

眼疾，迫使我的創作量銳減，也教我不得不放棄寫作。回顧我的寫作生涯，苦多於樂。我承認我的才華遠不如人，然而對文學的執著從不落人後，這條崎嶇難行的文學道路，我走得好踉蹌，不時的跌倒、受傷，在筋疲力竭之餘，不免有徬徨、困惑乃至廢然思返之念；不過，這畢竟是我自己選擇的路，即使有再大的障礙，總得繼續走下去，直到有一天眼睛瞎了、手腳不能動了爲止。

原發表於一九八九年五月《文訊》四三期

王明書

讀萬卷書行萬里路

王明書，籍貫福建林森，1925年生。台灣師範大學國文系畢業。曾任教員、中央婦女工作會編輯。其作品輕鬆簡潔，題材廣闊，或記錄一生坎坷的歷程，或抒發家庭親情，或對大自然的讚嘆，每於樸實平淡中見眞情。創作文類以散文爲主，出版有《磁婚》、《月是故鄉明》等。

提起筆墨生涯，眞不是一個新鮮的題目了。但是，一百人來寫，仍有一百個面貌，因爲每個人的社會背景、生活環境，不盡相同，心態也不一樣。

文學啟蒙

能與筆墨結緣，與文字結緣，家庭的因素最大，我的父親是學政治、經濟的，但他的舊文學根柢極好、天分又高，寫詩、塡詞，才情固不待多說，隨隨便便一封信，也能使人反覆捧讀，不忍釋手。

我母親是學文學的，民初在上海一個女校舊制大學唸文科。她最喜歡當時林琴南翻譯的小說，如《茶花女》、《塊肉餘生錄》等等，林譯西洋小說全部是文言，但文字洗練、優美，人物栩栩如生，躍然紙上。

父親爲母親搜羅的林譯小說有一百數十種，在公餘課餘，他們也一塊兒吟詩、塡詞。母親喜歡李後主和納蘭容若的詞，也教我們唸著玩兒，「簾外雨潺潺，春意闌珊，羅衾不耐五更寒……」以及「春花秋月何時了，往事知多少，小樓昨夜又東風，故國不堪回首月明中……」我們初小時就隨她曼聲吟唱，琅琅上口。

後來，七七抗日戰爭開始，戰火迅速蔓延，我們逃難了。民國廿七年在雞公山，我和妹妹明理失學在家，我們住外國人的房子，整面客廳是大玻璃窗，窗台很寬，我和明理各據一方，倚牆對面屈膝而坐，膝上放一本小說，除了吃飯、睡覺，兩人看小說看得昏天黑地。《紅樓夢》、《西遊記》、《水滸傳》、《三國演義》、《鏡花緣》、《粉妝樓》、《老殘遊記》……眼睛看累了，窗外是青山翠谷、溪水淙淙。爸爸說，不上學也是暫時的，天天看小說不像話，媽媽就教我們唸《古文觀止》，教我唸〈祭十二郎文〉、〈祭妹文〉、〈赤壁賦〉、〈阿房宮賦〉、〈桃花源記〉，明理唸〈陋室銘〉、〈五柳先生傳〉、〈世有伯樂〉……，我們還要讀，還要背誦，對於文字之美的感人，深深領會和喜愛。

「……明星熒熒，開妝鏡也，綠雲擾擾，梳曉鬟也，渭流漲膩，棄脂水也，煙斜霧橫，焚椒蘭也，雷霆乍驚，宮車過也，轆轆遠聽，杳不知其所之也……」它使我神遊阿房宮，「江流有聲，斷岸千尺，山高月小，水落石出……」也使我夢想赤壁風光，而「芳草鮮美，落英繽紛……」更使我嚮往一個世外桃源。文字，實在是太奇妙，太引人入勝了。

生活環境和愛好，使我接觸到文學，對它傾心而迷上它，但除了在課堂上，眞的執筆爲文，開始了我的筆墨生涯，卻眞有一些因緣，回想起來，眞如冥冥之中有一種力量在推動著，引領著我朝這個方向進行。

艱苦的幾年

卅八年我們來到台灣，我們這一代歷經了對日抗戰艱苦的八年，接著又是共匪的禍國。我從無憂無慮不知天高地厚，到歷經顚沛流離。但是，大陸上千千萬萬的人都被關入鐵幕，我們能來到台灣，也算祖上有德，上輩子燒了高香！

現在家家生活都富裕了。當時，我們眞是好窮，房產帶不動，能帶的僅是一點點首飾、衣物，一對小夫妻，帶著三個幼兒，一點微薄的薪水，不夠吃飯。國家多難，大環境如此，規規矩矩的好百姓絕大多數是窮苦的。

「窮者變，變者通」，「客廳當工廠」，卅多年前，我們就已默默實行著了。眷村的太太們爲了分擔家計的重負，車衣服、織毛線、做鞋子……幾乎每一家都找點副業來做，而我也是其中之一。

爲了車衣服，我們分期付款買了一部「霸王牌」縫紉機，我也隨著鄰居太太們去學，去領了軍用的圓領衫的短褲來縫，自朝至暮中甚至夜深人靜，眷屬們除了燒飯洗衣，多半都在工作，機聲軋軋，此起彼落。

一件圓領衫和一條長褲算一套，縫一套是八毛錢，鄰居太太們眞能幹，她們可以一件一件連著縫，結成一串，一天縫十件圓領衫十條短褲，不成問題，三八兩百四，的確不無小補。但你可知道一套衣褲要費多少手腳？圓領衫要滾領口、接袖子、上口袋；短褲要接襠、上腰、穿帶子，還有好多條縫。除了做家務之外，我就埋頭苦幹，相等的時間，人家縫十套，我縫四套，至多五套，每每工作到更深夜半。

那時有一種軍用布鞋上底，上一雙是一元五角錢。別人上來輕鬆俐落，一天五雙、六雙不成問題，這事看來容易，到我手上，全不是那回事，針老是往手上扎，針也常常斷；麻繩拉不緊，手卻勒破了皮，一雙手傷痕累累，鞋子勉強湊攏，是歪的！

孩子們逐漸長大，家用日繁，別人都能幫助先生，而我眞恨我的笨拙無能，事倍功半都談不上，徒喚奈何！

轉機

平生無嗜好，不會打牌、不愛看電影、不跳舞、不看戲、不嗜吃……我友晉秀曾說：「啥好玩的都不會，眞是白活啦」，但，我喜歡閱讀和音樂，喜歡遊山玩水，沒錢玩不成。那時，我也沒有什麼新書可看，也無時間看。我們燒熟煤（黑黑的煤塊和紅泥小火爐），每頓飯生一次爐子。我往往一邊生爐子一邊閱讀，當日的報紙，以及購物包東西而來的報刊；再就是隨我跑遍千山萬水的幾本林譯的文言小說，《魯賓遜漂流記》、《茶花女》和《鄭板橋全集》等，往往飯焦了而不知道，也往往爐火很旺了，忘了把飯鍋放在上面。爲此，丈夫下班，孩子放學，我端不出飯菜來，挨過不少埋怨。

但，這也未嘗沒有好處，也許有一個重要的契機在其中。因爲，我忽然發現報刊也有女人寫的文章，丈夫、兒女、身邊瑣事皆可入文。而且，自忖這些文章，我也能寫，不免有些躍躍欲試。於是我想到小學時代，我的作文曾經變成鉛字，在校刊上出現過。一個在北方生長的小女孩，席豐履厚，從來不知世道艱苦，直到抗日戰起，生活起了重大轉變，在遷徙流離中長大了，許許多多陌生的人和事，曾使我睜大訝異的眼睛，早有把它寫下來的衝動。

我停下來轉動的縫紉機，在我們的餐桌兼書桌上，幾個深夜（晚上孩子們還要做功課），我搜索枯腸，寫下我平生第一篇稿子〈我們的克難生活〉，連應貼多少郵票我都不知道，我寫眷屬們如何縫衣服、織毛衣、上鞋子的種種，寫她們的安貧、樂觀、勤勞，這是有感而發。投寄出去卻不敢希望被刊出，因爲，那是多麼幼稚撲拙啊！

奇蹟！它竟很快的變成鉛字，沒有删掉一字一句，更大出意外的是它爲我賺了車縫兩百套衣服的錢，一百六十元！兩百套衣褲，我要熬多少寒夜！我不敢想，想了就怕，第一次的一百套衣褲縫好送去，驗收的人說縫得太差，還打了回票，重新拆掉再縫，拆拆縫縫，氣得我直掉眼淚，縫得我昏天黑地！這稿費比之，卻拿得太輕鬆！

瑣事與真情

於是，我試著一篇又一篇的寫，投到我認爲合適的報刊上去。我要誠實的說，在這方面，我應是幸運的，我絕少碰壁，我不認識任何「老編」(多神聖高不可攀呀)，但投出去的稿子，十之八九都變成鉛字，和廣大的讀者見面。

當然，我頗有自知之明，我知道我的文字是生澀的，起初都是文白夾雜，詞彙也不豐富，但我總用心一字一句推敲，看了一遍又一遍。我寫的都是我最熟悉的事物，寫一個雖然生活清苦，卻樂觀向上的家庭，我想起抗戰時期在重慶，女士們一襲陰丹士林布的旗袍，一件粗毛線衣，吃喜酒去也夠體面了。穿的是黑白點點的平價布；吃的是穀、稗、砂、石俱全的「八寶飯」；桐油燈熒熒的微光下，一樣能夠發憤唸書，物質生活遠不及今日，於是，我強調精神重於物質。也自知人微言輕，絕不去說教，只是寫些文字撲拙萬分的「身邊瑣事」，和大時代中小人物的奮鬥、掙扎、眼淚和歡笑，但其中有我一份眞摯的情感。

那年，我十四歲的兒子病腿，住醫院動手術，躺在病床上惦記家中沒人提水（那時我們住處沒有自來水，要自遠處一桶桶提回來）；耽心缺課太久，抱歉父母爲他花的錢太多。然而，他卻不在意受的那份痛苦。我是母親，對他的憐惜和自恨不能代他身受，也只有做母親的人才能體會，我就以那種心情寫了一篇稿子，投寄到一份刊物，很快的，編者有信來了，她說她也有個十四歲的兒子，她要帶他來探視我的病兒。當時，她已很有文名，如果設身處地，我是否有這份熱情，爲一篇稿子去看素昧平生的陌生人呢？她卻眞的來了，帶著她的兒子余占正，和大聽的泰康餅乾，還有二百四十元稿費（稿尚未刊出，她先墊的）。從此，友誼開始，占正是個敦厚的乖孩子，正就讀成功中學，曾屢屢放棄假日玩樂的機會，甘願自動去醫院陪我兒，而她對我兒始終愛護備至。

多年後，她罹患了「柏金森」病，來台北療養，我兒總在百忙中，抽空去探視她，她見到我兒，曾淚下如雨。她是個外表看來有幾分傲氣的，內心善良熱誠的人，她才華橫溢，留下來的著作不少，自有公正的評價，她就是鍾梅音女士。

我陸續爲一個刊物寫稿，都蒙錄用，由此結識了那位主編，蒙她的青睞，向上峰推薦我做她的助手。我和她毫無淵源瓜葛，非親非故，竟由投稿而相識而信任，從而獲得一份理想的工作。她是良師亦是諍友，待我親如手足，她教我編、排、校、對，從此，我由一個投稿者懂得了認字體、字號、畫版樣……我追隨她工作五年，學得了不少本領。我很感謝她。她就是王文漪女士。

我既寫，又做編輯的工作，眞是獲益匪淺。寫慣了、也寫順了，它猶如一種嗜好，欲罷不能，好久沒有文章發表，不但覺得無顏見人，也深覺對不起自己。我曾在報紙上用「綿書」的名字寫「窗前晨話」每日一篇，八百字，爲某一刊物寫「黎明心語」，每月三千字。我自己有辦公室的工作，又是太太，又是媽媽，也有些酬酢往還。雖然短短八百字，每日一篇也很有壓迫感，白紙黑字，總不能胡說八道亂開腔，要有主題，要言之有物，爲了找題材，我時時留心一事一物，有時白天事忙，晚上在燈下苦思，往往一抬頭，天已亮了。笨拙疏懶的我最怕受限制，寫了短稿，完全沒有時間、精神再去寫自己想寫的東西。

感謝與回饋

二十多年前，我有一段很煩惱的時期，我有三子一女，老大和老四（女孩）從幼稚園到大學畢業，最省心，按部就班上學，品學兼優；老二和老三卻最淘氣，外向、英雄主義、好勇鬥狠，專打抱不平。爲他們難兄難弟，幾乎使我心力交瘁。我常常得去他們學校的訓導處，因爲收到校方通知，要家長去面談，我先生才不肯去「丟人現眼」，我是母親，無可推卸也責無旁貸。他們都曾一再被迫轉換環境，我三兒初中三年換了五所學校。有朋友戲說我神通廣大，換是任何人也換不動更無此力氣了。他們曾被人目爲「無可救藥」的太字號人物，只有我知道他們的本性善良，秉賦聰慧，不過不能適應當時的環境，一時的迷途罷了。我是母親，他們被誤解被委屈了，我卻不能放棄他們。那眞是一段艱難坎坷的歲月。後來，他們憬悟了，老三於十三年前赴美留學，順利拿到學位，也在事業上嶄露頭角，使許多洋人對他刮目相看，爲我們的國家爭面子。老二在美工作，也小有成就。

我眞的滿心感激，在我最苦時給我援手的朋友，也體會到當別人處境無奈時，一個電話，一封短箋的鼓勵和安慰，猶如荒漠裡一滴甘泉，當他們都脫胎換骨成了人人稱讚的好青年時，我眞是百感交集，如果我不堅持，稍一鬆手，他們就沉溺了。

那年，《中央日報》和青輔會合辦「愛的教育」徵文，我很想寫出來，又有所顧忌，因此延誤了。次年又舉辦，我決定應徵，寫出我的辛酸經驗與成功的挽回兩個「頑劣」的孩子。我寫〈祇因爲我是母親〉於徵文截止前一日寄出。想是情眞意摯，我得到家長組第一名。我不敢去領獎，也不敢露面，但是，我覺得這篇文章一定發生些作用。

於是，我覺得我眞的有責任，也是對社會的一些回饋。因爲不知道有多少個有「問題少年」的家庭，正苦惱著；有多少位父母正徬徨著，不知如何是好？也許根本就放棄了，那麼，不但是家庭的損失，也是社會國家的損失，安知其中沒有很優秀的人才？至少，匡正並挽回一個所謂的「不良少年」也少滋生事端，能促使社會安寧。

我有這種經驗，也有責任寫些文章，給「頭疼」的父母們一點建議，尤其是母親，千萬千萬不可放棄你的孩子。我想著有這種痛苦經驗的人，未必能寫；有一枝能寫的筆，卻不見得有這些體認。於是，我就「舍我其誰」的寫了。

我的寫作觀

我喜歡寫，當我快樂時，我寫；當我鬱悶時，我更要寫。當我鋪紙展筆，把我的情緒移植到樓梯般的小格子時，心中積鬱就消失了。

歲月匆匆流逝，許多當時使我們深受感動的事，轉眼時過境遷，雖然留在記憶裡，它也會隨時間逐漸淡薄、消逝得無影無蹤，何如寫下來，讓它引起一些迴響，發生一些作用呢。

如今，工商業發達，社會繁榮進步了，人們的生活也富裕起來，道德觀念卻相對的低落，因此民風由淳樸變得奢靡，許多不合理的現象就發生了。但是，今天的繁榮進步，是許多人孜孜不倦，胼手胝足、殫精竭慮的成果呢。

想起當年的艱苦，和如今的富足，眞應滿心感激，倘若我們陷在大陸沒有來到台灣；倘若台灣還未光復，那人們又是如何的生活著呢？「人在福中不知福」，有些人吃飽撐得慌，幸福的日子又嫌平淡，於是就專從「雞蛋裡挑骨頭」起來，不合理的事當然絕對該說該寫，才可以收輿論制裁之效，但是如果專門強調社會的黑暗面，抹煞一切的成果和進步，專寫黃色黑色有毒素的作品，色情、暴力、頹廢來腐蝕人心，打擊士氣，惟恐天下不亂，那眞是其心可誅。

但是，人卻多的是喜歡刺激，罵人的文章看了才過癮，更有些人自己不努力，卻嫉妒別人努力的成果，從不想想自己對社會、國家有多少貢獻，有一點不如意、委屈和不便就怨懟，就思想偏激，更有那些不良文字的煽風點火，越發的人的心態都變了。

我也寫了這些年，只是秉持著對國家的愛和感激之情，忠實的描繪我們社會的光明面，人心是善良的，多少父慈子孝，倫理之愛，袍澤之愛，同胞之愛……為什麼有些人只看到悖乎情理的人和事呢？

一對廖姓連體嬰要分割，需要七千西西的血液，幾日之間就收到四萬西西的熱血，捐血的人和女嬰的父母非親非故，無非是因為有一顆仁愛的心，和對國家的熱愛。這世界上最幼小的連體嬰分割成功了，是我們國家的光榮。

起初執筆為文，的確是為了稿費，如今卻是為了興趣，也為了責任。如果我一直生活優裕，大概不會步上寫作之途，而今嗜好已深，不寫反而「六神無主」，精神沒個安頓處。從工作單位退休下來，兒女都已長大，我既不用操勞家務，又不必案牘勞形，而我仍耳聰目明，頭腦清楚，正可以好好地寫下去。

從開始摸索寫作至今，我有一位最好的讀者，那就是我先生，他的鼓勵和協助太多，我從不給他看原稿，欺負他是外行，發表後告訴他，他自己會去買去找，替我剪貼妥當，而且偏愛過分，無論我寫什麼，他統統說好，自己讀了一遍又一遍，還廣為宣傳，有時眞教人受不了，但他一片至誠也實在可感。

我因為太不勤奮，久久拿不出一篇文章，就對他說，我不要到處都有文章，又快又多，我要一篇有一篇的分量，雖不能說篇篇為精金美玉，至少也得打動人心！《紅樓夢》一部書就可以傳世！

其實這是唬外行，我是既不精又不多，只是，我仍有一份寫作的熱誠，如此而已。

因筆墨生涯我結識不少朋友，眞的情同手足，我慶幸在寫作的路上有志同道合的好友，有一篇較像樣的文章發表，鼓勵的信和電話就來了。

我友楊以琳，如果看到我的文章，會從遙遠的紐約打電話給我，時差三小時，電話不但是長途，還是長時間（一聊沒個完，全不在乎花錢），我如許久不寫，她也會來電話查詢，關切和責備都來了，還說，快寫，快寫，先寫這個，再寫那個。

《王明書自選集》的作者畫像，是畢璞為我畫的。當初出版社為我準備的，線條較硬，不太合適，她說要試著替我畫一幅，她畫了，居然有幾分神似，深藏不露的她，誰也不知道她還有這一手。這也是文壇佳話罷。百忙中又為我看清樣，這份友情太値得珍視。

「讀萬卷書行萬里路」對於寫作應是很有益的。在戰亂中成長的我們這一代，讀萬卷書或不可得，行萬里路的機會卻比較多。如今總算放下生活的重擔，當年的兩個頑皮兒子在美讀書、工作多年，在台灣的大兒和么女也都有很好的家庭和工作，感謝天，我們的孩子們又都相當的孝順，因此就有幸趁還不龍鍾，到處去跑跑玩玩，使視野遼闊些，增長些見識，或可寫一點比較可看的文章罷。

原題〈寫作話從頭〉發表於一九八六年八月《文訊》二五期

廖清秀

業餘寫作三十多年

廖清秀，籍貫台灣台北，1927年生。日據時期小學畢業。曾任小學教員、中央氣象局科長、委員等。曾獲鹽分地帶文藝營「台灣文學特殊貢獻獎」、巫永福文學獎、眞理大學台灣文學家牛津獎等。爲台灣新文學拓荒者之一，從日據時代開始日文創作，光復後學習中文創作，曾獲中華文藝獎長篇小說獎，爲五〇年代台籍作家獲獎首例；曾參與《文友通訊》。創作文類以散文與小說爲主，另有論述、雜文、翻譯等。出版有《恩仇血淚記》、《金錢的故事》、《冤獄》等20餘種。

民國四十年四月一日起，我參加中國文藝協會主辦第一期小說研究班受業半年，正式受中文寫作的洗禮，業餘從事寫作已經三十多年（如含日文寫作有四十年），此間發表的長、中、短篇小說、散文、小品、論評、傳記、雜文雖有兩百多篇一百多萬字（翻譯發表的可能有五、六百篇，三、四百萬字吧），至今尚未產生了不起的作品，惟我對文學的愛好與熱誠，三十多年來始終不變。

回憶當初意外地業餘從事寫作，三十多年來創作與翻譯，早期作品較受人注意而後繼無力，感慨良多。檢討自己三十多年來的作品、創作能力與環境，對寫作問題的探討、看法等，對自己將來與別人的寫作，我不知道能不能有什麼幫助，但對自己三十多年來的業餘寫作生活先做個總結，對社會做個交代也未嘗不可，分項陳述如下：

意外從事寫作

我從小就愛好文藝，唸小學時就向親戚們借日文兒童雜誌、兒童傳記文學、世界名著來看。十七、八歲（日據時代，一九四三～一九四四年）時曾用日文寫散文「我的回憶」五、六十篇六、七萬字，其中雖有〈大便與小便〉、〈和尚與老師〉、〈站在教壇〉、〈三等戲院的臭蟲〉、〈疏散者是誰？〉等佳作，也在日文《文教雜誌》發表過小品文〈講習雜感〉，但我做夢也沒有想到自己會從事寫作，一直想在行政界發展——抱著做官夢，從小學畢業後就自修，準備中學畢業檢定高普考，唸的都是法律政治經濟學之類的書，除日語、國文外，別的科目與文學無關。

民國三十九年（廿四歲那一年）我參加高考，曾把每科目的要點記下來，都背得很熟。那時在考場認識邵恩新先生看我密密麻麻的筆記本，說我一定會考取，但糟糕的是：那一年規定每科目都要用毛筆寫，把我搞慘了。而且，我既未帶錶，考場又沒有鐘，使我更無法控制時間。第一科考「國父遺教」五題都是我能回答的，卻只答兩題時間便到了，那一年我以平均兩分之差名落孫山！

如果那一年我考取，我可能被分發到省府去工作（邵恩新、林金莖、張炳楠三位先生就是那一年考取後獲分發到民政廳去工作的），我雖可能跟文學無緣，但在行政界會有較好的發展，整個命運會改觀的！

我對考試感到灰心的時候，恰巧報上有中國文藝協會第一期小說研究班招生的消息，我就先寫一篇小說〈邪戀姐夫記〉去應考（繳一篇創作爲唯一報名條件）。這篇小說是我從ㄅㄆㄇㄈ學習國語文四年多寫的，文字當然差，但內容技巧還像一篇小說吧，再經過筆試與口試，我幸而從應考兩百名中被錄取爲三十名學員之一。

在小說研究班上課

小說研究班借當時台北女師附小的教室上課，時間爲四月一日到九月卅日，星期一至星期六每晚七至十時，講課除名教授梁實秋、盛成、黎烈文、李辰冬等諸位先生講中外名著、文學研究，當時名作家羅家倫、謝冰瑩、陳紀瀅、王平陵、葛賢寧、張秀亞等諸位先生談創作經驗外，也請劉獅、齊如山、郎靜山諸位先生講畫、平劇、攝影等，另分小組實習研討，我被分到陳紀瀅先生那一組，禮拜天到陳先生府上去。

主持人張道藩先生那時爲立法院院長，他對我們的期望很高，百忙中設法跟我們再三相處，一再勉勵我們對文學有所貢獻，他曾抱著我肩頭說：「年輕人，好好努力啊！」使我感動非常。

班務實際上由李辰冬、趙友培兩位老師負責，每晚由他們之中的一位輪值，聯絡、介紹講座等處理一切事，他倆的勤謹誠懇，至今都令我們同學感佩。

在學員中，士長的本省人只有我。我的文字最差，我想在學習的精神上彌補這個缺點，決意上課的半年間不請假不曠課，且繳一篇五萬字以上的中篇小說作爲畢業論文（規定爲兩萬字以上）。

上課時，因日間工作而有時疲倦得昏昏欲睡；加以有些講座講的鄉音我聽不清楚，有時不知他們講的是什麼；有一天晚上我跟小說班幾位同學從獅頭山旅行回來，身疲力竭，但我還是去上課。結果保持不請假不曠課紀錄的只有我跟那時服務軍界與刑警總隊的另兩位同學，班上特頒獎狀給我們。

我在小說班上課期間，四十年度高考又要舉行，我面臨抉擇；全心全力研究小說，或分些心參加高考呢？結果我想起「追兩兔者連一兔也得不到」的古訓，選擇前者，用全副精神去寫做畢業論文的〈恩仇血淚記〉。

〈恩仇血淚記〉本來計畫寫成五到七萬字，不料愈寫愈長，竟變成十多萬字。趙友培老師看了以後，提供修改意見，重寫一遍後蒙趙老師薦送中華文藝獎金委員會。

短篇小說〈阿九與土地公〉也是四十年寫的，交給小說班同學施魯生兄（筆名師範）在《臺糖通訊》發表，沒有想到這篇作品成為我短篇小說的代表作，後來除自己把它譯成日文，發表在一九六三年八月在日本出版的《今日之中國》外，姚朋（彭歌）先生曾打電話給我說他曾把它譯成英文，有人看到了感興趣，想把它譯成西班牙文，要我把原作寄給他轉交對方。我照辦了，至於後來有沒有譯成西文，那我就不得而知了。

我參加小說研究班似乎只是昨天的事，卻有三十多年的歲月過去，此間愛護我的道藩先生、李辰冬老師、葛賢寧老師、趙師母以及同學蕭鐵、包喬齡、潘學溫、龔湘萍諸兄都去世了，我辜負了道藩先生等師長的期望，在寫作上未能有輝煌的成就，唯一能告慰他們在天之靈的是：我三十多年來不斷地寫或譯，從未離開過寫作崗位……。

〈恩仇血淚記〉獲獎

小說研究班結業的第二年夏天，四十一年度高考即要舉行了，受過文藝講座薰陶的我對名利較淡薄，對官途不像從前那麼重視，但我只是一個小學畢業後參考普考、國校高級級任教員檢定及格的，為了獲得更高的學歷，那一年我還是參加高考，而再也不像前一年那樣有什麼牽掛和患得患失了。

我永不能忘記那一年的十一月十二日，日報刊〈恩仇血淚記〉獲中華文藝獎金委員會四十一年　國父誕辰紀念長篇小說第三獎（第一獎從缺，第二獎為潘人木女士大作〈蓮漪表妹〉），晚報高考及格名單裡有我名字。

〈恩仇血淚記〉得獎，也許題材具有時代意義，且故事感人有關，但我知道這是僥倖的，因自己的國學基礎差，有好的題材也無法好好地表達，何況我是公務員，每天上班下班，生活平淡如水，在獲取題材上受了很大限制；爲了生活我還得把全副精神放在工作上，業餘不會有太多的時間可從事寫作。話雖如此，我對〈恩仇血淚記〉的獲獎，既感興奮又感惶恐，決心好好努力，想寫一兩篇不朽的作品。

當時好的文藝創作或翻譯小說稀少，日文作品又不能進口，我只好從《紅樓夢》、《水滸傳》……等我國名著與外國翻譯等抄寫好的片段，但能化爲己用的太少。可是我不管，一邊不斷地做筆記，一邊不斷地寫作。

那時小說班同學蕭鐵兄主編《公論報．日月潭副刊》，他在中廣服務，我在新公園常常碰見他。一碰到他，他就要我稿，一要我稿就寫給他。四十一年至四十三年九月間，我在《公論報》發表的小說、散文、論評、雜文卻有二十篇之多！不久他去世了，我就少在《公論報》發表作品了。記得《公論報》起初還發千字三十元稿費，拿到稿費的似乎沒有幾篇，後來發不出稿費我還是繼續寫給它。

葛賢寧老師曾在小說班講課，他平易近人、愛護後學，〈恩仇血淚記〉獲獎後我受他指教更多。另外值得一提的是；我開始認識當時在文獎會工作的楊品純兄（筆名梅遜），他爲人誠懇正直，許多拙作承他斧正過，許多本省籍文友都是他介紹的，他常常風趣地說他是我們本省籍文友之友，他是我三十多年來業餘寫作最密切的伙伴。

出版第一本書《冤獄》

四十一年間我曾以在汐止發生的日本刑警吉野被殺案件爲題材，寫一篇兩萬多字的中篇小說〈冤獄〉，獲文獎會六百元稿費（獎勵性質，非發表稿酬），由於梅遜兄的鼓勵，連〈阿九與土地公〉與在《公論報》發表的〈蝕鼻婆的哀怨〉、〈一個老尼姑的回憶〉、〈虎父犬子〉等短篇小說，於四十二年一月自費印行單行本《冤獄》，花三千元，不大記得賣多少本，但記得收回的書又髒又爛，先後零零碎碎收回的本錢有三分之二的樣子。

這是我第一次出版單行本，也可能是台灣光復後本省人出版的第一本中文小說集，這次經驗使我覺得：出書雖然不像古時候那樣會「傾家蕩產」，還是太不簡單了。

《冤獄》出版後，王鼎鈞兄、梅遜兄曾著文介紹它，由於發覺其中兩三篇說故事的成分多，不大像小說，後來我就不大願意推銷它，甚至把它毀掉不少，使它不至於流落市面太多。

民國四十二至四十五年寫作生活

四十三年一月正中書局出版約三十萬字的《自由中國文藝創作集》，刊四十二年約我寫的一萬字左右小說〈父與子〉；〈恩仇血淚記〉連載於四十二年五～十二月號《文藝創作》月刊；四十三年四月反攻出版社出版的《百家文》也刊了拙作〈阿九與土地公〉；四十三年五月號《自由中國文摘》轉載四十三年四月在《自由談》雜誌發表的〈賊仔龍〉；四十三年出版的《文藝描寫字典》裡將〈阿九與土地公〉中的賭博與〈我爲他寫第一封情書〉（刊四十三年一月號《自由談》雜誌）中的分離場面分別錄刊。

四十二至四十五年間在《中央日報》副刊、《新生報》副刊、《聯合報》副刊、《中華日報》副刊、《大華晚報．淡水河副刊》、《公論報．日月潭副刊》、《自由談》雜誌、《中華文藝》月刊發表作品約四十篇，受人注目的除上述〈賊仔龍〉、〈我爲他寫第一封情書〉外，還有在「中副」發表的論評〈不朽的小說〉與〈合群〉，二十多年後葉石濤兄還向我提起〈合群〉這篇短短一千一百字的文章。

此間又由於梅遜兄的介紹，我先後認識鍾肇政兄、施翠峰兄、許炳成（文心）兄、鍾理和兄、許山木兄……等（陳火泉先生是經他林務局的同事介紹的），見面的見面，通信的通信（鍾肇政兄印發《文友通訊》爲四十六年以後），我們曾在施翠峰兄府上聚餐過一次（日期忘掉了）。

四十四年十二月，台北西區扶輪社將第一屆扶輪文學獎頒給我，楊傳廣等人獲「體育獎」、「美術獎」、「音樂獎」。

民國四十六至四十九年寫作生活

文獎會於四十五年底結束，文藝創作社關門，〈恩仇血淚記〉出版無望了，我於四十六年一月自費把它印單行本。幸而它在《文藝創作》月刊連載時曾留字型，使我節省不少排版費。由於梅遜兄的幫忙，群益書報社以四折包賣五百本，再由朋友們的幫助共推銷一千多本，不但收回本錢，還賺一點兒，但出書時錢是整數拿出去的，收回時零零碎碎，託書店賣的時候甚至遭到老闆們的白眼，使我日後患了自費出書害怕症，但要找書店出書又難，致後來出版創作的單行本太少了。

四十六至四十九年間，我在《中央日報》副刊、《新生報》副刊、《聯合報》副刊、《青年戰士報》副刊、《中華日報．兒童週刊》、《氣象所通訊》發表作品約二十篇，其中「中副」的〈面子社會〉、〈敲竹槓〉、〈斗六小姐〉，聯副的〈結核預防費〉較受人注意；值得一提的是：四十九年一月五日至四月間應《自立晚報》副刊主編江石江老先生邀請，一邊寫一邊發表十萬字長篇小說「不屈服者」，開頭還不錯，後來幾乎很難接下去，把我搞慘了，發誓：嗣後再也不能冒這種「一邊寫一邊發表」的險。

四十六年十一月間，我利用休假跟林東興兄到阿里山、關子嶺旅行四天；四十七年十一月，一個人先到彰化和美訪尚未見面的文友許山木兄開始，也到美濃訪鍾理和兄等，在南部旅行兩週；四十八年秋天獨自從台北徒步旅行到台中一週；不久理和兄去世，我再也沒有機會見到他。

四十九年三月，我在三重新買的平房跟內人結婚，只請雙方親戚兩桌，不發帖子不收禮，開始人生的新紀元。由於買房子，負債累累，加以當時公務員的待遇不好，過著從未有的艱苦日子。幸而妻在家做衣服，補貼家計；我多多少少另有稿費收入，否則更不堪設想。

民國五十至五十四年寫作生活

五十至五十四年間，我在《徵信新聞．人間副刊》、《中華婦女》月刊、《臺灣文藝》、《自由談》

雜誌、《臺灣日報》副刊、《臺灣新聞報・十四週年紀念特刊》、《自立晚報》副刊、《中央日報》副刊及現代家庭版、《民間知識》月刊、《大華晚報》文藝版等發表作品三十四篇，其中較重要的作品有小說〈分居〉、〈宰豬的爹〉、〈金錢的故事〉、〈弱者〉及散文〈懷念父親〉、〈日本海兵團八月苦難記〉。〈金錢的故事（夫妻篇）〉獲五十四年四月第一屆台灣文藝佳作獎，〈弱者〉獲《自由談》雜誌五十四年新年徵文佳作獎。

替東方出版社翻譯的兒童文學《戰爭與和平》於五十三年七月出版。台北西區扶輪社為紀念扶輪文學獎十週年，於五十四年三月印行《樹木集》，刊歷屆得獎人自選作，本人部分為〈分居〉與〈宰豬的爹〉。文壇社於五十四年四月印行《本省作家作品選集》，第二輯刊有拙作〈賊仔龍〉等七篇。

此間值得特書的是：吳濁流先生於五十三年創辦《臺灣文藝》雜誌，第二期以後他就來向我要稿，第三期（五十三年六月出版）便刊拙作〈宰豬的爹〉。從此以後，我就替《臺灣文藝》寫稿、改稿、翻譯日文、參加編務等，翻譯日文小說也漸漸多起來。

在家庭方面，兒子俊輝於五十年四月出生，妻為他難產達三十小時之久，接著妻又患乳癰開刀痛苦一兩個月，五十二年三月女兒俊姿出生，同年九月葛樂禮颱風侵襲，三重一帶成澤國，幸躲隔巷的一家民房二樓。水退後舉家搬回汐止居住半年，因房子沒人租而再搬回三重。五十年初我因營養不良，打井水工作太勞累而病了一段時間。在我人生旅途中，五十至五十四年間算多災多難的幾年。

民國五十五至五十九年寫作生活

五十四至五十九年間，我在《中華婦女》月刊、《徵信新聞（後改中國時報）．人間副刊》、《臺灣日報》副刊、《臺灣文藝》、《警備通訊》月刊、《國文百年誕辰紀念文藝創作集》、《自立晚報》副刊、《劇與藝》月刊、《聯合報》副刊、《民族晚報．名家小說版》、《青溪》月刊、《中央月刊》、《中華日報》副刊及家庭版、《氣象所通訊》等發表作品卅四篇，較受人注意的有：〈咖啡女郎的上司〉、〈難產〉、〈張老頭〉、〈十八歲當皇帝〉、〈絕症〉、〈前夫之死〉，其中聯副的〈難產〉葉石濤兄曾著文批評「有意外的效果」。

這段期間拙譯日本小說在各報章發表得更多，蘭開書局於五十七年出版拙譯日本短篇小說集《投水自殺營救業》（菊池寬等人原作），我又應《自立晚報》副刊邀請將川端康成著長篇小說《多色的虹》翻譯，在該刊連載後，經一文出版社於五十八年十一月出版。

那時颱風來襲，石門水庫一洩洪，三重市便淹水，一週之中有兩次淹水的紀錄。五十五年時我曾將仁愛街平房賣掉，換買忠孝路二樓（仍在三重），從此我家就比較不怕淹水；結婚時的債也還清了，家境從此維持小康的局面。

民國六十至六十四年寫作生活

這五年間在《聯合報》副刊、《臺灣文藝》、《中華日報》副刊及家庭版、《自立晚報》副刊及星期文藝版、《中國時報》人間副刊及綜合生活版發表作品約二十篇，較重要的爲聯副的〈錢鼠〉、華副的〈變了質的中國人〉以及自副的〈第一代〉，尤其〈第一代〉爲先後花二十年寫的二十萬字長篇小說，描寫先民開墾蘇澳，感化生番的艱辛，經《自立晚報》連載將近十年，至今尚未能出書，實在慨嘆之至！

六十年左右吧，我曾主編《臺灣文藝》季刊五期，我編的五期有一特色：書中無空白處，也沒有轉接，補白用小文章或其他文字，後因公忙而只好辭退，以後就由鍾肇政兄主編，吳老就常跑龍潭了。六十一年一月巨人出版社出版《中國現代文學大系》，在小說第一輯刊拙作〈阿九與土地公〉。

六十二年十月，我家又從三重市搬到松山林口街國泰三村六批的公寓三樓，因石油危機水電來不及接，卻被逼搬進去，爲提水而苦了一段日子，一切就緒後也就安定了，住到現在。搬家實在太麻煩，但願這一生不再搬家。

民國六十五至六十九年寫作生活

六十五至六十九年間，我在《自立晚報》副刊及第四版、《聯合報》副刊、《香港自由報》、《民族晚報》婦女天地版及副刊、《民眾日報．現代人版》、《中華日報》副刊及元旦特刊、消費者週刊、《臺灣日報》副刊所發表的作品（含雜文）共有三十九篇，在自立副刊發表的爲一系列的婚姻故事，其中〈十幾夜夫妻〉爲夢寐已久想寫而寫成的，全文一萬五千字。六萬字中篇小說〈盜娼之家〉也是如此，不料在《民眾日報》連載五萬多字，最後幾千字未刊完而遭到腰斬，這是生平頭一遭。另外受注意的有：在聯副發表的極短篇〈台北面面觀〉。未來小說〈二〇〇〇年的生與死〉發表在《香港自由報》，惜國內讀者見的不多。

值得特書的是：六十五年由於王詩琅先生介紹，鴻儒堂書局委託我翻譯張文環先生原作日文小說〈爬在地上的人〉（同年十二月出版時改爲《滾地郎》），我把拙作〈金錢的故事〉等十八篇以及拙譯〈共犯者〉十多篇也交給鴻儒堂於十二月一齊出版上述三種書，這是意想不到的。

《金錢的故事》爲我第三本創作專集，距四十六年一月出版《恩仇血淚記》二十年後出版此書，而且它也是別人替我出版創作單行本（專集）的第一本書。

六十六年八月鴻儒堂另出版《臺灣文藝獎作品集》，其中刊拙作〈金錢的故事（夫妻篇）〉；六十六年十二月光復書局出版拙譯兒童文學《金銀島》；六十八年二月天視公司出版《當代中國新文學大系》，小說二集中刊拙作〈宰豬的爹〉；六十八年三月聯經出版公司出版《極短篇一》刊拙譯〈鬥氣〉，六十九年四月出版《極短篇二》刊拙作〈台北面面觀〉等；六十九年十二月中華日報社出版《華副小小說》刊拙作〈嚇人者〉等。總而言之，六十五至六十九年爲出版拙作最多的五年。

在家庭方面，慈母於六十五年春天在我家時突然不能言語，送回汐止老家跟弟弟、弟婦們日夜輪流看護醫治七週後逝世，她雖享年八十，想起她老人家愛護子女，為人慷慨仁慈，我到現在都禁不住流下眼淚來。

民國七十年以後的寫作生活

這幾年來發表在《臺灣日報》副刊、《自立晚報》副刊及第四版、《中華日報》副刊、《臺灣時報》副刊、《文學界》、《臺灣文藝》的拙作共有二十六篇，其中刊《臺灣時報》副刊就達十五篇之多，可見吳錦發兄對我鼓勵的一斑。這幾年來以老人問題寫小說的有多篇，受注意的有：〈叫阿公一百塊〉、〈老鰥夫〉、〈遺產〉等。此外在「華副」發表的散文〈左右命運的一次〉轉載《世界日報》，〈別怕名落孫山〉收在中華日報社七十三年四月廿日出版《失敗的啓示》一書裡。

七十年九月聯合報社出版〈聯副三十年文學大系」小說⑧《生命列車》刊拙作〈台北面面觀〉等。七十三年初應光復書局邀請改寫兒童傳記文學《托爾斯泰》、《南丁格爾》兩本書，可能於本年內出版。所翻譯的日本小說在《新生報》副刊、《自立晚報》副刊、《聯合報．萬象版》、《民生報》副刊發表或連載。

家庭方面，兒子俊輝於七十二年大學畢業後考入母校淡大電腦研究所深造；女兒俊姿於同年致理商專畢業後考取郵務佐特考，十二月初便報到服務；我在經濟負擔方面已減輕了許多。

檢討三十多年來的寫作

我在業餘從事寫作三十三年，至今未能寫出鉅著，固然跟自己沒有了不起的才華，不求甚解的個性，狹窄而單調的環境，以及下工夫不夠或努力方向錯誤等有關係，現在分項檢討如下：

一、未把文字搞好。文字爲文學的表達工具，也是一種藝術，透過白紙黑字使人感受喜怒哀樂，而文藝的「美」就是文字的「美」。我未正式從事寫作以前，唸的都是爲參加考試的法律、政治、經濟學之類的書。從事寫作以後，又因不求甚解等，始終未把文字搞好。我於七十一年五月十七日發表在《臺灣時報》副刊的〈靈感文字〉一文裡指出：台灣光復後我從ㄅㄆㄇㄈ開始學國語文，讀、背不少文言傑作，也讀不少中外名著且做筆記，三十多年來雖然能把文字寫得通順，但難免撲拙，缺乏字彙，而最要命的是：寫出來的呆呆板板，缺乏文藝氣息……。記得我使用日語文只有十一年（八歲到十九歲），十六、七歲時寫的〈大便與小便〉、〈和尚與老師〉、〈站在教壇〉、〈三等戲院的臭蟲〉、〈疏散者是誰？〉……等幾十篇散文六、七萬字卻有佳句連篇、妙趣橫生，現在唸起來，連日本人都稱讚，但我學國語文已有三十多年，卻不如日文，原因何在呢？難道我們中文較難學嗎？或讀它時年紀較大或讀得不夠呢？我想都有關係吧。我常常想：台灣光復如果再遲十年，我們這些年紀的人恐怕連台灣話都不會講，要學國語文更困難而吃力；台灣光復如提早十年，我也許不大懂日文，卻能從孩童時學國語文，我相信中文會比現在學好無疑。奇怪的是：光復後學國語文的文友之中，有的說理的文字到爐火純青的地步，寫小說的文字卻生硬，字彙貧乏甚至有些幼稚而不通；可見「文藝創作」的文字多麼不簡單，而跟說理的文字不同哩。至於如何搞好文字，是否不僅從文學來培養，也要從生活（以及它的描寫）等吸收呢？因如有人問如何學好日語文，我總是勸他從小學課本唸起，那麼要學好我國文字，是否應從小學、初高中等國語文課本按步就班學習呢？這一點我只好就教方家了。

二、要有靈感才能創作。我寫作的最大毛病是：要有靈感才能寫出作品，沒有靈感就寫不下去，而靈感來臨時一氣呵成，寫的比停停寫寫的寫得好，如民國四十年寫，四十一年獲文獎會長篇小說獎的〈恩仇血淚記〉，草稿與初稿只花四、五個月就寫出來（連修正稿共寫三次計約四十萬字，也不到一年），但描寫蘇澳開墾的二十萬字小說〈第一代〉寫寫停停，停停寫寫，先後約花二十年才把它寫出來，它的文字雖比〈恩仇血淚記〉好些，感人力量卻比〈恩仇血淚記〉差了許多，這跟題材與自己所描寫的事物熟悉等也有關吧。我明明知道所謂「靈感」是：對某種想寫（或畫、編等）的事物——創作，有濃厚的興趣，精神貫注而產生的情感或衝動，它有時須培養，絕不是憑空而來的；但我寫不出來就是寫不出來，怎樣絞腦汁、傷腦筋也沒有用。三十年來我無法培養靈感，更不能支配靈感，卻受靈感左右，因此能寫出來的時候才創作，寫不出來時多看書或從事日文小說翻譯，我很羨慕且欽佩不受靈感左右——自己要寫就能寫出作品的文友們，他們才是眞正的作家吧。（錄自拙作〈靈感文字〉）

三、始終是玩票性質。我對寫作始終是玩票性質，能寫出來就寫，寫不出來就看書或翻譯日文，從未虐待過自己。一位文友（恕不便道出姓名）曾說他不寫作就痛苦，寫作時對寫出來的不滿意而又感到痛苦，但也不見得他寫出什麼傑作。相反地，我寫作時既然覺得快樂，不寫也不會覺得痛苦，有時也能產生佳作。二十多年前我曾看到鍾肇政兄寫一系列的〈老人與山〉、〈老人與豬〉……等作品，當時我覺得好笑，但我現在回想起來他這一股狂熱也許是他日後成功的原因吧。他跟葉石濤兄曾向我表示寫作是「必死（日語：拚命）」的，憑這一點我就該望塵莫及了。

四、無法突破。我在寫作上常常覺得自己好像被什麼困住，無法衝出或有所突破，那眞像尚未孵出的鳥在蛋殼裡面，如能破殼而羽毛豐滿的話就能飛翔海闊天空一般，這也許是自己未能突破而有所創新，除靈感、文字外，還有題材、思想……等問題的緣故吧。（錄自《靈感文字》）

五、不大愛參加文藝活動。由於平常要上班，假期又有許多事情要做，許多文藝活動或應酬都不能參加，也不大愛參加，這對我寫作可能有相當大的影響。

六、錯覺與失掉信心。又因我贊成一位文友的話：小說是描寫的，不是敘述的；結果太注重描寫而認爲不能敘述，致使很久期間常常寫不出作品，失掉信心；後來領悟：好的敘述也就是描寫，作品中也難免敘述；後來就不管描寫、敘述，放膽去寫，於是我不受拘泥，恢復寫作信心了。

以上幾點足夠使我不能寫出了不起的作品，而形成這些缺點的最大原因爲：天賦、個性、環境……等，這還能怪誰呢！

本來我想另設項談「寫作上的幾個問題」，如「題材與表現」、「寫作與發表」、「創作與翻譯」、「長篇與短篇」、「創作與理論」、「眞實與創作」……等，因可能超出篇幅甚多，等將來有機會時另以專文來討論這些問題。

結語

三十多年來，我以本名或青峰、坦誠、苦笑生、村夫、不爲遲等筆名發表的長中短篇小說、散文、小品文、論評、傳記、雜文一百多萬字（連打草稿、修正稿及廢稿至少寫四百萬字），連翻譯日文小說（包括未發表在內）共寫一千萬字以上，年平均寫三、四十萬字，每天平均寫一千字；每月看中日文雜誌十幾種；業餘可說不是在寫、譯就是看書，三十多年來如一日，從未間斷，也從未浪費過時間。

我想寫的除一長篇小說待寫以外，三十多年來想寫的長中短篇小說，如先民開墾蘇澳的長篇小說〈第一代〉，一系列十篇的〈金錢的故事〉、〈婚姻故事〉（其中有中篇小說〈盜娼之家〉與〈十幾夜夫妻〉），老人問題小說……等，差不多都把這些寫出來。我常常想：寫作好比是賭注自己終身的事業，每一個作家照自己風格寫，能獲得輝煌成就更好，沒有也所無謂；以我來說，雖然不是贏家——沒有留下傑作，但也不完全是輸家——多多少少寫一些作品，而寫作帶給我無限樂趣，豐富我生命，使我不辜負這一生了。

七十三年五月底完稿

原發表於一九八四年十月《文訊》十四期

田原

癡頑難醒

田原，本名田源，籍貫山東濰縣。1927年生，1987年逝世。安徽簡易師範學校、中國新聞專科學校畢業。曾主編金門《力行報》、《青年戰士報》、《前瞻》、《青年俱樂部》等刊物，並擔任黎明文化事業公司總經理等職，創辦《駝鈴》詩刊、成立太平洋出版社。曾獲中國文藝協會文藝獎章、中山文藝獎、吳三連文藝獎等。小說多取材東北抗戰經驗，充滿俠義情誼及鄉土氣息。寫作以小說爲主，另有散文、雜文等，多部作品被改編成電影及電視劇。出版有《松花江畔》、《遷居記》、《古道斜陽》等30餘種。

一個人、一本書

在六十年流逝的歲月中，不論是寫作與爲人處事，影響我最大的是一個人和一本書，溯憶在這二萬一千九百多個日子裡，幾乎都處於逆境，全靠這兩股無形的力量支持著。使我的寫作方式沒有變，做人的原則沒有變，相信在今後殘存的時光裡，也難以改變。

談到人——他是我的曾祖父翠峰公，老人家讀了一輩子的書，沒有進過考場。在耕讀傳家農村社會裡，由富有到沒落，他沒有下過田，生平精研中醫，專治斑疹傷寒，附近百餘里馳名，他不去開藥舖。還有他對最寵愛的重孫的教育方式，也像過去的生活原則，順乎自然。除了啓蒙方塊字是祖父振方公教的，其餘什麼《百家姓》、《千字文》、《千家詩》都是曾祖父親口傳授，最妙的是讀《論語》，一本「上論」讀了三年多，是用他老人家的手抄本，朱砂批註，每次都是我先在外面野夠了回來，抄一段，唸一陣子再加講解，人家說慢工出細活，我跟他老人家讀的這本「上論」，在村中的私塾裡，輪到我開講時，擔任老師的族叔卻自嘆不如，後來兩位族叔跟他學中醫，以回饋方式，一教我《孟子》，一教我《詩經》，也都是斷斷續續，不過現在還能背誦，可見在自然氣氛中也會產生同樣教育效果。說起來，曾祖父是我的長輩、老師、玩伴，他活到八十四歲無疾而終，生前眞是鶴髮童顏，他從來對任何人都是和顏悅色，也不會憤世嫉俗，晚年愛看《東周列國志》和《清史演義》，他沒教我什麼大道理，只是說要把字練好，那是門面，有一肚子學問，字寫出來四仰八叉，給人第一印象學的不夠紮實，他要我習歐帖，因爲歐體方方正正，也暗示做人要方方正正。曾祖父去世時我哭得最傷心，幾乎跳進墓穴裡。老人家的身教對我的啓示，是他對淡泊的執著，不去考試追求功名，不開藥店追求暴利，特別是在晚年，田產被變賣陷於窮困，晚輩陸陸續續病死四、五口人，跡近家破人亡，他不慌不亂，未曾愁眉苦臉，領著全家數十人口，如同海不揚波的度過漫長的難關。

另一本影響我至深的書，是《紅樓夢》，我從小學五年級上學期讀起，一直到現在，愈讀愈感到「萬般好，就是了。」以賈府的家世，以寶玉的環境，以整個的結局就是這兩句話。

由曾祖父對我的身教，由《紅樓夢》給我先入爲主的人生觀，由幼年到現在的流浪漢歲月裡，形成了我的處世方式，肯定了天下事無不勞而獲，要實實在在去努力。同時將得失看淡些，順其自然，就沒有太多的得失感。在學習寫作方面亦是如此，由孕育到成形，一切自自然然的寫下去，不刻意經營，不刻意求詞藻之美，有人批評我的作品通俗而粗糙，我認爲很是中肯。

牛要吃草

童年家中藏書很多，在與長房分家的時候，族長認爲二房的人肯上進肯讀書，把幾十箱古書都分給我們，不幸在民國卅年日軍大掃蕩時，連老宅子加古書全部燒光了，不過我與胞弟還算對得起族長們的好意，我當過中學教員，當過軍中專業學校（運輸學校、兵工學校）教官，我弟弟是中學教員，弟媳是小學教員，在農村社會中認爲最有出息的人是「教書匠」，老人家們沒有看「走眼」。

其實我不是在正課上用功的好學生，除文史外，對英數沒有興趣，反而「閒書」卻熱中得很，提到讀「閒書」可分幾個階段，初期是看「談部」、《響馬傳》與什麼征東征西之流，然後是《包公案》、《施公案》、《劉公案》，接下來是「大八義」、「小八義」、「七俠五義」、「三俠劍」，後來曾迷過王度廬以文藝筆法寫的武俠小說，什麼《鐵騎銀瓶》、《紫鳳鏢》等幾乎全都看過。在十歲以前又將《三國志》、《三國演義》、《水滸傳》、《紅樓夢》、《西廂記》……讀完。幼年眞有個讀「閒書」的好環境，第一，家中藏書多；第二，長輩們不管，特別是我的祖父，我早年喪母，與祖父住在一起，寒夜擁被，在煤油燈下，常常看小說到深夜。

接觸到新文學和翻譯作品，一直是沒有系統或加選擇。在偏僻鄉間，有什麼看什麼，小學國文課本早已改爲白話，像朱自清的〈背影〉，曾虛白的〈秋聽說你已來到〉，劉大白的〈雙燕〉都記憶深刻。當時國文老師傅恩山，家中不少翻譯的俄國作家小說，如高爾基的《母親》、屠格涅夫的《羅亭》、托爾斯泰的《尼東之死》、綏拉菲摩維支的《鐵流》等，雖曾看過，但譯文艱澀，書中人物名字太長，自己程度也差，幾乎是生吞活剝。同時，傅老師也介紹日本作家菊池寬之流，到今天印象並不深刻，相反的戰後作品對柴田練三郎的《機會》卻很喜歡。

讀卅年代作家的作品，幾乎與「社會言情」小說同時，像張恨水的著作，大都看過，當時他被列爲通俗小說作家。但出身北大的傅老師，很推崇他在《啼笑姻緣》中對天橋的百態描寫相當眞實。

從故鄉到東北然後到後方，幾乎常看卅年代的著作，魯迅的《狂人日記》、《阿Q正傳》等等讀起來沒有冰心的作品《寄小讀者》、《超人》及巴金的《家》、《春》、《秋》有趣，其他如郁達夫、茅盾、張天翼、徐志摩、周作人、郭沫若、老舍、蘭軍、蕭紅、黎烈文、王西彥、沈從文、葉紹鈞、田濤、師陀、荒煤、蘇雪林、陸晶清、謝冰瑩等的書，大部分看過。其中受影響最深的還是冰心的作品。記得卅七年在蘇州受訓，寫自傳全是冰心調兒，出身南開大學的隊長龎進科勸我：「多去讀些入世的書」。其實我也很喜歡姚雷埌的《差半車麥稭》和駱賓基的《北國風貌》、沈從文的《邊城》。勝利前後，也看了無名氏和徐訏先生不少的書，沒想到在台相見，成了最好的朋友。

至於讀歐美翻譯作品，是到台灣之後，足足用去五年多時間，幾乎把宜蘭、屏東兩地圖書館，加上書店架子上所有的（當時租不起買不起，站著一看就是整天）都看過了，以作家來說，什麼哈代、狄更斯、福樓拜、馬克吐溫、雷馬克、大仲馬、小仲馬、歌德、王爾德、雨果、海明威、羅曼羅蘭、史坦貝克等，甚至後來卡謬的《異鄉人》，都曾讀過，其中我最喜歡法國浪漫作品《曼儂》，譯者是暨南大學一位教授（時間久名字已忘），他以七十高齡那年譯完此書，文字優美之極，此書曾改編成電影，中譯名「獨留青塚向黃沙」。在以上五年當中，我每讀一書便開始做札記，寫讀後心得，當時，甚至以往並沒有想爲將來寫作奠基礎，只是愛好讀這類作品，甚至浸淫其中，不論中國或西方讀物，到了廢寢忘食的地步，可是後來摸索寫作時，自自然然都發揮了潛在的效果，眞合了中國的俗諺「有心栽花花不發，無心插柳柳成蔭。」

我認爲從事寫作的人，應該多讀書、勤讀書，抱著「開卷有益」的心理，就如同牛必須吃草，才產生富營養而鮮美的牛奶，如果牛中斷幾天不去吃草，是不是會產生同樣質與量的牛奶，是值得懷疑的。

第一回

任何人在幼年時都胸懷大志，我的大志幾乎沒有，特別是在寫作方面，如果說有，只是我在十二歲時住在姑母家，突然有個奇想，寫一本武俠小說「黑森林」，直到今天沒有嘗試。

我們這一代人，很難受到完整的教育，記得從軍勝利之後，不喜歡過正式軍官那種嚴格生活，漸漸轉到軍中新聞部門，辦油印、鉛印報刊，寫的多是新聞稿、短評，刊在自寫自編的刊物上，向外投稿，第一篇散文是〈老將軍〉，卅九年刊於「新生副刊」，寫雜文從四十年起，常刊於《反攻》半月刊韓爵先生編的雜文專欄，前前後後有八七篇。第一篇短篇小說〈情陷〉則是在四十三年，刊於文協辦的《小說創作》。談起寫小說，給予我無形影響力最大的是吳東權兄，那時我們同在十八軍軍報社，他早已是成名小說家。各大報刊經常有他的作品，因為我讀了中外不少小說，也躍躍欲試，可是屢試敗北，主因犯了三大錯誤，第一眼高手低、才不大、氣卻粗，思考不夠深入與虛心。第二、過去的外國小說譯文多是倒裝句子，看多了，受影響，寫出來不合中國文法，卻像譯文，在這裡我很欽佩死去的老友徐訏，他的作品不用成語、不用典故，看起來有西方味兒，但相當暢順道地的中國語言。第三、不會運用素材，初學寫作的人多是寫自己的往事，因為作品是給讀者看的，剪裁處理上的輕重要合理，基此，個人認為刻骨銘心的事，需要強調大寫特寫的事，別人不一定有興趣，造成囉哩囉嗦，不知所云，也就因為如此，我當初學習寫小說之路，是艱辛而漫長的。

第一個中篇是〈愛與恨〉，是民國四十五年，我與一女友相約，在嘉義水上火車站見面，等了兩個白天，她爽約了，在等待火車過往的空間，以金門蛙人爲體裁，寫了三萬字，後來參加國防部文康競賽（那時還沒有文藝金像獎）得小說組第一名，此係第一個中篇、也是第一次得獎。

得將對一個正在摸索寫作的人來說，是鼓勵，也是一個分水嶺。因爲人生旅途上，最大敵人和致命傷是「驕」，年輕人得獎往往犯這個錯誤，我曾犯了半年多，不夠水準的稿子寄出去被退的比過去還快還多，幸好我能及時回頭。

第一部長篇作品是〈這一代〉。四十六年服務市郊運輸學校，課程不多，又是單身，喜歡爲有太太的人代理值星官，夜宿大禮堂內人靜無事，用去半年時間，將原計畫二十至三十萬字作品，因功力不夠，只寫成十二萬字，事後自嘲像電影說明書，此稿到四十九年方由新中國出版社出版，當時評審處理此稿的是許如中老夫子，由此書而相識成爲莫逆之交，他英士大學畢業，腹笥極深，可惜早逝。

第一次得獎的長篇是〈朝陽〉，寫於民國五十年高雄二總院，當時我患「臯皮症」及「膀胱大出血」，床頭曾掛病危通知單，但頭腦卻很清楚，我想我在死前應當寫個像樣的長篇，於是臥在病床上寫了三十萬字，寫完了，居然沒死，作品由《文壇》月刊連載，五十一年獲文協文藝獎章，到民國七十一年，又重加整理出版，七十二年獲吳三連文藝獎。爲什麼很鄭重的提到這兩本書，除了是所寫第一部小說和第一次得獎的長篇之外，主因《這一代》其內容，由九一八事變的東北人與事，寫到卅八年大陸轉進的福建泉州，這一代青年男女的徬徨及所受的苦難。《朝陽》則是由卅八年台澎金馬的危機，到安定、進步、繁榮，人們在痛定思痛之中，所付出的代價與所獲的肯定。書中我寫的都是些小人物在大動亂中所扮演的角色。

到目前爲止，我一共出版卅二部作品，以地域爲背景來說，大體來說可分爲兩大類型，一是北國，一是台灣，在北國我受過貧窮苦難，台灣則是我居住最久的第二故鄉。至於其中故事絕不寫相同主題。以北方爲例，如《大地之歌》是太平盛世的農村，以一年四季來引出農村的安樂。《古道斜陽》爲草莽人物在抗戰期間，三不管地帶忠義之分。《松花江畔》冀魯人在東北拓荒的艱苦與歷經的險惡，其史實不亞於美國西部故事。《青紗帳起》則是抗日游擊隊的形成，《遠山含黛》代表了北方女性在戰亂之中對愛的執著。以台灣爲背景的作品中，《圓環》寫台北市當初這個特殊地區，混混們的恩怨與反對養女惡風，寫出錢再多，追不回親情。《嘆息》則爲家庭悲劇中，女性在感情與無選擇的顧家觀念的痛苦與折磨。《男子漢》寫出日本人留下來重男輕女的拜金偏見。《雨都》爲工商社會的子女心理變化與太保太妹的形成與無奈。《差額》屬商戰小說，和男女感情的價值觀念。以上所舉這些例子的用意，說明我的寫作心路歷程，《古道斜陽》與《差額》是絕不相同，一重義，一重現實，同時這些年來在取材與經營上也無時不在力求突破。

雜貨舖子

最後談個人寫作技巧、素材與靈感捕捉、寫作生活習性，以及所遇難題等，這些事集起來，就如同雜貨舖子，不像前三章只寫一件事。

寫作技巧的確千變萬化，在基礎上我受《紅樓夢》影響很深，誰都不能否認，曹雪芹在寫情、寫景、寫人物、寫變化、寫人性、寫哲理都有獨到之處，深刻而不偏重某一點。在西方作品我吸取了對人的處理，特別是人性方面，惡人也有善的一面，好人也有做錯的時候，我一直欣賞蒲松齡在〈吉城隍〉一文中的兩句話：「有心行善，雖善不賞，無心為惡，雖惡不罰。」如果我還算可以寫作，技巧方面歸功於年幼、少年、中年到老年，讀了很多文藝調調的書，不論是新的還是舊的。

另外在選材方面，也可以說是個人的人生體驗，我很不幸生長在亂世中的破落戶，也有幸處於貧窮危難，體驗的更多，有助我的寫作。先以生活經歷來說，從小便是流浪漢，討過飯、上過當舖，受凍挨餓是常有的事，這點不必像姚雪痕，寫叫化子還要到荒山破廟裡去體驗。在職業方面，當過小學徒、苗圃工人、沿街叫賣的小販、荒地撿枯草深山打柴的樵夫、流亡學生、小學教員、警察、記者、軍官，半調子的所謂「文化人」出版商，從這些職業中，經歷了不少行當，特別是做警察對社會接觸面之廣，做記者養成敏銳的觀察力，都有助於素材的取得與捕捉。

談到寫作習慣，因為做過記者，養成不一定選擇安靜的場所方能動筆，像我在民國四十七年到五十一年間，於《青年日報》兼編務，常常發完新聞稿後便在編輯部桌上寫稿，隔壁即是排字房和印刷廠，噪音可想而知。以後住在眷區丙種眷舍時，只有一臥室一廚房，稿子是在廚房飯桌上寫的，回憶過去每次處理長篇小說多是先寫故事大綱，再寫人物表，然後邊寫邊修改，生性稍急躁，有時一天能趕七八千字，當初與盧克彰兄被稱爲「快槍手」。凡有刊物需要急就章，多找我們，但比較鄭重有分量的文章需要寫時，卻很少邀我們這類拚命三郎快槍手了。每寫一長篇，多全神全心投入，甚至靈感來了，半夜三更爬起來寫到天亮，走在路上一想起故事發展，便忙取出小筆記本記下來，等一部長篇寫完了，很喜歡一個人到偏僻的小鎮，住在木造舊式旅社，帶著大批小說，躺在榻榻米上，醒了看，累了睡，到了深夜，在淒涼的按摩笛聲中，坐在房簷下的小食攤，滷菜、當歸鴨、紅露酒，享受寂淒的況味，對自己則是一種慰勞，也許憑添不少靈感。

我看文藝作品有癮，看電影有癮，喜歡與知己好友喝酒，當初是我三大嗜好。至於我最喜愛的工作便是寫作，因爲我本身缺乏學養，加上多身處逆境，深知天下事不如意者十之八九，但只要我拿起筆來，走入小說領域，就會找到自我，忘記一切，什麼也不去計較。曾有人說我：「是個寫小說的，怎麼會把公事辦得好。」還有「他只會寫小說，怎麼能做生意？」我聽了不但不生氣反而發自內心的興奮，到底我是被肯定，屬於這一行人。當然在寫作過程中，也曾遇到生理上的困難。在民國六十年和今年春天，兩度眼睛毛細管出血，嚴重的影響了我的寫作。民國六十年我正爲聯副寫長篇〈鐵樹〉，只寫到二分之一便停下來，那時除眼疾外，本身的體力與創作力都極強，一停就是十年，眼力與情緒漸漸恢復後把此稿續完，由大地出版社刊行。到七十四年又爲新生副刊寫完了〈差額〉，之後又擬了兩部長篇小說大綱，準備自七十五年起，每年用心的寫一部長篇，不料眼睛壞的更厲害，經過五次雷射手術。首先下定決心戒酒，說來兩度眼睛毛細管破裂，我都對朋友解釋，飲酒過度所致，其實我喝酒無癮，只是喜歡三兩知己幾杯下肚，豪氣飛揚的興致。其實眼病主因是職業上人爲的困窘，狂飲澆愁形成病變。不過這次戒酒，有恆心也有毅力。我這一生什麼都可放棄，不能放棄寫作，在人生舞台上，我只適宜扮演這個角色，從不感到疲倦，只有如癡如狂，期許自己是一隻吐絲的蠶，絲盡之前，所吐出來的心血有益於社會人心，而不是毒液。

原發表於一九八七年六月《文訊》三〇期

歸人

筆耕三十五年

歸人，本名黃守誠，另有筆名黎芹等。籍貫河南湯陰，1928年生。河南嵩華學院畢業。曾主編《中華文藝》、《筆匯》、《正聲兒童》等刊物，歷任中學教師、雜誌社社長、花蓮師範學院副教授。曾獲中國文藝協會文藝獎章。作品筆調含蓄，除創作外，亦沉潛於古典文學的教學研究，並撰寫東部采風。創作以散文爲主，另有論述、小說、報導文學、傳記等。出版有《國家不幸詩家幸》、《鍾情與摯愛》、《東部采風錄》等20餘種。

北國的冬夜

那該是四十多年前的歲月。在寒冷的北國家鄉北屋中，夜晚總是特別的漫長。黃昏後的小城，異常的寧靜，只有偶而傳來的街犬啼吠兩聲，一切一切竟是令人欲醉的美麗。

父親常常是一襲深灰長袍，坐在又旺、又熱、又紅的爐火邊。手中有一本《三國演義》。我和姊姊們擠在大炕上，隨著煤油燈的亮光，我看到父親講說《三國演義》的興奮神色。「單福新野遇英主」、「徐庶走馬薦諸葛」的英雄故事，經由父親的演說，幾乎是八、九歲時，我已熟記在心中了。

父親也喜愛說周文王、姜太公等人的故事。他少年失怙，壯年奔走四方，讀書的機會並不多。終生雖然從事商業，頗有微名。但是，在親友中，他確是最愛斯文的人。城裡幾位文才卓著的人物，不少是家中或店裡的座上客。家中的牆壁上，掛了不少名人書法、條幅和中堂。迄今我不明白這些高級的文化素養和愛好，究竟是誰感染給他的。他一生節儉，很少注重生活享受，卻頗肯在字、畫上，毫無吝色，使我在無形中得到了若干啓示。有時，他更握住我的手，指示我寫字的原則，告訴我中國書法的精神所在。或者他親自寫一張字，讓我描摹，內容不外是「一去二三里，煙村四五家；亭台六七座，八九十枝花。」體態敦厚，穩重大方。只可惜我竟未能感染十一。雖然由今天看來，無論他的書法造詣，或者文學素養，都淺不足道；但他對文史讀物的熱情，已經暗暗的植根於我幼小的心之田野了。一位西方的學者說：「有小孩才有大人。如果你踐踏一根幼苗，那它永遠就無法長成一棵大樹了。」父親對斯文的熱愛和欣賞，描述給我的諸葛亮和龐士元，使我在以後的日子裡，永遠認爲閱讀、寫作是最最欣喜的美事。

我應該首先感謝我的父親，在我已經耕耘於寫作這塊田園已經三十五年之後，猛然回顧，方知眞正帶領我的，卻是父親！

哥哥的獎品

今年春節的第一天，我輾轉得知，愛我又教我的哥哥竟在十八年前去世了。我哭了，眼淚滴濕了信箋。卅多年來，從未如此傷心。我是一直以爲，他會照應我一輩子的，倘有來生，讓我仍做他的弟弟！讓我以事父之禮對他，略盡報謝之心。對我，他一向只是有予無取的。

哥哥大概比我長四歲有奇。他讀六年級時，我才剛剛入學。那時的學校不像今天這麼擁擠。學校當眞有如家庭。只要喜愛住校，就可以隨時住進學校裡。我因爲向來喜歡跟隨哥哥，哥哥似乎也願意帶我，所以才讀一年級的我，便搬到校中住宿了。他們上自習，我坐在哥哥旁邊；他們熄燈後偷看小說，我也高興的聽他們討論故事內容。這使我比一般小孩，早早便知道了《西遊記》、《封神榜》、《紅樓夢》及《小五義》等古典小說。更因爲哥哥是位風雲人物，常常獲得獎品，而獎品中最多的卻是一批一批的文學著作，小學三年級後，哥哥的那批獎品，就非正式的由我接收下來了。不管懂不懂，我不時的翻閱，由一知半解，到一知一解。中華書局《中華兒童》和《小朋友》，是哥哥讀過的雜誌，自然也爲我所有了。迄今我仍能記得有一本趙景深（？）寫的《兒童的詩園》。並沒人教我，任我隨意徜徉其間。有一天，意外的讀到一本《寄小讀書》，文詞柔婉，敘事溫馨，使我愛不釋手。我立刻興起摹倣寫作的心意，而且，我眞正的寫了兩篇，只是寫給誰卻無從記憶了。冰心的文筆那麼溫馨細膩、親切感人。文學的美感，是冰心讓我首先體驗出來的。寫作的衝動，好像由此而埋下種子了。

經正學塾

抗戰爆發了，那年我十歲。平靜的歲月，忽然沸騰起來，學校解散了，直到兩年之後，一天，父親帶我們兄弟兩人，去見一位戴著深度近視眼鏡的老先生。原來老先生即本縣著名的學者吳勁夫業師，地點在西大街一棟大樓上，這是一所家學，名爲「經正學塾」。一共有廿多位學生，都是不願讀日本學校的初中同學。我差不多是年齡最小的孩子。一開始，便是讀：「子曰：學而時習之，不亦說乎？」

雖然名稱上是私塾，讀的又是四書、五經之類，但學生分子卻全是「洋學堂」轉過來的。吳業師思想見解極爲開明，他正是受康梁維新運動影響的典型知識分子。由他的指點，同學們掀起了讀「新民體」的熱潮，更有一位叫張景虞的同學，性情溫和，比我們都用功。不知誰引起的，大家突然對《聊齋誌異》狂熱起來，課餘互相討論，以爲蒲松齡的文章，變化多姿，生動逼眞。讀還不過癮，竟而紛紛擇其佳者手抄之，口誦之，無形中點燃起學習的風氣。吳業師教學方式很新穎，有時竟帶全體同學到郊外的樹下、河邊授課。同學間程度好一點的，彼此相約以文言應對，一如聊齋人物口氣。二李的詞、韓柳的文，當然是必讀。偶而遊戲飲酒，也離不開一些「醉月飛花」的遊戲。同學熟記五、六十篇古文，百來首詩詞，乃是常事。

但是，在另一方面，哥哥卻另舉新文學的大旗，他似乎一直不大喜歡古典文學著作，當時閱讀的作品，由徐志摩轉向巴金、劉大白、郁達夫等輩了。我的年齡還不夠作新舊的抉擇，故而游藝於兩者之間。「無言獨上西樓，月如鉤，寂寞梧桐，深院鎖清秋。剪不斷，理還亂，是離愁，別是一番滋味在心頭。」我喜歡；「山風吹亂了窗上的松痕，吹不散我心頭的人影。」我同樣也喜歡。

但是，有一天，我發現了一本由哥哥寫的未完稿的小說。現在我仍記得男主角之一名爲毅君，另一爲名凌什麼的人，寫的是抗戰爆發，兩位青年商量投向大後方的故事。我知道毅君代表哥哥，而那「凌」什麼的即是他的知友何凌漢。我再想不到他用文字記下來的情節，竟是那麼美，那麼感人，那是有小說架構的作品。我一面讀、一面心跳，自己便立即訂了一個本子，試著描寫一位少年和情人約會的故事，可是只寫了十多行，便不知該怎麼辦了。然而，那應該是我眞正的處女作罷。

北平與安陽

好像是民國三十一年的夏季，一天夜晚，已十一時了，我自睡夢中驚醒。只見屋裡燈火通明，年長的同學走進走出，吳老師直挺挺的躺在大床上，眼睛瞪得又圓又大，臉孔通紅，不久即斷氣了。一年之後，即民國卅二年的暑假，我首次離開家鄉，到了北平，考入一間私立中學，向詩曰、子曰告別了。

非常巧，這所中學既是跟重慶有聯繫的機構，老師們大多是北大校友，很自然地，我間接地承受了「五四」的流風餘韻。班上頗有幾位愛好文學的同學。「文學是苦悶的象徵」之觀念，也接觸到了。而古老的北平所散發的優美文化，人情風俗，名勝古蹟，在冥冥中，已滋潤了多年來潛存的文字的枝葉。

但是，八年過去，抗戰勝利的來臨，卻將我阻留於家鄉附近的安陽。新的學校乃袁世凱遺留下來的官邸。書店裡有了新書、報紙有了新的面貌，我猶如重回母親懷抱的孩童，覺得處處是生機。爲了要瞭解一別八年的祖國，最直接的方式是，盡量閱覽有關的書報。那時，班上同學自己訂報紙的有三分之一。我們把《大公報》上的「星期論文」和「社評」拿來當文章背。我還參加了《大公報》的新聞函授班。「社評」、「專論」之外，幾個名記者的特寫和通訊，也成了我熟讀細賞的範本。記得最清楚的是，有次沈從文（北大教授，名散文家）寫了一篇〈憶北平〉的文章；明明是一篇記敘兼抒情文，《大公報》居然以「星期論文」的專欄方式刊出，這眞令我大吃一驚。也使我對文學作品和專門論文之間的分際，有了新的評價和認識。

這一課餘的愛好，直到我畢業之後，一直未變，不知不覺中，培養了寫作的能力。民國卅七年，高中畢業的次年，我竟壓倒眾多考生，被某軍報錄取爲唯一的同上尉編輯，立即開始了新聞和寫作的生活。

這一偶然的機緣，自大陸轉來台灣，使我再度成爲那位社長的部屬。當我徬徨無定之際，在街頭遇見了他。

兩箱文學著作及詩人楊喚

在漫天風沙的澎湖，我曾度過有生以來最艱辛的生活。除了大海、槍枝、流汗、疲倦、戰歌之外，我不記得再有別的。但是，爲時不長。在那年六月，我寂寞的買舟北渡，到了台北。

我原意是想投考台灣大學的，但可憐我這原來不知稻粱的人，此時竟一貧如洗，拿不出僅僅新台幣八元的報名費，於是再度穿上二尺半。營房在台北市上海路，更想不到的是，和詩人楊喚一見如故，「相逢離亂裡，便共畢生情。」他在團部政工室工作，職居文書上士，我在書記室服務，也是文書上士。楊喚有兩大箱文學作品，引起了我的注意，因而相識；否則，也許將失之子羽了。

以區區八元新台幣，竟然被拒於大學之門外，這是我做夢也不曾想到的事。這跟我已往的溫飽歲月相差太遠了。有些紅學專家指出《紅樓夢》後四十回的構想，是寶玉、史湘雲均淪落爲乞丐了。這令我至爲震驚。我家雖不似賈府豪奢，但若論在家中所受的溺愛，則寶玉未必在我之上。所以當時的窮困，令我較有「落難公子」般的哀愁。一天晚上，我在別人下班之後，獨自在辦公室用十行紙寫下這些時日來的凄涼況味，寄給台北的一家大報而由傅斯年先生出名所編的週刊。我根本沒想到「刊出與否」的問題，蓋執筆之初，就不曾想到「我要發表」。直到寫完了，剛好那張「週刊」在手邊，於是便寄給它好了。

沒想到那篇文章竟然很快的發表。我說很快，乃是沒有積壓，在當週便見報了。又很快的寄給我大約十四、五元的稿費。這數目對我可說相當的震撼。「文章」我曾拿給楊喚看，他既未說「好」，也沒說「不好」，只是更肯定了我的「落難公子」的身分。

過了幾天，他告訴我，也寫了一篇東西，寄給那家大報了。我口中自然說「等著看」，心中未免有點懷疑：這位嗜煙如命，走路蹣跚，不修邊幅的青年，會寫出什麼好文章呢？

誰知我的想法錯了。沒有幾天之後，他把那張大報的「兒童週刊」版交給我，指著以「金馬」爲筆名的一首長詩給我看。我一口氣讀完了，既是驚訝，又是佩服。我知道自己的「火候」，絕非他的對手，縱然我寫的和他寫的不一路，但「功夫」是騙不了人的。有生以來，在寫作上，我第一次遇到眞正的挑戰。我明白，自己寫的是名副其實的「雕蟲小技」，他寫的乃「大塊文章」，我必須力學。

那是一個開端。在卅八、九年之間，幾家大報無不有我的作品發表，其中二分之一以上是雜文——魯迅式的雜文。後來楊喚提醒我這一「惡習」，才立即回首，痛改前非，不再在雜文上花功夫了。設如楊喚不死，至少在寫作上，我會有較大的突破。父親爲我種下文學的種子，哥哥爲我澆水、灌溉，使它在我的心中展露萌芽，而楊喚則爲我揭開了文學巨大的博覽會。我生病，他照應我；我遠行，他爲我餞別；我在澎湖，他魚雁頻頻。在年齡上，我大約長他一歲，而在情感上，他卻宛如兄長，反而經常維護我、安慰我。文學的魔力，在楊喚的筆底，讓我激動而迷醉。

那時——卅九年下半年至四十二年底之間，我主持軍中報紙。空暇時節，全部投入文學的閱讀和寫作。一個硬紙夾子中，放滿了草稿、零星資料和稿紙。軍中同事因見我時常有稿費可領，竟然羨慕般的指那個夾子為「聚寶盆」。我自己並不滿意這些，為了苦心寫作，常常日夜顛到，脾氣非常古怪，完全和以往的個性相左了。及今回想，也解釋不出「道理來」。對寫作，實在還不知「天高地厚」，談不到任何造詣，唯一肯定的只是「氣氛」問題。我知道，沒有統一、和諧的氣氛，讀起來必像吃軟綿綿的饅頭；雖然材料同樣是「麵粉」，但「味道」便差多了。寫作之前，我總是再三的琢磨，這篇東西該是清新活潑呢？還是慷慨激昂呢？是哀傷沉鬱呢？還是端麗開朗呢？一直「玩味」、「考慮」好久，才作決定。第二步是「開頭」，我深知「開頭」便決定了它們有無「人緣」。我常常試探很久，比較多次，甚至於到達可以「背誦」的地步，方才下筆。第三是，一定要有幾處較精彩的內容，以便讀者回味。現在想想，有些地方頗合寫作要訣，但其實完全是我自己慢慢覺悟出來的。

但是，直到我偶然間讀了劉大杰的《中國文學史》，郭紹虞的《中國文學批評史》，才知道文學真正的使命。讀了大仲馬的《基度山恩仇記》、莫泊桑、左拉、托爾斯泰等人的作品，才明白如何去發掘人生！

民國四十三年的夏天，我到了台北，擔任《中華文藝》月刊的主編。李辰冬博士為發行人。我和他素昧平生，竟被邀出任編務工作，且締結了卅年亦師亦友的情誼。李先生是我的前輩，他每有著作，必交我閱覽。我若有所建議，幾無不接受。這種謙遜為學為文的態度，讓我大為感動，從而有所警惕。

也就在這期間，我很快的承幾位文藝界的朋友，如彭歌、聶華苓（時任《自由中國》雜誌文藝版編輯，後任台大外文系教授）、琦君、郭衣洞、郭嗣汾、周棄子、潘壘（小說家、邵氏公司導演）、黃中、公孫嬿及司馬桑敦等人，邀約參加他們每月一次的雅集。地點或在台北市，或在陽明山，有時在聶華苓家中，輪流主辦，完全是文藝性質的。大家分別提出作品，互相字斟句酌的研究。吃呢？可以說相當「講究」，一次至少半天的時間。其後孟瑤也參加了，不過她不常來。這是我生平參加的文學活動中最有意義的一次。其中聶華苓、彭歌、司馬桑敦、琦君四人，對我特別親切，我至今難忘。記得有次我去《新生報》訪晤張明（姚葳）大姊，出來時碰到彭歌。他幾乎以「倒屣相迎」的高興，握著我的手，久久不放，令我難以忘記。我得以知道，文字上的朋友，實在難能可貴，並且最貼切持久。

那時，出書的風氣還不像今天這麼旺盛。當時進行出書，且出版了的僅有聶華苓的《翡翠貓》、彭歌的《落月》。至於我，直到三年之後，由光啓出版社出版了第一本書《懷念集》。沒想到在短短數年間，居然印行了八版。

文學藝術的極致

從第一篇文字在大報上發表，驀然回顧，竟已是三十五年之前的舊事。我的父、母、哥哥、姊姊和兒女等人均曾在筆底呈現。而最大的鼓舞，還是我在童年時代所承受的寵愛。這愛使我永遠留戀這一世界，永遠覺得這世界有美的一角，値得喜愛。縱然有時也有眼淚，但淚中有動人的美善。

我深深知道，也只有愛才是一位作家所應表現的資材。當一位作家的產品又多又好時，我可以斷定：他正生活於有意義、有靈性、有價値、有生命的歲月裡。杜甫說：「文章憎命達。」歐陽永叔說：「文窮而後工。」其實，那是指物質說的。任何不朽的作品，莫不完成於一個最爲豐富的生命。

而這「豐富的生命」，並不是與生俱來的。必須你日日月月的累積、存儲。如何累積如存儲呢？我想有一副最最古老的對聯頗能道盡：「世事洞明皆學問，人情練達即文章。」前者是人生的探索，後者便是知識的追求。我逐漸發現，天才是不可靠的；眞正可依賴的還是勤奮的苦學。天才有其極限，苦學卻並無止境。司馬遷、李白、杜甫、吳敬梓、曹雪芹之偉大，便是最好的明證。「字字看來皆是血，十年辛苦不尋常。」眞可概括雪芹的造詣和歷練。有時一篇文字的單單開端幾句，便有讓我「一夜頭白」的煎熬。煎熬啊！沒有「歷劫歸來」的感受，作品將難以有可觀的風貌。

漸漸的，我發覺寫作乃是一項異常艱苦的事業。有時半個月、三個禮拜之久，不能寫成幾個句子，整個身心便像染了重病一般，寢不安蓆，食不甘味。彷彿世界越來越小，走投無路。若爲了稿期，勉強寫了繳卷，卻又一直忐忑不安，彷彿有塊石頭壓在身上，直到三改、五改乃至十改，把原來的稿子甚至用剪刀一段一段的，全部剪開，再加以聯綴組合，跟最初的原稿相比，完全無法追其形貌了。愈是付出的心血多，那麼成品也就愈爲禁得起考驗。所謂「下筆千言，倚馬可待」，其實一點不値得欣羨。因爲，「文章千古事，得失寸心知」。世人所要求於作家的，畢竟是「好」而非「快」。我偶而發現以文章名世的韓愈、柳宗元等人的作品中，竟然瑕疵有所不免，便不禁若有憾焉。眞恨不得將這些大家喚回，請他收回那些殘缺的文稿，重新改過，免得有損形象。

同時，我望望天間的流雲，谷中的深溪；聽聽雛鳥的啼喚，山風的過耳，乃至觀賞晉王羲之的「快雪時晴帖」與宋范寬的「谿山行旅圖」、郎世寧的「百駿」、清人今繪的「清明上河圖」等，當眞從中領悟到文學寫作的極致了。藝術到了頂點時，確實會凝而爲一呢！不過，到了有此一感覺時，通常在筆墨中早生華髮了！

原發表於一九八五年四月《文訊》十七期

蓉子

詩的火焰總在心中燃燒

蓉子，本名王蓉芷，籍貫江蘇吳縣，1928年生。南京金陵女子大學畢業，政治大學公行中心結業，曾獲英國國際學院、世界文化藝術學院頒授榮譽碩、博士。曾任東海大學、高雄師範學院文藝創作研習班教師，並爲中國青年、婦女寫作協會、中華民國新詩學會常務理事。曾獲頒菲總統馬可仕金牌獎、世界詩人大會傑出詩人獎、國家文藝獎、中國青年寫作協會文學成就獎等。創作文類以新詩爲主，偶有散文和兒童文學，與夫婿羅門齊名詩壇。出版有《青鳥集》、《天堂鳥》、《千泉之聲》等20餘種。

童年的夢

寫作是我童年的夢，少年時代的憧憬和心靈深處的嚮往。當然，孩童的夢是不清晰的；年少時的憧憬和嚮往，也只是對寫作——這人間高遠的事懷著一種不甚了然的戀慕之情罷了！在家人和親友的心目中，這種無端的夢是當不了眞的，不意它卻在我心中慢慢生根了！

由於八歲母親去世，小小的心靈常有一種無告的寂寞，於是書便成爲我最親近的伴侶；從兒童讀物、基督教的聖經到著名的文學作品，全都成爲營養自己的精神食糧。也許原本潛藏在天性裡的那顆詩的小種子，便是在這樣的「泥土」中深埋，而終於在日後慢慢發芽開花的。

我在小學四年級以前，各方面似乎在平均發展，並無突出之處，直到升入另一所學校的五年級後，我突然在作文上大放異彩。記得當時的國文老師是一位學究型的老派人物，教學十分認眞。在我未轉入這個班級時，班上有一位品學兼優的同學，作文也經常列優等；可是當我來了之後，老師在第一次發回批改後的作文簿子，竟然在這位同學的本子上批寫：「宜借王蓉芷卷一閱」，想不到她眞的走過來借我的作文簿子傳「閱」去了！此後我的作文也常常被「公布」在教室的牆壁上，我一下子成爲眾所周知的人物。奇怪的是，這位借我作文去看的同學從未見她對這件事顯露嫉妒或不快過——每次都會把我的作文拿去仔仔細細地看，她那勤學的精神也常被老師舉爲典範。

雖說那時我也不怎麼瞭然，一個人如果在作文上有所精進，未來也可以成「家」的——散文家。我總認為，作文只是學校訓練我們操縱文字的一種課程，它們既不像詩那般的高遠美妙，也不如故事那樣生動有趣——曾經聽故事是我書本以外的最大嗜好，常常自己也扮演說故事的人。直到我升入初中，心頭對文學的愛好方顯露而濃郁起來。尤其到了初中二年級時，我渴望寫詩的願望，似已無法隱忍；但卻乏人指導，於是甘冒被老師責罵的危險，在一次作文課上寫了一首「詩」代替規規矩矩的「文」繳了上去，目的只是為得到老師的指點。記得這第二位影響我的國文老師是一位穿長袍戴眼鏡，比較開明的男老師——那時，我們對老師都是心存敬畏的。好不容易等到作文簿子發下來，宛如獲得大赦般，老師不但不曾責備我的「異想天開」或「自作主張」，反而稱讚了我幾句，說我的「東西」寫得不錯。老師的這番鼓勵果眞讓沉埋在心中的那顆小小的詩的種子，多少得到舒展而不至被瘐死。由於戰爭的播遷，到了初三我又換了一個學校，這次教我們國文的是一位女老師，姓劉，她不僅學問好，更寫得一手漂亮的毛筆字，對我尤其親切。記得國中畢業時，她以她瀟灑流利的書法，在我綠色的紀念冊上寫了一整頁勉勵我的話，猶記得其中有一段是這樣的：「別離了，不知何時再相逢，天南、地北、海角、天涯？希望你在文字上再下些工夫，一定是有希望成功的，何況你的性情又是極合乎文學的！要培養你的思想——精湛；要鍛鍊你的文筆——深刻，以後發為文章，必能……」。同時在學校的畢業紀念特刊上，同學們用「冰心第二」為我做文字畫像。坦白地說，那段時期我的確很迷冰心，美中不足的，冰心出版的詩集太少了——好像除了《春水》、《繁星》外，就找不到其他的單行本了，這無法饜足我的需要，於是我又找到宗白華的《流雲小詩》以及翻譯過來的泰戈爾作品如：《飛鳥集》、《新月集》、《園丁集》等。

漸漸地我也喜歡上徐志摩、何其芳、馮至——尤其他那些具有哲思的十四行詩，其次則為陳敬容、陳夢家、康白情、林徽音、戴望舒等人；只是對他們印象的深刻不及前面的四位，此所以後來評論家每謂我的第一本詩集《青鳥集》有「小詩」的形式，受「新月派」的影響等等。事實上，早年確曾模仿前輩詩人用小巧的詩型寫過數十首小詩，可是四十二年出版詩集時，由於某種原因，並未把它們收入集子裡。從此這些曾經發表過的小詩就一直擱在一邊，不曾結集。直到民國六十六年出版《天堂鳥》時（因為五十年代後，詩壇不再有人寫這類小詩了），我才將它們篩選後附在《天堂鳥》後面。

以上我之所以如此不厭其詳地敘說我的少年時代，因為那時刻的無心插柳——尤其幾位老師們的鼓勵，是決定我日後性向，終於開出文學之花的原因。而且堅信在今日文壇上卓然有成的作家們，也多半植根在他們的少年時代，在各自原始淳樸的心田，早已深深的埋下了藝術和詩的種子，等待著生命的春天放葩！

事實上，到了高中以後，我又變成了小說迷——大概這便是童年愛說聽故事的延伸吧！那段時期囫圇吞棗了不少卅年代小說家如巴金、茅盾、魯迅、周作人、盧隱等人的作品，以及翻譯過來的世界文學名著，像托爾斯泰的《戰爭與和平》、《安娜．卡列尼娜》，屠格涅夫的《羅亭》，羅曼羅蘭的《約翰．克利斯多夫》，勃朗特姊妹的《簡愛》和《咆哮山莊》，珍．奧斯丁的《傲慢與偏見》……從而對小說家也十分佩服，覺得他們所從事的，是一項偉大的工程（指長篇小說）。但年輕時候，因覺得自己的人生經驗和學養都不夠，遂不敢輕易嘗試小說這方面的創作。

詩心的甦醒

倒是詩的火焰總是時明時暗地在心中燃燒著；可惜這段時期，我已得不到如國中及高小時候那樣影響深遠的國文老師，來對我進一步啓導，整個學校裡的氣氛是英文重於國文，因爲那是爲了因應戰爭歲月，由江浙兩省十餘所著名的教會學校所聯合組成的一所聯中，校舍設在上海英租界。因爲是逃難時候，無論是教室或宿舍均因陋就簡，活動的空間狹小，既無校園，亦無操場，更無綠樹，那時我已深感都市生活的擠迫和單調，內心微弱的詩之火也幾瀕熄滅了！後來我之所以選擇讀農學院森林系，大概有這樣一種潛在的心理因素在。因爲我覺得樹木的丰姿是世上最美麗的，有時更勝過花朵！

大陸棄守前，我隨著服務不久的機關來到台灣。雖然心中有離愁，而海島的美麗質樸風光，又給了我一份全新的感受，長久沉睡在心中的那顆詩的可貴的小種子，便很快地甦醒了。記得當初在撤退來台的「中興輪」上，我便寫過一首描寫海景的詩；抵岸後才一週，我又寫下了一首題爲〈台灣吟〉的四行詩，時爲民國卅八年二月，是我對台灣的最初感受：「是美麗質樸的姑娘，爲異邦人撫養成長（註：指日本人那一段統治時期）／如今雖然回到了自己的家／卻怯生生的不慣和姊妹來往」。現在看起來這首詩既幼稚，更缺乏藝術性，因此也從未發表過。其實卅八年甚至更早我曾寫過一整本的詩，經過再三修改後，曾把它們抄錄在一本精美漂亮的練習簿子中，還題名這些詩爲「紅花集」，更在扉頁上寫著「讓紅花開遍了，生命永無止息」的話。這本既不成熟，也永不會印行的詩抄，僅僅是一個紀念，代表我長久以來的摸索和期待。

卅九年以後我因對島上的生活逐漸習慣，同時工作也不忙，有適度悠閒的心情來從事詩的醞釀和創作，自覺在這一年詩的技巧稍有進步。於是向一二文藝性刊物「投石問路」，但是意願不高，效果亦不大，即使刊用了亦不能因此就肯定自己眞的具有「詩才」，總覺得必須尋求眞正有經驗的詩人對我的作品加以判斷和指點。這種等待的心情是苦悶的，因當年的文壇還十分沉寂，和今日熱鬧的景象恰成對比，而詩人的足音尤其孤寂。這景況直到民國四十年秋天才突破——我忽然在《自立晚報》上看到一大版的詩，於是開始密切的注意它起來，它就是自由中國最早出現的一份純粹的詩刊，且由當時幾位著名的前輩詩人如葛賢寧、紀弦、覃子豪、鍾鼎文等共同主持策劃，爲荒蕪的詩壇提供了一塊美麗的詩園，怎不令所有愛詩的心靈欣喜！不過看到出現在前三期上面的作品，多爲當時頗爲知名的詩人，因此不敢期望自己的作品也能在上面發表——只希望幾位前輩詩人能夠對我的作品惠予評鑑，好讓自己知道，我究竟有沒有資格做繆思的門徒。雖說從少年時代我已經如此地愛上了她，而且自我摸索了那樣久，對於詩卻全憑感興去創作，缺乏理性的批判能力。

於是我請一位朋友把我的幾首詩拿去請前輩詩人們指教，不意他們卻將我的一首〈爲什麼向我索取形象〉猛地在「新詩週刊」第四期上刊登出來；緊接著第五期又刊出了我的另一首〈青鳥〉——這一驚喜對我眞是非同小可！其對我的鼓勵力量不亞於今日人們所獲得的什麼大獎小獎。此後作品更源源不絕在「新詩週刊」和紀弦先生獨力創辦的《詩誌》和稍後的《現代詩》上出現，那時和我一同出現在這份具有歷史意義詩刊上的有方思與稍晚一兩期的鄭愁予和女詩人林泠，另有以寫童話詩而留下聲譽的楊喚。

我的第一本詩集《青鳥集》於民國四十二年由葛賢寧先生所主持的「中興文學出版社」給予出版。當年確是一件引人矚目的大事！詩集出版兩年後我才和羅門攜手步上「紅毯的那一端」。當詩友們寄望我能寫出更好更多的詩篇時，我卻令他們失望了！對身為主婦的人來說：家是極為瑣碎而又現實的生活空間。每天除了上班，又必須親操井臼，這對於從小未受過家事訓練的我來說多少是一大負擔，因為時間和心情都被割裂而難以提升；加上不久後，詩壇又湧起一股現代化的潮流，便遽然沉默下來，很久不再提筆——每遇詩友問起，總覺無法交代。這種情形難免使人猜疑我是「江郎才盡」了，當年詩壇論戰時的驍將也是藍星同仁的黃用，就曾以較溫厚的語調為那時的我定位說：「對詩壇，蓉子已經貢獻過了。」

我的「眼睛」

由於我的第二本詩集，遲至民國五十年才出版，遂令一般人以為我停了八年才重拾詩筆，現在我重新翻閱手邊碩果僅存的一本《七月的南方》，發現收集在本集中最早的一篇詩是寫於結婚的民國四十四年，婚後隔了兩整年未寫，到四十六年又寫了好幾首，風格和青鳥時期已有不同；但尚未有重大突破。四十八年的〈一捲如髮的悲絲〉一詩已開始有蛻變的跡象，迨四十九年六月在《現代詩》發表〈碎鏡〉；同年十月在《藍星詩頁》女詩人專號上刊出了〈亂夢〉後，人們方才訝異於我已非《青鳥集》時代的我，無論是詩觀或詩藝都有重大轉變。集中〈白色的睡〉是詩評家認爲比較成功，讓人有深邃感受的一首抒情詩。至於其中題爲〈七月的南方〉的長詩，共九十三行——這樣的長度爲我第一次嘗試，正如詩人張健的評語：「這首詩的舖展，已有達到飽和乃至盈溢之感，以一位女詩人而能有如此渾厚的魄力，可謂鮮見。而在節奏上亦迭見起伏。」但是我自己最寄以厚望的卻是包含在「水上詩展」中的四首詩，第一首〈眼睛〉可視爲「水上詩展」的序曲，整個組曲以眼睛爲核心，深入三種不同形態的生命。意象交錯疊合，如以「輕柔的眸影」與「湖」的生命交映；以「混濁的眼神」投入挾泥沙俱下的大河；而用「冷漠的睛光」和深廣難測的大海相侔；而兩組意象交疊反映出三種不同的生命形象。惜這一組詩在當時並未能引起像別的詩那樣同等的反響。眞的，就五十年代所出版的這兩本詩集來說：《青鳥集》宛如一塊幸運的磚石，帶我走上了幼年心中那高遠莫測的詩的長途；而《七月的南方》卻是我深心中所喜歡的一本詩集，好幾位朋友也都向我表示他們對這本集子的喜愛，就像高歌先生在一篇多年以前所寫的「專訪」中所說：「這充滿光、影，繽紛的色彩和聲音的詩集。洋溢著一股新鮮而說不出的詩味，一種生命的感覺時時流動其間……」。惜《七月的南方》早已絕版，目前就剩下我手上這本孤本了！

五十一年二月，生平第一次隨「中國文藝協會外島訪問團」乘軍艦赴馬祖訪問一週。看到在寒風中昂揚的士氣，淳樸的民情，還有部分荒涼的黃色山崗，竟使我想起小說《咆哮山莊》中的一些景色——其實戰地馬祖和「咆哮山莊」是毫不相關的，除了那清晨或暮色中咆哮的冷風。倒是由於這次訪問，我寫了一組有關海的詩，以及幾首較為人喜愛的作品如：〈夏，在雨中〉、〈我的粧鏡是一隻弓背的貓〉、〈看你名字的繁卉〉以及長詩〈夢的荒原〉等，均收集在五十四年五月出版的《蓉子詩抄》中。

一些驕傲

五十四年五月對我的意義是不凡的，在文藝節也是我生日那天，出版了新的詩集《蓉子詩抄》；一週後又隨前輩作家謝冰瑩教授、散文家潘琦君女士，應大韓民國文藝界邀請，前去作十天的訪問。那時出國訪問的人很少，中韓兩國文藝界也沒有今日這樣密切的交往，韓國人把這件事安排得非常愼重，也十分禮遇，從北部漢城到南部的釜山，我們訪問了包括梨花大學等各著名學校、報館、文藝社團。舉行座談甚至公開演講，並尋訪各地的古蹟名勝；而僑胞們的熱情最令人難忘。從韓國回來不數日，又僕僕風塵趕赴馬尼拉，因我那年夏天應邀擔任菲律賓華僑暑期新聞研習會文藝班主講，在那邊整整待了一個月。當時（一九六五年）我的感覺是：在韓國愈是高級知識分子愈漢化，他們的衣著、居室、行為、禮儀、談吐處處流露古中國的流風餘韻，可說比當時我們國內更「東方」；而菲律賓正好相反，充滿了西班牙天主國家的色彩，在亞洲諸國中，好像是一個異數，原來他們早年為西班牙占領，後來又改屬美國，直到一九四六年才正式宣布獨立，影響其生活文化甚鉅。以上的種種見聞和感受，促使我回國後寫下十餘首「訪韓詩束」，以及幾首有關菲島的詩，並應《國語日報》之約翻譯了一本童話《四個旅行音樂家》。五十六年則應主持省政府兒童讀物編輯小組的潘人木女士之邀，為小朋友出版了一本兒童詩集

《童話城》。接著五十七年則由美亞出版社為羅門和我出版了一本英譯詩選《日月集》，這本詩選係由美國奧瑞岡大學榮之穎教授獨力翻譯的。

民國五十八年我和羅門出席在馬尼拉舉行的首屆世界詩人大會，獲大會頒予傑出文學伉儷獎。同年出版《維納麗沙組曲》，由純文學發行。這本書的上輯係以「維納麗沙」為中心人物的十二首小詩，它是一組向自我發掘的詩，根植於生活，卻又有著唯美的形象。頗引起一些朋友們的喜愛。下輯「奇蹟」含〈親愛的老地球〉、〈公保門診的下午〉、〈未言之門〉以及〈旅菲詩抄〉。前後才卅四首小詩；但自認為它在我眾多集子中，是較精緻的一本；但卻很早就絕版了。九年後，也就是民國六十七年，方由「乾隆圖書公司」重排重印（改名《雪是我的童年》），惜不久該公司又倒閉，我的《維納麗沙組曲》現在市面上仍不見蹤影！

民國五十九年，應邀參加在台北的第三屆「亞洲作家會議」並宣讀有關詩的論文；列名倫敦出版的《世界詩人辭典》；暑假期間則應聘擔任「中國青年寫作協會」與救國團合辦的「復興文藝營」詩組組長。次年（六十年）春，首度參加一次由台北直到屏東的「作家環島巡迴訪問座談」，訪問對象為縱貫線上各大專院校及社會上愛好文藝的青年。本年並應聘擔任文復會台北分會「文藝研究促進委員會委員」。有作品選入韓國尹永春教授編譯的《廿世紀詩選》。再次年（六十一年）作品分別選入中文的《中國文學大系》；韓文的《中國名詩選》和英文的《台灣新詩選》以及由美國人王紅公與女詩人鍾玲合譯的「中國女詩人」——《蘭舟》。六十二年二月間，分別擔任「文協」所主辦一系列「文學創作經驗專題講座」主講之一員和在文復會主辦的「兒童文學研究會」講課；四月間參加《人與社會》雜誌社策劃的「現代詩座談會」，並曾應邀赴基隆外海參加「中海」文藝作家海上聯誼會；十一月則出席由我國主辦的「第二屆世界詩人大會」。以上所述，意在截取生活中的一節橫斷面，讓有心的讀者能夠大略瞭解我在寫作以外還做了些什麼。

這樣到了民國六十三年元月，才由三民書局出版我的另一本詩集《橫笛與豎琴的晌午》，內收五十四年訪韓後的那一系列作品「訪韓詩束」，以及甚受矚目的小詩〈一朵青蓮〉；還有十四首「寶島風光組曲」等。同年和羅門獲印度「世界詩學會」頒「東亞傑出詩人伉儷」榮銜。並有作品刊載在盧森堡發行的《新歐洲文學季刊》。

民國六十四年是生活上的轉捩點，由於經濟起飛，社會進步繁榮，我服務了廿多年的國際電信機構業務也隨著直線上升，十分忙碌。我在生活、工作與理想的追求這三者間必須放棄一項。因爲當時職務上的壓力相當重，於是我毅然向公家申請自願提早退休，爲獲得從容的時間繼續走我詩的長途。退休後兩個月（我是七月奉准退休），也即九月四日起，我開始在當時的《青年戰士報》副刊每日撰寫有關詩創作的理論文章，是我詩創作本身以外的另一種嘗試；同時也擔任三種不完全相同性質的文學獎評審。而在退休前不久，自己也榮獲「一九七五國際婦女年」國際婦女桂冠獎。次年（六十五年）應美國詩人大會主席卡納德博士之特別邀請，和羅門一同出席爲慶祝美國建國兩百週年召開的世界第三屆詩人大會。

民國六十六年，與散文作家葉蟬貞女士結伴，參加一藝術訪問團赴歐旅遊，一償嚮往多年的宿願。回來後曾陸續在各大報副刊和文藝性刊物撰寫歐西各地的風光、景物、民情、古蹟和文化、宗教與歷史；甚至有人視這些遊記是一種「藝術巡禮」，引起一些使人愉快的反響。兩年後，當時的「乾隆圖書公司」原打算出版我的這本《歐遊手記》，連預約書的大幅廣告都打出來了，不意書尚未付梓而公司已倒閉；到七十一年，「德華出版社」雖實實在在的印出了這本書，不知何故卻從未向市面上正式發行，更從未在報紙刊登過一次出書廣告。原來不久他們也因財務上的困頓而結束出版業務了！這情形讓人感到好無奈。但是，本年內道聲出版社出版了我的另一本詩集《天堂鳥》。卷首那一組四首寫「傘」的詩，尤其第一首最得詩評家好評，近後段有十首詠「花藝」的詩為我個人新嘗試，至於寫美國的幾首詩中，我個人比較重視〈紐約、紐約〉這首。

六十七年經由黎明文化事業公司出版了《蓉子自選集》，使我寫詩將近卅年的風貌，有了一個初步的綜合性的呈現！

六十八年以後我繼續寫作，也繼續從事一些文藝工作與活動。如本年內以「中華民國代表」及代表團「國際關係組組長」職分參加在漢城召開的「第四屆詩人大會」。七十年則先後出席第一屆「中韓作家會議」，參加「全國第三次文藝會談」和「亞洲華文作家會議」；以及七十一年的「中、日、韓現代詩人會議」等。比這些會議更令人高興的是本年十一月「爾雅出版社」重印了我絕版已廿多年的《青鳥集》；七十三年二月由林海音先生主持的「純文學」正式出版上市了我的散文遊記《歐遊手記》；而七十五年又承「大地出版社」出版我的最新作品《這一站不到神話》，顯示了與以前的作品不相同的風貌，它們表現了我前所未有的與現實生活的親和力，培養了我對周遭事物的關懷、關愛和憐憫，而且用最爲樸素的手法將之表現成詩。我以爲詩是與生命同步的，只要屬於自己的「時間列車」一天不停下腳步，詩也不會從人間消失。至於有關作品以外的種種切切，那就留給他人去煩心了！

原題〈我的詩路歷程〉發表於一九八六年十二月《文訊》二七期

童眞

令繁花自呈豐姿

童眞，籍貫浙江慈溪，1928年生。上海聖芳濟學院畢業。曾爲中國文藝協會、中國婦女寫作協會會員。曾獲香港《祖國周刊》短篇小說獎，中國文藝協會文藝獎章。創作多取材於五〇至七〇年代嬗變中的台灣社會，抨擊父權及質疑家對女性的意義爲重要核心，重視結構布局。出版有《車轔轔》、《寂寞街頭》、《彩色的臉》等近20種。

歲月的輪子轔轔地奔馳，從我開始寫小說時起，至今已過去三十多年了。在這三、四十年間，自由中國文壇的變化，不可謂不大；起初是貧瘠荒涼，繼而是蓬勃蓊鬱，而最近十年來，商化的煙霧卻遮迷了正確的走向。然而文學畢竟是千古事，總有少數勇者，用智慧凝鑄成的筆劍，挑開煙霧，在燦燦麗日下，令繁花自呈豐姿，道路導向遠方，而年輕的耕耘者，也因此，腳步更踏實，目光更炯邃。

我的寫作生涯始於四十年冬，那時，我和夫婿陳森住在花蓮的光復鄉。我求學時代原本酷愛文學，婚後餘暇也以閱讀小說名著為樂。當時，兩歲長子驟然夭折。喪子之痛，難以排遣，於是，我把愁緒轉移到寫作上去。我清楚，我初期的作品的確比較粗糙，但也正好符合當時報刊的要求。就這樣寫了三、四年，自覺有了不少進步。四十四年冬，我竟以一篇〈最後的慰藉〉獲得了香港《祖國周刊》短篇小說徵文的亞軍獎（李白金像獎）；這小小的勝利給了我莫大的鼓勵。我告訴自己：我要勤奮地寫下去，希望有一天能寫出一些具有分量的小說。

翌年春，我家移居到高雄的橋頭，住所要比以前寬敞得多。我有一間四蓆半大的書房，前後還有很大的院子。我常讓三個稚幼的兒女在庭院裡玩耍，使自己有較多的空間可以利用。由於那次徵文獲獎，所以香港方面的報刊多來約稿，除《祖國周刊》外，我還在《大學生活》、《中國學生周報》、《文學世界》、《自由人》、《中外畫報》等報刊發表我的短篇。同時，在國內，我也擴大了投稿的園地，除「聯合副刊」外，我也給「新生副刊」、《自由青年》、《幼獅文藝》、《自由中國》、《文學雜誌》、《文星》雜誌等寫稿。我的寫作時間很有規律，通常都在晚上八時到十一時，而白天，則總用來閱讀、構思、修改或謄清。每月我大概可以完成二個或三個萬字短篇。四十六年秋，我的中篇小說〈翠鳥湖〉在《自由中國》連載，然後由該社發行單行本；同時，我的第一個短篇小說集《古香爐》，也由高雄大業書店出版。

病後的蛻變

就在我創作興趣十分高昂時，么兒出生了。他體弱多病，發燒連連。所以四十七年的整個春、夏兩季，我都在焦慮中度過，而且幾乎日夜不停地照顧他；等他的小身子漸漸康壯時，我眞瘦得像根竹竿。秋日來到，我把他放在網狀的搖籃裡，常常左手搖動搖籃的繩子，右手握管；直等他周歲以後，我的寫作才恢復正常。在四十七至四十九這三年間，我寫了幾十個短篇和四個中篇，因之，自然而然地，我對長篇也起了躍躍欲試之心。我計畫寫一個以江南爲背景的長篇；〈愛情道上〉就這樣在五十年春開始執筆，但我的健康卻每下愈況。我兩次罹患腎盂炎並經常感冒、發燒，伏案久了，腰、背就痠、痛難耐；而四個兒女：十歲、八歲、六歲、三歲，處處需要我的照料，體力負擔很重。到了夏秋之際，我終於眞的病倒了，而且來勢很兇。我把即將完成的長篇擱了下來，悉心調養了幾近十月。在病中，我經常思索著一個問題：從嬰兒開始，我一直是個羸弱的人，寫作消耗我的精力過巨；病後，我是不是該放棄它呢？

春暖花開的季節裡，我的身子漸漸地復元了，我似禿了一冬的樹枝，慢慢地抽出新葉來。四月的陽光拂去了我心中的陰溼，擦亮了我心中的渴念。在五十一年初夏，我又重新提起筆來。什麼理由？只因爲寫作是我的理想，我熱愛它！我先把長篇〈愛情道上〉完成，交由「中華副刊」連載；隨後，我寫了中篇〈黛綠的季節〉，接著，我又發表了〈花瓶〉、〈彩色的臉〉、〈風與砂〉、〈長橋〉、〈紳士淑女〉、〈一個乾燥無雨的下午〉等許多短篇，都很得文友們的喜愛。同時，我驚奇地發覺：病癒後的我，心靈深處，竟像有一股泉水，不斷湧出；外界一件平凡的事物，經過我的觀察與思索，常能成爲一個有用的題材；而寫作時，對人物主題、情節、氣氛的營建上，也自覺能夠收放自如，得心應手。爲什麼會有這樣的改變呢？我探索著原因，才發現是因爲在近十個月的休養期間，我把一、二十部我喜愛的名著重新細讀，一再分析它們的技巧與內涵，尤其是對時空的處理以及人物塑造與故事發展的相輔相成上。大概這段日子的揣摩、研鑽，足足抵得上幾載「寒窗」吧。因此，也使五十二年到六十二年這十年歲月，成爲我寫作的豐收季。

一幀照片，一場平劇所勾起的故事

五十二年秋，我家遷居到台中的潭子，翌年新春，也是農曆臘月的最後幾天，我們收到了一份珍貴的東西：那是當時還健在的婆婆從大陸家鄉輾轉托人寄來的兩張照片。那時，先翁紹騫公已逝世多年，可想而知，高齡的婆婆把她視爲最值得珍惜和紀念的兩張照片留給了她的獨子——我的外子陳森。一張是才攝不久的她的單人照，另一張則是民國十年，她、公公和他們的獨子在四川自流井所拍的三人合照。外子在感傷之餘，不禁在長長的寒夜裡，對我細訴了他在自流井的那段美好時光。我望著照片，聽著敘述，連我自己也跌沉在我不能觸及的遙遠歲月裡。對我而言，那是嶄新的背景、嶄新的時代、嶄新的人物與衣飾；我也憶起了放在老家客廳裡紅木太師椅旁的那隻景泰藍痰盂。我感到：國事蜩螗，戰亂頻仍，四十年前的一切，在我們不經意中，就會如煙如雲地飄走，永遠，永遠。我突然熱切地想抓住它們，憑自己微薄的力量，給那個時代留下一角清晰的剪影。於是，我著手構思一個故事，在農曆初四那天，開始撰寫〈霧中的足跡〉這個長篇。它在「新生副刊」連載期間，讀者對它反應的熱烈，幾乎使我震驚。〈霧〉之受到佳評，大大地增強了我以後撰寫長篇的信心。

五十四年新春，我又開始從事另一篇長篇小說〈車轔轔〉的寫作。正確地說，〈車〉文題材在我心中已經醞釀了將近十年之久。四十五年盛夏的一個晚上，酷愛平劇的陳森和我，興致勃勃地趕到高雄市去觀賞一場平劇，但目睹當時破舊的戲院、窄陋的舞台、朽敗的座位、黯淡的燈光、褪色的行頭、寥落的觀眾，在歸途中，我不禁深深地感慨了，平劇——中國最有價值、久被肯定的傳統藝術之一——它，像一件稀世的瑰寶，經歷災厄，如今卻塵封而斑駁，淪落在陋巷小攤子上，乏人賞識。如果長此下去，平劇藝術是不是就這樣在我們這一代人手中式微而沒落了呢？這一感觸灼痛了我。許多年過去了，我時常在提醒自己：我應該以一個寫作者的身分，對振興平劇藝術作一己的呼籲；同時，我還要描繪這一代人的迷惘、慾求、堅韌與責任。所以，我在構思〈車〉文時，對人物的挑選，曾再三考慮與斟酌。我希望書中的人物具有個性，也具有代表性；並且，我也深知，小說是感性的，即便是精闢絕倫的理論與見解，一旦流於冗長，就會斲傷小說的本質。因之，我把它們合散開來，溶成了人物的骨與肉；同時，我寫對話時，也特別用心（尤其是象徵堅韌與責任的趙教授的對話），總力求簡潔、有力、機智與風趣。〈車〉文從五十五年五月在「新生副刊」上連載不久，就受到文友們的注意，而讀者們獎掖有加的來信，經由「新副」主編童尚經先生轉到我手中時，我所感受到的那份欣慰與興奮，至今記憶猶新。

〈車〉文共十八萬字，前後竟寫了一年多才竣事；原因是：這中間，我常應約撰寫短篇小說而不得不停頓下來。那時期所寫的短篇，如：〈且走完這一段路〉、〈鳥與牆〉、〈山遠山近〉、〈黑夜的影子〉、〈一條粉紅手帕〉、〈樓外樓〉、〈池中雲〉等篇，都是我自己頗為喜愛的。

我熬白了半頭烏髮

五十五年春末，《幼獅文藝》主編朱橋先生請司馬中原兄寫信來，邀我在近期內為該刊撰寫一個長篇。我一口答應下來，並且寫了一個幾百字的故事大綱給朱橋，題名為〈夏日的笑〉，預計二十萬字。六月，我就開始動筆。我寫〈夏〉文，是先有人物、後有故事的。五十二年至五十五年間，我的兩個大男孩進入初中，他們回家來談的，總不外乎是那些在補習班兼課的老師以及那些同學的父親——其中不乏醫師、議員、建築師、工程師、警員以及小職員等；而我自己也有一種嗜好，即：我到豐原或台中買菜時，總要到處走動、到處觀看——看人們的穿著、舉止、談吐，看陋巷的特色，看新興區的情景。它們一點一滴地匯聚在我心底。我在構思時，攪動一下，他們便一個個地重又浮現上來。我把他們整現、剪裁與揉合，就成了〈夏日的笑〉裡的許多人物；通過他們的言行與思想，我企圖對我周圍的現實社會來一次小型的裸呈。〈夏〉文九月開始在《幼獅文藝》連載。我按月寄四～五萬字給朱橋。大概寫到三十萬字左右時，朱橋寫信來，他一方面極為欣喜地敘述著從不閱讀長篇小說的程抱南先生對連載的〈夏〉文每期都要細看兩遍，另一方面，他又十分擔心地說：〈夏〉文已比預計二十萬字超出許多，不知道我還要寫多少字，以後寫的又是什麼，偌大一個架構又將如何收場？一句話，他擔心著：怕我把〈夏〉文的後半部寫砸了。但我卻滿懷信心，雖然我寫得很慢，卻極為順利。我請朱橋放心：我一句一段一章苦心經營的長篇，是絕不願讓它留下一條失敗的尾巴的。我無日或休地寫了整整一年，在翌年六月寫完最後一章時，我眞是如釋重荷。我知道〈夏〉文是我此生中所寫最長的長篇（近五十萬字），為了它，我寫痲了手，也熬白了半頭烏髮。

我休息了兩三個月，而在十月裡又開始撰寫另一長篇〈寂寞街頭〉。只是才寫了幾章，外子服務的機構播遷了，我也就隨夫遷到彰化的溪州。我家居的那個宿舍的缺點是：房間不多，坐東朝西。炎夏來到時，南台灣火辣辣的陽光逼炙著整個屋子，使我那個臥室兼書房的房間，日夜都像一個火爐。我握筆為文時，汗水總是不斷從額上滾下來，滴在稿紙上。我一向孱弱，不喜吹風，但是為了增加寫作的進度（因〈寂〉文已在「新副」連載），整個夏天，我不得不以電扇來取涼。十月裡，〈寂〉文完稿，寒冬到來時，我的右臂竟然隱隱作痛起來。

獲得與失去的悲劇

我一邊在治療我的臂痛，一邊我思緒的觸鬚依然向四處探索。有時，我也會翻閱一下那些蒐集著各種資料的剪貼簿與摘記本。他們使我憶起一件發生在我離開潭子以前不久的小事情。那時，外子服務機構所擁有的二十幾公頃土地，業已撥作台中加工區，連帶還要收購一大片跟我家後院相毗連的農田。懷著一份依戀之情，有一天，我踩著夕陽，走訪我熟悉的鄰近農家。我們聊著日常的生活，我也很自然地向他們探詢出售土地後，作何打算？但我卻很詫異地發現：新舊兩代給我的回答竟然完全不同。此後，有好幾天，我總在鑽研這個問題：在追逐物質生活享受的過程中，我們到底獲得了些什麼？同時又失去了些什麼？這些年來，土地的暴漲固然使一些擁有者在不知不覺的情況下變成了巨富，但兩代間卻也因價值觀念與嚮往的生活方式不同而異其走向。同時，那些逃離大陸的沒落世家弟子，則在這個發展迅速的社會中掙扎——掙扎於自尊與自卑的痛苦中。他們在對金錢與地位的雙重追求中迷失了自我。四月天氣轉暖，我的臂痛似乎好轉，而「中華副刊」主編催稿又急，於是，我就以上述題材為主幹，撰寫長篇〈寒江雪〉。我對〈寒〉文中人物的錯綜複雜的心理都做了極為精緻細微的剖析；它是我所有作品中描寫心理最多的一部小說。當時，電視已漸普遍，寧靜的農業社會也嬗變而為繁忙的工業社會，很多人都預測長篇小說將趨沒落，因為影、視能夠藉著畫面把長篇小說中的故事、人物更直接、鮮活地呈現在觀眾的眼前。可是，作為一個熱中於小說藝術的我，堅信著小說中仍有一些東西是畫面所無法取代的，例如，美好的文體、靈逸的意象、微妙的心理等；我費力地在這方面追求著，希冀自己的作品能不同於低俗、膚淺的商品。

在五十九年三月，我寫完了〈寒江雪〉。

我覺得實在太累了。從五十三年春到五十九年春，這六年間，我一連寫了六部長篇；我需要輕鬆一下。我希望寫些短篇來調劑調劑我終年緊張的情緒。那時，我住在溪州台糖宿舍已經兩年。從大環境來說，那兒是個花園社區，到處是參天的樟樹、茂密的榕樹以及平整的綠坪。很多退休的老年人都不願離開那裡。我是那些老年人的朋友，而老人們又是我自己的鏡子。我了解他們並能體會出他們的心境，所以，在五十九年到六十三年間，我所寫的幾十個短篇中，雖然好些是以年輕人和中年人為取材的對象，如：〈我的日子好長〉、〈光環〉、〈瞧，這風多好！〉、〈搬家、車禍、愛情〉、〈陽台上的閒談〉、〈純是煙灰〉等，但也有幾篇是描寫老年人的，如：〈僅有的快樂時光〉、〈線與線之間〉、〈夜晚的訪客〉、〈母親的理想屋〉等。六十三年十月，我完成了長篇〈白色的祭壇〉（在「中華副刊」連載），它是一個以剖繪不幸婚姻所造成的家庭悲劇。

六十四年夏，我又計畫撰寫一系列的短篇，想以民國三十年前後故鄉江南小鎮為背景，訴述一些世世代代生活在那塊土地上的卑微、善良、勤勞以及荒謬無知的同胞；那些短篇採取組合的形式，可分可合，而以一個人物作為貫穿全書的主角。我心中原已有好些個現成的人物與故事，正擬動筆，不料，襲人的秋涼使我右臂風溼痛又發作了，而且延伸到手腕、手指的關節，嚴重時，根本無法握筆、握筷；又因吃了過多的丸藥，胃疾也再度加劇。我只得把寫作的計畫擱置下來。也在這時，讀機械工程的長子服完兵役，北上中壢工作；次子也進入台大化研所攻讀。翌年，獨女赴美深造，么兒也北上中壢去念大學，家裡只剩下陳森和我。我小病了一場，在床上躺了近十天。在病中，我又想起經常疼痛的右臂和手腕以及時時發的胃疾。從五十年夏秋之際生了一場大病以後，我一直是個帶病的身子；我之能在這些年來寫了這許多小說，完全是基於對小說的熱愛所產生的毅力，但我卻不願有個多病的晚年，使自己成了個悲慘的老人。畢竟，我已把我最好的一段歲月獻給了小說藝術；是我應該退下來享受讀書之樂的時候了。這一念頭，使我在病癒後斷然停止了寫作，婉拒了所有編者朋友們的好意約稿。六十六年四月，我們回到潭子，在自己設計的屋子裡定居下來，但我卻像我所寫的短篇小說〈母親的理想屋〉中的母親那樣，體驗著「華屋已成，兒女星散」的落寞。現在，我照舊把書桌放在桌前。窗外庭院中是我手植的一排花、樹，我愛坐在窗前看書，也常不自覺地把思維飄向遠方——飄向兒女的身邊，也飄向二十多年創作旅程中我歷經的艱辛與品嚐的快樂。

原題〈我的創作之旅〉發表於一九八七年二月《文訊》二八期

小民

寫而忘憂樂陶陶

小民，本名劉長民，籍貫河北北平。1929年生，2007年逝世。曾就讀四川成都中華女中。來台後，曾就讀「中華文藝函授學校」。曾獲中國文藝協會散文獎章、湯清基督教文學獎。創作文類以散文爲主，多爲兒子而寫，並和喜樂共同創作一系列懷鄉作品，將故鄉北平的傳統文化藝術，生動地描繪出來。出版有《多兒的故事》、《媽媽鐘》、《故都鄉情》等20餘種。

去年適逢我滿六十歲，寫作恰好二十年。

回憶我這大半輩子，前二十年，少不更事，又趕上了抗日與紅禍。可憐除去童年，在故鄉北平過了幾年好日子外，逃難到四川，反共來台灣，我的青春年少時光，都在物資貧乏中度過。

被迫失學，被騙結婚（那個人以娶不到我，就要去死嚇唬我，我竟信以爲眞，沒奈何嫁給了他，不是受騙是什麼？）。當與我同齡少女，還在享受青春年華，過著無憂無慮的金色大學生活，我已胡里胡塗的，做了一個小男孩的母親！

接下來二十年，我的生命全部爲了三個相繼出生的兒子，關心他們、撫育他們，直到最幼小的兒子也進了小學。很意外的，在一個無聊寂寞的春暮，我突然寫出了生平第一篇文章。

那是爲了紀念我的母親，她老人家由父母做主，許配給沒有責任感，不忠不義的丈夫——我的父親，還爲他生下四男四女，其中辛苦悲酸可想而知！但母親卻無怨無悔的守著這個家，獨力撫養我們兄妹長大，還替父親養了一個小老婆。好不容易熬到兒大女成人，小妹大學剛畢業，母親竟一病不起。我想起，母親爲孩子及孩子的孩子，付出一生心血，無微不至的關愛我們，我們卻不能回報於萬一，總是無奈悲傷！

母親去世後，思念母親的一生，承受太多的不幸。丈夫遺棄，兒子飛行失事殉國，白髮人哭送黑髮人，人間至慘莫過於此！憂患使得母親將原有滿頭烏黑油亮的美髮，折磨成灰白枝稀的亂髮！我禁不住內心激動，在充滿康乃馨芬芳的五月，提筆寫下〈母親的頭髮〉，投給中央副刊。沒過幾天，便刊登出來了！初次投稿能被採用，對我的鼓勵很大！從此我就利用閒暇，一篇一篇寫下去。取材都是身邊小事情，除帶給我稿費以外，也得到很多讀者的共鳴。

我原是單純的家庭主婦，不善交際，也沒有太多娛樂。寫作讓我由二十多年封閉的生涯，破繭而出，爲我開拓了一片廣大的世界。經由我在報刊發表的小文，及出版的文集，全世界許多華文同胞，都成了我以文會友的對象。我去美國旅遊，竟在華盛頓國家圖書館的中國作家書目中，看見有我所有的文集。那些平凡幼稚的小書本，實在不算什麼，卻承受友邦不棄，遠道購買存入國家圖書館。我的內心眞的愧感交織！我一向不敢自認爲「作家」，只敢說自己是一名業餘寫作者。「業餘」是指專業家庭主婦，繁瑣家務工作之暇，寫的小文章也。我的寫作過程，可分爲以下幾個階段：

「媽媽鐘」與「多兒的世界」

有人說：什麼鳥唱什麼歌。身爲三名壯丁的母親，最關心也最清楚的，豈不是發生在孩子之間的喜怒哀樂嗎？尤其是純眞無邪幼童，他們的言語行爲，總是常常使我這心地不如孩子單純的大人感動！於是，我寫下了一系列以「多兒」爲題材的小散文，在《中央日報．現代家庭》連載。「多兒」是我小兒子的乳名，因爲他是兩個孩子恰恰好後，多出來的一個，故得此名。但他卻比兩個哥哥更教父母歡喜，他不挑食、少生病、忠厚老實、長得胖嘟嘟，十分可愛。他和小表妹、小朋友們相處，發生了許多趣事。我將這些有趣的、好玩的小故事寫下來，變成了鉛字刊載報端，我的「多兒」就變成每位讀者的

「多兒」！

〈媽媽鐘〉也是爲兒子們寫的許多小散文之一，寫這篇文章的動機，是希望我的孩子，及天下所有的孩子知道，「母親」像是一具不誤點誤時的鬧鐘，一生一世守候著他們。當時，正值二兒保眞面臨大專聯考，得失心重，影響他情緒不寧。時而憂慮躁鬱，時而信心奮發，一日之間常是陰晴不定！做母親的看在眼裡，深感愛莫能助之苦！只得將關注寫成文字，告訴他，母親並不在意孩子考上什麼學校，只祈望他永遠保持一顆樂觀進取的心。

〈媽媽鐘〉刊出後，獲得極多回響，許多母親及母親的孩子，都寫信給我，訴說他們的感動與共鳴。並經教育部核定，編進高中以上學校教孝月研讀專書。而十幾年中，各學校刊物轉載借用者，歷久不絕。一篇文字淺顯，僅二千來字的小文，居然引起如此大的反應，爲什麼？我曉得絕不是文章寫的多麼好，而是寫出了天下母親對兒子共同的至愛！

編「母親的愛」系列散文

親情文章寫熟了，文藝界朋友，視我爲溫馨小品式作者。卻不料，因此使教會牧師殷穎（他也是散文名家）興起由我編一本母愛文集的構想。他說編書沒啥子難，妳就向熟悉的作家們約稿，請他們寫一篇母親的愛給妳編書，就成啦！我十分膽怯，但仍將印好的邀稿函，分別寄給六十位作家朋友，竟得到他們熱烈支持。連平時陽剛十足的男性作家，也兒女情長的道出母愛長闊高深。

這本主題「因為上帝愛我們，所以祂賜給我們母親」的散文集，出版在六十八年母親節前夕，立即造成各校園集體訂購、搶購的轟動。添印不及，出版社只好刊登啓事向讀者致歉！由於這一本書的廣受歡迎，連續有不同出版社委託，共編了七冊專集。我編書原則，盡量用作家新作，不讓讀者買了書去，發現某些文章，曾在其他文集中讀過，有炒冷飯的感覺。

七冊主編文集中，《同胞的愛》曾在台北市立圖書館舉辦讀者票選好書活動，榮獲第一名，帶給我極大的喜樂與鼓舞！

「故都鄉情」附插圖系列小品

五年多前，承中央副刊資深主編孫如陵先生賞識，邀約我以童年往事為題材，不定期在中副開一個配畫兒的專欄。繪圖者，即我家戶長先生，筆名喜樂。孫主編規定我每篇文章不要長，但須動態的，也就是說，無論寫景、狀物、敘事，都得活潑有趣才行。

小小的專欄初時還不大習慣，寫多了便得心應手。而且一寫就連續寫了一百六十多篇，集成了三本專集。發表的園地，也因得到其他副刊主編青睞，由「中副」擴展到「聯副」、時報「人間」及「中華副刊」、《皇冠》雜誌等處。變成我的作品中繼《媽媽鐘》之後最受歡迎的文集。文學大師梁實秋教授生前喜愛欣賞這些作品，國內外對中國文化有研究、有興趣者，也有不少人表示讚揚！最近，一位日本退休小學校長，更將其中〈春天的胡同〉，譯為日文自費出版，還為了求證書中的景物，兩次親赴北平，足見其認眞態度。同時，喜樂又選出一部分原稿插圖，改畫成彩色，另出版一冊《喜樂畫北平》，高雅漂亮的書，眞是收穫不小。

因我利用閒暇寫文章，發生了「身教」作用，使得全家三個兒子，和他們的老爸——「大家一起來」，都以寫作爲消遣和副業。也先後集全家文稿，出版過三本書：《全家福》、《紫色的家》、《闔家歡》。而且，老二保眞，還寫出一片好風景，作爲他書生報國最佳途徑。

走筆至此，我心頭充滿對寫作歲月的感恩。因爲日子是寫著過的，寫而忘憂樂陶陶！您說是嗎？

原發表於一九九〇年三月《文訊》五三期

臧冠華

停停寫寫總不倦

臧冠華，籍貫江蘇淮陰。1929年生，1992年逝世。軍事通信學校、行政學校高級班畢業。歷任青溪新文藝學會祕書、華欣書店副理、文訊雜誌社經理、中韓作家會議祕書長、中華民國作家協會祕書長等職。曾獲國軍新文藝短篇小說獎、中山文藝獎、韓國文學獎等。創作文類包括散文、小說與傳記，多以八年抗戰經驗爲題材。出版有《飄零的櫻花》、《奔》等十餘種。

曇花一現的寫作衝勁

從小喜歡看《三國演義》、《水滸傳》，經常抱著書本，逃學到荒郊野外，躺在麥田裡或者地瓜田裡偷看書，一看就是一天不上學，等到發現太陽溜下山，這才知道闖了大禍，硬著頭皮趕回家，接受父親一頓重罰，等到第二天睜開眼睛，屁股上的紅腫鞭痕還沒消盡，只要延玫（司馬中原）丟個眼色，兩個人照樣逃學。幾十年後的今天，跟延玫一聊起小時候，就忘不掉逃學的林林總總，最後兩個人不約而同的摸摸屁股，彷彿幾十年前的鞭痕依然存在，免不了啞然失笑。

如今學會了塗塗寫寫，回想起來，應該歸功於小時候偷看書的惡習，培養了日後寫作興趣。進了初中，滿腦子神奇鬼怪、英雄美人的幻想，心裡有一股寫作的衝動。可是等到攤開紙、拿起筆，又不知寫什麼？從何寫起？常常為了寫一篇稿子，苦思數日，有時候坐在課堂裡，只見老師嘴巴滔滔不絕，而我依然沉浸於幻想的深淵，稿子沒寫成，學業成績卻一日不如一日。等到學期結束，拿到滿紙紅字的成績單時，懊惱得幾乎想去自殺。

那夜，整夜沒有睡覺，我獨自坐在後院的皂角樹下，望著天邊掛著的一勾新月，烏雲飛來了，烏雲又飛走了，來來去去之間，變動著月牙時明時暗，我想：人生不就是這樣嗎？有時好，有時壞，只要我意志堅定，目標正確，勇往直前，何必顧忌那些陰晴明滅的短暫變化呢！那夜，我寫下了這篇短文，題目叫〈月夜沉思〉，第二天，就寄給南京《救國日報》。寄出以後，我就不敢再去想它，日子一天天過去，漸漸也就忘記了。

突然有一天，郵差送來了一封信，我一看信封上《救國日報》四個大字，心一沉，完了，又是退稿。正好家人都不在，我才有膽量拆開信封，原來是副刊主編署名「倚虹閣主」的一封信，不是退稿，這時候心才落實下來。

倚虹閣主對我大大的誇獎了一番，告訴我〈月夜沉思〉寫得很感人，也很有哲理，近期即將發表，希望我繼續努力，將來一定前途無限。當時我高興得直跳，原本不希望看到的家人，這時候恨不能都出現在面前，讓家人分享我這份成就。儘管學校功課很差勁，在寫作上自以爲很有前途的。

〈月夜沉思〉發表以後，在學校裡確實風光一段時間，老師對我也另眼相看，認爲我一個初二的學生，居然能在報紙上發表文章，眞是難得。自己更是樂不可支，把《救國日報》發表的文章剪下來，夾在書裡，到處獻寶，以爲自己眞的是「天才」、了不起。總以爲這下可以揚眉吐氣了。誰知道當我連續寫了三篇，都遭到退稿的時候，一顆沸騰的心又冷卻下來了。

假如拿曇花一現來形容我初期寫作的衝動，眞是非常恰當。自〈月夜沉思〉以後，連續退了三篇稿子，就再也不敢嘗試了。甚至厭恨寫作，當老師或者同學問起寫作事情，我免不了紅著臉避開了。

大概有一年時間，我專心用功讀書，想從功課方面挽回面子。寫作停了，有時間我還是偷偷看些文藝作品，在一年學習中，我發現毅力與恆心，才是致勝的最佳保證。

由於研讀文藝作品吸收一點營養，寫作的衝動又在腦海裡翻騰，忍不住拿起筆寫了一篇〈長夜〉，大意是黑夜儘管很長，只要忍住煎熬，終歸會見到光明。寫好〈長夜〉，連再看一遍的勇氣都沒有，就寄出去了。

寄出〈長夜〉以後，整天緊張兮兮的，生怕退稿，甚至看到郵差都想躲開，心裡就如同被蛇咬過似的，只要一聽到敲門聲，都會心驚膽跳，那種煎熬既可怕又好笑。經過二十天的緊張煎熬，終於看到印有《救國日報》信封的回信了，所幸那不是退稿，而是倚虹閣主先生特別寄來了的剪報，〈長夜〉刊出來了，我的希望又爆出了火花。

之後，由於學業的關係，寫寫停停，停停寫寫，一直到三十八年撤退來台灣，雖然也寫過幾十篇短文，手邊卻一篇也沒有保存下來，三十八年以前的寫作生命，依然是一片空白。

獲獎的鼓舞

到台灣以後，生活很苦，尤其是軍中訓練生活，從早到晚，磨得頭昏眼花，根本沒有時間談寫作的事。四十年畢業分發，因爲部隊上生活比較輕閒，每天値班六小時，其餘的時間都是自己的，那時候除了歌仔戲，一年難得看到一場電影。沒有娛樂，全部精神也只有看書寫作了。

我們部隊駐在楊梅，王平陵先生在中壢，我們很近，他又是我鄉長，對我特別照顧，工作之餘，經常去請教王先生，他熱心指點我在寫作上很多問題，並幫我修改習作。記得那年軍中正風行「克難」，我就以克難爲題材，寫了一篇〈克難記〉，平陵先生幫我修改以後，很認眞的告訴我說：「你可以多寫小說，這篇〈克難記〉寫得很好。」

那篇〈克難記〉後來獲得《新生報》徵文入選，並選入《戰士佳作選》一書，第一次寫小說被選入叢書，內心的高興是可想而知。從此便不斷的寫，不停的寫，短篇寫來不過癮，居然寫了一個中篇，正好空軍總部辦理天視叢書徵稿，我便把寫好的中篇〈飄零的櫻花〉寄去應徵，不久之後，接到魏子雲兄的通知，說中篇小說〈飄零的櫻花〉入選了。從那以後，相信自己對中長篇小說已有把握，便一部一部的寫了六部：如五十一年〈東瀛春夢〉、〈漩渦〉，五十二年〈小桃紅〉、〈沙河浴血情未了〉，五十三年〈梅子姑娘〉，五十六年〈長夢悠悠三十年〉等，五十六年以後，因爲職務調動，工作繁重，不但沒有時間寫作，連翻報紙的時間都沒有。好在寫作只是興趣，有時間寫一點，沒時間也就算了，在文藝界出人頭地，或者歷史上留下什麼，對我來說，簡直是遙不可及的夢想，何況自己也不羨慕名利虛榮，人生如雲煙，名利又能如何？

六十五年我從空軍退伍下來，轉入輔導會工作一段時間，工作比較輕鬆，又開始寫點短篇，而且越寫越有心得（這心得應該包括稿費收入），除短篇外，電視劇、電影劇本我都嘗試過，而且先後也得過獎，到了七十年，我足足寫了兩百多篇短篇小說，出了三本短篇小說集，其中采風出版社發行的《奔》，於七十三年竟然獲得了中山文藝獎，這一殊榮，不僅對我寫作是一種鼓舞，且是自我肯定。雖然不是偉大傑作，畢竟在我寫作歷程上是一種安慰。

七十二年爲中央黨史會寫了一本傳記《耿耿孤忠》，第一次寫傳記，好吃力，不但要看很多書，而且要摘取精義，那眞是吃力不討好的事，所幸我總算於一年時限內，完成了《耿耿孤忠》，總算鬆了口氣，可是接著又要我寫一本，不得已只好硬著頭皮接下了，一直到七十四年初，我才完成第二本《革命二畫家》。

七十三年因促進中韓作家會議有功，韓國政府特別頒發一面感謝狀，由韓國藝術學院院長李漢模先生親自代表韓政府頒贈，在場還有韓國出版社負責人，立即希望我提供一本小說集，他願意爲我找一流人才翻譯成韓文出版，當時我也一口答應了。回國以後，整理了十幾篇短篇，題名爲《空庭待黃雀》，就寄給韓國筆會副會長成耆兆博士，成先生熱心幫忙，不到一年時間，《空庭待黃雀》居然出版了，文字我雖然看不懂，但印刷精美、裝訂講究，確非我國出版界能與比擬。出版以後，據說銷路奇佳，而且有的大學已選爲參考書。

寫作是為了興趣

回顧我的一生，幾乎是半個世紀，都在筆墨生涯中行走，五十年來，我卻一無所成，一無所有，不能不說是老天作弄我也。在學校我讀的是會計，在軍中又學電子，畢業後從事行政、人事、社交工作，幾乎都是學非所用。所幸自己還有一份愛好，而且固執不變，五十年如一日，儘管成就平平，但我的五十年歲月，卻過得非常愜意，這也許就是最堪告慰的。

在我的寫作生涯中，王平陵先生幫助我最多，他不厭其煩的幫我寫稿子，修改稿子，而且指點我寫作技巧，使我從朦朧的世界，進入一片新天地，可以說全是王先生的指引。司馬中原跟我從小在一塊兒長大，青梅竹馬，無話不說，無事不聊，他的文學成就，是眾所皆知的，當然在他輝煌的成就之下，我也占了不少便宜。因爲我們都住在吳興街，相距五分鐘路程，下班回家就可以串門子，所以經常在一起，聊聊天，說說話，在寫作方法與技巧上，都可以獲得很多好處。

塗塗寫寫，幾十年一晃就過去了，談不上有什麼成就，但我卻學得一點寶貴經驗，那就是只要「努力耕耘，必有收穫」，寫作是爲了興趣，不在追求名利虛榮，那怕一生努力寫作都繳了白卷，爲了興趣又有什麼可怨可嘆的哩！

原發表於一九八七年十二月《文訊》三三期

郭晉秀

寫作帶給我很多快樂

郭晉秀，筆名琇，籍貫河南開封。1929年生，2003年逝世。河南大學畢業。來台後曾任高雄道明中學教師、台北市華江女子國中教師。創作文類以散文與小說爲主，散文風格清新純樸，小說亦以表現生活中的酸苦、甘美爲依歸。出版有《反哺集》、《媽媽的假期》等十餘種。

名實之間

抄謄了一遍自己的作品年表之後，數了一下，居然也有八九本厚厚的書呢！可是，距離《小女生》之書的出版，已近十年。《我的小女生們》，是我再度提筆後的一冊書，由純文學出版社出版。之後，我再度斷斷續續，也寫了不少散文，偶爾也有一點點短篇的小說，卻再也未結印成書。所以，我只能說是個愛塗鴉的作者，豈可稱家？

我的名字為一般人熟知，有幾個原因，其一為我的小學同學郭良蕙，為知名女作家，長篇小說有三十多部，均暢銷坊間，為一般人崇仰。我倆自小學一年級同學至五年級。抗戰時，大家逃難才分散。到台灣後，因為丈夫都是空軍飛行員，又恰巧為同期同學，乃得重逢。爾後，時相往還，一同進出，她的名聲大，我因而被「波及」。

其二，名作家郭衣洞，筆名柏楊，是我堂兄紹輔的長子。當年紹輔兄跟隨我父親，同在我們故鄉河南的省城開封，做大差事，（我年紀太小，說不出是什麼事，只知很威風，有汽車、馬弁，家中很多傭人及親戚。）紹輔經常在我家出入，常常逗我哭，（有時也逗我笑，反正小女孩子，大人都喜歡逗著玩。）我印象特深。民國四十一、二年郭衣洞寫文章很出名了，看到他的資歷簡介，我寫信給他。自茲，他一直對我執禮甚恭；對我的寫作也指導有加，並且鼓勵我在四十五年間，同時印了兩本書。

我既是名作家之姑母，又是名作家之同學，不得不有名，有名無實，不是很好的滋味，可又奈何。

寫作，帶給我很多幸運，至少，可以說是生活上的改變。首先是我兒子就讀的中學校長，對我青目，給我兩班國文課來教。我自是感恩圖報，極力表現，書教得不壞，對孩子們的管教尤佳，校長、家長、學生，連我自己，均很滿意。至今，那些很有成就的大男孩們，仍和我保持連繫，連媳婦帶孫輩，我們親如家人。我不承認是作家，我卻坦然的認爲自己是稱職、有愛心的好老師。

寫寫文章，教教書，閱讀天下諸多未讀之書，以此自終，豈非很好？

我卻去做了一任私立女中的校長。原以爲可「興」，可「革」，可以建樹，至少可以改良。全然不行。遠不及做老師，至少你可以「管」你那一百名學生。做了校長，只有重重法令約束你，還有董事會。你又不敢對老師們要求什麼。不好「玩」。不好做。很苦。

我以空軍眷屬的身分，被提名競選議員，是女作家、女校長，被各方看好。一般人競選，各有基本票源，空軍的眷屬更是「鐵票」，而我是自選舉以來，唯一的一位，各個票箱都有票出現。偏遠的，是我的讀者，市區的，是我的學生家長或親友。

以最高票當選爲議員之後，以爲可以建議，可以實行，可以大展鴻圖抱負。又錯了，隻手能挽瀾嗎？一個微弱的聲音，連一粒小石子都不是，似一塊小小的土塊，投出即碎，入水即溶。

什麼都不是了，什麼都沒有了，生活的秩序、寧靜，全改變了，無暇讀書、教書，無暇寫作。五十九年那兩本小說，是五十五、六年間，當選議員之前所寫，之後，似一隻啞了喉嚨的鳥，連不美妙的歌聲也沒有了。這一陣子，我完全擱下了筆，隻字未寫，勉強寫也不能成篇。

六十一年十月，我的空軍飛行員病逝，葬在台北市郊碧潭，我乃擇新店爲家，不再南返。不住眷村，不參加競選，拾起粉筆，重返教壇。同時也捏起了原子筆，因爲，總是感到「有話要說」。大約六十四、五年間，我應邀爲一家大型雜誌，寫了一些現代國中小女生的生活情況，後來蒙純文學出版社印了一本《我的小女生們》，印得精緻美觀。名攝影家王信親自來我執教的學校，拍下小女生們的生活照片，封底封面均用她們穿著制服和運動衫的照片，生動活潑，彌補了內容的粗陋。

爾今，我倒仍然在寫，寫寫停停，從來沒有寫出自己滿意的作品，也曾失望的，自知不可能寫出什麼「傑作」了。但又忍不住不說不寫，連看到破爛文章破爛書刊時，便也自我解嘲，我至少文字通順，思想正確，不胡扯，別人能寫，我也寫呀。但是，寫作是我生活中最不得意的一環，力不從心，既無天分，又缺努力，又耐不住不肯不寫。眞是好個無奈的我。

我的得意事

倒是在南部既做議員又爲校長時，曾偕同文藝協會南部分會，及救國團合辦了不少的文藝活動，均很成功。令人印象最深的一天，是在澄清湖畔，由台中南下的李秀蘭總幹事，和高雄縣的李書錚總幹事，加上我，三位女性副營長，邀到了名作家又是名畫家的王藍先生做營長。當時婦協的總幹事劉枋大姊也南下助陣。王藍夫人袁涓秋姊很感詫異的問王藍：

「人家去東南亞的訪問團，請你做團長你不肯去，怎麼反而肯去做文藝營的營長？不是小了一級嗎？」

那次的文藝營，三位女副營長均很嚴肅。卻是在結業之夜時，我們突然表現了輕鬆的一面。晚會上要表演舞蹈時，因爲音響壞了，大家急煞，又束手無策。問明他們要用那一支曲子後，我和李書錚兩人不約而同開口：

「我唱，你們跳吧。」

我和李書錚均有不錯的歌喉，唱得十分不差，配合得尤其佳妙。我想那一屆參加文藝營的同學們，一定都還記得。那一支「情人的眼淚」我們倆唱得實在盪氣迴腸，餘音繞樑。

這件事，算來怕有二十年了，但，每憶及，則得意洋洋，亦喜洋洋。那一屆的文藝營，奪魁的是中部來的學生——白慈飄，如今已是馳名文壇的大作家，其他同學，也多有很大的成就，恐怕也都記得三位「有分量」的女副營長。

另一件得意的事，要數成軍五年，數度演唱，頗獲佳評的「文友合唱團」了。

北部寫文章的女友們，有兩個值得自豪的團體，一個是已維持了三十多年的慶生會；一個是我和婦協總幹事邱七七女士兩人合力組織的「文友合唱團」。每週二下午在文協練唱，每年七月七日抗戰紀念日，在新公園演出，紀念我們艱苦的抗戰，以及我們年輕時的艱苦歲月。

一個喜歡寫作的人

文章寫得不多，不好，卻仍不斷。歌唱得不差，教書則尤其稱職。我不是作家，但我有太多的作家朋友。去年中央圖書館寄表，要大家塡寫。他們曾做了一次近代作家的資料展出。在大家的生活照片中，我至少找得出來十多張有我在內的照片。在台灣，我沒有親人。有來往的，全是文友們，我生活在他們之間，所以，很多合照中，都有我。因爲我會說、會唱、會笑、又會吃。聚會時，常都有我。

當時我就想，回家找出表來，給人家塡塡寫寫吧。唯其是小人物，資料更不好找，與其百年後，害人費力費神去搜尋，何妨如今自陳一切，免得別人麻煩。何況，我至今仍未停筆，仍在寫那不驚人卻也不害人的文章。不是家，是一個喜歡寫作的人。曾爲文藝活動盡力，又爲歌唱組團。卻也不令人嫌厭的——文友。

媳婦第三次通知我，說：媽媽，人家又催稿了，年底了，只有這幾天了。她笑嘻嘻地，臉上掛著一副「你又來了」的笑容。驀地想起，架上還有一冊書，很艱難痛苦完成的，爲革命先烈立傳，我分到手的是徐宗漢女士。這本書，我也是被催得一塌胡塗。當你向別人表白，誠實的說：我不會，我不行，別人卻認爲你是客氣，那眞是很難辦的事。

自從孫女珈珈出世，媳婦辭去了自己的工作，專心在家帶自己的孩子，於是，就常常替我接到被人「討債」的電話。她常常會解人意的對她女兒講：「不要吵奶奶，我們到那邊去玩，奶奶要工作，奶奶欠人家的稿子。」

兒子則擺出一副大男人面孔，叫我：「你給人家寫呀。」

寫呀，我惱羞成大怒，我要是寫得出來，不早就寫了。莫名其所以的大發脾氣，以掩遮自己的尷尬。

今天，這篇被拖了一年多的文章，終於要交出了。

彷彿自幼我就愛寫寫讀讀的。寫作的本身帶給我的快樂很多，還有副產品，結識文友，一同唱歌，一同吃飯。

寫得不好，是我才短、力拙。寫作帶給我的工作，令我滿意又充實，歷經患難，日子又回到當年的出發點，教教書，寫寫文章，唱唱歌。還有我更得意的一環，含飴弄孫，三歲半的珈珈，每天會問我幾十個「爲什麼」，我要精心爲她解答，全心全力配合她的嬉戲，還要燒煮可口的營養品，餵她吃。她會嬌嬌地依著我，低聲說：「奶奶喲，我喜歡妳。」

人生如此，復又何求。夠了。

原發表於一九八八年二月《文訊》三四期

大荒

殷勤理舊狂

大荒，本名伍鳴皋，籍貫安徽無爲。1930年生，2003年逝世。台灣師範大學國文專修科畢業。曾任國中教師。曾創辦《現代文藝》月刊，後加入「創世紀」詩社。創作文類有詩、散文、小說和劇本，在詩創作上，強調「長詩追求氣勢，短詩追求氣韻，而以主題『事件』爲骨」。出版有《存愁》、《有影子的人》、《雷峰塔》等十餘種。

當我連續以幾首長詩在詩壇露臉的時候，同時發表了中篇小說〈有影子的人〉，我曾野心勃勃，企圖在這兩個領域都登上高峰，立志要「拳打南山猛虎，腳踢北海蛟龍」。時間很快，彈指二十多年過去了，青年時代的狂氣也一併消逝無蹤，連自費印的不過九本小書，若一本以一斗計，尚不足一石，收穫實在太少了。

一粒遲遲萌芽的種籽

在政治活動上有兩句話頭：英雄造時勢，時勢造英雄。前者是天生的，後者是環境與機會造成的，如果文人也可以這樣分類，則我是後者。我出身佃農家庭，父母皆目不識丁，貧窮自不在話下。父親清楚的認識到，他無法改變境遇，就因爲不識字。於是發願：即使脫褲子典當，也要讓我唸點書，識點人名字，好讓我日後能到城裡當個學徒，做個商店朝奉。

就這樣我上了幾年私塾，但也不肯去當學徒了，同學間互相傳閱的閒書深深吸引著我，開拓了我的眼界，帶我走進極端浪漫的境界。但那是古典的東西，使我接觸新文藝的第一本書倒不是當代名家作品，而是一本名叫《萬象》的雜誌，其中一篇〈萬能博士〉引起我莫大興趣。那是我的私塾先生鄭維春老師大兒子從上海帶來的。我一共師事過三位先生，啓蒙師曾教過我小學算術，第二位倪先生教我作文，使我初步認識駕馭文字的能力，第三位就是鄒先生，他常在教室內負手長吟，其沉迷、陶醉的神情本身就是一種美。先生是民初蕪湖一家教會高中畢業，古文之外又教英語初階，憑這點基礎，抗戰勝利後我考上蕪湖初中（那時要考英文）。

在學費昂貴、物價飛漲的時期，初中讀完一年，再也讀不起了，跟幾位好友亂混了一年，走進軍隊，初觸如雷貫耳的《阿Q正傳》及巴金短篇小說，我的寫作慾望依然沒有萌芽。來到台灣，一心一意想在軍隊中混個一官半職，但兩次報考軍官訓練班均通不過體檢（重砂眼），遂絕意「仕途」，生場大病，轉對文藝發生興趣，這一發就不可收拾，不論多累，每天一定站在公布欄前把報紙副刊讀完，如此約一年光景，開始暗忖：這文章我也寫得出來。於是利用操課空暇塗抹起來，但所謂「投稿」究竟怎麼個投法？實在不好意思向人討教，一則怕人笑我土頭土腦，一則怕人笑我不自量力。那時駐鳳山五塊厝，假日逛街發現鳳山有一小報，門口有一稿箱，可不是明明叫人把稿送進去嗎？但是當我袖著稿子去了，逡巡幾匝，猶豫再三，終於沒有信心，把稿子撕得粉碎。

這次投稿印象我終生難忘，自此更加努力，假日上街，一定在書攤把雜誌文藝版瀏覽完（沒有錢買），看看，終覺人家文章並不比我高明多少，重新鼓起勇氣向《軍中文藝》雜誌投寄一篇，這一寄就石沉大海，挫盡了銳氣。兩個多月後，我調到裝甲部隊，因兵種不同，再受新兵訓練。有一天教官點到我的名字時問：「你會寫文章嗎？」我一楞，吞吐一陣否認了，但心裡蹦蹦跳跳，莫不是那篇東西登了？懷著這樣疑惑，假裝隨意的樣子問他在哪兒看到跟我同名的作者，他說是《軍中文摘》，文藝跟文摘雖然只差一字，我知道是不同的刊物，心裡平靜了。但一位作者既跟我同名同姓，也應該認識一下。一下課就跑到中山室找《文摘》，這一看有分教：

從此飄零文字海，
悔不當初學作田。

原來正是我那篇散文（其實我根本不曉得算什麼文體），是從《軍中文藝》轉載的，這一喜眞是非同小可，一出手不僅用了，而且被轉載，可見相當「傑出」。這一磚敲開雜誌門，彷彿也敲開了我的竅，陸續拼湊了幾篇稿子也上了報，記得直到那時（民國四十二年）我冬天都「當團長」（公家只發一張毯子，不擋冷），一篇小說拿了三十二元（約當下士的月餉），連忙買了床棉被，結束了捱凍的日子。

那前後幾年可說是我最狂熱的寫作（實際是練習）期，爲了趴在床鋪上寫不舒服，希望弄張桌子，一再要求調文書工作，部隊長硬是不通人情；轉而要求四更時分起來磨豆漿的同志，他起床，也叫我起床，瞞過部隊長耳目，堂而皇之的利用文書辦公的桌子寫到天亮。這偷偷摸摸的寫法，很快遭到禁止，其實不禁止也寫不出像樣的東西，我發覺知識太貧乏，技巧太生硬，悟到臨淵羨魚不如退而結網的道理，停止了塗鴉，如醉如癡的閱讀，想盡方法到圖書館借名著，不能借的（如大陸作家作品）就偷，狂野的讀能找到的文學。爲了看書，甚至在汽車駕駛訓練班放棄輪我駕駛的時間，也常常因誤了勤務坐禁閉，吃鹽開水飯，但絕無懊悔，雖然吃得壞，卻正好有幾個整天讓我閱讀。

從毫無新文學基礎上起家，讀西洋文學很苦，特別是有典故的作品，根本一竅不通；當時作家作品帶土味固多，帶海派作風的也不少，他們喜歡在文中夾用英文音譯名詞，也令我頭大、自卑。這份痛苦刺激我自修英文，直到我約略讀懂英文短篇文章，才終結這方面的困擾。在邊讀、邊修、邊寫狀況中過了長長五、六年時光，我沒寫出一篇算得上文章的東西，創作對於我像雕刻花崗石那麼難。眼看跟我差不多時候起步的朋友已縱橫文壇，心裡眞是羨慕，羨慕人家的背面就是氣餒，大約我只有那麼一點才能，只能有那麼一點造就，無法更進步了。

爲了利用可以利用的時間讀和寫，我在部隊受盡了氣（迄今爲止我還猜不透部隊長爲何厭惡我寫作），早先不過關個兩三天禁閉，後來竟關長達三個月的禁閉！在一個小山谷裡當管理員練習拳擊的靶子。這三個月的經驗是深刻的，幫我掘開了創作的深度，原先我好比是鐵，現在煉成鋼了，不再追求流行的風格，不再像水黽那樣在水面浮掠，我抓到了自我的本質，自覺一個作家的自我訓練完成了，準備工作已經就緒，正式出發了。

在寫作方向上，我有多重興趣，首先是小說與詩齊頭併進，等小說興趣淡下去，久久不想染指的散文悄悄的抓住了我，詩倒是始終沒離開我。這三種文類鼎足而立，合成了我的全部寫作內容。那麼，我的鼎內是些什麼東西呢？我採取什麼態度寫作呢？下面就分開來說一說。

小說

在二十八歲的時候，我的短篇才寫得有點樣子，在台灣屢遭退稿情形下，稿子只好到海外華文世界闖天下，前後約四、五年間，在南洋的《蕉風月刊》、香港的《祖國週刊》及《中國學生週報》（名字似乎有出入，記不清了）發表約十來篇，那時海外稿費比本島高，倒改善了我不少生活。二十九歲遠去金門，在地窖裡過了兩年，因為當了小官，比較閒，著手寫〈有影子的人〉，這時現代詩與意識流小說都深深迷醉了我，便決心嘗試用二者的混合體寫一部長篇，由於一句一句的推敲，力求精美，進度很慢，簡直像鑿山一樣，直到結束防務返台，又半年多，才完成八萬字。一位朋友說我是把小說當詩來寫，說得不錯，我是企圖把它寫成詩小說。稿子首先被某雜誌退了（記不清什麼雜誌了），那時最風行的雜誌是《皇冠》，鼓起勇氣寄去，不料竟一次發表了，且隨即印成書。這本書替我帶來的批評是毀譽參半的，有人說它不像個玩意兒，有人說它是投在文壇的一顆氫彈。怪的是，書在市面上不到半年就失去了蹤影。

這本書雖沒幫我獲得名利，至少幫我躋身小說作者之林，交遊面突然廣闊起來，但精神上我是孤獨的。風格上沒有同道，思想上沒有共鳴，小說（尤其是短篇）越發成為苦悶的獨白，也就越發不像小說，像《火鳥》集中若干篇，就有的像夢囈，有的像狂想，可說相當荒謬，但不那樣就不足以發洩激越的感情，不如此就不足以冷卻滾熱的孤憤。這些特質妨礙我小說的創作，小說家是需要冷靜的，只有冷靜才能把故事娓娓道來。而冷靜的先決條件是世故，偏偏我世故不來，結果小說的路愈走愈窄，終至停筆。我覺悟到做人不能隨俗浮沉，當小說家卻不行，我的生活面太小，社會經驗又不足，加上軍中待得太久，等退役，已經像中年還俗的和尚，契不進現實層面了。不過根本地說，應是我的感觸不夠敏銳，我像銹了的風信雞，風向變了，仍無法調整方向。

在小說界銷聲匿跡十多年了，我的妻子常常為我放棄小說惋惜，她鼓勵我塡補抗戰文學的空白，我說我無法承擔這個「歷史任務」，因爲抗戰開始我是八歲的兒童，結束時還不滿十六歲，而且一直待在淪陷區的農村，沒目擊過一次對日戰爭，要寫豈非妄想？但她依然說：參加過抗日的人不寫，我們不能指望他們寫了，你總是從大陸來的，不妨試試。法國大革命誕生了雨果的《九十三年》，法俄之戰誕生了托爾斯泰的《戰爭與和平》，在文學意義上，那兩次歷史上的流血由這兩部作品洗刷了。中國抗戰流血遠遠超過它們，如果沒有偉大文學紀錄，豈不辜負了老天給出的題材？

這番話打動了我，六年前我開始跑中央圖書館，希望找到有系統的抗戰脈絡，結果連張恨水的《虎賁萬歲》（老友拓蕪說他看過，寫著名的常德之戰，是張氏最好的小說）也找不到，洩氣透了。圖書館有的只是一些戰史，只是一些孤立而片面的材料，再想找大陸各省分縣地圖，也一幅沒有——這眞讓我驚訝，神聖的民族戰爭史哪裡去了？時隔三十年已找不到資料，再久豈不蕩然無存？在這情況下想寫抗戰文學，對於不曾身歷其境的人，實無異作無米之炊。這時我才恍然大悟，爲何有抗戰經驗的作家只寫寫個人遭遇，而不能寫全面作品。

但我仍願等待時機，當我不需爲衣食奔波，打算蒐集必要的資料，拚身一搏。

詩

詩是使我不能傾心於小說的一大因素。寫詩掣肘著我的小說創作。我的精力才分都有限，把有限才力分散使用，就如面對強敵時分散薄弱的兵力，是莫大的忌諱。我理解到這點，卻情不自禁的犯忌。

原因很簡單，詩令我迷醉。我的文字趣味主要在詩。詩使我產生這樣的感覺：每寫一首詩，我就開一朵花。詩，不管寫的內容爲何，形式必追求完美，因此我曾設想，主題等於花蕊，句子等於花瓣，完成的作品等於花朵，等詩寫成，我有開花的滿足。

詩，我也是從傳統走過來的，我少年時代練習過舊詩，但眞正開始寫詩就放棄了古老的形式，我自覺是隻野馬，必須擺脫拘束，才能在大草原上奔馳。

詩，什麼風格我都喜愛，但我的詩偏向豪放和沉鬱，在龐大的主題上，特別適合創造這樣的效果。剛好撞動我心的多半是這類題材。因此，在台灣我大約是長詩寫得最多的人。

我常想，詩感之觸發很像雷達幕，必須「看見」特殊飛行體它才顯彰。我的時代正是國土分裂，我的身世正是久遷不歸，陸放翁說的「故山有約頻回首」，正好碰到我的無奈。三十年來，我獨自揹著民族主義的包袱行吟，雖踽踽涼涼，但每成一詩便自覺減輕了包袱的重量。

寫詩生涯中我想特別一提的是改寫神話故事〈雷峰塔〉，因爲我是首先嘗試用現代詩的技巧寫長篇敘事詩。自現代主義風行以來，敘事詩就被打入冷宮，我的嘗試相信是一項突破，但我的運氣不好，不僅沒人忙著贈獎，連篇評論也沒有，雖然透過音樂家許常惠譜曲，以歌劇形式轟轟烈烈在台北演出過，也有上無下——後半部給悄悄封殺了。

不過它是我一次艱難的考驗，很過癮！只是我對陳慧劍居士十分抱歉也十分感激，我害他主持的天華公司印了它，賠了錢。

除掉《雷峰塔》，我只出版一本詩集《存愁》，那是自費印的。

散文

雖然我發表的第一篇作品是散文，卻一直沒打算寫散文，當《幼獅文藝》出散文專號向我約稿，我費了好大勁才寫了兩篇。過後依然不想在這方面努力。一部《古文觀止》，一部《漢魏六朝駢文選》，一部《晚明小品文選》，似乎把散文的能事推到了極峰，再沒什麼好寫的了。

想不到當我邁入中年，家庭變故，子女失散，人生感喟山一般壓在心上，吞吞吐吐的詩不能暢所欲言，不足發洩滿腔懊喪悒鬱，我的情緒找到一條河——散文。若與寫詩相比，寫詩彷佛置身極權國度，限制很大；寫散文恰如在自由地區，直抒胸臆，毫無拘束。這點大概發明這名詞的人早悟到了，才在「文」上用一個「散」字。當然這是不莊重的說法，「散」的原意是與「駢」相對。

在取材方面，我的散文幾乎迥異於詩，即偶寫同一題材，寫出來也不一樣。依我的體驗，散文比較適合平實、通俗的題目。這微妙的殊異很難說得清，落實則很明白，取材史實的詠史詩若寫成散文就成了論說文。

我不清楚古文薰陶對我是好是壞，在我的散文裡，有時會出現駢文的味道，主題講求寄託，形式講求完整，這倒好像放著自由不享，反把自己限定起來。散文在英文裡雖等於平淡，卻不能讀而無味。

十年來，我出了三本散文，共一百多篇，如果許我重印，我將分為三部分：生命的悲歌、往事的戀歌、山水的輓歌。最近出版的集子《山水大地》主要題材就屬於第三部分。關於生命的部分毋庸贅說了，往事則是我猶及身經驗過而又急劇消逝的幾千年來沒什麼變化的農業社會的點點滴滴，那些田園的、牧歌式的、古老的童話般恬靜的日子在現代化的匆忙、緊張、煩躁的生活中，特別繫人魂夢，但它們一一消逝了，因此可以說那些篇什也是輓歌。天倫夢魘，田園夢覺，山水夢斷，我的調子自然是低沉而不免悲涼的了。

以後……

在運動場上，最高紀錄絕少是十項全能選手締造的，不過那沒關係，十項是與十項比。作家從來不以多能來論成就，所以興趣廣泛無疑是我的重大缺點，我的寫作速度本來很慢，不能靠一枝筆爲生，把謀生剩下的時間零頭再一分爲三，產量自然歉收，但也因不等稿費買米下鍋，使我免於粗製濫造，或迎合某些編輯和讀者的趣味。雖然這三個文類都沒替我掙到什麼虛名，想想享「千秋萬歲名」的老杜尚且感到那是「寂寞身後事」，我在沒有什麼掌聲的路上走了三十年，也就安之若素了。最起碼，寫作使我獲得自解自娛的效果。

以後散文大約會少寫了，與小說何時重續舊緣尚不可知，詩是會貫徹下去的，但近年也難得下筆。我想等我的幼子懂事些（目前尚不足三歲，占盡了我的空暇零頭），將會重磨詩筆。

在散文集《在誤點的小站》中，我曾以「山雞照水」一題爲序，此刻我仍願以此做我的徽章，我珍惜自己的羽毛，但不會被自己的羽毛眩惑、更不會自溺。

沿心路歷程走一遭，倒合著晏幾道一句詞：「殷勤理舊狂」，這詞六年前就被我年輕的妻子昭瑛做她的處女作《江山有待》的序了，她用未免過於老氣橫秋，我用則恰如其分，不怕自家人怪我掠美，就讓我抄襲一次吧。

原發表於一九八六年八月《文訊》二五期

宋穎豪

拾學記

宋穎豪，本名宋廣仁，籍貫河南襄城，1930年生。國防軍官外語學校、輔仁大學畢業，淡江大學西洋文學碩士。曾任教於輔仁大學、淡江大學、東吳大學等校英文系，現爲《詩象叢刊》社長。曾獲中國詩歌藝術學會詩歌藝術獎、中國新詩學會詩教獎。專事譯詩三十年，創作較少，出版有《宋穎豪短詩選》等。

烽火間離鄉日遠

戰爭是無情的、殘酷的，不意我卻兩度受惠於戰爭。第一次是在民國三十三年春，年方十四，中學畢業在即（我五歲啓蒙），雖平時績優，亦不無惶惑之感。五月，日軍南犯，強渡黃河，陷故鄉襄城，家父禮聘一名前清秀才設館教授古籍，背誦經書古文，乃得一窺典籍之堂奧。勝利後，入高中。三十六年冬，大雪奇寒，紅軍淹至，逕走鄭州寄讀於私立聖德高中。三十七年五月，開封城破，鄭州危殆，學校爲安全計，提前頒發畢業證書，又逃過大考一關。

返鄉後，決意南下，家父籌集盤纏，親自送至車站，車行時，猶見老人家不停在頻頻揮手，豈料竟是最後的一次。至豫南駐馬店第一次乘坐火車直撲武漢，又見火輪船浮游江下，龐然大物，印象深刻。整頓後，偕同學應考武漢大學，然因腰纏緊促，難以爲繼，考試後，斷然去南京欲寄食於政府。搭江寧輪順流而下，沿江蓊鬱蒼翠，景色秀麗。夜泊安慶，曾上岸進食餛飩一碗，十年後識一安慶佳麗，締造連理，因緣也。抵京後，即向教育部登記爲流亡學生，分發秦淮河畔長樂小學校。當其時，武漢友人來函告知我已考取了武漢大學，並詢以幾時報到。然家已解放，生活無援，奈何！稍後又報考完全公費的政治大學，奈因征途跋涉，課業荒廢，且心神渙散，若稍加認眞，往後也許會是另一番境況了。

我們一群流亡學生皆高中畢業，雖日有飲食，月發零用金，但仍以學業爲念，群議向教育部請願設立大學先修班。因未獲致滿意答覆，群情激動，兼施脅迫，竟而閉鎖大門。據悉部長適在開會，竟不得已而由後門潛出云。不久，我們奉命遷往長江古渡頭之瓜州。北國烽火連天、戰局日蹙，隨又輾轉鎮江而上海，止於杭州，宿於西湖畔。朝遊名勝古蹟，夜聽欸乃水聲，優游愜意，總覺茫然。適反共救國軍招募幹部，乃毅然應試，宿於西湖八景之汪莊。每天立正稍息、臥倒起立，而不知曷所之，遂斷然束裝搭乘浙贛鐵路經長沙轉赴武漢。其時感於戰火逼江，國事蜩螗，返鄉日遠，悵惘徬徨，且救國圖存，人人有責，恰巧第四軍官訓練班在武昌省黨部招生，限高中畢業，其布告明示：成績優異者則保送出國深造云。遂欣然報名，經過嚴格甄試，僅四分之一倖獲錄取。隨即報到，初夜宿於帳棚中，當天共餐同帳者計有王磊、柯尊三、賈仙洲、田廷甫、金振宇、魏濤等。

初試詩歌創作與迻譯

不數日，編隊乘火車南下廣州，又遷黃埔港，登海桂輪乘桴浮於一望無際的海上，婆娑巔簸，雖未嘔吐，但食也無味。三十八年五月十日泊碇高雄港，入夜車運台南旭町營房（今成功大學校區）。一覺醒來，乍聞吆喝哭號聲，嚇見樓下集合場正用扁擔杖刑，據悉私自潛逃出營者必重罰。望而憤慨，拒絕編隊，即遭斷炊，又令關閉福利社，饑餓逼迫，編爲入伍生總隊第一團第四連。連長張態飛少尉，靈巧機敏，精幹嚴峻，厲行體罰教育，侈言爲培養絕對服從的習性。嗣以第二團成軍在即，成立軍士隊以應基礎幹部之孔急，遂貿然應訓。一個月後轉入鳳山軍訓班幹訓總隊軍士大隊第八期，訓練雖嚴，似感緩舒多了。我以第一名畢業，留隊任教育班長，每月仍須回入伍生總隊領取上兵薪餉。初爲人師，克己益嚴，歷訓四期，成效斐然。課餘，偶寫小詩〈水溪〉與〈操舟〉二首，刊登於《精忠報》。三十九年八月軍訓班第十九期開訓，我等教育班長凡體檢合格者，則免試保送。每隊分配二人，我在第十二隊。

軍官基礎訓練重視體能、基礎教育、學術科並重。兢兢業業，認眞學習，磨礪以須，不敢稍怠。四十年三月，終以第一名畢業，選入夜戰大隊繼續學習夜戰技能。結訓後分發步兵學校戰術組任助教，主講夜間攻擊，教學反應良好。記得第一次授課爲高級班第一期，學員長是韓斌上校（後升中將，調任步兵學校校長）。爾後見面皆呼小教官，備感親切。每日黃昏後，則鑽進鳳山圖書館翻閱書報，遍讀各期詩人作品與翻譯的外國詩集，如歌德的《浮士德》、彌爾頓的《失樂園》以及泰戈爾的《飛鳥集》等，並作札記，滋潤枯燥的軍中生活，平添心靈的養分。並且以「白圭」筆名投稿詩作，見刊於當時風行的文藝月刊《野風》。旋入步兵學校初級班第三十期，榮得第二名。四十四年考進軍官外語學校英文班第五期，意趣昂然，但薪餉有限，營養不良，嘗借讀英文詩歌以助寢。偶有穎悟則試譯之，遂成爲生活中的癖好，樂此而不疲。即以所譯朗費羅（Henry Wadsworth Longfellow, 1807-1882）詩選以「念汝」爲筆名，投稿《公論報》的《藍星詩刊》。因而結識覃子豪先生，允爲忘年之交。畢業後分發南部軍團任中尉外事聯絡官，協助美軍顧問訓練國軍。深自體認學海之無涯，勤學苦耕，從不稍懈。並繼續爲《藍星》及《今日新詩》譯詩，所譯〈匙河吟人物誌〉一文，咸稱對台灣詩風頗有影響（註）。四十七年夏，調任澎湖第六聯絡組上尉組長。八二三金門砲戰期間，美軍顧問往返外島與軍品運補皆取道於澎湖，日夜接待，辛勞備嘗，每日睡眠僅二、三小時而已，幸均能圓滿完成任務。

公餘閒暇，潛心進修

四十九年夏，美國飛彈軍官班招生，貿然應試，倖獲錄取。七月登程赴美國德州布里斯堡（Fort Bliss）防空學校接受勝利女神力士型飛彈訓練。十二月返國，分發飛彈營參加神箭一號演習，績效卓著。但幡然發覺個性耿介，奉迎心瘁，似非池中之物，不如歸去。時已婚，願與家人廝守足矣。又調回鳳山，重作馮婦，結識美軍顧問楊恩中校（LtCol Mason James Young Jr.），情如莫逆。後其幼子楊甦棣（Stephen M. Young）服務於美國在台協會，爲促進中美邦交，貢獻卓著，曾獲頒雲麾勳章。現任台北辦事處處長，然當年他尚是初中的學子。一九六四年春，麥克阿瑟將軍（General Douglas MacArthur, 1880-1964）逝世，遂利用顧問團圖書，蒐集整理，完成約十萬字的《麥帥傳》，而由商務印書館出版列入人人文庫。五十八年輪調金門，嘗於公暇逐篇迻譯《當代美國詩》（*Contemporary American Poetry* edited by Howard Nemerov），一睹美國詩人的心路歷程。日後結集定名爲《詩經驗談》，由書林出版，而爲台灣詩壇灌注新的血輪，極獲佳評。

不久，調回陸軍總部聯絡室主任等編譯。公餘之暇仍以譯詩自誤，曾爲《幼獅文藝》翻譯《水晶詩選》。嗣潛心研讀艾略特（T. S. Eliot, 1888-1965）的〈荒原〉（The Waste Land）一詩。該詩爲二十世紀最具影響力的一首詩，開現代主義的先河。全詩四百三十四行，引用了七種文字的三十五本西洋名著。於是廣泛蒐集資料，揣摩斟酌，悉心經營。記得是在五十九年十月的一個星期天，天朗氣清，偌大的陸軍總部營房（就在現行中正紀念堂大忠門旁邊）肅然寧靜。我將資料攤在桌上，便一鼓作氣，廢寢忘食，自八時三十分迄下午四時完成初譯，平均每小時翻譯近六十行；當時的感覺眞是痛快！後來爲了讀者便於理解，又增列了一百二十五條註解。這首詩曾在六十三年春由《青年戰士報》的《詩隊伍》予以刊出，後來經過四次修葺，承蒙《藍星詩刊》主編向明兄的愛顧，又以宋穎豪爲筆名在《藍星》分三期發表，迴響非常熱烈。

雖然如此，我總是認爲自修摸索，費心耗時，事倍而功半。如能有良師指導，益友協力，必可駕輕就熟，游刃有餘，也許可以從事進一步的研究，於是便油然而生報考大學夜間部的念頭。當時服務於陸軍總部聯絡室即具有資格報考大專夜間部，原先係因服務於野戰部隊，其任務爲保國衛民，枕戈待旦，故而不准許，亦無餘暇進修讀書；更何況讀大學又正是我當年辭別雙親，背鄉離井，顛簸流離，天涯漂泊的初衷。六十年夏報名聯考，被錄取輔仁大學夜間部英文系。當時陸軍總部聯絡室考入同校同系者還有徐培資（後任中國人權協會祕書長）及賀紹文（後升陸軍少將）兩位學長。於是決心在五年中不遲到、不曠課、不請假。曾因週六兩小時的體育課，來往於龍潭（駐地）與新莊（學校）之間達七個小時之久。也因此調往國防部史政編譯局，又讓內人辭去工作，舉家由高雄遷來台北，雖生活益見清苦，但仍甘之如素。於是認眞工作，勤習軍史，曾以〈平型關大捷的評證〉一文引起史學界的注目；又以《南麻作戰》榮獲軍事著作獎。六十二（一九七三）年十一月，第二屆世界詩人大會在台北圓山飯店召開時，我曾以拙譯覃子豪詩選英文稿展出，反應良好。會後，又爲詩人彭邦楨兄翻譯寫給美國女詩人梅茵・戴麗爾（Dr. Marion E. Darrell）的十二首情詩及往來信函，因而促成了中美聯婚而締結連理的佳話，也留給自己一個美麗的回憶。時已屆不惑，白天上班，夜間讀書，而與年輕同窗相互切磋，樂而忘憂。矻矻孜孜，努力不懈，每學期均獲得獎學金；並主編《輔苑》期刊，凡四年。同時繼續逐期為《藍星詩刊》譯介美國詩選。畢業卻又徬徨，經過仔細考量之後，希望能夠百尺竿頭，繼續考研究所，幸而考取文化大學外文研究所與淡江大學西洋文學及語文研究所。

公私兩忙，兢兢業業

但是根據軍中規定，僅理工科才可以進修，雖經多方詢問，透過層級，希望能夠網開一面；並說明研究所所學不但可以不誤公務，且能增進業務的技能，但均不得要領。最後聯三承辦參謀堅即使經過參謀總長批示，亦無法同意。竟如是，我將如何自處？不免躊躇，熟思後決定先向學校註冊，婉轉情說望能通融，但文化大學堅持需索國防部同意函而作罷。淡江大學二度通知註冊，遂乃決然一試，註冊順利，但兵役一關不知如何通過。內人趨前直言探詢，實在感謝那位劉先生的開示：「你不填寫，我怎麼知道？」如一記當頭棒喝，驚醒了夢中人。因而成為淡江大學西洋文學及語文研究所的一員。興奮之餘，問題又生，應將如何選課。當時我負責戰史的編纂與翻譯，工作內容極具彈性。當時靈機一動，利用本部規定每週可休假半天，再找半天而將工作推延至夜晚或週日。這樣一來，更須兢兢業業，加倍勤勉；也可以說是偷偷摸摸，祕密進行，不敢漏出半點風聲。可是研究所的課程不同於大學，需要課前閱讀書籍及有關參考資料，又須撰寫讀書報告。我有幸找到了藏書豐富且離家不遠的耕莘圖書館。每天下班後及週日便鑽進圖書館，麵包充饑，埋首苦讀，三年如一日。雖然成績可以申請獎學金而不敢，唯恐暴露身分。但年已近知命，功課還不賴，頗受師長勉勵與同學愛戴。因陳師元音教授的指引，開始研究美國文豪海明威（Ernest Hemingway）與中國的關係，頗有成效。兩年完成必修學分。根據學校規定學分修完後，尚須臚列涵蓋三個世紀的文學名著與評論著作進行筆試。我平時對詩有所涉獵，小說亦知一二，於是便取巧選了十九、二十世紀及當代的英美的詩、小說及戲劇，各列六、七十本書以爲筆試範圍，合計超過兩百本。經過核定後，決定筆試日期。我選擇開卷式測驗，就是可以翻書答題，測驗時曾有一題不得不奔往圖書館找尋資料，幸能順利通過。接著呈出論文大綱而決定撰寫〈海明威的中國經驗及其迴響〉（Ernest Hemingway's Chinese Experience and Its Echoes）。於是決心盡快完成論文能夠盡快畢業，這對知命之年的我而言，應須盡量爭取時間，時間就是生命。白天忙於工作，下班後積極地蒐集與整理資料。晚上十點鐘坐下來開始撰寫，十二點才能進入狀況，有時靈感滯礙則一無所成。若一時順手便猶如泉湧，經常寫到凌晨四、五點，早上八點照常上班。事事特別謹慎，不敢怠忽。天天如此這樣，三個月完成了論文。經過指導老師審核後，打字、印刷、裝訂，再經過多位教授聯合口試，一切OK。

教學相長，更為精進

六十八年六月我畢業了，而且成爲淡江大學西研所第一位三年內畢業的研究生。當時的喜樂，實在無法以筆墨形容；而全家也為之歡騰若狂。當然應該特別感謝賢內助沈秀芳女士相夫教子，茹苦含辛，居功厥偉。豈料當我以文學碩士證書向國防部人事次長室登記學歷時，竟以查無前案為由而不予承認。其實，其承認與否，於我何有哉！

民國七十（一九八一）年夏，「中華民國建國七十年學術研討會」在台北圓山飯店召開，有幸忝充口譯之列，其戰兢之情，使人難以忘懷。會中，日本學者妄以「蘆溝橋事變第一槍是誰打的」為題，企圖抵賴日本侵華之罪行，遂引發激烈而嚴正的爭辯，印象最為深刻。

研究所畢業後，承蒙輔仁大學與淡江大學延聘在夜間部授課。七十二年，結束三十五年的軍旅生涯。退休後，即專任東吳大學，先後教授英文作文、翻譯、美國文學及英美詩選等課程。總是希望能將自己艱辛苦讀的歷程化為年輕學子進修的借鏡。每次上課無不兢兢業業，悉心準備，全力以赴，但在每次上課時總覺得少讀了一本書。當時曾協助同學在東吳大學創立國內大學第一個翻譯學社，開闢學生練習觀摩的園地，切磋琢磨，砥礪進益，眞的是教學相長，教然後知不足，其斯之謂也。嗣應英語教師年會之邀，主講「試論英詩形式之中譯」，引起強烈的興趣反應。

致力譯詩，樂此不疲

一九八六年七月，我應哈佛大學費正清遠東研究中心邀聘為研究員，即專程前往哈佛大學與甘迺迪圖書館蒐集海明威與中國的資料。這次行程，雖然經過審慎策劃，但腰纏有限，幸由楊恩上校（Col.

Mason J. Young Jr.）好心安排，宿於學生宿舍。楊恩上校曾在華擔任第二軍團代理首席顧問，我陪同他工作，相處融洽，合作愉快。四十多年來，我們始終保持融洽的友誼。八月，經紐約又去歐柏林大學。一週後，飛抵海明威出生地橡園，又轉往香港，會晤別離長達三十八年的老母親，我跪在母親跟前兩個多小時，傾訴孺慕的悲苦，並蒐集海明威在香港的有關資料。

一九八九年七月二十日爲海明威九十冥誕，應其出生地美國伊利諾州橡園鎮海明威基金會邀請，主講「海明威在中國（台灣）」，贏得熱烈回響。一九九四年海明威學術研討會在桂林召開，受邀爲主講人（keynote speaker），講述「海明威對中國的認識」，引發聽眾莫大的興趣。一九九九年七月海明威百歲冥誕，又爲《聯合報》撰寫〈海明威的中國情緣十問〉，追述海明威家族及其本人對中國的熱愛與情懷，連載三天，反應熱烈。

二〇〇二年，協助香港銀河出版社編輯「台灣詩叢系列」五十集。六月，《宋穎豪短詩選》（中英對照）於焉出版，因限於時間短促，僅以手邊的短詩而倉卒譯之，聊示自我個人的詩觀而已。並且完成英譯《彭邦楨短詩選》及《古月短詩選》兩冊。二〇〇三年情人節，喜獲外孫魏廉（William Wei），即赴美加州慶賀。每天於哺乳之餘，乃展書譯耕，在夏日炎炎之下，一口氣完譯了美國女詩人愛蜜莉·狄瑾蓀（Emily Dickinson, 1830-1886）的詩一百二十多首。是年冬，又榮獲中國詩歌藝術學會頒授的詩歌貢獻獎，藉酬我多年來勤苦譯詩（英美詩中譯逾千首，中詩英譯約三百首），對台灣詩壇引介英美詩風有優異貢獻云。二〇〇四年詩人節，又獲得中國新詩學會頒贈的詩教獎。

二〇〇六年，出版了《覃子豪詩選》（中英對照）。覃子豪先生的詩用字準確，意象繁複，委婉幽深，恢宏而壯闊。但對譯者而言，乃是一種挑戰，我則細心揣摩悉心經營，前後經歷了有四十年的時程，不斷玩味斟酌，推敲修潤，完譯了他在台灣所撰寫的詩——《海洋詩抄》、《向日葵》及《畫廊》，聊以表示我對覃先生的一份敬意，當年因覃先生的鼓勵與督促，使我步上這一條譯詩的不歸路，迄今依然樂此而不疲。

退休賦閒，回眸有感

二〇〇七年春，偕老伴赴美，餘暇時，潛思完成了《英譯唐詩五言絕句一百首》，計畫隨後再譯七言絕句。五月四日文藝節，有幸獲得中國文藝協會頒贈的「翻譯獎」。誠然，半個世紀以來經常日以繼夜，甚且廢寢忘食，勤奮譯耕，終於獲得值得慶幸的認定了。

如今已逾古稀，早已退休賦閒，優游山林，時或登東皋以舒嘯，攬月掬雲；時亦臨清流而賦詩，暢懷放歌。驀然回首，感慨萬千，過往的求學來路，幾乎完全是在戰火硝煙裡，饑寒困頓中掙扎求存，而且在艱苦困難的夾縫中勉力撿拾得來的，箇中甘苦，曷可言狀；而其哀矜之情，亦不勝感慨系之！因以為斯文且名之曰「拾學記」，聊誌既往，而示來者；感懷而為詩曰：

奔騰
或者飛騰
或者折騰
其致一也

奔騰時
或有不同
過來了
原本是一趟歲月的旅程

也許　因人而異
也許　境遇不一
或顧盼困頓　或意氣風發
亦崎嶇經丘　亦逍遙遨遊
無不飄逸　不也灑脫也宜

註：著名資深詩人瘂弦兄來函：「我本人的作品就是見證，我的〈側面集〉（包括〈上校〉、〈C教授〉、〈某故省長〉）等諸作靈感，就得自你的譯作。」

原發表於二〇〇八年一月《文訊》二六七期

林鍾隆

艱苦而愉快的歷程

林鍾隆，筆名林外等，籍貫台灣桃園，1930年生。台北師範學校普通科畢業。歷任國小及國高中教師，並曾創辦及主編《月光光》兒童詩雜誌。曾獲布穀鳥紀念楊喚兒童詩獎、中國時報童書獎、教育部優良著作獎、金鼎獎等。其爲台灣戰後第一代作家，早期以小說聞名，創作成就更高的則是兒童文學，並積極推動兒童文學，貢獻良多。創作文類有論述、詩、散文及小說、作文指導、兒童文學及譯作等。出版有《愉快的作文課》、《愛的花束》、《梨花的婚事》、《我要給風加上顏色》等50餘種。

寫作，本是一種很艱難的工作，尤其是對一個不見得很有天才的人，特別是對某種條件較差的人，更爲艱難。我之所以能三十幾年來持續不斷，支持我的，可以說只有兩樣很寶貴的東西，興趣和毅力。

我並不是個自小就有大志的人，走上寫作，只是人生的腳步自然的、不知不覺的踏上這一條似乎有路，但卻是崎嶇不平、荊棘叢叢的一程。

始自教學刊物與兒童版

台灣光復後的第二年，考入師範學校，我才開始接受祖國語文教育，從ㄅㄆㄇㄈ學起，一如現在的小學一年級的學生一樣。本來讀的是簡易師範科，兩年就要畢業，就要站上講台做「小」老師，可是，還未畢業，就先慌恐，只懂得那麼一點點，「國語」都還不能講好，怎麼能教人呢？我和一些同學，向校長建議，希望我們能不畢業，繼續修完普通科的課程，經校長接納，向教育廳建議，又獲得採納，因而有特別的四年制普通科。又由於日本學制與祖國學制的不同，三月到七月，這一個學期不計，我就讀了四年又半的祖國語文。

在讀書期間，由於深感語文能力之低劣，每星期都向學校圖書室借二三本書來閱讀。所借閱的書籍，因多選和增進語文能力有幫助的書，不知不覺都偏向於文藝方面的著作，因而愛上了文學。又因自己的同學，對語文能力的追求，沒有人像我這麼積極，也沒有像我讀了這麼多語文方面的書，在班上，作文成績總是很突出，經常甲上，而特別受到國文老師的青睞和疼愛。其中有一位老師，居然說：到三年級，就可以嘗試投稿了。不幸，將作文本上的文章抄寄學生刊物，居然被言中，刊出來了。大概就是因此認定自己在這方面，或許有些能力，也不知這一條路有多難走，就胡里胡塗地走上這條路了。

讀了四年半的「國語」，畢業後，當了老師，除了教書是職業上分內的工作以外，並沒有什麼特長，空閒時，便想以寫作來打發時間，從事有興趣的活動。但是，已不再是學生的身分，要以成人的資格在社會刊物上與人平等競爭，可是，實際上只有「國小五年級」程度的語文能力，怎麼能寫出有辦法與人競爭的文章呢？當然不自量力地試投了，自然都石沉大海（那時不知可以附回郵請退稿）。寫作的路子，幾乎從此碰壁，走到死巷。

幸虧有兩扇門，還可以看到曙光若隱若現地閃著，一扇是教學刊物的門。因爲不十分滿意古法、成規，加上自己的一點小聰明，在教學上，會有一點發現，或想說的話，就寫一些教學雜感之類的東西，居然敢自視高人一等，寫成文章發表。這種文章，似乎只重內容，和文筆不一定很有關係，因此發表了不少，這發表，自然也滿足了我「寫」的興趣。

第二扇門是兒童版。兒童版有成人寫給兒童閱讀的東西。而這一版的稿費，往往只有成人版的半數，所謂「作家」（成名的）都不屑一顧。我經常需要向孩子們講故事，而故事，除了安徒生和烏拉波拉故事集之外，幾乎沒有讀過，即使所讀的，也沒有辦法記憶，因此，常常自己亂編亂講，奇怪的是，兒童們都很容易滿足，表示稱讚又很慷慨，因而以爲自己亂講的，也許不壞，就動筆寫下投稿，雖大半被擲入字紙簍，偶爾也會刊出。這大大滿足了發表慾，也使興趣得以持續。

不久我又發現《國語日報》的少年版，除了連載的小說外，大部分刊登散文，當然，全是對兒童的「智、德」有用的東西。把自己所知，放膽地筆之於文，或把日文書籍中讀到，有益兒童的文章，翻譯出來投稿。這時候，稿費用來買稿紙信封郵票外才有盈餘。在這以前，大概早期的四年，可以說所得稿費還不足支付「業務支出」。

不要判自己的興趣死刑

從三十九年畢業到四十五年，這六年間，雖然也有向成人刊物投稿而被錄用的，但屈指可數。這六年的不長進，實際上，和自己並未專心十分有關。因這六年，在國小教書，說實在的，國小老師要做得好，會忙得無暇讀書，沒有自己的時間。而且我又一直擔任升學班老師。當時的升學班要夜間補習，幾乎沒有空閒時間，而我又要準備高考，常犧牲睡眠，一日三五頁、十頁八頁的苦讀，如此還能在寫作上不忘磨練自己，現在回想起來，也可以說相當難能可貴，成績之有無，倒不是重要的事了。

在寫作上眞正有突飛猛進的成績，大概是四十六年，到初中去教書以後。但開始的一二年，還是不能專心，因爲要教古文，又覺自己古文知識十分缺乏，不得不把大部分的餘暇用來研讀古文。這時候所寫的散文，才頻頻在成人的一流刊物上「中獎」，而且無往不利，幾乎任何文藝刊物都有刊出的機會，退稿已大爲減少。

由於散文之「大發利市」，才開始向小說進軍。說也奇怪，小說不知讀過幾百部，可能上千，但一且想寫小說，卻茫然不知如何下筆，小說要怎麼寫，完全不知道。這才知道，光只是讀，沒有下功夫去研究，對我這種「不是天才」的聰明人，根本不會有什麼用處。於是到坊間買些《世界短篇名著選集》一篇一篇細心閱讀，自行揣摩其所以為「名著」的成就所在。雖然也有些許寫作指導的書籍可讀，一來不多，二來又自作聰明，認為文在先，法在後，大作家不可能依法畫葫蘆式地寫他的作品，文自有法，而法又因文而自然不同，因此並不想「學」基本方法。當時有文藝函授學校，也不想參加。不是天才，卻想做天才的事。明知中規中矩的作品，容易得到編輯們的青睞，卻不屑為。完全靠自己揣摩所得，想使自己的小說，也能有其成就。

有一段時期，發表相當順利，使自己驚異的是，稿費月入曾超過自己薪水的兩倍以上，但好景不長，不知為什麼，才稍有名氣，坎坷的命運就開始了。大概從我自費印行第一本散文集《大自然的眞珠》之後，一向大量刊登我的作品的刊物，突然不再發表我的作品，而其他的刊物，也紛紛出現同樣的情形，不是十投九退，而是十投十退。最嚴重的時候，同一時期中，只有一份刊物會刊出我的作品，其餘，退稿是屢試不爽。這是一種奇怪的現象，作品只能被一個編輯所喜愛，卻無法獲得第二位編者的欣悅，眞令人想不通。

但如果十投八九退回，還會懷疑自己的能力和作品，除了十投十退的以外，那唯一的一處，仍然百投九十九中，因此我不懷疑自己的能力和作品。我仍然寫我的文章，所不同的是希望寫得更好些，讓不刊我的作品的編輯，看了會後悔。

不過，這種情形，對一個寫作者來說，是很大的打擊，也是很大的考驗。有些寫作的朋友，寫來寫去停筆了，我雖然不知道是否和我同樣的原因，我只覺得興趣可以判死刑是很奇怪的。我永遠不會判我的興趣死刑，有生之年，我一定會寫下去。有一年到一所廟寺，有一個老者說要爲我算命，以姑妄聽之的心情，坐下來聽他說「道」。有一句話令我瞿然一驚。他說：「你一生事多不順，有阻礙力。」雖然我不知道我寫作的阻礙力是什麼，我只想，名有了，人家不再以無名小卒來看我的文章，而改以「作家」來審視了，自然不能再寫得只像無名小卒那樣了，要寫得夠「作家」的分量，才會被採用了。以後，要是更出名，被視爲「名家」、「大家」了，恐怕人家又會以「名」以「大」來審我的稿，不寫得更好，恐怕更難發表了。

何以要這樣想呢？因爲這一輩子，除了被太太逼著帶她去見過一次編輯外，只有一次因一個長篇被召前去見過一個編者，但作品依其所囑改寫後，十二萬字變成了二十四萬字，他又不登了。除了這次外，不曾去拜訪過任何編輯，連賀年卡都不曾寫過。也許就是因爲如此不善交際，被視爲傲慢不倨，也說不定。不過，料想編輯不會有這種小氣心理才對。因此，除了編者自動愛護我，向我送人情外，我的作品，是只有達到編輯心中對我所持的水準，才有辦法見到世面的。這一點，也使我很放心，斷不會有見不得人，有失自己「面子」的文章變成鉛字。

分享對鄉土的愛

另外值得單獨提提的事有二三。一是詩，一是小說，一是兒童文學，一是登山記。

關於詩，從年輕時代就喜歡，而且常攜帶一本自己訂製的小冊子，寫了不知幾千首，可是，在詩刊上發表的，好像只有一篇或兩篇，在非詩刊發表的，可能有十首或二十首。後來還是自知不才，放棄了。但對詩仍然一直關心著，也常閱讀。但不幾年工夫，一般人對詩卻漸漸不讀了，因爲和鄧禹平、李莎、紀弦、覃子豪、葛賢寧、墨人……等人的詩不同了，很多人讀不懂了，連我所認識的一位在大學教國文的名教授，也坦白說：「現在的新詩，我也讀不懂！」這種情形，使我對詩人很抱屈，於是發憤研讀詩，一方面解說含義，一方面評論詩成就的好壞，意在讓更多的人來親近現代詩，更希望曾經愛讀詩而已轉背而去的人，再回過頭來讀詩，在一篇篇零星發表之後，聚成一本書《現代詩的解說和評論》，但，除了引起一些想學詩的年輕人及詩人注意外，似乎並沒有引起其他的影響。只能自嘆自己並非能掀起什麼「運動」的風雲、領導人物。不過，這件工作卻對我發生不小的影響。因爲我又開始寫詩了，發表千首大概有了，也有的很幸運，被選入選集了，但我自己還未結集出版。我寫詩，另起了一個筆名林外，大多用這筆名發表。

關於小說，大概七八年前開始，突然對它有一點厭倦起來，就如對戲劇的厭倦一樣。因爲小說同戲劇一樣，講究事件，事件必須有衝突，而那衝突，是我這一時期，心理上很不願意寫它的，因此小說未寫出成績，就自己封殺了它。而把時間用在兒童文學上。

兒童文學，本只是寫寫，沒有什麼大志，但自寫了〈阿輝的心〉以後，似又已被認定爲兒童文學的一員，更獲錯愛，擔任兒童文學寫作課程的講席。這一來問題大了，爲了先充實自己，下工夫研究，寫信拜託日本朋友，買理論書、買名著譯本寄過來。研究之後，才知自己國家兒童文學之落後，於是好像很容易發願的我，又希望我們的兒童文學能急起直追，而要急起直追，又非知道二十世紀的新東西不可，於是就翻譯幾本二十世紀的兒童文學名著，供國人參考，以提升我們的水平。

兒童文學中的詩，在台灣可以說是新興的，沒有人知道兒童詩是什麼樣子，該是什麼樣子，因而和朋友們共同出刊《月光光》雙月刊，展示兒童詩作品，也譯介外國兒童詩、童詩（成人作給兒童看的詩），作爲借鏡。《月光光》現在已出版五十七期了，還在勉力維持。

兒童文學的倡導工作，現在已新人輩出，有人可接棒了。在不喜歡小說中衝突的「惡」的一面時，兒童文學的「美」，給了我逃避的世外桃源，現在兒童文學的工作告一段落之後，又想重新拾起小說的工作。除了這個因素之外，有些題材，無法不寫成小說，以及還有人沒忘記我曾是「小說家」，要請我寫小說恐怕也有關。

最後，再一談登山記。我是個喜歡旅遊的人，曾開車到全省各地遊歷，但仍有名山大山無法「親炙」，同時也爲了退休之後不再打球，選上了登山，也愛上登山。每登一座山，心中都充滿快樂，而希望更多的人去爬那座山，於是努力寫登山記，希望更多的人，可以依文去探訪，路程狀況，都能事前完全瞭解，不會有任何失誤。登山才知道，世界最美的是山。登山才知道，要愛自己所居住的地方，不是要讀歷史，不是要研究科學，而是要認識地理。要認識地理，讀地理書沒用，開車、坐車亂走，也沒用，要和地發生感情，必須一步一步去走它。踏過之後的地理形勢、狀況瞭如指掌，更因親近、瞭解，而擁有，又因它的美，自然心生喜愛，難怪登山的人禁不住會說：台灣的山水是最美的。我要把我所得的美的感受，分享給大家，我要把我對鄉土的愛，告訴大家。我每星期至少登一座山，只是無法每星期寫一篇，筆跟不上腳，很覺遺憾。

蛀蟲不蛀木頭怎麼行呢？

回想自己在學習寫作的過程中，除了語文能力上的艱苦之外，還有一種不便，在民國四十幾年，想研讀小說時，因國內沒有翻譯的作品，只好向鄰邦日本想辦法，《白鯨記》、《卡拉馬助夫兄弟們》……這些舊的固不用說，新的，如《北回歸線》……更得仰賴日文。到六十幾年，要研究兒童文學，還是不能不借助日本的產品。如果不是日文因不幸在殖民地時代受過八年的基礎教育，要接觸世界名著，在我年輕的時代，是無法辦到的，因此，到目前為止，還是不能不告訴年輕的朋友，要從事文學，還是必須懂得一種外文。從閱讀來說，我是讀外國文章比中國文章多，多量的世界級名著的閱讀，也許對我幫了不少忙，只是眼高手低，自己所寫，未能躋於「世界名著」之林，頗有遺憾而已。

有些久未見面的熟人常問我：「最近還寫文章嗎？」我常半開玩笑地回答他們：「蛀蟲不蛀木頭怎

麼行呢？」寫出更多有益於世道人心的作品，做更多自己能做，而對人有貢獻的工作，寫出友好的文章，這是命運之路，也是登山者所指望的有基點的山頭。

原發表於一九八七年二月《文訊》二八期

張漱菡

我的文字緣

張漱菡，本名張欣禾，籍貫安徽桐城。1929年生，2000年病逝。上海震旦女子文理學院肄業。出生於書香門第，自幼養成對古典詩詞的喜愛，龐大的家族背景也成爲日後小說創作的靈感來源。曾在中國青年寫作協會舉辦的讀者投票選舉中，獲讀者最喜愛的小說家第一名。創作文類包括舊詩、雜文、小說、兒童小說等，以長篇小說爲主要代表。出版有《風城畫》、《意難忘》、《翡翠田園》等30餘種。

從古典中走來

記得在我稚齡時期，不論是處於烽火連天的戰亂之中，還是在偏安一時的平靜歲月裡，記憶中最鮮明深刻的一件事，便是父親在公餘之暇，和母親討論詩文，相互唱和時那談笑風生的情景。我發現，那也是父母親拋開俗務和煩惱，最愉快、歡樂，也是彼此的心靈最接近的時刻。

也許就是這個原因吧，儘管我的幼年，一直都在流離播遷中度過，學校教育時斷時續，在父親膝前補習中外文史也時有時無，但是我對古文學的偏愛，卻是與日俱增。從小學三四年級起，我就對「床前明月光，疑是地上霜，舉頭望明月，低頭思故鄉。」「千山鳥飛絕，萬徑人蹤滅，孤舟簑笠翁，獨釣寒江雪。」之類的詩句深深感動，常會讓自己走入詩句所描寫的境界，反覆吟詠，忘掉了一切現實的存在。

緊接著，我在哥哥的房中發現了一部附有圖畫的《西遊記》，那天，我坐在迴欄一角的小板凳上，一頁一頁地翻著看下去。孰料這一翻就不可收拾，那天是個星期假日，我早就與幾個同學約好，要出去郊遊的，而我卻捧著那本《西遊記》，整整看了一天。晚上就寢時，還躲在被窩裡，用手電筒照著，又看了第二遍，直到天已濛濛亮了，才倦極入夢。

翌晨該起床上學了，我卻呼呼大睡，女傭三番兩次地叫我、拉我，怎麼都弄不醒我。結果，被我母親發現了亮著的手電筒和那本《西遊記》，才了解原因，狠狠地痛罵了我一頓。但是我卻從此一頭鑽進了奇妙的小說世界。一有空，就各處搜尋。於是，在看了《封神榜》、《包公案》、《紅樓夢》等舊小說、之後，（《紅樓夢》先後看了十幾遍，都是看到林黛玉死，賈寶玉出家爲止。）又迷上了母親愛看的天虛我生、張恨水、劉雲若等人的章回小說，隨後更涉獵到姊姊們書架上的新書，凡三十年代作家們的作品，只要是借得到的，我都不肯放過。

後來，有一次我隨著父母到一位長輩家作客，在他家的藏書樓上，看到了一小箱古版的舊小說，我隨手拿了一本翻了翻，裡面的文字組織很奇特，每一句都是七個字，而且是押韻的，前面還有很多頁插圖，我覺得既新奇，又有趣，便向那位長輩借閱，當然很容易地就如願以償，不但借了那部《天雨花》，另外還有一部《筆生花》和一部《兒女英雄傳》，捧回家後，居然也令我看得津津有味。

將這些舊唱詞小說看完，去還書時，我又將其他的民國初年出版的文言小說（好像是玉梨魂、什麼哀史等，我已記不清了）多種，一併借回家去欣賞，那些小說文字典雅，哀艷動人，我照樣看得不眠不休。

那之後，我又成了武俠小說的迷戀者，如《荒江女俠》、《夜半飛頭記》、《蜀山劍俠傳》等，我看得白天迷迷糊糊，晚上做夢，自己也變成了一個行俠仗義，除暴安良的女劍俠，本領大得不得了，可惜醒來時，依然還是個弱不禁風的小女孩。

在閱讀武俠小說的熱潮過去之後，我又愛上了《聊齋》的簡潔古雅的文字與神祕的鬼狐故事，覺得百讀不厭，同時，我也經常流連在新體詩、舊體詩和詞的芬芳園地，像康白情的小詩〈窗外〉、劉大白的〈晚秋的江上〉，宗白華的「啊／詩從何處尋／在細雨下／點碎落花聲／在微風裡／飄來流水音／在藍空天末／搖搖欲墜的孤星」，以及徐志摩、陳夢家諸詩人的多首名作，都是我所喜愛的。然而，古代名家的那些風雅，蘊藉而華麗的作品，才眞正令我心折，而認爲是百讀不厭的藝術結晶、文學寶藏。何況我的父母都能詩能文，先父還出版了不少詩、文集和翻譯文集，自幼在雙親的薰陶下，自然而然地影響了我。不幸的是，我因出生時不足月，以致從小就體弱多病，就學的階段，又阻難重重。直到大陸變色，我隨著母親倉皇逃難，來到台灣。不久，就因水土不服而患了一場大病，經年累月地躺在床上呻吟，既不能就學深造，也不能找工作幫忙家計，只有在精神較好時看看書報，打發那難以忍受的漫長而痛苦的病中日月。

「寫下來，把這個故事寫下來！」

後來，一位長輩從外埠來探視我的母親，見到久病的我，大概有些不忍吧，便坐在病榻前的竹椅上，耐心地，娓娓地爲我講述了一段她的一個同學的眞實故事。

沒想到她那個故事，竟是一劑最神奇的良藥！故事中的人物和悲歡離合的情節，立即牢牢地將我吸引住，夜以繼日地縈迴腦海，揮之不去。奇蹟似地我竟因此忘了病痛，並且產生一種力量，促使我對自己說：

「寫下來，把這個故事寫下來！」

膽子眞不小，生平從沒寫過小說的我，居然提起筆，一天又一天，伏在小小的書桌上振筆疾書，忘了周圍的一切人與事，整個地投入於這個工作。三十多個日子就在這種完全忘我的情況之下過去了，一本十餘萬字的小說竟然完成，奇怪的是，我的病也差不多痊癒了。

書雖已脫稿，該不該公開發表呢？我自己沒主意，有人建議，送到出版社出版，也有人提醒我，先拿到報紙或雜誌刊登之後再出書。我很以爲然，於是，先爲這部小說命名，我想了好幾個，自己都不滿意，最後還是陳老師定公想到了一個最恰當的書名——意難忘，這才大功告成。

就這樣，我抱著姑且一試的想法，捧著稿子，從台中來到台北，自行奔走，連跑了好幾家報館、雜誌社和出版社接洽，結果呢？情形全是一樣，人家連稿子都沒有翻一下，就很客氣地拒絕了我。也難怪，誰會要一個無名小卒寫的不成熟的長篇小說呢！掃興之餘，我只好捧著那一厚疊原稿，默默地回到台中，不再心存奢望了。

天下事往往是無從預測的，當我因事再度北上的時候，因爲《旅行雜誌》刊出了我的一篇生平第一次投稿即被錄用的散文，無意間認識了暢流社的主編吳愷玄先生，承他不棄，願意接受〈意難忘〉，在《暢流》半月刊上逐期連載，由此開始，我才與寫作結緣。慚愧的是，我早期的作品，實在很幼稚，此時連自己看了都會臉紅。

近三十年來，我先後出版了三十多本創作，有散文集、短篇小說集和長篇小說，還主編了兩套膾炙人口的眾多女作家的精心傑作——《海燕集》。另外，我還作了舊體詩百餘首，詞百餘闋。

心中常有淨土

如果要問我寫作這麼多年，有些什麼得失，我願意愉快地回答：由於寫作，我結識了很多肝膽相照的良師益友，也由於寫作，我讀到了大批的好書，吸收到不少新知，增長了不少見識。但是，我也經驗到被人誤解的委屈和冤枉！不過，我不在乎這些，畢竟，人間還是溫暖的、光明的、美好的。只要我自己的心園中，能永遠保持著一片淨土，一些偶來的風雨，又算得了什麼！

詩和詞是我所偏愛的，在此我錄下若干新舊作品，或可代表一些我的思想和內心世界。

春夜

點點疏星淡淡雲，軟風吹夢擾離人。
樓前一霎胭脂雨，春在江南瘦幾分。

梅花

亭亭冷艷吐寒芳，不與凡脂論短長。
品自清明香自遠，一枝疏影上東牆。

山居

千峰疊翠彩雲封，門掩藤蘿一徑通。
祇道山深人不到，忽聞樵唱有無中。

大雪山林場招待所夜飲

奇峰雖險我能攀，攀到煙霞縹緲間。
祇爲驅寒曾獨酌，舉杯邀月看雲山。

堤畔

偶從橋上過，踏進翠堤春。野柳爲衣帶，山花作領巾。
溪前棲白鷺，水面耀金鱗。彩筆何須借，身爲畫裡人。

殘荷

種蓮緣曲水，一半傍牆隅。敗葉圓成繖，殘花紫尚腴。
迎秋宜聽雨，待露欲藏珠。君子蒹葭遠，芙蓉豈獨殊。

碧潭夜泛

碧潭水碧碧如油，霧裡輕搖一葉舟。
隱約鐘聲迷野渡，氤氳花氣繞瓊樓。
吟詩莫論浮生苦，織夢難消濁世憂。
我乃天涯一遊子，野鷗何事避灘頭。

陽明山某別墅渡假

野徑盤旋別有天，結廬喜在白雲巔。
奇岩托日迎朝露，古樹藏風歇暮蟬。
驟雨偶來泉欲瀉，疏星時隱月增妍。
閉門習靜塵愁渺，坐擁名山不忍眠。

如夢令

雨歇碧天如鏡，風定綺樓人醒。花氣撲簾香，祇合題詩遣興。休詠休詠，生怕與春同病。

望梅花

妝罷眉長肥潤，添個花兒雲鬢。約夢無憑空對影，鎮日縈迴方寸。秋老西風菱鏡，人與芙蓉並影。

點絳唇 廬山遊

霧掩群峰，迷茫十里參天樹。驀然回顧，不見來時路，幾番搔首，已在雲深處。
穿石飛泉，勢若蛟龍怒，聲如訴，神州邈邈，想也渾無據。

江城子 思亡母

是誰吹笛擾愁人，伴秋蟲，小樓東，彷彿聲聲都在訴幽衷。底事教人腸百轉，篩月淡，一簾風。
慈顏常在夢魂中，似相逢，卻無蹤，時節清明何事去匆匆。記得年時曾倚膝，新雨後，數歸鴻。

菩薩蠻

夢迴常覺情懷惡，祇緣難赴西窗約，帶染昔時香，燈前引恨長。
春深芳草路，一帶荼蘼樹，飛雪點吳唇，應知花笑人。

浪淘沙

大地起西風，春去無蹤，中原多難遍蒿蓬，極目雲天無限恨，客地漂零。
歸夢總匆匆，往事塵封，故人何日再重逢，幾次問天天不答，秋月溶溶。

南歌子

琥珀櫻桃酒，琉璃翡翠杯，南樓雅敘試新醅，三五良朋相與話芳菲。
一樣離人夢，雙飛燕子歸，舊遊回首已成非，多少英雄今已沒人知。

秋蕊香夜總會

百尺高樓愛溜，舞與酣如中酒，華燈灼灼脂香透，眞個人間錦繡。
新歌曲曲爭相奏，留連久，沉迷多少鴛鴦偶，那管更殘時候。

原發表於一九八五年十二月《文訊》二一期

貢敏

每一句對白都寫在水裡了

貢敏，本名貢宗耀，籍貫江蘇南京，1930年生。政治作戰學校影劇系畢業。來台後曾任華視暨中視公司製作人及編導、國家文化藝術基金會董事、台灣藝術學院戲劇系副教授。曾獲國家文藝獎、中山文藝獎、金馬獎、國軍文藝金像獎、教育部文藝獎、編劇協會魁星獎等獎項。創作文類以劇本為主，兼及論述、散文。出版有《新聞眉批》、《成功嶺之歌》、《母與子》等30餘種。

告別導演生涯，投身「劇本」創作

我們放棄聯合國那年的冬天，個人在港、泰兩地，拍完了張徹式的功夫片「小拳王」以後，忽然覺得這樣的影片，多一部或少一部；這樣的導演，多一個或少一個，對中國電影都無足輕重；於是毅然向電影導演生涯告別，專心於一「劇」之「本」的編寫工作。

自那以後，一寫十八年，而在那以前，也寫了十六年；卅幾年的「創作生涯」，把上千萬的字數幾乎都寫在「水裡」了。因爲劇本在習慣上，「打字油印」以供「使用」也就夠了，不大「作興」出版的！（誰要買？）正中書局曾把風評尚不錯的五十四集電視連續劇「母親」，結爲上下集出版，結果是成爲乏人問津的廉價書。我以「物傷其類」的情緒買了一套，僅花了六十元，一集劇本才一塊多錢新台幣，眞夠便宜，也眞夠慘！

說起自己何以從事編劇工作，其實「入戲」甚早。童騃時期即隨祖母看戲（在故鄉南京演出的「揚州戲」），略識之無以後常爲她老人家唸七字或十字一句的唱本（「王清明合同記」、「李三娘磨房產子」之類）；加上父親又常帶我們小弟兄去看「濟公活佛」之類的連台本戲（國劇），因之「戲迷」的雛型早已隱約構成。但眞正使我震撼，乃至喚醒我潛在對此一藝術嚮往之某種情緒的，卻是一齣具強烈感染力的話劇——由曹禺編劇，仇銓演主角仇虎的「原野」（這個戲是在南京夫子廟附近的「飛龍閣」戲茶廳演出的，劇場的格局，小如台北的「紅樓」，而居然有鐵道直達天衢的襯景視覺效果，使當時十五歲的我目瞪口呆）。自此以後，有話劇必看，沒有戲看就看劇本（那時候劇本倒是常出版的）；看多了自然會從比較中產生優劣排比，於是就把喜愛的劇作家們大名，編了一首打油詩的「排行榜」。是這樣的：

曹禺張駿祥、佐臨吳祖光；

師陀李健吾、沉浮黃宗江。

這自然純粹是個人底認知，但我亦不否認自己以後的編劇工作，或多或少是受了這些前輩們的影響；他們底作品，什九我都耳熟能詳，在缺乏養料的歷練過程中，想不受影響也難。這個「排行榜」上的劇作家，據我所知，至少還有五位健在。客歲得探親之便，我在北平有幸看到了心儀達四十餘年的曹禺、吳祖光和黃宗江三位前輩。親接謦欬之餘，頗有「斯文如骨肉」之感。尤其是曹先生，在北京醫院的病榻上，仍然為我寫了「善不由外來兮，名不可以虛作」的屈子諍言條幅，實是令人感動。

筆尖蠕動時，方是生活中最充實的時刻

在我書房中，有一幅徐悲鴻「奔馬」的複製品，題畫的兩句詩很有意思：「問汝健足果何用，為覓生芻盡日馳」。想想這豈不是自己為家人溫飽，無劇不編的寫照？所不同的該是我無怨無悔，樂在其中吧。

每當我案頭堆滿了凌亂的參考資料、稿紙和工具書，工作燈徹夜不熄，眼睛中充滿血絲，額頭上綁一塊手帕（怕亂髮垂下來）在伏案苦思，或執筆疾寫時，家人總有些憐憫，覺得我又在「做苦工」。他們不知道我內心其實是快樂的（僅次於讀書、唱戲），因爲我是如此的酷愛戲劇，而且自覺只有在手中筆尖蠕動時，方是生活中最充實的時刻——日子沒有白過，飯沒有白喫。

一個人能終身擁抱自己底興趣，還有什麼好叫苦的？

可能與自己曾經做過演員和導演有關，我不能忍受任何一齣沒有劇場效果的戲。因此在執筆編劇時，總難免一隻眼睛看到稿紙，一隻眼睛看到觀眾，陷入「娛樂性」的魔障而陳義不高。其實我的企望是絕不止於票房的，最好能動人、娛人而啓人深思——甚至連寫電視劇時，我都奢望能「言之有物」。也許，我的企望與事實確實有距離，所以好友黃美序博士，在〈六個找劇評家的舞台劇作者〉一文中，對我作了溫和而寬容的批評：

就「動人、娛人、啓人深思」三點來說，他的戲至少很成功的做到了第二點，這可以從每次的票房紀錄證明，例如「蝴蝶蘭」和「釵頭鳳」的演出，非但場場客滿，好多人還買不到票。我想娛樂性高的作品自然也有相當的「動人」之處。動人有深有淺，也常會因人而異，所以能否「啓人深思」當然也因之而異。就我個人的觀感而言，貢敏的戲較偏重一般觀眾的品味——也即是很注意娛樂功能，所以常因此而無力兼顧啓人深思的「言之有物」——雖然他的作品絕不是無病呻吟。這個兩難的困境應不止他一個人如此，很多較嚴肅的喜劇家多多少少都面對過。（引自《中外文學》一八三

期，七十六年八月）

美序兄的評語很含蓄，而且貶不掩褒，我想自己應冷靜三思，不可陶醉。

由於寫得久，又「品類斯雜」，所以「輪到」獲獎的機率就大。評審委員不好意思不恤老憐貧「鼓勵鼓勵」。套句大陸相聲名家馬季的詞兒：「沒有功勞有苦勞，沒有苦勞我還有疲勞哩！」這自然是笑話，但各種徵文、評獎，對作者的鼓勵，是有立竿見影功效的；放眼文壇，可以發現由於獲獎而崛起的作家，可以說比比皆是。自己現在也被忝列爲「評審級」了，每發現一名新秀就十分興奮，要「吾道不孤」，中國的戲劇才有希望啊。

蒐集戲劇書刊，習唱京崑戲曲

除了劇本之外，我也寫一些評論文字，如「民生論壇」、劇評、影評之類。「新聞眉批」則是主持了好幾年的聯副小專欄，有一度還很熱鬧，偶爾亮出「金聖不嘆」的名號，居然有令人「刮目相看」的效果，老友瘂弦眞是提拔了我。

蒐集戲劇書刊、習唱京崑戲曲，是我生平兩大嗜好，雖然也曠日廢時和「占地方」，但因與本行有相輔相成作用，所以也樂此不疲。京、崑藝術，既難學、更難工（也難免有人說「難聽」），蒐集專業書籍，更是苦樂一言難盡；幾十年的「深情不渝」下來，也不過是「小康」局面。看來還得繼續「苦戀」，顧不得什麼「有涯」「無涯」了。

「爲學當如群山樣，一峰獨出眾峰環」。王岫老的這兩句詩，對一個寫戲的人尤其具啓示性。戲劇要狀繪人生百態，如何能孤陋寡聞，不食人間煙火？因之，閱歷和閱讀，乃成爲一個劇作家生活之必要。旅行機會少時，就更要多讀書，我爲自己底蝸居，取了個「戲文書屋」的名字，就是警惕自己不可在閱讀習慣上獨沽一味。好的「文」章正在「戲」劇之外，豈可少此源頭活水？

眾峰環繞的諸般文體中，我最愛讀言之有物的散文。今人王鼎鈞、吳心柳、張曉風、黃碧端諸家之作，無論識與不識，俱能使我意滿心折；古人那就更多，不在話下了。

以少年時代在大陸的戲劇經驗，和在台灣四十年的實際工作彙積，來面對海峽兩岸新形勢的因應，我覺得我和我同時代的戲劇工作者，應該負起一些彌縫斷層、止痛療傷的責任來；至少一部超然於政治之上的「近代中國戲劇史」要有人寫。當代的人不著手，後世就更難了。

這只是個願望，也不知道有沒有同志，能不能達成。

原發表於一九八九年十月《文訊》四八期

金劍

我的寫作生活

金劍，本名崔焰焜，籍貫河南光山，1930年生。政工幹校政治科畢業。曾任教員。曾獲中華文藝獎金詩歌獎、國軍戰鬥文藝短篇小說獎、陸軍散文獎等。創作文類廣泛，包括論述、詩、散文、小說等。秉持「批評即再創作」的理念，發表評論文字約百餘萬言。出版有《現代文藝評論集》、《憤怒山谷》等近20種。

從小學五年級起，便喜歡閱讀安徒生的童話集，自後便接著看《西遊記》及《封神演義》，爲其變化無窮的神怪而吸引，及至後來閱讀《三國誌演義》和《紅樓夢》，才開始爲書中的人物和情節而著迷。到了中學時代，國文老師陳叔明，乃鄉里通儒，並對中國文學有精湛造詣，每每以陸游和李清照的詩詞作選讀與註解，所以那時便瞭解什麼是眞正的文學作品。故而在初二時的國文，經常被老師選出貼於教室的粉白牆壁上，讓同班的同學閱覽，因爲老師說那是一篇佳作，起碼可以稱得上是文理通順，意境清新可喜。

我的第一篇文章

由寫作到投稿，歷盡滄桑與坎坷，第一篇散文〈過年夜〉，刊登於台灣的一張軍級報（《雄獅報》）副刊上，文中對大陸故鄉的新年景象有所描述，不外窗外雪花飄飛，屋內家人圍爐共話，以年夜的親切和樂氣氛，敘述農村社會的年節甜美記憶。那時軍中作者甚多，離鄉背井情緒充滿腦海，每有感觸，不是寫首新詩，便是寫篇散文消遣。民國卅八年，政府播遷來台，國軍整訓備戰，操課之餘，隨便找張矮桌或圖板，便開始大作文章，難怪長官們要說，這傢伙無事找事，乾脆要他當團部的文書上士算了。

記得軍中要好的夥伴有何坦（筆名阿坦）、金刀（本名張作錦）、一夫（趙玉明）、疾夫（俞允平）、風鈴草（郝瘦石），他們寫作起步都早，我們同在一個軍級大單位，見面時便談論寫作，其中阿坦有文學修養，且軍階較高，無形中成寫作的輔導員，金刀才氣甚高，曾以〈聖殿前〉一詩刊於紀弦的《現代詩》，並獲紀弦賞識。而一夫對詩人覃子豪最爲欣賞，自然樂於接近，疾夫活潑樂觀，也寫了不少新詩，風鈴草較沉默，早期默默耕耘，如果他們能一直持續的寫詩，恐怕早已成了中國詩壇的巨星！我的筆名金劍，就是受了金刀的影響，以後請教印度文學權威糜文開教授，他說這個筆名取得好，有眼光，因爲印度人尊稱甘地，像是一把風沙中的金劍，閃閃發光，也許糜文開教授在說笑話，心想我這個毛頭小子也太自命不凡，想掠人之美，其實我是成長於軍旅，總要有個戰鬥的筆名才好。當《金色的陽光下》詩集出版後（阿坦、金刀、一夫、疾夫合著），我爲好友高興，因爲在早期的詩集當中，《金色的陽光下》可以說非常出色，受到先輩詩人紀弦和覃子豪等人的重視。

在砲火中寫作

民國四十三年隨部隊駐防金門，每日不是構工加強戰備，就是訓練和演習，以確保外島和台灣基地的安全。那時我已調至師部的政治隊，負責一份油印報的採訪和繕寫工作，九三砲戰，硝煙濛濛，那天傍晚，整個金門島被燃燒起來，夥伴們個個奮不顧身在搶救被困的村民和孩童，摧毀的民房，濃煙四起，火光不斷噴吐，有的弟兄爲搶修通信線路而重傷或捐軀。當一個師級小報的記者，負有報導宣傳的任務，目睹當時狀況，實在有無限的痛憤和感慨，心想，身上的槍雖暫時用不到，就以筆作戰吧！所以寫了很多感人事蹟的報導，並在當地的《正氣中華報》發表不少富有戰鬥性的詩和小說，同時將該報資料室的藏書，一本本的閱讀，那時認識了《正氣中華報》的厤德明、郭堯齡、孫煒諸先生，他們眞是了不起，不論砲戰如何猛烈，總是不離開報社一步，那座位於金門城東北角的小樓房，有時被落彈震動得吱吱作響，他們一點也不懼怕，卻依然在編在寫，那座危樓是戰地的精神堡壘，每日的報刊以最快速度發送每個角落，讓戰士在陣地閱讀，的確發揮了很大的鼓舞作用。

在金門的那段時日，得識作家公孫嬿，他當時是位砲兵副營長，他駐在榜林，我駐在瓊林，經常有往來，談人生、談砲戰、談文學。公孫嬿的創作驚人，白天忙於巡察砲兵陣地，指揮砲兵作戰，入夜一燈苦伴開始寫作，相互的鼓勵和切磋，使我瞭解文學的眞正涵義是什麼，所以〈金門的風雲〉一詩（獲四十五年中華文藝獎），便是在太武山的坑道口寫成。在金門，那裡的一草一木都對我非常熟悉，遙望神州蒙塵的山河，廈門港口的帆船和樓房，雖在一水之隔，但彼此敵對，界線分明，所以感觸極多，以後又寫出〈血渡〉和〈料羅灣的忠魂〉兩篇小說，可謂一字一淚，每位戰地的夥伴，雖然身軀已鍛鍊成鐵鑄的金剛，但他們仍有豐富的情感，而那些洶湧噴吐的情愫，有時就是一首詩，或是一部動人的文學作品。

創作的階段和歷程

在寫作的過程中，我原是詩的愛好，但也寫點散文和批評文字，而批評文字最爲難寫，除對創作有相當經驗心得外，就是要對文學思想有獨特的看法，不論詩、散文、小說、戲劇的創作，作者必有其設定的主題和表現技巧，因之，寫文學評論文字，首先對中西文學思潮，以及文化背景有所認識，而文學不同於歷史的記載，傳統的眞實記事和敘述，有時間和史蹟可鑑，文學屬於人類生活、情感、思想的表現和反映，有時可藉理想和幻象而創作，同時要有其藝術塑性，始引人入勝和感人肺腑，所以莫泊桑曾說：「各人對於世界都有一種幻象，或富詩意，或有欣喜，或多憂鬱，或係汙穢，或爲純潔，悉各依據其個人性情，而思想差別初無定準。著作家之能事，便是誠實的運用他所有及所能的藝術方法，將這個幻象表現出來。」所以說，寫文學評論最難，一流的作家，有時卻難寫出一流的文學評論，而由創作轉入評論當然最好。故而作家可以海闊天空的創作，唯須具備廣泛的生活體驗和知識，否則，何有文學思想可言？

民國六十年以前，我有寫詩的熱狂，幾乎何時何地都是寫詩的對象和題材，溯其原因，實在受了美國詩人惠特曼（《草葉集》的作者）和印度詩人泰戈爾作品的影響，以上兩位詩人都是追求人道、崇尚自然的世界詩壇先軀，也是自由詩的巨擘，以後再讀加爾、桑德堡和艾略特的作品，對詩藝術層面的提升，表現技巧的追求，在詩創作上也有顯著的變化。同時對國內詩人作品的研讀，如覃子豪、紀弦、余光中、洛夫等，均有各個不同的風貌和內涵。但總括的說，他們對中國傳統詩早有相當的認識和體驗，而詩風卻多少受到西方流派的影響，因之，有些人所謂的中國現代詩，不但要有中國文化的骨幹和精華，同時也有著西方表現的技巧和風貌。因時代不斷在進步，西方文化的衝擊，在詩人的感觀上，多少是有些蛻變，此乃從事詩批評的個人體驗，但我卻主張新詩一定要有中國的風骨。

從事文學創作，有人說要能忍受一份孤獨和寂寞，也有人並不贊同這種觀點，認爲現代社會開放，應該有各種場合活動的參與感，現在屬於資訊的時代，研究學問和從事創作，最好廣泛蒐集資料，或參加各種不同性質的集會，以廣見聞和增進新知，以上兩者均屬見仁見智，各有憑依，實未便論斷。作者埋首創作，先求清靜的思考空間，不爲外物所誘，而引發不必要的猶豫和遲疑，但社會乃群體的活動範圍，觀察社會現象愈深刻，對創作愈有幫助。因爲文學是一種人類思想，一種生活反映，一種社會批判，一種理想遠景的展示，所以我很贊同的創作態度，是能讀萬卷書行萬里路的說法。閉門寫作，固然有其優點。惟失之閉塞，反不如走出戶外，走向自然，走向人生。顧亭林是一位最好的例子，遍遊名山大川，考察各地風土人情、文化古蹟、地理環境，而其通學博聞，著述立說，最有助益。職是之故，自民國六十年自軍中退伍之後，生活方式改變，寫作門限大開，與大自然接近，與文友學者交遊，與各種圖書爲伍，而其間對美學興趣頗濃，開始研究有關美學原理，撰寫美學文章，十餘年來，深深體察到美學適用範圍極廣，不但文學應有美學的質素和發酵作用，而政治、經濟、軍事、教育、文化等，均或多或少有美學的學理和表現依據融含其間，當然哲學和宗教更離不開美學；美學的經驗在在主宰著人類的感觀，對人類直覺與潛意識的引導，美學有調適和開發的作用。西方大哲黑格爾曾說：「人們至少要承認，心靈能觀照自己，能具有意識，而且所具有的是一種思考的意識，能意識到心靈本身，也能意識到由心靈產生出來的東西。構成心靈的最內在本質的東西是思考，在這種意識到自身又意識到自身產品的能思考的意識裡，心靈就是按照它自己的本性在活動。」儘管黑格爾是以哲學的觀點談美學，但人類的心靈意識，往往能決定一切事物的存在和價值。所以無論各種學術，最早所決定的是人類理念的開端，而文學藝術乃淵源於美學的原始思考，再透過現象而表現內在的情感，於是，文學藝術作品才能誕生。是以美學所追求的歷史之美、人生之美、自然之美等等，無不牽涉到人類的生活和思想範疇。因之，美學與文學關係密切，而美學所講求的和諧、規律、統一、精緻、調和、均衡等，是藝術創作的精蘊內涵和風格表現，更是構成文學作品的深度和完美性。十餘年來，我深深感受到美學實在是一種實用科學，不但可表現於建築、雕塑、音樂、舞蹈、體育和戲劇等各方面的完美，且可藉美學建立一個可久可遠的生活領域和人生觀。所謂：「淨化心靈，拓展視野，組織思維，加強判斷」四句話，乃從事文學創作的心理意識準備和遵循原則，即使從事任何行業，也是一種自我興趣培養訓練的要素和動力。

寫作是一種責任和權力

寫作絕非為了怡情遣興，寫作是一種責任和權利，文學作品有潛移默化人類性情的功能，同時更有易風移俗提升精神境界的效果。試觀世界有傑出成就的作家，他的作品風格雖然不同，但都是在啓示人生和批判人生，進而追求眞理。這種高貴的情操，完美的藝術體念，在在說明文學的眞諦和價值。

自民國卅八年開始投稿迄今，匆匆已四十年，其間以散文與詩最多，長篇小說〈太陽之夜〉，係第一次嘗試，五十九年由陸軍出版社出版，並由軍中電台逐日播出。寫長篇應有完整的大綱與人物架構，每日按計畫寫出，其間由於部隊工作繁忙，有時利用夜晚人靜時逐段的寫，現在想起來實在可笑，因為沒有較好的寫作環境，連一張像樣的桌子都沒有，但創作情緒甚濃，一點也不覺得痛苦，因為那時與書中人物情節早已連成一氣了。另外如短篇小說集《憤怒山谷》，係同年由台灣商務印書館出版，其中《苦戀》一篇，經由朱夜兄改編為電視劇，光啟社製作，由台視分三個單元播出，其中男主角鄒森，女主角姜鳳書，以及張小燕、康凱、李影、梁燕民、潘琪等台視演員通力合作。總算差強人意，效果尚佳，反映還算不錯。但小說改編成電視劇本，有的地方並不能將作者的創作意旨表達，且人物性格的刻劃，也不能恰到好處。

寫作是件既痛苦又快樂的事，因為環境與心情有連帶的關係，有時下筆如行雲流水，有時就是寫不下去。不過，事先的蒐集題材，與準備工作異常重要，詩與散文比較容易，小說只要安排妥當，也可一氣呵成，惟寫理論及評介文字，就不是那麼簡單，必須要有堅實的立論基礎，要有豐沛的知識和高遠的見解，否則，人云亦云，或遣詞用句不當，明眼人一看便知，當然就沒有可資一讀的價值了。《現代文藝評論集》及《文藝理論精選集》，是收錄五十五年至六十五年所發表的篇章，兩書約卅萬餘字，其中所談論的內容，不外是西方文學思潮的演變經過，以及對中國作家應於創作時該走的路向，也可以說作者對於文學潮流與文學思想的探險，同時論及文學與歷史，文學與自然，文學與宗教，文學與哲學等相互的關聯和影響，這種極其嚴肅的課題，實在不容易寫好，而願意接近討論的人也不多，因之，只能作熱中文學思想與理論者的參考，其是否對文學創作有助益？那就不得而知。

有關諾貝爾文學獎

從事研究歷屆諾貝爾文學獎得獎作品及創作動態，是近幾年的事，已寫就發表的計有〈論諾貝爾文學獎〉、〈漫談諾貝爾文學獎〉、〈諾貝爾文學獎的啓示〉、〈諾貝爾文學獎的取向〉、〈諾貝爾文學獎的震撼〉、〈我看諾貝爾文學獎〉、〈諾貝爾文學獎的歷史價值〉等七篇，因爲每年諾貝爾文學獎的頒贈，頗受世人注目，而得獎人的作品，也很快的翻譯成各國文字發行世界，有的更拍成電影播映，同時對得主的介紹，作品內容的剖析報導，每年十月開始，便形成一股諾貝爾文學獎熱潮，所以我便由國內外蒐集成堆的資料，預作分析研判，然後再整理撰寫專文發表，究竟諾貝爾文學獎的內容和取向如何？以及詳讀得獎作品，再作論評。對此種研究工作，實較寫一篇文學理論要難得多，其主要用意，在使作家和讀者對諾貝爾獎及其得獎作品有所認識，這種研究分析，除有確實可尋的資料外，還得有自己的見解，說實在的，每年由瑞典發布的得獎名單，百分之九十九都是歐美作家，非亞作家少之又少，僅印度泰戈爾和日本的川端康成，而中國作家夠資格提名候選者，只聽樓梯響，不見人下來，雷聲大而雨點小，其原因甚多，識者當可想見，中國作家的作品譯成外文者不多，而瑞典文學院的評審委員又有幾人懂得中文？推薦中國作家的作品又少，自一九〇一年開始頒贈諾貝爾文學獎迄今，以法國作家最多，英美作家次之，所以中國作家要想得諾貝爾文學獎，恐怕還要等上十年，當然這是一個預測而已。事實上，以目前中國作家的作品而言，如果妥爲翻譯發行，不斷開展國際創作交流討論，相信會引起瑞典獎委會的重視，目前最重要的是中國作家應埋首創作，寫出眞正有深度的中國文學作品，才是我們所熱切盼望的事。

結語

四十年的創作生涯，轉瞬將成過去，今後應走的路仍遠，如何能再度點燃思想的光芒，冶鑄和提煉寫作的情愫，開拓創作的遠景，那仍須再於現實生活中去尋覓題材，讀更多的書籍，作更多的思慮。愚庸如我，既不能握靈蛇之珠，又難抱荊山之玉，唯有再接再勵，抱以臨淵履冰之情，在文學的重巒深谷裡繼續找尋，找尋眞正屬於自我的路向和歸途，而不使自我在茫茫的人海中迷失。

原發表於一九八八年十二月《文訊》三九期

段彩華

筆墨風霜三十年

段彩華，籍貫江蘇宿遷，1933年生。革命實踐研究學院大眾傳播系畢業。來台後曾任記者、校對、書庫管理員、中國青年寫作協會總幹事、《幼獅文藝》主編。曾獲中華文藝獎金中篇小說獎、國軍新文藝金像獎、中國文藝協會文藝獎章、中山文藝創作獎等。創作文類以小說爲主，兼及論述和傳記。小說結構的獨特處在於運用電影「蒙太奇」效果，主題則在挖掘人性。出版有《上將的女兒》、《北歸南回》、《新春旅客》等近30種。

在讀小學五年級時，老師規定每天要寫大字，我是一個只帶毛筆不帶硯台黑墨的學生，把紙舖好後，總是用筆沾鄰近同學磨好的墨。一天，當我轉過身向後面一位同學的硯台裡沾墨時，看見桌子上擺著一本書，那就是謝冰心的《往事》。我停止寫字，把書拿起來看，那位姓陳的同學願意借給我拿回家閱讀，就從這本書開始，我便和文藝結下了不解之緣。

良師的激發誘導

三十五年春天，陰曆年才過去不久，我坐著騾車離開家鄉新安鎮，在大雪中向西奔馳，兩天兩夜後抵達徐州，在那邊讀初級中學。使我高興的是，徐州比新安鎮大多了，除了有三家電影院，還有幾座規模龐大的書店，各種文藝書籍都有。小街上還有租書攤租書店，陳列的大部分都是當時名家的著作。我坐在電影院裡，一面看電影，一面用心靈裡的聲音學說北平話，覺得比我們家鄉的土話好聽多了。功課餘暇，就猛讀文藝書籍。將近三年的時間，把三十年代以及抗戰前後出版的小說、新詩和散文，幾乎都讀完了，還看了很多翻譯作品。

隨著北平話在心靈裡逐漸純熟，我在寫作的薰陶上也有了基礎。以學校的功課來說，我是全校總成績的第二名，但以作文來說，我卻是全校的第一名。說起來全是緣分，初中二年級的國文老師徐俊濤很快發掘了我，誘導我走向寫作的道路。他在我寫的一首新詩〈魚〉上，句句打圈，末尾還下評語說：「有魯迅的尖酸，有朱湘的蘊藉，有老舍的幽默刻薄，也有冰心的平淡新奇。」在我寫的一篇散文〈賈汪遠足記〉上，徐老師又下了這樣的評語：「郁達夫的履痕處處，是一部優秀的遊記作品，相信達夫先生若看了彩華先生的賈汪遠足記，也會深愧不如。」還有一段難忘的評語，是寫在〈嚴寒通紅的鼻子〉一篇文章後邊的，他說：「能用小說的文體，恰當的切合這個題目，描寫出車夫的生活者，只有這一篇。從文筆上看，若是彩華先生多加研磨，相信未來必可名列新作家之林。」當然，這些品評的話全是基於老師愛學生，鼓勵學生而發的，當時的我只有十四歲，無論如何不能跟成熟的作家並比。徐老師那樣誘導我、激發我，像拋一塊頑石似地把我向空中拋，確實發生了作用。他是引領我走向寫作道路的第一人。

十六歲的記者夢

三十七年初冬，徐蚌會戰要爆發的前夕，我隨著堂兄彩祥報名加入山東第三聯合中學，搭最後的一班火車離開徐州，向長江以南來，一路上還帶著那些作文本子和文藝書籍，到了上海，被一位學姊帶下車，她留在上海不走了，我們卻繼續向南來，就那樣遺失了。作文本子和書籍不足惜，使我抱憾終生的是，那個包袱裡還有我父親母親的照片。

到了湖南省衡山縣霞流市的李家大屋，我們住下來，度過最悲憤的冬天。北方在打仗，南方卻毫無戰爭氣息。同學們覺得袖手晒太陽沒意思，商量著辦壁報。我的年齡沒有他們大，發表的文章卻比他們多。窮得口淡老想吃肉，就向長沙的一家報紙投稿，想換點稿費吃肉。結果文章刊出來了，卻沒有稿費，在夢中吃了三次肉，居然還吃壞肚子害了一場病。

三十八年五月裡，時局更加吃緊，堂兄彩祥要到長沙報名從軍，我便跟隨他一起入伍。來到台灣，駐在旭町營房，連長嫌我們幾個年紀小的，還沒有槍高，把我們分到幼年兵連裡接受養成教育。我一邊跟著小兵們出操打野外，一邊想盡辦法閱讀能找到的文藝書籍。

軍中有一份報紙——三天出刊一期的《精忠報》，是很受歡迎的刊物。我用小華為筆名投稿，經常發表，卻很少受人注意。當時，被大家喜愛的，是千里馬的〈丘八日記〉，寫得幽默詼諧，把軍人的生活表現得淋漓有趣。我也是〈丘八日記〉的讀者之一。記得是七月裡，我因受不了操課的勞苦，身體發燒病倒了，住進台南陸軍醫院。經醫生診斷，患的是心臟病二尖瓣閉鎖不全，要長期療養。一個月以後，病房裡住進一位病號，年輕瀟灑，經常俯在小几子上寫稿，我和他聊天，才知道他就是千里馬先生，是《精忠報》的記者。那時，我對他的工作非常羨慕，心裡便產生一個願望，如果有機會一定要進入精忠報社。對一個十六歲的大孩子來說，那已經是最大的願望了。他在金門大捷以前出院，不久便報導金門大捷。我卻在十月以後才回連隊，繼續受訓。在我住院期間，部隊已調駐鳳山，離屏東很近。為了聯絡感情，幼年兵連由連長帶領，訪問了女青年大隊。我雖沒趕上參加那次訪問，卻在回連後拐彎抹角的認識了樂茝軍。她從大陸帶來幾本書，借給我閱讀，使我受益不少，一本是《業障》，一本是《塊肉餘生錄》，開啓了我的智慧之門，領略到什麼是文藝水準，從那以後便換了口味，專讀翻譯作品。

克難英雄的「幕後」

隨著年齡的增長，出操上課和遊玩，已不能塡補我的精神空虛，常常會有一種困惑苦惱著我，那就是一個人需要立志的時候。我的抱負很小，過去是寫著玩的，現在就決心獻身文學創作，在有生之年能做多少做多少吧。這個志向立定後，徬徨無主的時光果然減少了，空虛也消失。不管在哪裡，我把大部分的閒暇時間用在寫稿上，在無人指導下，寫了又撕，撕了又寫。民國四十年八月十四日，寫成四萬多字的中篇小說〈幕後〉，寄給《文藝創作》月刊，十月號便刊載出來，接著便印成單行本問世。

種瓜得瓜，有時也會連帶著得豆。當時正在舉行克難英雄選拔，是軍中的一件盛事。選拔標準規定，凡是立功，發明和著作都符合當選準則。在長官的愛護之下，我便因《幕後》這本書被選爲國軍第二屆克難英雄，連同其餘三百多位英雄，齊集台北市，接受先總統　蔣公訓勉並賜宴，算是我有生以來最大的光榮。

四十一年五月，《幕後》又獲得中華文藝獎金委員會選爲中篇小說第三獎（註：第一獎和第二獎從缺），得到鉅額的獎金。在發表、出版到獲獎期間，我到台北好多次，在重慶南路文藝創作社的辦公地點，拜訪了張道藩先生。他以長輩愛護晚輩的態度，給我講了許多做事求學和寫文章的道理。每一次印象都很深刻，他是引領我堅定寫作方向的第二人。

很多朋友以爲，以一個十八、九歲的大孩子，得到這樣的榮譽，一定會自滿、驕傲。事實上剛好相反，除了短暫的喜悅外，它帶給我的卻是長久的精神壓力和負荷。從成長的過程上看，那時的我所需要的是有人指導我寫作方法，指導我如何去讀書充實學問。天天唱戰歌，天天準備衝過海峽和敵人打仗，在加緊訓練的軍營裡，誰有時間去指導需要學習的大孩子呢？知識貧乏和極欲創出新作品，變成兩種病症，折磨著我。外界對我的讚美越多，越使我感到惶恐，心理上的揹負越重。我常常暗暗問自己，以這樣的學識和才力，我配受這些讚譽嗎？就是這種心情和環境使我體認出，要想符合別人的讚譽，只有加倍努力，要靠自己教育自己。酒可以不喝，娛樂場所可以不去，書卻不可不讀！

一夜間豁然開朗

四十二年冬天，幼年兵總隊解散，徵求小兵們的志願要參加那些兵種。我一向對遨遊七海很有興趣，本想填報海軍，心臟病二尖瓣閉鎖不全的隱憂，使我知道根本不適合到海上去，就很自然的填寫要到精忠報社去。這個第二志願達成了，卻使我暗中難過，很羨慕那些去當海軍的同學。

在「精忠報」社報到後，次年三月便被調到鳳山的發行部工作，住在灣子頭營房。碰巧司馬中原也是住在這座營區裡，朱西甯則住在軍校營區，見面很方便，有了一些愛好相同的朋友。

我的工作很簡單，負責校對整張報紙，有時也出去採訪軍中新聞。心中很高興，這是一個適合讀書和練習寫作的環境，小時便立下一個心願，除了公務和要事，三年不出營房！我走著思考，坐下寫作，不分白天和黑夜，像瘋子一般。有一個階段，日月潭水位低落，全省節約用電，九點鐘以後電燈便熄了，我便點起蠟燭來寫。故意不清除殘餘的蠟燭，讓它一根接一根點，一兩年下來，我的桌案上已堆成一座蠟燭山了。

以創作的樂趣來說，寫作〈兩個外祖母的坟地〉那個短篇小說時最快樂，記得是晚上十點多鐘開始動筆的，寫到半夜一點多鐘，突然豁然開朗，智慧的門開啓了，從黑暗中走向光明，以前壓在我心靈上的負擔沒有了，過去我都是摸索著寫的，從這篇東西寫到一半時，我知道寫作的方法了。原來從未知到深知，中間只隔著一層紙，一旦把紙突破，一切都得心順手了。我懷著極度的興奮和喜悅，一直寫到第二天天亮，把全篇完成，才鬆了一口氣。兩年多的煎熬和尋求，以爲永遠找不到的，竟在一夜之間獲得。從那以後，我讀書開始懂得分析和鑑賞，又去擴充知識領域，在心裡建立了理論的基礎。

儘管有了信心，我仍苦練不懈，嚴格要求作品的水準，很少寄出去發表，總是寫出一大堆稿子，湊成幾十篇，自己反覆地看，再點起火來燒掉。年輕就是泉源，稿紙和墨水又很便宜，長時間下來，我一堆又一堆的燒去自己的習作，在別人眼裡，我眞的變成瘋子了。可惜我的泉源不繼，精力有限，撐不住一根蠟燭兩頭點，終於患了神經衰弱症，不但不能寫作，連讀書也變成痛苦的事了。聽從醫生的勸導，我一方面靜養，一方面走出營區，到大貝湖上釣魚。病痛稍微好一點，又伏在案上寫作，再加重。直到四十六年十二月十八日，〈狂妄的大尉〉那篇三萬餘字的小說脫稿，要算我寫作上的一個里程碑。

火中燒出的作品

四十八年秋天，我帶著釣竿來到台北，住在新店，管理陸軍書庫，正是整理庫房時間，每天把書籍整頓上架，體力勞動得多，加上夏季在碧潭游泳，長時間下來，神經衰弱症才痊癒了。五十年開始，是我認眞創作的時期，發表慾也旺盛，一篇接一篇，大部分作品相繼完成。林海音女士編聯副，孫如陵先生編中副，他們二位採用我的作品，盡快刊出，給我的鼓勵很大。別的報紙雜誌，也紛紛向我約稿，爲了不讓大家失望，我躺著思想，坐著寫作；走著思想，乘車寫作，把筆變成生活的重心，跟每一件事都聯在一起。

由於駭怕再罹患神經衰弱，退役以後，我已改在白天寫稿，在寫作態度上，則採取嚴格的水準管制，不像樣的東西絕不寄出去發表。編者的時間寶貴，沒有誰願意看了一個多小時的稿子而不能用。讀者的心情更寶貴，也不願意看了一篇東西後又罵又生氣。我寧願自己退自己的稿子，那就是寫好後放在身邊，多看幾遍，不滿意的就修改，改了仍不滿意，就點火燒掉，再寫新的作品。長時間這樣鍾鍊，我深深體會出，寫文章跟製瓷器一樣，好的東西都是燒出來的。

參加中副的春節茶會，認識了蔡嘉枝小姐，相戀一年，於六十年四月二十二日結婚，說起來也是文藝緣。

少年子弟江湖老，回頭一看，三十多年來，我已發表了上千萬字的作品，出版的有十五部書，頂多只有兩百萬字，也就是說尚有十分之八沒有結集出版。十多年前，詩人張健曾勸我說，你出了幾本書，爲什麼不把〈押解〉一篇編進去呢？直到《段彩華幽默小說選》問世後，他和我才同樣明瞭，我寫作出書都是有計畫的。

虛心就教於世人

左丘明寫《左傳》時，每一篇成了，都掛在牆上，請大家批評指教，然後再修改刻簡出版。故發明在報紙雜誌上的作品，是向世人求教的，並不等於已定了型。馮放民先生曾對我發表的文章，來信指教，還有幾位朋友告訴我〈鷹和狡兔〉那個短篇小說，在生活常識上尚需再查考。在此，我向他們致謝。尤其是馮放民先生，在我服務「中國青年寫作協會」的九年當中，對我的指點最多，而我也最喜歡接近他。林適存先生、孫如陵先生、郭嗣汾先生也是那樣，如果我在做事上有新境界，都是他們賜予的。

今天，剛好是七十四年陽曆元旦，我已是半百開外的人了。希望蒼天再多給我大段大段的歲月，讓我把未出版的文章都整理出版，對國家和社會奉獻更多。更願看見出自大家之手的好文章如雨後春筍，不斷地一代又一代的產生，那就一切都滿足了。

原發表於一九八五年二月《文訊》十六期

鄭清文

生活、思想與藝術的結合

鄭清文，籍貫台灣台北，1932年生。台灣大學商學系畢業。曾獲吳三連文藝獎、時報文學獎、國家文藝獎、桐山環太平洋書卷獎等。創作文類以小說及兒童文學爲主，兼有論述。小說寫台灣人民的悲歡和尊嚴，宏觀各種階層的命運流動，微視人性的底層眞相，含蓄、簡潔，有時用心理分析手法，或以詩的形式來構成，闡明他的觀念。後投入兒童文學創作，積極爲台灣的兒童文學開啓新頁。出版有《現代英雄》、《報馬仔》、《三腳馬》等30餘種。

我寫文章，多少是個偶然。我更沒有想到，自己的文章，會印成一本一本的書。

自小時候起，我就相當的好奇。每逢寒暑假回到鄉下，就先跑到田地裡，去看大哥他們做農事。有時，我也會加入，做點簡單的工作，可是大半的時間，就蹲在田畦間問東問西。

有時，我也到田溝裡捉魚；有時，也爬到積滿灰塵的眠床頂，找一兩本線裝的繡像故事書來翻看插圖。我不知道這些書是誰留下來的。當時，這種書，我是還看不懂的。

那時，我雖然好奇，卻因爲環境的關係，讀的書並不多。

語言，會影響學習

在日據時代，我學的是日文，但是，由於經濟和家人的知識水準的關係，除了教科書，我幾乎很少讀到其他的書。

光復之後，我們改讀漢文，「山高水長，鳥飛兔走」，咿呀咿呀地讀了起來。「走」還是「跑」的意思，那是用台語讀的。「跑」字是後來才學到的。

那時，我雖然沒有國學基礎，卻由於民間戲和家人的興趣所引導，我把眠床頂的那些線裝書搬下來，讀起征東征西一類的書籍。當時，一般人是不喜歡孩子們讀《三國演義》的，說那些人物太奸詐，怕孩子們學了樣，所以嚇孩子們說，讀完《三國演義》的，會發瘋。到現在，我還沒把這本書讀完，就是因爲這個原因。

當時在鄉下，還沒有電燈，晚上只能點小小的煤油燈。爲了節省燈油，我只能在白天看書，晚上就把長凳子搬到稻埕上，在星空下和家人談論那些書裡面的人物和故事了。

不久，我發現，我所知道的，居然比他們大人還多了。對我，這是一大驚喜，也因此，使我對這些書籍感到狂熱。爲此，我還把錢一點一點地存起來，到街上去購買這類的書。這時，在書店買到的，不再是線裝書，而是有彩色封面的仿宋體印刷品了。

我還記得，那時候，台北的書店還有許多三十年代的文藝作品。給我印象最深的是《阿Q正傳》和《賣花女》這兩本書。那是因爲前者書名怪異，後者則富浪漫氣息。《賣花女》是蕭伯納的作品，後來改拍成電影，便是「窈窕淑女」了。當時，我雖然有機會讀這些書，卻因爲興趣和知識的不夠，就錯過去了。

實際上，自初中到高職畢業這五、六年的期間，對我而言，只能算是學習語言的階段，談不上有什麼文學上的修得。我眞正接觸文學作品，是在高職畢業以後。

高職畢業以後，先去就業，沒有立即報考大學。這樣子，我反而有時間接觸文學作品。這時候，三十年代的文學作品已絕跡，連舊俄的文學作品，也都在禁閱之列。那時候，雖然在舊書攤上，可以找到一些英文或日文的文學書，卻由於語言和文學的程度不足，也沒有辦法大量接觸。

後來，我考上了大學。就在大一那一年，我在衡陽路的書店看到了一本英文的《安娜．卡列尼娜》。我認爲這是個奇蹟。那是三十年前的事，我花了五十元把它買了下來，我很滿足。我用了一年的功夫，慢慢地查著字典，把它讀完。以前的俄國貴族喜歡說法文，這本書有許多對話是法文。後來，我還因爲這一本書的關係，在學校裡選修法文。從文字和文學兩方面來說，我也不知道有多少心得。但是，這一本書，至少給我一個更清晰的文學輪廓。自這時候起，我就時常到舊書攤去找文學的書籍。

得獎，帶來了信心

我開始寫稿，也是從想買書出發的。這時，我才知道寫稿可以換錢，我也才知道每個人都可以寫稿。無名的人也可以投稿，似乎是中國的特例。

那也是一種幸運。當時，採用稿的水準比現在低得多。當時，如果是現在的水準，我恐怕早就打退堂鼓了。

我的第一篇作品，是發表在林海音女士主編的聯副。一篇稿寄出去，三天後就登出來了。我幾乎不敢相信。這給了我莫大的鼓勵。這就是把我帶到寫作之路的契機吧。

以後四年，我在聯副發表了二十多篇文章。這些文章，大多是短小的小說，最長的也只有六千字。這是我寫作的起步。當時，我爲什麼先寫小說，我也說不出理由來。可能是因爲我認爲小說就是文學，也可能是因爲當時自己文章還寫不好，卻會編一點故事吧，不像現在的年輕作家，每個人都先把文章磨練得精亮。

當時，我寫作，可說就是這樣由幾個偶然湊在一起而成的。

就在這時候，我認識了在我寫作過程中，最重要的一位朋友。他對我的寫作，有很大的影響。他小我七歲；實際上，我和他的兩個哥哥更熟。那時，我還住在鄉下。我們在往台北的公路車上碰面，就談了起來。他年紀雖然比我小，但是，他對文學的認識，卻比我正確而深刻，尤其對文字的敏感，更使我驚佩。

當時，我也讀過一些契訶夫和海明威的作品，就和他談論這些人的作品。由此，我對這兩個人的文學特色，也有更深一層的認識和瞭解。似乎，到這時候，我才找到了自己的文學方向。

就在那時候，《文星》雜誌舉辦創刊五週年紀念徵文，他鼓勵我參加，並對我的作品，提供了最好的建議。那篇名叫〈我的傑作〉的五千字作品，得到了五千元的獎金，那是二十三、四年以前的事，這是一筆相當大的金額。

這一次得獎，對我的寫作，給予莫大的信心。我的寫作基礎，也算建立起來了。這以後，我就把握住自己的方向，不停地寫作。這以後，我的作品越寫越長，我關心的事也越來越廣，我所追求和挖掘的對象，也越來越深刻。

我雖然繼續寫作，但是我一點也不敢怠慢。我仍本諸多聽、多看、多讀的原則，多方面汲取寫作的泉源。但是，我還是不敢多寫。我寫得很小心。

我雖然喜歡寫作，卻一直不敢把寫作當做職業。因爲，我另外有工作，所以，我只能利用公餘的時間寫文章。

我雖然一直在寫作，卻不是每天寫。我寫作的速度相當快，但是，我所有的稿子，都要寫兩、三次以上，包括長篇。

兩、三年前，我曾經寫了一篇十三、四萬字的長篇，寫寫改改，一共用了兩個多月，結果還是全部改寫了三次。這兩個多月時間，每天下班回來，除了新聞以外，所有的電視節目都不看，一個人躲在屋頂間不停地寫著。但是，由於白天還要上班，我經常在十點多就打住了。對我而言，寫文章，有時是一種熬煉。

寫作，走自己的路

自從我從事寫作以來，已二十八年，這期間，我未曾中斷過，每年都有幾篇作品問世。平常，在一些文學的聚會中，也會碰到一些寫作的朋友。其中，總是有一兩個朋友會說，最近沒有東西可寫。從這一點而言，我是比較幸運的，我經常都有幾個題材在身邊。

以前，我碰到了寫作的材料，都會存在心裡，等要用的時候，再掏出來。可是，有一天，我發現到那些材料變模糊了，甚或失蹤了。我曾經計畫寫一篇長篇，因爲偷懶，這個長篇一直沒有寫成，後來才發現整個材料都消失了，只剩下一點斷壁頹垣。

這一次經驗，使我發現，人的記憶力是相當靠不住的。而我又不是一個記性很差的人。自那以後，我碰到什麼材料，就盡量把它記錄下來，儘可能記下一些細節。

事實上，平常我用於寫作的時間少，用於讀書的時間多。我時常覺得，讀書給人的樂趣，要比寫作大得多。而實際上，寫作本身，也經常是苦痛多於樂趣。寫作的樂趣，是在寫完文章之後。就像種花，快樂不是在培土、播種、施肥的過程，而是在開花的那一時段。讀書比寫書快樂，是因爲讀者永遠享有只看花開的權利。

我在寫作過程中，也時常碰到一些朋友說我的作品不容易懂。

我寫了一篇作品，往往是整體考慮的。我的作品，有點像拼圖。我不以局部取勝，要看到拼好的結果，才算完整。我喜歡用簡單的文句，卻有比較完密的結構。我也喜歡探鑿心理的深層。也許，這些都是原因吧。

福克納曾經說過，有人問他看了他的作品三次還看不懂，怎麼辦？他回答說，請看第四次。我沒有這種氣派。不過，我依然覺得，小說是由三部分結合而成的，就是生活、思想和藝術。創作的重心，是在創始和獨特。人家走過的路，容易辨別，容易依循。創作，就應該像走在沒有人踩踏過的荒野或密林。這才是創作的眞義。

寫作，在此地，不大可能成爲一種飛黃騰達的手段。所以，從事寫作，就更要有自信和決心。寫作的路，往往是坎坷不平的。也正因爲不容易，才更值得去嘗試。同時寫作的路，也是自己要走出來的。更重要的，是要走自己的路。

原發表於一九八六年四月《文訊》二三期

趙雲

隨緣

趙雲，籍貫廣東南海，1933年生。台灣師範大學社教系新聞組畢業。曾任教於台南師範學院。曾獲行政院特優教師獎、台南市文藝特殊貢獻獎。創作文類包括論述、散文、小說及兒童文學。其生於越南，經歷戰亂，卻能以寧靜的心靈去提升創作層次，並以美、光明與愛作爲終身的追求。出版有《零時》、《把生命放在手中》、《遺落在二十世紀的夢》等20餘種。

序幕

以太平盛世爲背景的人生舞台，人們可以從一個完整的劇本中，選擇適合於自己扮演的角色。然後，按照預定的劇情，致力揣摩角色的性格，磨練演技，希望換取謝幕時的掌聲。

如果舞台背景變成漫天戰火的亂世，就像是一個即興的實驗劇場，沒有固定的劇本，劇情和角色都難以掌握，於是，整個演出似乎總是隨緣。

湄公河畔的越南，是個灰色調的文化沙漠。我好像還未準備就緒即被推進這個背景中，直到離開越南前，內心仍是一片茫然，不清楚自己演的到底是一個怎樣的角色。

在這貧瘠的文化沙漠裡，幸而還有幾個小小的綠洲。華僑們爲了保存傳統的中華文化，排除萬難地開辦一些華文學校，和數家規模不大的報館。我的父親，一直在報館裡擔任總編輯兼主筆，使我從小就感染到一點文化的氣息。

父親是一位落魄文人，生活的重擔，把他的靈思消磨殆盡，然而，在閒適的時候，仍會閃現出他對詩詞和古文學的素養。那時，我大約九歲，不知是什麼原因，他突然想到給我講授唐詩。雖然只講了〈桃源行〉、〈長恨歌〉、〈佳人〉等幾篇，但他吟誦唐詩時，抑揚頓挫的聲調，詩中那些浪漫的、唯美的故事，常常在我的腦際縈迴。或許，這是沙漠中適時灑落的微雨，一顆屬於詩和美的種子，不自覺地在我的心靈深處萌芽。

場景之一

戰爭之外仍然是戰爭。

歲月就在和死神捉迷藏中流過。

等到這場遊戲暫告一段落，從戰火和死亡的陰影下探首出來，才發現自己如同蟬或蝶，已掙脫了童年的繭，面對著一片亮麗的天空。

就像一個旋轉舞台，我從單純得近乎封閉的幽黯角落，驟然轉到燈火輝煌的台前，背景是複雜而又充滿刺激的花花世界。新聞記者的工作，並不適合我那稍微內向的本性，但當我投入那種緊張、尖銳的競爭中，觀察著形形色色的人生，我又深深地喜愛著這份絢爛。

一陣動亂過後，越南的傀儡皇朝在西風殘照下宣告終結。我曾經和各報記者，隨著僑社代表，向剛選上越南總統的吳廷琰握手致賀，報導這個國家，踏上獨立、民主第一步的訊息。

陰謀叛變的軍閥被敉平了，傳說中主要的兵力，是一支神祕的傭兵。在那次盛大的閱兵慶典中，我看到這支傳聞中的隊伍，他們向路旁的華僑，要一面中華民國國旗插在槍桿上。寫這段報導時，我噙著淚。

荒草野蔓的墳場，穗義祠是廣東華僑埋骨的公墓。墳場一角，聚居著一些被社會遺棄的痲瘋病人。我跟著慈善團體，去採訪這些被認爲是天譴的患者。殘缺的肢體，變了形的容顏，生活在絕望中，偶爾苦中作樂地唱上一段光緒皇夜祭珍妃：「怨恨母—后—……」。

越南內部又燃起了烽煙，槍聲呼嘯，我踏著遍地彈殼，採訪戰火摧殘後的災情。然而，戰爭的另一面卻是紙醉金迷；朦朧的燈光和靡靡的音樂，隔絕了槍聲及死亡的嘶喊，舞國皇后的選舉，正如火如荼地在六國舞廳展開……。

我攝取的人生百態，加深了我對人性的體認，相對地豐富了我的心靈世界，讓我可以不時地反芻。編輯室凌亂而嘈雜，帶著一身疲憊進去，面臨的是另一種挑戰。在時間和字數的限制下，不容許仔細推敲，便須以很快的速度，簡明扼要地寫出一篇篇報導。這種嚴格的訓練，講求的是準確與客觀，不需要詩意，也無關浪漫，正好中和了我多愁善感的個性，奠立比較穩固的寫作基礎。

無數的刺激，不斷地變動，多彩多姿的記者生活，卻因爲本性的排拒，總覺得不是我想演出的角色。我渴盼著衝出包圍我心靈的重重迷霧，找尋我需要的智慧之光。

場景之二

從絢爛歸於平淡。

在台灣師範大學的圖書館裡，我隨手翻閱著雜誌。《自由青年》的一則徵稿啓事吸引了我。

對一個毫無專長，又沒有經濟來源的僑生而言，師大的公費，雖然解決了最基本的民生問題，但遇到了特殊情況，身無分文的拮据，也使人十分困窘。

有一次在火車站和一位好友話別，眼看她的背影緩緩走進月台，我不禁長長嘆一口氣；因為囊空如洗，我必須安步當車，從火車站走回和平東路二段的師大宿舍。

潛伏在內心中寫作的動力，以及客觀經濟因素的促使，於是，我以越南民間傳說作題材，寫了一篇散文〈嘆息湖〉。

心理學中行為學派，認為個體的行為，如果獲得正向的增強（獎勵或肯定），有助於這種行為持續下去；倘若這種行為所得到的回饋是負增強（懲罰或否定），很可能行為的動機，會因此而消弱。一個對自己的實力，沒有多大信心的僑生，這次投稿，在心理上的意義重於實質上的意義。我時常在想，〈嘆息湖〉投出去後，假如遭到退稿的命運，我是否會知難而退，重新為自己選擇另一條未可知的道路？

幸運的是〈嘆息湖〉很快地刊登出來，而且《自由青年》的呂天行先生，適時地給予我精神上的鼓勵，使我有了繼續走下去的勇氣。

在一些盛大的頒獎典禮上，獲獎人往往強調他的成就，是因為得到許多人的鼓勵與支持，他情不自禁地唸出一個個名字以表示謝意，可是最後仍難免有所遺漏。雖然在人生舞台上，我從未扮演得獎人，但在我寫作的路途中，遇到徬徨、挫折時，就會有人耐心地為我指點迷津。當我陷進無法突破的困境，一些及時伸出的手，幫助我順利地通過障礙，即使我一一唸出這些師友的名字，恐怕仍然會有所遺漏，但這份人間的溫馨，我將永遠銘記在心中。

當時文壇出現了一個花季：存在主義、超現實主義等哲學思潮，有如一陣陣醉人的薰風。沙特、卡繆和卡夫卡，把他們的哲學思想融會到文學作品裡，使我獲得很深的啓發。《華匯》與《現代文學》，有系統地介紹世界文壇上的趨向，並經常刊登一些令人心儀的作品。我像一個在沙漠中長期跋涉的旅人，眼前乍然流動著汩汩甘泉，展開一片繁花似錦，我禁不住目眩神迷，迫不及待地吸取心靈的營養。

我學習著探討文學的本質，以充實作品的內涵。也逐漸了解寫作是一條漫長而崎嶇的路，我無意中闖了進去，竟是欲罷不能了。

場景之三

站在講台上，扮演的又是另一種角色。時光在傳道、授業、解惑中，不自覺已流逝了二十多年。有時突然會覺得奇怪；以前並沒有想過要從事教育工作。在師大就讀時，也自然而然地修習新聞（社教系新聞組）。畢業前經過一番自我分析，才下定決心選擇了教育。

我的學生是未來的國小教師。這些年來，一些不合理的教育觀念和教育方式，把兒童扭曲得如同盆景。沉重的使命感，使我對教育工作投入得較多，希望能培育出具有愛心，讓兒童自由發展的杏壇園丁，讓兒童享有正常而快樂的童年。

教學、輔導、研究，以及撰寫論文，把我的時間割裂得支離破碎。此外，為了想給孩子提供些精神食糧，也占用了不少時間研究和撰寫兒童文學。

自從那次花季過後，文壇上出現過一陣類似冬眠的沉寂。可能是受到這種冬眠現象的感染，也可能是衝刺之後的自我省思，我被困在一個高原上，或許這是我筆墨生涯中的分水嶺。在此之前，我喜歡寫短篇小說，短篇小說的性質相等於實驗電影，可以容許各種創新的表達方式，創作時，有一種自我挑戰的意味。

而當我從困境中探尋著出路，或許是受到年齡和思想的影響，我漸漸愛上了比較平實的散文。散文也可以嘗試不同的表達方式，並且不必透過虛構的人物或事件，直接地展示出作者的心路歷程。

寫作時我是靈感論的信徒，一旦靈思苦澀，字紙簍中的廢紙就會堆積如山。

人們對靈感有許多神奇的傳說，但在某些心理學家的眼中，靈感不過是存放在潛意識裡的材料，經過醞釀、成熟，等待意識鬆懈時乍然閃現的靈光。因而，在準備工作方面，我從多方面的閱讀、觀察和體驗中，爲潛意識貯存足夠的資源。

至於怎樣才能使意識鬆懈，好讓靈感這個惡作劇的孩子在適當的時候現身，這個難題，就不是我所能了解和操縱的了。我唯一能做到的，就是盡量使自己擁有一個閒適、舒服的環境，靠在柔軟的床褥上，擱一個小几，自得其樂地寫著。

品質管制，是我對自己作品的嚴格要求，多年來，王家誠一直扮演鐵面無私的第一讀者。我們常爲著某一個字，某一句子是否貼切而爭辯。一再修改後，通過了品管，我才放心地認爲這篇作品已經完成。

爲高雄新聞晚報寫「心靈之旅」專欄，是我近年來一個嶄新的嘗試，每兩星期見報一次，雖然字數不多，因爲我的工作繁忙，也形成了一種頗大的心理壓力。其間也有過倦怠或逃避的心態，但終於在自我鞭策之下，像西西弗斯那樣，繼續推動這塊沉重的巨石。從這個專欄中我也獲得了許多回饋，最直接的是拓寬了我寫作的題材和思路，使我有信心把這個角色扮演得更稱職。

場景之四

角色已定位，戲仍在演出！

原發表於一九八八年十二月《文訊》三九期

林文月

三種文筆

林文月，籍貫台灣彰化，1933年生。台灣大學中文所碩士、京都大學人文科學研究所研究比較文學。曾任台灣大學中文系教授，美國華盛頓大學、史丹福大學、柏克萊大學，捷克查理斯大學客座教授，現爲台灣大學榮譽教授。曾獲中興文藝獎章、吳魯芹散文獎、國家文藝獎、翻譯成就獎等。創作文類有論述、散文及傳記，並翻譯日本古典文學，爲中日文學交流開創新時代。散文創作平淡中自有純雅的厚度。出版有《六朝文人生活特質與六朝文學》、《京都一年》、《飲膳札記》等20餘種。

彩筆與文筆

這一生，選擇了握筆的生活，大概是沒有錯的；不過，最初也並非沒有猶豫過。從小就喜愛文學與繪畫，又由於個性比較內向，所以覺得一個人躲在房內，不論看書寫文章或信筆塗鴉，都最自在而且充實。

但說實在的，在寫作與繪畫之間，初時多少是比較偏好繪畫，尤其是人物畫。我沒有正式拜師習畫過，只是跟一般人同樣，在成長的過程中，很自然的在學校的美術課堂上學過一些基本的繪畫道理而已。或許是幼年時期多得到一些師長的鼓勵與讚賞，令我增加興趣與信心吧！繪畫常常眞使我廢寢忘食，興味無窮。

我高中時期特別愛看電影，也迷上用鉛筆畫電影明星的畫像。班上的同學也多屬影迷，她們見我畫出一張張男女明星的畫像，紛紛都向我索畫。後來預定的人太多，應接不暇，便只好利用代數課時間，將「范氏大代數」的原冊豎起，裝作用心聽課狀，實則私下急急趕畫許多的人像畫。

高三時，學校新聘一位從杭州藝專畢業的美術老師。楊老師既幽默又認眞，可惜在升學的壓力之下，高三學生的音樂與美術課都停止了，幸而尚有課外活動，我乃參加美術組，得以向楊老師請益。隨著考期愈近，原先參加的同學逐漸退出，最後竟然只剩下我一人。我堅持每週兩次的習畫，總是從放學後畫到昏暗，楊老師並不因習畫人驟減而稍有懈怠。相反的，他變成了我個人的指導老師，而且總是站在我身後指導到辨不清輪廓色彩爲止。美術教室中只有一座維納斯的石膏像，我勤習再三，除了背面以外，幾乎什麼角度都畫過。

楊老師不僅改正我的錯誤，講解肌肉結構、光影明暗的把握等道理給我聽，又經常把他自己珍藏的畫冊，甚至他自己的作品搬來給我作參考。多年的自我摸索，方始豁然開竅。那一年參加課外活動，實在獲益匪淺。後來我能以素描最高成績考取師大（當時稱師範學院）美術系，楊老師的啓發與指導，應是最大原因，至今令我銘感於心。但是，我把錄取的好消息向他報告時，楊老師卻勸我選擇進入台大中文系讀書。他說：「你可以把繪畫當作業餘嗜好，那樣子會更快樂。」他的神情有些落寞。年輕的我，不甚瞭解楊老師話中深刻的一層，但是終究依從了他的勸告。當時尚未實施大專聯考，考生爲了多一些保障，往往報考兩三所大學。我報考了台大中文系與師大美術系，僥倖都被錄取，正在猶豫取捨，楊老師的一句話，遂令我有了抉擇。

命運有時就是這般不可思議。既選擇讀中文系，便註定我這一生要拿起文筆放下彩筆。雖然，我後來也曾臨摹過一些工筆仕女畫，但時間與精力都不容許我在繪畫方面求專精的進步。至今，偶爾也會畫一些速寫小品一類，但究竟只能當做忙中偷閒的消遣罷了。有時看別人的畫展，不免有些許遺憾，也有些妒羨，卻又無可如何！

論文：冷筆與熱筆

在台大中文系讀書七年，主要的學習方向是古典文學經籍。由於學術訓練的嚴格要求，大學時代，我的主要寫作方向是論文。抒情寫志的創作只能偶一爲之，反而較以往寫得少。其實，也曾經在報章雜誌發表過一些作品，但當時豈敢存敝帚自珍之心，年少時之作，便也隨時光流失而散佚不存留了。

透過求學期間許多篇讀書報告，以及學士論文、碩士論文，我習得如何找題目、析理、分類、歸納，和得出結論。並且也懂得在理論上，學術論文的寫作當有別於創作，宜力求冷靜客觀，表達的方式也須求其簡明有條理。不過，於今回顧往日年少時期的論文，終嫌不免於青春熱情中的洋溢，文字也頗有華麗之處。

我讀中文研究所的時候，已故的外文系教授夏濟安先生主編的《文學雜誌》正值創辦期，每個月需要創作與論文。在創作方面，夏先生鼓勵許多外文系的學生投稿，他們日後在文壇上的成就，均是有目共睹。至於論文稿件的來源，除了中文系與外文系的師長經常提供著作之外，有時也會採用研究所學生的文章。我也曾經試投過一些文學賞析的短文，都能獲得刊登。這對我個人而言，不啻是一大鼓勵，因爲當時的出版界遠非今日可比，而《文學雜誌》雖出版不久，卻是十分受學界矚目的一份嚴肅可敬的刊物，年輕人的文章能夠得到發表的機會，是一種榮幸。

我又將學士論文〈曹氏父子及其詩〉，以及碩士論文〈謝靈運及其詩〉的部分文字重新改寫爲獨立單篇，先後在《文學雜誌》上發表。由於這些研究對象在當時是比較不受人重視的，這方面的論文也較少見，所以日後便有人把我的文章轉載於某些書刊上，也曾有人將我的意見納入論文之中。見自己的名字與意見同古人前輩並列，眞是一則以喜一則以憂。愚者千慮或有一得，自己年輕時候的見解能獲得他人肯定，自然是欣慰的；不過，時隔多年，如今若能重新再寫同一個題目，可以補充的資料必定更豐富，可以剖析的論點也必定更精當，文字既爲他人所採納，已無法補救了！

教書多年，我不僅仍繼續學術論文之寫作，也必須要負起指導研究生寫論文的責任來。每看到一張張年輕的面孔在認眞思考，彷彿就在他們的臉上照見自己昔日的影像。我經常規勸他們：盡量冷靜和收斂，約束自己的熱情與文采。我怕他們在將來更成熟的時候，會遺憾沒有人警告他們寫作論文的正途。然而，我又有時懷疑，在研究一個作者的時候，或剖析一本著述的時候，如果只保持近乎冷峻的客觀平靜心態，又如何能感動於昔人的感動呢？往昔我寫曹操論之時，曾設身處境投入了漢末那個亂世的英雄人物生命之中，所以我看到世人詬詈爲一世奸雄的心底的無奈：「月明星稀，烏鵲南飛，繞樹三匝，何枝可依？」「鎧甲生蟣虱，萬姓以死亡。白骨露於野，千里無雞鳴。生民有遺一，念之斷人腸！」、「老驥伏櫪，志在千里。烈士暮年，壯心不已！」而狂放傲睨一世的謝康樂，在屢仕屢隱似無常守的多事生命底層，何以復有「美人竟不來，陽阿徒晞髮」、「倘有同枝條，此日即千年」的深沉孤獨感瀰漫於全集中呢！讀古人之書，若永遠保持一雙冷淡有距離的眼睛，恐怕不易產生共鳴而眞正領會箇中況味的吧。

然則，冷靜須與同情相輔相成，方不偏失入冷漠。《史記》一書之恆常感人處，正在於字裡行間每每有司馬遷個人的生命感思湧動，它絕不只是一堆死寂刻板的文字而已！近來，我則又逐漸了悟，即使寫學術論文，仍然不能完全抹煞情感；至於冷靜與同情之間的斂放不逾矩，又委實是此類文章的高層次標的了。不久前，我完成一篇有感於讀《洛陽伽藍記》的筆調：分析北魏楊衒之於亡國後，化悲憤為著書之力，雖欲極力求客觀詳實，又每不免於熱情澎湃，冷熱筆調交織而成此一奇書瓌寶。我乃定題為：「洛陽伽藍記的冷筆與熱筆」。其實，冷筆與熱筆的運用自如，也應當是寫作論文的更合情合理的正途吧。

散文：嚴肅的抒情寫景

我重拾創作之筆，是在十數年前接受國科會資助單身赴日進修一年的時候。在京都大學人文科學研究所任「研修員」，平時除了偶爾參加所內的「白居易共同研究會」外，我自己則計畫寫〈唐代文化對日本平安文壇的影響〉。異鄉獨處的日子既漫長又寂寞，但京都是日本傳統文化所在的故鄉，風景人事都深深吸引了我，便將週末假日圖書館關閉的日子，做為四處遊覽之用。當時，林海音女士編《純文學月刊》，我早先曾刊登過幾篇論文，到了京都之後，卻每月寫一篇與京都相關的遊記小品。初時，是因為排遣閒暇而寫作。到後來，卻反變成為寫作而四出尋找題材。為著每月一篇數千字的散文，我的客居生活不唯不再寂寞難耐，竟變得異常忙碌，也異常充實起來。

當時，國人出外旅遊的風氣尚未大開，即或偶見一些外國風物描寫之文章，也多屬浮光掠影式的觀光作品。我既有機會在京都住一年，又認識當地學者與尋常鄰居，遂有計畫地每篇選一個主題，做比較深入的介紹與批評。如此一來，我在這個每月一篇的副產品上，也就不得不花費許多的時間與精力了，我記京都近郊的勝地，往往要參考一些相關的歷史文學書籍，寫古刹名庭，也曾到日文部的圖書去翻閱建築造庭等的記錄，甚至只為寫一篇古書舖或喫食店的隨筆，也蒐集過不少資料，又挨家挨店去實地觀察試嚐，作筆記摘要；所幸，我那一年結交了一些日本好友，他們提供我的見解及代為釋疑，更有莫大的助益。

我本來懷著膽怯悲壯的心精赴日，目的只是想完成一篇中日比較文學的論文，卻沒想到由於這個附帶的寫作，而使我認眞觀察書本以外的眞實世界，也促進了我與異國朋友的深厚友情，這眞是始料未及的收穫！我所寫的內容包括：奈良「正倉院展覽會」，我自己出席演講過的「東方學會」，唐代僧侶鑒眞所建造的「唐招提寺」等比較嚴肅的題材，也有都舞、歌舞伎、祇園祭以及日本茶道等比較輕鬆的風俗節祭。大體而言，我寫作的態度是嚴肅而負責的，所以於抒情寫景的文後，往往附加不少的注解。這些文章，後由純文學出版社輯成《京都一年》。說實在的，我個人覺得在這本遊記所用的心思，絕不下於正業〈唐代文學對日本平安文壇的影響〉。為寫遊記，我遊歷過的京都近郊名勝古蹟較普通京都居民為多，我對古刹名庭的某些典故來源的認識，有時也超過一般日本人的常識；至於為寫京都的古書舖，我曾遍訪重要書舖，又一一考察其特色，甚至研究個別間的經營情況，遂令關西地方的學者大感訝異。當年在京大人文科學研究所的名義指導教授平岡武夫先生，曾戲稱我應當得到京都市的榮譽市民頭銜。

從幼年時期便喜愛寫文章自娛，沒想到第一本散文遊記《京都一年》的出版，反而是在論文集《澄輝集》、《謝靈運及其詩》之後。不過，於今回看十餘年前的文章，覺得儘管當時採取相當認眞的態度記敘，卻未免絮絮叨叨缺乏剪裁，致有時頗嫌繁瑣；或許是初履異鄉，對一切都覺得新鮮好奇，唯恐讀者不能分享自己的興奮，故而一五一十不厭其詳傾訴的吧。

我早年也曾寫過一些短篇小說，但都以筆名發表，自己又沒有保存下來，所以早已散佚不留。教書以後，大部分的時間用在準備教材、研究工作與指導學生方面，餘下可供自由運用的時間已不多，而寫小說所需花費的時間與精力甚夥，便也逐漸將創作的範圍囿限於可長可短、費時較少的散文。這些年來，雖然寫作的量不多，卻也不曾間斷過。

教研生活中心境的轉換

人過中年，閱歷漸廣，世態人情之能感覺特別新鮮好奇者，彷彿已相對減少，但我仍然未能摒除內向的本性，自覺始終無法臻於與年齡相稱的世故圓潤境界。只是，對於文章的看法，已稍有異於往時，無論執筆爲文，或讀別人的作品，不再滿足於華麗誇飾，而逐漸喜愛淡雅、甚至饒富澀味者。所謂「瘠義肥辭、繁雜失統」，總不如結言端直爲佳。文章便也越寫越短，往日動輒七、八千字的長文，已絕無僅有；另一方面也逐漸明白，這世界人生、驚天動地之大事並不多，生活周遭日日之凡事，也頗値得深思珍惜。平凡事物，若能寫出眞性情或普遍之理趣，未始不可喜。這些道理，古人雖已有過明示，但文章之道則又與人生之道近似，往往要自己一步一步走過，方能實際體悟。

我的正業是教書，所以學術研究乃是生活重心，但寫論文十分費心傷神，雖然偶爾有一得之見，也是極其愉快之事。但長期埋首於許多書籍、資料、索引、卡片，復又將其中之發見整理出一個條理來，這其中的過程既漫長而又緊張。所以完成一篇論文以後，往往急欲轉換心境，其中一途，便是寫抒發感恩的散文。不過，生活中時常有不吐不快亟待宣洩的心情，偏又正値長篇論文在進行，便只得將正業暫時推向一邊，騰出桌面些許空間，或者索性在寫論文的稿紙上疊放新的稿紙，把那稍縱即逝的靈感納入方格之內，才能安心。

我另有一種轉換心境的方法，那便是翻譯。倘若一篇論文剛完成，又無甚創作意念，或者自覺近來所寫的作品重覆太多，令人生厭，不如去找別人的文章來閱讀，研究他人如何構思經營。我讀文章的速度極緩慢，常常是一邊讀一邊揣摩作者運筆布局的道理。其實，最好的細讀方法，便是去翻譯文章。由於我小學的早期接受日文教育，所以從事日文書籍之翻譯，最稱方便。

翻譯：千年相隔，文章神交

讀大學的時候開始，我就翻譯或改寫過好幾本日文書籍。其中，成系統的有東方出版社的少年讀物及名人傳記，現在仍在坊間出售。後來也斷續譯過一些短篇小說、隨筆、詩歌及論文等日文作品。不過，在一般人心目中，我所翻譯的《源氏物語》可能是最具代表性的工作吧。雖然這本書的完譯已是八年前之事，至今我仍常被問起：當初是如何開始這個工作的？故而不妨在此也做個簡單的解釋。

我從京都回來後二年，日本筆會舉行了一次規模龐大的「日本文化國際研究會議」。我應邀參加，提出一篇以日文書成的論文〈桐壺と長恨歌〉。返國後，將此文譯為中文〈源氏物語桐壺與長恨歌〉，在《中外文學》第一期第十一卷（民國六十二年四月）發表。同時因為實際需要，乃試譯《源氏物語》的第一帖〈桐壺〉，附於論文之後刊出。詎料，讀者們對那篇譯文十分感覺興味，透過編輯部，要求我繼續譯下去。這雖然是一件十分艱難的工作，但是也頗具挑戰性，且極有意義，我便逐帖譯出，每月在《中外文學》連載刊登。從六十二年四月號，到六十七年十二月號，經過五年半，共刊六十六期，終於竣工。

老實說，初執譯筆時，我並沒有信心可以堅持到底。我深知自己的啓蒙教育雖為日文，但只學到小學五年級便輟止，而改學中文，所以日本文學的修養並不紮實；何況，《源氏物語》是眾所公認的古典鉅著，困難重重是可以預料的。不過，我又想：林琴南既然以一個不認識西文的背景而翻譯多種西洋文學名著，我又何必退避不敢前？即使譯得不好，總能盡到拋磚引玉的功用。日本與我國隔海比鄰，中世紀以來，受我國文化影響極深刻，日人對我國文學經典，早已完成有系統的譯介，而我們對日本文學所做的介紹工作卻極少。近年來雖也有人陸續翻譯日本的近代作品，卻未曾見到古典文學的翻譯。何況《源氏物語》乃日本古典文學作品之瓌寶，其於後代文學，影響不可謂不大，西方文壇如英、德、法已有翻譯，我國人士反而對其冷漠，殊爲不當。

一旦開始譯事，我便全神投入其中。從台大總圖書館的底層借到吉譯義則的古文注釋本，復配合我自己所有的三套日本現代語譯本，及兩種英譯本，並且又從日本訂購相關的許多參考書。翻譯的時候，書桌上總是攤滿各種版本，每一段文字，都要看六種書，然後才斟酌如何迻譯爲中文。我的翻譯工作進行得很緩慢，只能利用教書及家務之餘斷續爲之，所幸，每月刊登一萬字上下，壓力還不算太大。而且，由於此書中引用大量唐代以前的中國詩文典故，是我比較熟悉的範圍，還原起來，便也相當順利，至於書中處處出現的地名與節會行事，則又是我在京都一年滯留期間遊覽過、體驗過的，所以倍感親切。我在京都那一年中，甚至也曾訪問過相傳爲《源氏物語》作者紫式部曾執筆寫作之處「石山寺」，當時雖然尙無翻譯此書的計畫，但冥冥之中似有某種不可思議的因緣存在。隨著翻譯工作的進展，我愈來愈覺得自己參入了紫式部的世界。有時夜深人靜，獨對孤燈，若有紫式部來相伴，雖千千相隔，但文章神交，我並不寂寞。

自首帖〈桐壺〉之刊登，至全書譯竟出版，前後共歷六載。我從初時的惶懼，漸漸轉入欣然自得的境界。而且，這份額外的工作並沒有妨礙我的日常生活，在寫作方面，也並未因而懈怠其他兩種寫作。這六年之間，我仍然寫過若干篇論文，以及兩本文人的傳記——《謝靈運傳》（河洛出版社）及《連雅堂傳》（近代中國出版社）。如今回想起來，那一段時間是異常忙碌的，也是格外充實的。

翻譯《源氏物語》也帶給我一些啼笑皆非的後遺症，近來無論在國內外，我的名字經常被人與此書相聯在一起，大家反而不知道我是一個研究中國古典文學的人。去年秋天我獲得一個機會，去英、美、日三地區各大學訪問三個月，有一些西方的日本學專家與我談論之餘，多不免問我何以會譯成《源氏物語》？我每次都得把個人的特殊生長環境及教育背景一再重複。我看到人們臉上的表情，往往是懷疑多於誇許。有一次，在一個比較輕鬆的場合遇著同樣的問題，我便索性開玩笑似的回答一位日本文學教授：「翻譯它，是我的嗜好之一。」

然而，說起來眞是難以置信，被人一再盤問質疑之後，連我自己的信心也難免搖動起來。事隔八年，其間，我也曾譯過幾篇小說，卻沒有打算再去嘗試大部頭的譯事，可是繞過地球一周回來以後，我對自己許下一個諾言：讓我再認眞的翻譯一個較困難的作品吧，如果我能把這個工作做好，那麼別人應當不會再用懷疑的眼光看我，而最重要的是，我自己也將更具信心了。

此次，我所選的是平安時代另一位女作家清少納言的隨筆《枕草子》。《枕草子》與《源氏物語》並稱爲日本平安文壇之雙璧，而二書之作者清少納言與紫式部，亦備受後代文學批評界之重視。但清少納言的文筆，則又稍帶簡勁陽剛之氣，又由於全書並無一貫之故事情節，故翻譯之際，更須切實掌握其語言氣氛。目前《枕草子》已有兩種英文譯本，但都有部分刪節，蓋以其不易爲譯文讀者了解欣賞之故。我決心做一個全譯的工作。目前譯事已開始，並且已遭遇到不少困難，前途艱鉅可以預料。人生困難事本不少，這只是其中一端而已。我希望自己這次也能堅持到底，盡力做好這份工作。

論文、創作與翻譯，三種不同的文筆，已伴我度過許多歲月，帶給我個人莫大的快樂。今後，我仍將攜帶這三支筆，繼續我充實而平凡的生活。

原發表於一九八六年四月《文訊》二四期

邵僩

擦額上的汗

邵僩，籍貫江蘇南通，1934年生。新竹師範專科學校畢業。曾任小學教師、新竹救國團《自強月刊》主編、香港國泰電影公司特約編劇、國立編譯館國語教科書編審委員。曾獲香港亞洲出版社小說獎、全國青年小說獎首獎、國軍新文藝中篇小說金像獎、著作金鼎獎。創作文類以小說爲主，論述、散文、兒童文學次之，另有電影劇本。緬懷過去，感歎時光無情流逝是作品中經常出現的主題。出版有《汗水的啓示》、《小齒輪》、《到青龍橋就解散》等近40種。

蛻變

在創作的生命中，我覺得自己好像扮演了三個角色。

第一個角色是作「風中的蜘蛛」。

這是年輕、有熱狂創作慾望的時候，只要心中有想像和感受，便日以繼夜不停地寫，並且嘗試各種不同風格的作品，很期望自己的作品印成鉛字出現；那就像一隻勤於吐絲的蜘蛛，牠為了生存，因此並不計較結網的所在，也許稿費是我貧窮時的唯一希望吧！

第二個角色是作「競技場的角逐者」。

那可能是在寫作十年以後，仍常遇到退稿，心頭便蒙上一層陰影，開始懷疑自己究竟有無寫作的才能？花了漫長的時間創作，卻始終不滿意自己的作品，而且也得不到文壇的迴響。經過長久的沉思之後，卻漸起了我的求勝信念。我仔細的分析、研究中外作家的作品。做筆記、寫讀後感，足足用了兩年時間，我忽然發覺自己運用文字的功夫熟練多了，看書也由粗枝大葉，演變成知性的批判，這一個頓悟，也使我警惕：在寫作的競技場上，永遠有許許多多的角逐者，如果稍一疏忽，便只能做一個觀眾了。

第三個角色是作「山中的清泉」。

人世的一切看得多了，作品也寫得多了，再加上離開了規律的職業生活，於是領略出了人間的一個

「淡」字。

尤其有很多時間徜徉大自然以後，忽然覺得人的心靈是可以溶於山、溶於水、溶於草木、溶於蟲鳥的。在這樣的情形下，自己的作品也變得更自由、率性了。

翻閱童年

我有時想從童年生活中思索一點歡笑和幸福，但似乎不多。

因爲在那些零零碎碎的片斷裡，所充斥的卻是戰爭、流離、飢餓、恐懼。

我記得童年最能呈現年畫畫幅那股馨靜氣息的，也許是返回老宅；一家人坐著運河的船，悠悠的，由縴夫拉著，到了岸，我們總是一路東張西望，一路談著小鎮的親戚，等我跨進高高的門檻，興奮的心情才得以和緩。

尤其老宅多半顯得空蕩蕩的，祖父過世了，祖母只留下一個上年紀的女傭。我印象最深的便是前庭和後院的青苔，它們大概是繁複春天中唯一寂寞的臉色。

而我往往從一間空屋跑到另一間空屋。

我只聽到自己的足音和喘息。

在客廳中，牆上掛著工整的字與畫，古色古香的八仙椅彷彿正擦拭過，準備迎接客人，空氣陰冷而肅穆，呆久了，連人的喉管也感到窒息，父親告訴我：壁上的字畫都是名家的作品，很值得學。然而我一聽，立刻嚇得溜走了。

我喜歡老宅祖父的書房，但我並不懂那些書。

那些書排得整整齊齊的，翻開來有特殊的書香。

與書同在的，還有一屋陽光，陽光溫煦地照在書桌上，照在祖父生前用過的筆墨上，我拿起來把玩，覺得生活中有這些也是不錯的了。

然而日本人侵略的砲火來了。

炸彈炸得雲母片的窗戶咯咯地顫抖。

一個稚齡的孩子，便跟著大人流浪；忍受著飢餓、寒冷、疾病，走得腳底起泡、流血，夜晚睡鄉村的牛欄，破廟的神案下，一路上看到很多人倒臥、呻吟、死亡，生命原來是如此的脆弱呀！那些悲慘的畫面從此在我的內心烙印得很深，本來我有很多、很多的恐懼；但過多的恐懼卻使自己麻木起來，當第二度的戰爭來臨，我十四歲了，已經變得堅忍，雖然經歷更多的煎熬和痛苦，也一樣能承受，並且淚水減少了。

其實生命中是有很多悲劇存在的。

有時候記錄下來，也會使自己的心靈產生激烈的痛楚、墟裂。

就讓悲傷、仇恨、血淚都過去吧！那只是一陣風。

我總不忘記童年清明上墳的時候，族人們都聚在墳丘上割草、上香；天空有溫暖的太陽，草木正在萌芽，小孩子發出無邪的笑聲，而每個人都對明天懷著憧憬，生命和創作是不是這樣過去的呢？

所以我的作品往往隱現生存的渴望。

直等到就讀新竹師專的時候，我才有了一個良好的求知環境，尤其管理圖書的袁先生給了我很多方便，剛剛到的雜誌和書刊還沒有拆封就先讓我拿去看，而且圖書庫房任我自由出入，假期去借書也不抱怨，我覺得學生時代的廣泛、大量閱讀，也奠定了我寫作的基礎。

離自然很近

回憶住在違章陋屋的創作，也感覺是一種既憂鬱又愉快的生活經驗。

住房就蓋在父親住的宿舍外邊，那也是我和雪結婚時的新房，房內只能容納一張床、一張桌子、一個五斗櫥，冬天的夜晚伏案寫作，寒風就從很多的縫隙中鑽進來，有時太冷了，我不得不跺腳取暖。那牆先用竹片做骨架，再兩邊糊上泥，而屋頂同樣使用竹材，所以屋子空隙的地方很多，最後我們不得不到鄰近的稻田去撿拾枯稻草，然後塞住陋屋的傷口。

但是在那一段生活窘迫的歲月裡，我依然寫出了不少的作品，在刮風的日子，風四處進來，我離風很近；在下雨的日子，屋頂漏雨，我離雨很近；炎陽當空，或是滿天星光，我都覺得很近。那種肌膚的近，多年以來，也是令我一再翻閱的懷念。

除了寫作以外，我大部分的時間都花在看電影上，我和雪有第一個孩子的時候，仍舊常常帶著孩子和奶瓶去看電影，我希望自己能夠先做編劇，熟悉實務之後再做導演。我在電影方面所付出的心力並沒有白費，若干年後，我終於擔任了國泰電影公司的特約編劇；然而一經和電影界朋友們接觸，那種煩瑣的、冗長的、爲票房價值的討論，卻使一個長期孤獨、蟄伏的我，感到很大的不耐，我拒絕了他們邀約赴港的盛意邀請。自甘平凡的回到校園，再默默的教小孩子，寫情有獨鍾的短篇小說。

字跡的汗漬

1

我第一篇刊出的作品是〈寫在爸爸出發前〉，刊登在《中央日報》，內容是祝福父親帶領青年同學去軍中服務。

2

我在《自由青年》寫了幾篇散文，拿了稿費曾經請朋友吃麵。

3

我在《公論報》副刊寫了好多篇作品，一直期待它的稿費救急，有時候還編織一些如何支配金錢的美夢，坐等好久，我的美夢落空，編者回函說：等報社經濟好轉，將來再補發。

但作品變成鉛字出現，使我增加了信心。

4

我一直爲退稿而沮喪，連做夢也夢到退稿。

我研究不出自己作品的毛病。

我害羞、膽怯，缺乏自信，完全沒有可討論作品的朋友。

每當看到一些熟悉作家姓名出現在報章雜誌上，我曾經幻想：如果我有一把劍把他們一個個刺殺，那就輪到我了。

5

我用稿費買了一雙圓頭、輪胎底的皮鞋，走起路來很沉重。

後來又買了一件透明的尼龍香港衫，朋友讚美我的樣子活像一根臘腸。

再以後零零碎碎的稿費多半買了奶粉吧！

6

看到有獎金的徵文比賽，我多半參加，因爲太需要錢了。

7

使用生活中某一種物品的時候，我就想起某一篇作品，他們的生命源起一處。

8

我對印成鉛字的作品不眷戀，因爲他們已經死亡了。

9 寫信的時候，我不知道要跟朋友說什麼，難道要宣揚我的得意？或者傾訴我的苦惱？而且我感覺：寫作已使我乾涸。

10 我喜歡孤獨又喜歡人多。

11 妻說：飲酒時第一個醉的是我，笑得最大聲的也是我，她不明白飲酒有什麼樂趣。

12 年輕時我寫詩，然後再寫散文和小說。由於教小孩子，我再創作兒童文學；潘人木女士主編中華兒童文藝叢書，她對我的書名不滿意，我一口氣想了二十個書名，她取了其中之一《在陽光下》。

13 感謝曾編聯副的林海音先生用了我很多稿，也退了我很多稿，感謝愛護青年的林適存先生多年的指導，感謝瘂弦先生主編《幼獅文藝》時激勵我寫出較滿意的小說，也感謝蔡文甫先生、楊震夷、劉靜娟諸位先生對我作品的寬容與信賴。

14 感謝隱地先生給我作品許多的忠告。

15 我疏懶很少寫信，也難得出席文友們的聚會。

16 以作品來表現繽紛的人生，是一件快慰的事。

17 有不少年，生活在社會的不同層面，不但認識了更多的朋友，也體認了不同的世界；但是要把那些資料化作作品的血肉，卻必須經過一番醞釀和深思。

18 我出席很多的座談會，使自己由感性趨向理性。

19 我參加國立編譯館教科書編審會議，使我體認到長者的風範，對課文竭盡智慧的探討，對一字一句的用心。

受到這種感染，我處理自己的作品更爲愼重。

我爲館裡寫了《侵略者的腳步》、《中國永遠屹立》二書。

無非是涓流

有一段時間，我對寫作忽然產生一種焦慮和煩躁；對作品形式和內涵的不能突破，感到非常的厭倦，但是經過休息和自省以後，又恢復了平靜。

我在山中常枯坐在岩石上看流水，那流水是自自然然的形成一條山溪；流過山石，流過泥沼，流過草地……它有時盤旋，有時奔瀉，有時蹣跚，但什麼也阻擋不了它。

創作也理應如同自然的流水。

寫不出作品，我便和雪去山中勞動，有時除草，有時鋸樹，有時打著赤膊穿一條短褲在樹林間晃來晃去。

漸漸的，我與老鷹、烏鴉、竹雞、蝴蝶、蜜蜂……有了友誼，也與林木、花草、風雨、泥土有了圓融。

原發表於一九八六年二月《文訊》二二期

趙淑敏

舞踏在兩條船上

趙淑敏，籍貫黑龍江肇東，1935年生。台灣師範大學歷史系畢業。曾任高中教師，實踐學院、輔仁大學、東吳大學教授，並為華中師大、東北師大等大學客座教授。曾獲中興文藝獎章散文獎、中國文藝協會文藝獎章、國家文藝獎。創作文類以散文、小說為主，亦曾撰寫短評專欄。散文文筆細膩、豪放明媚，透過藝術的手法，使「時代」面貌在作品中永生。出版有《乘著歌聲的翅膀》、《小路上的歲月》、《松花江的浪》等20餘種。

文學創作與經濟教學之間

在創作與教學上究竟怎樣制衡?當別人知道了我在學校裡所開何課之後，很愛問這個問題。的確，我做的研究跟文藝創作，無論在精神上或實質上都南轅北轍，而且不僅全不相干，且在時間分配上常常互相侵犯，在心思的運用上常常彼此干擾。因此，非常羨慕那些從事文學研究又同時創作的教授，至少他們所喜愛的兩件事，不會相互扞格，把人夾得心情沉重無所適從。

曾有人很嚴肅地規勸我最好逐漸放棄文學創作，既然可以不做鬼混的教授，能當個所謂的「經濟史學家」，爲什麼還要弄一堆外務分心，予人心志不專的印象?這是愛護之言，所以我想辯還是沒辯，因爲不管教學與研究，絕對全然專注虔誠，全然沒有玩票的心理。至於創作，只是透支我個人生命的「遊戲」，從不曾分支我的專業精神與時光。相反地，創作的「所得」倒支持了研究費用。

說來汗顏，這兩三年，我的筆耕田園，卻眞是荒蕪了。並不是氣餒了，而是規定自己對家裡的病人必須全心全意做好特別護士，且對將賴以生存託志的事業不打一絲折扣，我不能不犧牲所愛。其實不想廢耕，但因心力交瘁，實在力有不逮。體力的耗損猶在其次，思路的痲痺，如竭枯的河川，露出醜兮兮乾巴巴，空無一物的河底，再也湧不出靈思的水流。偶然揮一揮筆鋤，似乎力不從心，還是懷著惆悵向環境低頭，然後安慰自己，還好，筆還沒全銹，尚可勉強使用。

有時狠心地想一想，不再創作也沒關係，絕大多數的人都不寫作，也活得挺好。況且在大學任教的教師，更十之八九絕不「搞文藝」，不寫點什麼也極其正常。儘管這樣自我開導，心裡卻堵滿了浪費生命的焦急和重整思緒的渴望。尤其回首前瞻，看自己走過的路，覺得若是再回到空白和零，更有著不捨與恐懼；曾經受過封筆的苦痛，就再也不敢跟自身的本性對抗。

終於有了「吐絲」的激盪

我不是文藝兒童，因爲就學早於學齡，在整個的童年，即使學業成績頗爲不惡，在思想的成長上可顯得很幼稚；讀過很多超齡的作品，卻未能在胸懷中發酵。直到來了台灣，或者是由於生活環境巨變的衝擊，或者是開了竅，心中忽然有了許多必須整理的亂絲，讀已不能滿足心靈的需要，而有了「吐絲」的激盪。吐吧！訴吧！實際上若按許多展覽會「十五歲以下兒童不許進場」的說法，那時仍得算兒童。只是儘管感覺的反應雖然十分穉幼，但確然已非純然的童心了。假如要把初次在報紙副刊發表文章算是走入文壇，那年正是十五歲；倘若正經八百地投稿領取稿酬才算眞正起跑點，當是十六歲的那年了。有那麼個雜誌叫《戰鬥青年》，給了我四十元新台幣，此後一個生活在困窘的女孩，終於找到了一個救窮的辦法。是的，從中學到大學都靠稿費貼補零用，曾有人取笑「專寫報屁股文章」。不確！那時的「作品」也常是副刊的頭題呢！

也曾是個愛情主義至上者，早早地走入另一個家庭，也決心把自己完全奉獻給這個因純情結合的家。什麼都可以不要！彷彿，什麼也都不需要了!!可是，是嗎?!爲什麼這麼不快樂？這麼空虛？這麼無望？有了愛情和麵包，為什麼好像過不下去了？從找到一個避風港，到走入這港內，實踐個人的理想才五年，怎麼就覺得活不下去了?!天地太小，使人窒息！窒息！自覺是個瀕溺的可憐蟲，急欲找一個可資攀援的救生器材，於是抓住了一枝銹筆，磨筆再用。

在邊緣的一隅，獨自品嘗冷落

老天！我終於上岸了！最初，只給一個廣播公司做捉刀人。不管別人怎樣看，是餵草擠牛奶也罷，是割雞用牛刀也罷，我做得很有勁。一組的朋友用智慧幫助廣播節目轟轟烈烈，也支持廣播明星更晶瑩發光。在電視初初萌芽的年代，我們仍讓已故的白茜如大姊得享如日中天的盛譽。到今天為止，對於在規格內定時定量出產，感到心悸與反感，也是那時造成的。所以在民國五十八年，決意向我曾競爭得來的工作機會，和那組可愛的工作夥伴告別，此後我要自由地、真正地創和作，不再僅在「生產線」上供稿。不過細數那七年餘的日子，並不完全後悔，至少我恢復了信心，培養出耐力，磨滑了筆尖。同時跑遍了大小圖書館，讀了十幾年也讀不完的那麼多書，用做研究工作的態度去分析資料，光陰並非全屬浪擲。

一眨眼，竟又二十年過去了，標榜為創作而創作，強調不向市場低頭，打定主意不做廣告的俘虜，不肯對「正業」有任何荒疏，卻膽敢跟自己爭時間，就這樣挺過二十年。很耐得住寂寞，於一片繁華好景之中，在邊緣的一隅，獨自品嘗冷落也是一種很好的滋味，最少我堅持了自家確定的原則，無論如何，不可失去讀書人必守的份與格；讀書人不可自封爲象牙塔之中的知識貴族，但應保有「士」的情操與自重。包括老父在內，很多人批評我迂，不知該不該否認，反正在一片濁塵裡，始終未學得適應之道和生意經。

以時間為酵母，醞釀出每部作品

說起來眞是滿害臊的，第一本書散文集《屬於我的音符》到民國六十二年才出版。從那時始，這十六、七年來，刨去最近這三年繳了白卷，十四年間，只出版了十六本書。論成就，毫無；論成績，慚愧！我曉得「著作等身」是很誘人的標準，不過那不能用以要求一個很迂的書呆子，我不但除了文藝還得學術，對掃稿成書搪塞自己的虛榮心，終究養不成這個習慣。他人對於我的不合時宜引以爲病，我倒欣賞自己的這項缺點。

散文集、小說集都出版過好多冊，到目前爲止，卻僅寫過一部長篇小說。其實在二十餘年前曾著手寫過長篇，是以燈塔人爲背景的小說，認眞地蒐集資料，認眞地撰寫，但是，最後放棄了。只因太過投入，使我無法全心地做個好妻子、好母親、好老師，衡量輕重，不能不揮淚封稿，塞入抽屜下層。七十年莫瑞颱風來襲，一場大水，泡得乾乾淨淨。我傷心，卻認命了，天意難違啊！可是才過了四年，在情逼義迫之下，竟只用了四個多月的時間，寫成了二十一萬字的《松花江的浪》。迴響不絕，愛護我的讀者與朋友都給予很大的鼓勵。可是也有人勸我不要對外宣稱只寫了四個多月，應當說嘔心瀝血若干年，才能顯出分量和避免狂妄之譏。很謝謝這份關心，但非常不能了解爲什麼該撒謊，因爲寫了四個多月不等於僅醞釀了四個多月。而且爲什麼沒人問問我那四個半月怎麼過的？學期中間，每夜從九時寫到二時半，清晨還得起來準備上課；放假的日子，一天可以寫上八到十小時。我是屬於「長痛不如短痛」型的急性人，將來倘按計畫在《松花江的浪》而後，繼續完成「逆航三部曲」的第二、第三部，必然還是採短痛方式，集中心力一氣呵成。不過這唯一的長篇卻意外地得過兩次獎。尤其在國家文藝獎頒獎後，許多人頗有不平之詞，幾位參與評審的先生，都特別告訴我，這本書曾經得到何等的肯定。謝謝，什麼都是假的，公平的審核、真誠的肯定，才是最值重視的獎賞。這部小說也是我第一本同時在台灣和大陸發行的作品。

情鍾文藝，義歸學術

七月間去大陸，做還願、探親、采風、學術交流的旅行。也去過母親的老家呼蘭，那麼當然不能不去最重要的「觀光點」——蕭紅故居。拍照留念順理成章，但二、三十年未用過毛筆的我，應邀題字卻有些獻醜的尷尬。回到北平與人提起這經驗，有人竟對我說，將來的成就定會在蕭紅之上。這話聽得我心情極爲複雜，蕭紅的成就乃在開風氣之先，那個時代早過去了，再開創一個新時代，可能嗎？假如只以那個時代的「水平」來自我要求，是否會太寬待自己?!不過這番「讚美」，也讓我想起赴大陸前一位文評家所表示的期許，給我定了遙不可及的目標，勉勵我全力歸心於寫作。我由衷地感謝，但又十分惶恐，擔心令所有的期望變成失望。

雖然常常很灑脫地解嘲，說我左手學術，右手文藝，似乎左右逢源，實際上卻是左右爲難。舞踏在兩條船上，每每有左右偏倚失去平衡的危險。除非放棄，抽回一腿，否則將來必定會有落水淹死的一日。到今天還不知應當收回那隻腳，仍然踩在不同的兩條船上，只希望不被「溺斃」。情鍾文藝，義歸學術，何取何捨？難！難！難啊！

原發表於一九八九年十一月《文訊》四九期

梁丹丰

以畫筆揮灑胸中世界

梁丹丰，籍貫廣東順德，1935年生。杭州藝專西畫科畢業。先後任教於國立藝專、中國文化學院、銘傳大學、師大美術社及紐約聖約翰大學。曾創辦快樂畫會，曾任中國婦女寫作協會理事長。現任銘傳大學副教授、崇右技術學院兼任副教授。曾獲教育部文藝獎章、國家文藝獎、中國文藝協會文藝獎章等十餘項。創作文類爲散文，其周遊各國，將繪畫的專業技巧與審美內涵交織於作品之中。出版有《畫跡屐痕》、《走過中國大地》、《彩繪大地的豐美》等30餘種。

立志成為畫家

何其不幸，又何其有幸，我生長於動亂的時代，爲了躲避敵人的凶殘，跟隨家人走過大半個中國。那段日子裡，未曾在一個地方待過兩個月以上，雖然一家人還能聚在一起，生活中仍充滿著不安定。因爲，沒有人能預料明天會發生什麼事。

流離的日子雖苦，在當時小小年紀卻已對山川壯麗之美留下深刻的印象。父親常教導我們，不僅用「眼」欣賞美，還要用「心」去感受。人在大自然中掙扎求生存的毅力，在我幼小心靈中造成不小的震撼。爲了怕骨肉失散，每到一個新地方，父親就領著我們姊弟到處逛逛，認識該地的特徵，以防萬一走失時，還留有一線重聚的希望。當初的訓練，使我今天可以一眼就看出不同地區的特徵。

童年時四處奔波，無以爲家，教我認識人情溫暖，別人的呵護使我心存感念，對整個土地也有深厚的感情，覺得處處都是我的家。當年，看到父親用畫筆記錄我們幼時的生活，眞令我羨慕，也激發我立志成爲一名畫家。

逃難的簡陋行囊中，有一本小書跟著我遊走四方，那是林語堂女兒們的幼年日記，林語堂在書中說：「有眞感情就是好文章」。這句話，讓我想到，或許可以試著用文字寫出繪畫無法表達之處。如今，我也能用文字寫出心中感受，這本書給我鼓勵很大。不過，學畫至今近四十年，早已習慣用畫筆揮灑，疲累時，一提起筆就倦意全消。爬格子的筆總覺得較爲沉重，速度也慢了許多。

抓住機會學習

正因爲在各地停留的時間都非常短暫，沒辦法進學校受正規的教育。不過，每到一新地方，我還是想盡辦法上學，小學是跳著班唸，三年半的時間就升上五年級，五年級唸不到半年，才十一歲就直接升上初中。雖然斷斷續續，不服輸的我，功課方面也不肯落人後。初中唸了一年，卻因爲生病，休學在家靜養一年。因爲入學的困難，自修成爲最重要的求知途徑，使我知道要緊抓住每一個學習的機會。

十二、三歲時，正逢杭州藝專招生，考進藝專令老師及同學都很驚訝，倒不是我的年紀小，而是認爲我有個鼎鼎大名的父親，爲何還要到藝專學畫，聽了之後覺得也對，何不乾脆隨父親學。當我表達了自己的意思以後，父親表情凝重地告訴我，一切學問都得靠自己，況且沒有文憑，除非有相當成就，否則就等於一事無成。他讓我仔細考慮，三天後再告訴他答案。我在西湖旁徘徊了三天，一個小孩子又能想得多深、多遠的問題呢？當我決定不進學校唸書後，父女兩人抱頭痛哭，從此，一切都靠自己，學習的過程雖然辛苦，至今我仍然一點都不後悔。

生活中除了讀書、學畫，還要照顧弟妹，十幾歲的我常常失去耐心，父親屢次告訴我，由照顧弟妹去體會、了解、接納別人，並培養耐心，有時必須勉強自己做一些事的。年紀稍長，曾經爲了要將所有心力用於繪畫，考慮不要結婚，以免被家庭瓜分了畫畫的時間。對這個不成熟的想法，父親的說法是：「繪畫的題材都是人生問題，如果不結婚，就失去了解人生的最佳途徑」、「人需要結婚生子的磨練，才能使感情有深度」，才使我打消這不成熟的想法。每每在父親這種不像答案的答案中，更確定自己的人生方向及信念。

我的繪畫之旅

來到台灣後，生活漸趨穩定，民國四十三年結婚後，雖然家庭與隨後而至的子女分走一部分時間，但與外子雲坡相互鼓勵，充分利用空閒，作品量還不至於減少。

學畫多年，第一張成績單是二十一歲那年在菲律賓展出國畫。雖然西畫和國畫的表現手法不同，但我都同樣喜愛。早先，大概每隔三、四年辦一次展覽，作品也以國畫較多。五十八年以後，因爲開辦「快樂畫會」，開畫展的次數也愈頻繁，內容也及於水彩、油畫、素描等。

畫畫、教書、家庭三者兼顧，生活在舒適安逸得近乎規律中度過，日常熟悉得不能再熟悉的「行事表」，反而將我在幼年時訓練出來的敏銳反應力、觀察力磨鈍了。另一方面，我也想增加知識、見聞，外子也贊成出去看看散散心。因此，民國六十三年美國聖若望大學邀請我到該校開畫展，幾經考慮，再加上教育部等機關的協助，展開第一次世界之旅。

取道日本、夏威夷前往美國，這段行程早先已由各種資訊中得到概念，不過是證明實際與印象是否相符。在聖若望大學、密西根大學展出告一段落之後，我又前往歐洲，在漢堡、柏林、維也納、馬德里展覽作品。歐洲，這一座光華燦爛的藝術寶庫，眞是讓我傾心，我眼不停地看，筆不停地畫，只恨自己的精力不夠，沒法子將所見所聞一一納入心中。四個月的旅行，帶回來將近四百幅水彩、素描，回國後立即在台北展出此行成果，隨後將鉛筆畫部分輯爲《環球之旅》鉛筆畫集兩冊出版。

向更高冷的極地挑戰

到目前爲止，我總共出國二十餘次，遊歷六十多個國家。沒去過冰雪封凍的阿爾卑斯山，無法了解水彩凝結成冰，冰紋造成的特殊效果有多迷人，這個意外的發現，使我敢在日後向更高冷的極地區挑戰。極地的冬季，連當地居民都盡量減少外出，穿上所有的衣服，歪歪斜斜地走在結冰的路上，冒著被凍僵的危險，我看到了終生難得一見的北極光。旅行在外，限於畫材取得不易，想出用組合式畫面的方法，展現了大峽谷磅礡的氣勢。

愈接觸自然，愈感於造物者的神奇，自然界的巧奪天工，永遠令人嘆爲觀止。威尼斯的一夜雨，各種不同的藍，鈷藍、深藍、藍紫、青紫，組合了水都神祕的景色；冰山接受夕陽餘暉，閃爍著粉紅、紫色光輝，沒有親眼看到，不敢相信冰瀑、冰山能有這麼多變化；就連中東沙漠，一點也不單調，土黃、鉻黃、淡黃摻雜出熱鬧的景象。奇峰高山各個不同的姿態，在在令我折服。懾於大自然的神奇之餘，想盡全力將它表現出來，希望除了景物的形體之外，更能將它們的神韻、靈魂寄託在畫中。

一個旅行者走過愈多地方，愈發懷念自己的家園；對大世界付出所有的愛，自己的故鄉總得分多一點。當去年一家報社建議我重回記憶中的國土，經過前所未有的掙扎，對那片土地的感情戰勝一切，我終於又回到她的懷抱，背著簡單的行囊，以六個月時間，由南到北，由西到東，經過五萬多公里，帶回數百幅水彩、速寫，幾卷三十尺長的長幅及三千多張照片、幻燈片。

這半年是我畢生最苦的歷程，不是指以自助旅行的方式，搭乘各式飛機、車、船，從長江到黃河，從雲貴到東北，從蒙古到西藏，重訪南京、北平這些天都市，也參加黃河探源歷險。物質匱乏，行程艱辛打不倒我，只是舊有文物被忽視破壞，中國人民的淳樸熱誠竟然變成疏離、冷漠，孩子們的臉上見不著童真，只看到一臉木然……這一切一切都令人心疼。回來已幾個月了，心中的激動仍未平復。（王燕玲記錄）

原發表於一九八九年四月《文訊》四二期

趙天儀

詩的心路歷程

趙天儀，筆名柳文哲，籍貫台灣台中，1935年生。台灣大學哲學系畢業、哲學研究所碩士。曾任台灣大學哲學系教授、代理系所主任，靜宜大學中文系教授，《笠》詩刊社長、中國新詩協會常務理事。現為台灣兒童文學學會理事長、靜宜大學台文系講座教授。曾獲巫永福評論獎、台中市大墩文學貢獻獎。創作文類包括論述、詩、散文和兒童文學。在詩的形式上，作者「是一個自由主義者」，透過不斷的試鍊，造成新形式的取向。學術上以研究哲學與美學為主，後更跨足台灣文學與兒童文學研究。出版有《裸體的國王》、《壓歲錢》、《風雨樓隨筆》等近30種。

學習國語與作文

從幼稚園到小學三年級，我學了大約四年左右的日文。在家裡，日常生活使用的是河洛話，但是，讀的卻是日文。戰後第一年，我回到台中師範附小繼續唸四年級，讀了兩個月的日文，再讀了一個學期的漢文，也就是使用河洛話讀漢文，差不多在六年級的時候，才大量地讀國語，那時候，我們也叫做北京話。因此，在小學六年級的時候，我才一邊學國語，一邊練習寫作文，目標是爲了升學。

我六年級的級任老師是徐德標先生，他的國語教得很好，因爲沒有標準本的教材，他常常在黑板上抄五四以來的短篇散文，或當年中國大陸小學生的作品，給我們做參考資料。我是常常奉命代抄在黑板上的學生之一。記得好像抄過冰心的〈寄小讀者〉、巴金的〈繁星〉等等。除了徐老師教我們學習國語與作文以外，當時也有來自北平的一位姓葉的女老師教我們國語，音色非常美好。在附小的學生中，早我們一屆的張孫煜學長，是台灣前輩作家張深切先生的公子，他也是從北平回來的，是第一屆全省國語演講比賽高年級的冠軍，我們常常聽他的漂亮的國語。在我們班上的同學，洪炎秋先生的公子洪鐵生，也是滿口京片子。所以，從那時候開始，我便有學習標準國語的對象。

原來那時候，洪炎秋先生是台中師範校長；而張深切先生是台中師範學校的教導主任。在那時期學寫作文，主要的參考書，便是那時的《模範作文》。我是在這種環境和時代背景之下，開始學習國語與作文的。

從散文出發

民國三十七年秋天，我考進了省立台中一中初中部，初一的時候，我用河洛話大量地讀中國古典小說，主要的是歷代演義章回小說，從封神榜到施公案，我常常站在我家附近的一家書店看書，直到書店晚上關門才回家。記得那家書店，叫做公大圖書公司。那時候，台中市的書店還有中央書局、大同書局、志成書局以及昌文書局等等。舊書店有文化書局等等。就以我家那一條繼光街來說，除了公大和昌文以外，還有好幾家舊書店，也有一家良友小說出租店。這些書店，都是我經常流連忘返的地方。

到了初二以後，我的導師兼國文老師是楊錦銓先生，在初二第一學期，他教了一學期的白話文，以五四以來的散文爲主；一方面指定閱讀課外讀物，讀義大利亞米契斯的《愛的教育》，並撰寫讀書報告。另一方面注重修辭和欣賞，鼓勵我們作文，凡是優秀的作文，他就要我們在稿紙上重抄一遍，然後貼在教室後面的一個角落，讓大家去觀摩欣賞。初二第二學期，他教了一學期的文言文，以明清小品文爲主；一方面讓我們自由選讀一種課外讀物，也要寫讀書報告。另一方面也繼續鼓勵我們練習作文。他教作文，除了規定一個題目以外，另一個題目就是自由題；如果是不寫老師規定的題目，也可以自己選一個題目來寫，或寫好了，再定題目。我幾乎差不多都選自由題來練習。

初三第一學期，他教了一學期的論說文，以白話的議論文和說明文爲主，課外讀物則指定閱讀國父孫中山先生的《三民主義》演講本。楊錦銓老師還鼓勵我們班上創刊了校內的週刊報，叫做「初三上甲組報」，有新聞、社論及文藝性的副刊，班長陳正澄是發行人，總編輯和社論主筆是李敖，抄鋼版的是黃茂雄和我，我也參與編副刊。同班經常撰稿的，還有林富田、張育宏、林慶文、洪焜明、李昆萌、陳昭朗、廖金松等等，這些同學，後來差不多都是台大畢業。目前陳正澄是台大經濟系教授，林慶文是台大畜牧系教授，而且都當過系所主任。初三第二學期，我們國文總複習，並且加強升學指導。

在初中三年中，我們的國文、英文和數學，都是依照能力分班來上課的，所以，上課的時候，便須大換教室。我三年的國文，因爲都在甲班，所以，便有機會接受楊錦銓老師的指導。在那時候，我開始培養了閱讀課外讀物的習慣，而且也開始閱讀中國五四以來的新文學作品和外國文學的翻譯作品。因此，我經常在台中一中圖書館、省立台中圖書館以及台中糖廠圖書館借書。

那時我也開始練習寫作，以散文爲主，偶爾也寫新詩。當然，現在想起來，都是未成熟的作品。記得我在《中央日報》發表了〈小弟弟〉和〈蚊子〉。在《公論報》發表了〈拾穗〉。在《國語日報》發表了〈談書法〉等等。這些散文的發表，當時也曾經激起了我寫作的慾望，但是，卻更激勵了我繼續廣泛閱讀的興趣。

我的芳鄰，也是同一屆的王炳洲同學，他的作文，除了王新德和李敖的作文以外，楊錦銓老師也非常欣賞。有一次，不知爲什麼，楊老師忽然向我提起。不過，因爲王同學常常和我交換閱讀心得，自然也給了我不少的啓示和警惕。由於他的介紹，我認識了當時就讀省立台中商職的顏全住，我們常常在他家裡相聚，主要的是我們都喜歡閱讀和寫作，尤其是顏全住藏書豐富，也給我不少的幫助。這是我少年時代愛好閱讀與寫作，最令我難以忘懷的朋友，也是一段值得懷念的時光。

從文學到哲學

到了高中，楊錦銓老師還教過我《三民主義》。而高中的國文老師，最令我難忘的是倪策先生、王醒魂先生和李鼎彝先生。如果說楊錦銓老師奠定了我的國文基礎，那麼，倪策老師該是啓發我從文學走上哲學的老師了。有一次，他在國文課上，正在批評我的一篇作文的時候，認爲我頂多像一個浪漫詩人一樣，那可能只是曇花一現而已，話剛說完，我正好走進了教室，倪老師便說：「說曹操，曹操就到！」當我請教了同學，他們轉述了倪老師對我的批評。因此，下完課以後，我便去請教倪老師，那我該怎麼辦？他先拿了一本謝扶雅教授的《人生哲學》給我閱讀。另一方面也開始聽他介紹中國研究哲學的前輩，尤其是他的母校北大哲學系。同時我也逐漸地從文學轉到了哲學和史學。胡適、錢穆、朱光潛等的著作，便開始在我的身邊出現，其中影響我最大的，該是朱光潛先生，以及翻譯羅曼羅蘭的傳雷先生。也許這也是我選讀哲學和美學的一個伏筆。

同時在高中的時候，因爲偶然的機緣，我在省立台中圖書館認識了我的學長林清臣，他正沉醉於錢穆、唐君毅、徐復觀、牟宗三諸先生的有關中國哲學及新儒家的著作；而我這一半文學、一半哲學的愛好者，便跟他成了莫逆之交。他私淑牟宗三先生，但是，先讀了台大化工系，又讀了台北醫學院醫科，目前已成爲一位傑出的神經科醫師。

由於倪策老師的啓發和鼓勵，林清臣的勉勵和期待，後來我竟眞的進了台大哲學系攻讀哲學。

詩的探索：「菓園的造訪」

我在高中時期，由於體弱多病，又不斷地閱讀課外讀物，自然便不務正業，曾經給我帶來了一股很大的升學壓力。當時也開始有了一種初戀般的情愫，一股憂鬱的情懷，所以，就發洩在新詩的習作上，因而偷偷地寫起一些情詩來。

大約是在民國四十四年夏季，有一天，詩人覃子豪先生旅居台中市青年旅社，詩友柴棲鶩先生來約我去看他，當時似乎尚有小說家楚軍先生也在座。後來便約好，翌日由我帶覃先生去軍中的製圖廠校對他的詩集《向日葵》。在三輪車上，覃先生因看過了我的詩作，便跟我聊起來，結果發現，我在台中能讀到的詩集、詩論，有些他在台北還找不到呢！

那一天，我陪他校對了以後，便由柴棲鶩兄帶路，去女詩人彭捷女士的家聚餐。在彭捷女士的家裡，詩人白萩也在坐。因爲白萩跟我是台中師專附小晚兩屆的校友，所以，從那一天開始，我們便常常在一起，談詩，談文學，甚至無所不談。當時他已在覃子豪主編的《藍星週刊》和紀弦主編的《現代詩》發表作品，而且備受詩壇矚目了。

不久，我也開始在《藍星週刊》發表了一些詩作，同時通過白萩，認識了蔡淇津、黃河清和游曉祥，他們都是在省立台中商業職業學校唸書，也是白萩的同學，都在寫詩，也都有作品在《藍星週刊》

或《現代詩》等刊物發表。另外也認識了台中女中的徐月桂，她寫散文和小說，也就是後來用筆名姚姮的女作家了。

民國四十五年秋天，我因考取台大哲學系，就離開了台中，到台北唸書，有四年的時間，都住在台大宿舍裡。一方面因爲受到台大學術氣氛的影響，另一方面看到現代詩壇的論戰以及彼此爭霸的情況，雖然有機會跟白萩、黃荷生、薛柏谷在一起，也參加過詩人們的聚會，我始終以唸哲學爲重，所以，除了曾經參加香港僑生余玉書在台大創刊的《海洋詩刊》以外，可以說，詩的活動很少參加。

從高中到大學畢業前後，我的詩作，大部分發表在《藍星週刊》、《海洋詩刊》、《臺大青年》以及香港的《大學生活》。這時期的作品剪貼，曾經被詩人林郊和米丁借去，可惜遺失了。後來我曾經抄回了一部分，也就是民國五十年十二月自費出版的第一部詩集《菓園的造訪》的一部分。因爲那時我回台大，在哲學研究所當研究生，後來又兼任助教，所以，我就用兩個月的薪水，印了那本薄薄的集子。這本集子，現在看起來，有初戀般的純情，以及童話般的想像和氣氛，也就是代表我少年時代的情懷和青年時代的憧憬與夢想。試以〈覆白萩〉一詩爲例：

白馬尚未騎穩
別揮舞你催趕的鞭子
當馬跳躍，仰天嘶鳴

啊，危險，我不曾把牠馴服

讓你先騎罷，佩著你的少年之劍
帶著你的筆和笛
去開拓理想的兒童的詩園
去尋覓你隱藏的戀

青鳥的翅膀已逐漸地豐盈
伊甸園的禁果已逐漸地鮮紅
莫躊躇，吹起你的詩笛
豪邁地，奏一支西班牙風的森林小夜曲

騎罷，白荻，帶著你的筆和笛
佩著你的少年之劍
夜來的風雨聲中
我將諦聽你出發的蹄聲得得……

這是發表在《藍星週刊》的作品，帶有一點藍星的風味，也表現了我當年對開拓兒童的詩園，追求隱藏的戀，有一種由衷之情的嚮往。

詩的追求：「大安溪畔」

在台大哲學系四年中，殷海光的邏輯分析，方東美的天馬行空，以及曾天從的體系重建，對我學習哲學，都有過相當的影響。在哲學系的課程以外，我也旁聽了外文系英千里、張浣長、夏濟安、吳炳鐘等教授的課程，使我對英、美詩，有了進一步的認識與學習的機會。

從民國五十年秋天，我進入台大哲學研究所，在所謂中西文化論戰的前後，邏輯經驗論和實存主義兩種當代思潮的衝激，也都對我發生了很大的影響。而在民國五十一年，傅偉勳先生自美國夏威夷大學回台大任教，雖然他拿了兩個碩士，還是從講師幹起，他在那時期的教學，對我產生了更大的挑戰和影響。

民國五十三年，吳濁流先生創刊了《臺灣文藝》，同年六月，桓夫、林亨泰、詹冰、錦連、白萩、黃荷生和我等聯合了十二位詩人創刊了《笠》詩雙月刊。這時期，我一方面繼續唸哲學和美學，另一方面又陸續地寫詩。桓夫、杜國清和我，幾乎又同時相聚與出發。民國五十四年十月出版了我的第二本詩集《大安溪畔》。這本集子的作品，主要是以我預備軍官一年和哲學研究所三年中的生活爲背景，點點滴滴地累積起來的。試以〈圖書館的回憶〉一詩爲例：

光線充足而安靜的角落
我撫過的桌子，坐過的椅子
我從管理員手上接過的書
都依然如昔

都依然那麼誘惑
閱覽室裡，我消磨過許多美好的時光
窗外的棕櫚樹，教堂的十字架
當我沉思凝視的時候
麻雀會在樹上歌唱
行雲會在十字架傍停止流浪

藏書庫裡，那些蛀蟲的啃咀
書頁零落，可要晒晒溫和的陽光
那些晦濁的紙味

呼吸極爲窒悶，可要流通新鮮的空氣
這樣的冷藏，這樣的隱居

我不知道，多少傻子拼了一生的心血
來寫這些，來印這些
我不知道，多少傻子花了多少的功夫
來借這些，來看這些
圖書館小姐天天來報到，但從沒仔細看這些

說許多人在這兒得到智慧
說許多人在這兒變成了豪傑
我知道，我是這樣的傻子
悄悄地從這兒把書底縮影與啓示
銘記在腦上，牢記在心底

從這首詩的表現與回憶，可以略窺在學院裡生活的投影，以及那種冥想帶來的深遠的情趣與理念。

詩的批判：「牯嶺街」

從民國五十四年秋天，我開始在台大哲學系開課以後，到民國六十三年七月，我被迫離開為止，我開過一些有關哲學、邏輯和美學方面的課程，由於課程繁忙，加以後來主持系務，遭遇了不少的障礙，除了撰寫一點有關美學的論文以外，雖然詩與批評雙管齊下，但有時只能若斷若續，這時期的詩作，便收錄在我的第三本詩集《牯嶺街》了。試以〈一幅靜物〉的詩作為例：

色盲的透視
一幅靜物
綠色的是花盆
茶褐色的是傘狀的葉
從異國歸來
拿博士回來
依然是色盲的透視

而他　穿著茶褐色的西裝

立在秋天的陽光下
我的透視
依然是一幅靜物

顯然的，從這首詩的表現，可以了解我的詩作，已經從現實的抒情轉到現實的批判了。色盲並不因拿了博士從異國回來，就能糾正過來的；換句話說，出國以前的他，固然是色盲；從異國歸來的他，也還是色盲哪！

詩的醒悟：「小麻雀的遊戲」

從民國六十三年秋天到民國六十四年夏天，我失業了一年，但是，也閉門讀書與寫作了一年，在新店的風雨樓上，倒是使我在詩與評論上，又恢復了往昔狂熱的創作慾。因此，詩作達到了相當的高潮，而且持續至今。

民國六十四年，我進入國立編譯館人文社會組服務，不覺已十年了。在這十年中，除了出版了一本童詩集《小麻雀的遊戲》以外，我的作品不少，範圍也很廣。詩、散文、評論都有。可惜都尚未結集出版。

我希望能在這一、兩年內，把這十年來的作品，依照各種不同的性質來分集歸類地編輯，也許可以理出一些頭緒來，並且對這十年來的創作與評論做一個交代。

當然我也願意虔誠地再來繼續不斷地讀書、不斷地學習，不斷地生活，同時也不斷地寫作，在我求學的過程中，在我寫詩的歷程裡，我曾經遇到許多誠摯而有才華的師友，他們常常不斷地給我鞭策與鼓舞，願我能跟隨著他們前進的腳步，繼續勇往邁進。試以〈小草〉一詩爲例：

只要有一撮泥土，
我就萌芽；
只要有一滴露珠，
我就微笑。

生活的天地雖然很小，
但天上有繁星，
地上有螢火，
都點綴了夜裡的黝暗。

當陽光強烈地照耀，

我抬頭挺胸；
當狂風暴雨猛烈地沖擊，
我昂然而青翠。

豎立在曠野小小的角落，
沉默是堅忍的音符；
啊，我在陽光中欣欣向榮，
也在狂風暴雨中渾身抖擻。

也許我就是一棵向陽的小草，雖然是那麼微弱而渺小，但是，卻也有著一股不可磨滅的野生蓬勃的朝氣與力量。也許也可以代表我的一種自我激勵，以及詩的心路歷程。

原發表於一九八五年六月《文訊》十八期

徐薏藍

書中日月長

徐薏藍，本名徐恩楣，籍貫浙江杭州，1936年生。中興大學合作經濟系畢業。曾任中學教師。曾獲中國文藝協會文藝獎章、電視編劇魁星獎等。創作文類有散文、小說、報導文學、劇本和傳記。風格簡潔明暢、清新婉約，字裡行間蘊含著沉思的啓示，近年的創作風格以人生充滿希望，呈現出現實中的眞善美爲主。出版有《綠窗小語》、《玫瑰園》、《金色時光》、《遠方的雲》等60餘種。

從一本剪貼簿談起

爲了寫「筆墨生涯」，我從書櫃最底層，翻看已經泛黃的舊剪貼簿，第一頁是一篇兩千餘字取名〈橋畔老人〉的散文，文末註明發表日期是民國四十四年六月九日。

數算日子，已有三十三個年頭了，時光將厚厚的剪貼簿抹上陳舊的容顏，讀著熟悉而又陌生的句子，想當年那個年輕的我，是如何滿懷熱情，以不成熟的筆調，吐露心聲。

而今，熱忱依舊，三十多年的歷練，自信駕馭文字的功力已有長足進步。

這本剪貼簿能完整保留至今，因爲多數篇章皆未收入單行本，想當年書寫時，情感是眞摯的，筆調卻欠圓熟，整本是從四十四年到四十七年間，全是我讀大學時年少的夢幻與憧憬，字裡行間流露著對人世間的愛與關懷。

由於對世人有太多關愛，促使我執筆爲文，發抒感懷，述說故事，把一己的見聞、體驗及心靈感受，用文字表達出來，那是我所瞭解的人生，也擷取我所感動的素材。

我一直認爲，一個創作者，必然認眞地活過、感受過，對人生的瞭解才不褊狹，對事物的想像力才會豐富，而讀書，讀大量的好書，是充實寫作能力最重要的。

回顧寫作生涯漫長歲月裡，我就是在讀書、教書、寫書與書爲伍中度過。再回溯生命曾經走過的路途，也都與書有緣。

自小，飽受戰爭帶來顛沛流離之苦，不諳世事的我，隨父母逃難，逃到大後方重慶，暫時定居下來，儘管日本飛機不時轟炸，要躲警報，父母不忘爲我啓蒙，父親用毛筆寫方塊字，母親每日教我四字，積少成多，待我正式進入小學，已認識不下千字。

祖母蒼老沉緩的聲調

最先帶領我一窺古典文學殿堂的，是飽讀詩書的祖母，她出生官宦人家，精通文墨，在流離失所的困境裡，一書在手，是她無上的精神安慰。那時她大約六十多歲，長日漫漫，總見她戴上老花眼鏡，就著日光，悄坐一隅。風簷展書讀，樂在其中。

當我認識不少方塊字後，以爲像祖母一樣捧起書就可以讀了，結果大失所望，開始對祖母那幾本讀得津津有味的書感到好奇，那被她視若珍寶的舊書，她讀過後總用舊報紙包好，仔細收藏起來。原來，在倉惶逃難時，她寧可丟掉衣物，也不肯捨棄僅有的精神食糧——三本舊書，《全唐詩》、《紅樓夢》和《三門街》。

祖母見我對書感興趣，教我背唐詩，我像唱兒歌一般，一首首琅琅上口。當年難解詩中意，長大後，細細品味前人綺麗、浪漫的情懷，有助於文思的薰陶。

《三門街》是祖母講述給我聽的第一部書，唐朝名將李廣忠君俠義的故事。後來，她又講《鏡花緣》、《老殘遊記》，我沉迷引人入勝的故事，知道書中天地如此廣闊。

祖母以我年齡太小，而拒講《紅樓夢》，使我念念不忘這部厚書，直到若干年後，東渡來台，祖母早已謝世，我進入初中，才如願以償購得上下冊，讀來頗饒趣味，卻又似懂非懂。

帶領我進入小說天地，培養我閱讀興趣，祖母令我難忘，當年，蒼老沉緩聲調中，我爲每一個故事人物，編織了廣袤的想像空間，已然感受到「書」帶給人思想奔馳的快意。

抗戰勝利，還都南京，我進入了藏書豐富的小學，課外酷愛選讀歷史演義故事，這些書籍給我的最大影響是，我的思想、文字，是絕對中國的。

童年時代的書緣，對於我往後步上寫作之路，不能不說是一種牽引。

歌聲笑聲中詩文相伴

在台灣，初中我讀的是台北一女中，陳朋老師教國文，作文偏重論說文，目標針對升學考試。我不擅長說理，從未得過高分，倒是老師一再講解作法要點，漸漸增進了我文字推理和組織能力。離校多年後，見老師著有作文指南《文路》一書出版，便去購買一冊，有繼續受教之心。

初中階段，我閱讀課外書的範圍很廣，開始涉獵翻譯小說，世界在我眼底展開了新貌，尤其俠盜亞森羅蘋和福爾摩斯探案的曲折離奇，使我了解現實以外的多樣人生，也感到文字帶給心靈的震撼。

我對古詩詞的偏好，源於祖母幼年教讀，背誦不少，中學時，身爲空軍擅長書法和作詩填詞的父親，引導我深入了解，還教我詩詞作法。是詩與詞的精緻、柔美，美化了我的感覺世界，而在往後落筆為文，十分注重文辭的洗鍊。

高中三年，可以說對我日後寫作生涯有絕對性影響。

我初中畢業時尚無聯考，母校一女中入學考試，因身體不適而缺考，後再應試離家較近的北二女，現更名中山女中，入學後，我結交了許多可愛的新朋友，一同度過愉快而豐富的三載金色年華。

這生命中一千多個難忘的日子，我們是在歌聲、笑聲、課文中度過。同學是一群愛唱歌的女孩，班級合唱競賽，榮獲冠軍，每有中西電影新曲，都爭相抄寫歌譜，下課拉開嗓門練唱一番。至今我仍保存那厚厚一冊手抄歌本。我還存有另一手抄本，全抄些當時令我們心儀的新詩和散文，在民國四十幾年間，僅有《野風》、《皇冠》等數種為數不多的雜誌，一發現佳作，便忙不迭抄為己有，或堂上朗讀。還記得一篇陳香梅獨白式散文〈灰色的吻〉，敘述一段無奈的愛情，令「少女情懷總是詩」的我們感動不已，那時影印尚未發明，抄數千字竟不以為苦。

這令我不能不提到影響我們癡迷文學的關鍵人物，就是高中教我們兩年半國文的李鳳書老師，他不但推介好書，更全心指導我們寫好文章。記得全班愛煞了法國作家拉馬丁的《葛萊齊拉》，這本散文式小說，情節感人，文辭優美，讓人百讀不厭。

李老師上作文課最受歡迎，題目出得很多，不拘文體，還可自由命題，任意發揮的結果，佳作頻頻出現，每次發回作文簿，高分之外，眉批「傳觀」二字屬最高榮譽。

我多寫抒情文，思緒任意翱翔，落筆為文發現也是一種快樂。當被「傳觀」的次數一多，更加用心了。

十多年後，我自己做了老師，也效法當年老師鼓勵學生的用心。

蒼勁有力的字裡有著巨大的鼓舞力量

在進入大學以前，我未曾投稿報刊，我的志願中獨缺「作家」，從來沒有想過寫文章、出書，去走這條艱辛而漫長的路。

教書是我從小醉心的行業，卻在聯考中被摒除於師範大學之外。讀中興大學商學院，確有些無可奈何。

如果不是學校附近那家租書店，讓我在課餘之暇，猛啃當代文學作品，而激發寫作的衝動，如果投寄出的第一篇稿子，不是得到主編鼓勵的來信，使我再接再厲……綜合許多如果，而造就了今日的我。

做了大學生，聯考的緊張消除了，心情大大輕鬆，應付不感興趣的商科課程之餘，書的世界是如此豐盈，孟瑤的小說，張秀亞、艾雯的散文，這些當代作家，引領我進入全新的文學天地。我沉浸在書香中，幾乎廢寢忘食。那時台灣作家不多，大約一年時間，我讀遍了租書店書架上所有存書，不知不覺中，我學習了運用文字的技巧，對文章的架構、段落、修辭等，也稍有概念。

寫〈橋畔老人〉，原極偶然，我每天步行上學，要走過一座石橋。一天早晨，在初夏的晨霧朦朧中，發現有位老人獨坐橋欄，神情落寞。

走過橋後，我的思緒圍繞著老人，他爲什麼大清早一個人坐在那裡？發生了什麼事？他的家人呢？一連串問題無從解答，卻激發了我的想像力，來自心底的訊息，編造了一段假設，完成兩千字作品。

我將文稿寄給家中長期訂閱的《大華晚報》副刊，通訊地址是學校，不久，我竟然收到主編來信，告訴我決定採用，並鼓勵繼續再寫。我很難描述當時激動興奮的情緒，一個人坐在校園裡，反覆讀著陌生者的親切來函，「薏藍同學……」我感到那蒼勁有力的字裡，有著巨大的鼓舞力量。

緊接著，我寫了一篇四千多字的星期小說〈玫瑰園〉，也很快見報，從此開展了我的寫作生涯。

未久，我以〈永久的青春〉，寫外祖父的事，投寄《中央日報》副刊，也很快刊登出來，嘗試而被肯定，自是歡欣雀躍，全力以赴。

一年多以後，有兩件事值得一提，我完成了一部七萬多字的長篇小說〈綠園夢痕〉，大華副刊連載，我投寄「中廣」每週全國聯播廣播劇被採納播出。

促使我編寫廣播劇，大膽作新的嘗試是主因，也有若干虛榮感，在那個年代，還沒有電視，星期日晚間，大家習慣守在收音機旁聽廣播劇，全國聯播，傳達到台灣每一個角落，多值得驕傲。

有了開始，就會繼續，以後幾年中我編寫了十幾個劇本，有時抱著課本去電台看他們錄我的劇，很是有趣，後來還被節目部主任指定改編《浮生六記》和《茵夢湖》兩部名著。

在創作的領域裡，我靜靜摸索，緩慢成長，一旦決心踏入，便不再輕易踏出了。

大學畢業前，我完成了第二部長篇小說，十五萬字的《晨星》，四十八年十月由「中國一周」社出版，在此之前，《綠園夢痕》已由「北大書局」出版，是我生平第一本書。

多樣的人生體驗將文思帶入新境

學校畢業後，我進入公司做會計，忙著打算盤，心中老大不願，又不敢辭職專事寫作，怕稿費不足維持生活。

四十九年結婚辭去工作，丈夫和我一樣愛好文學，倒多了一個切磋的對象。以後六、七年間，撫育幼小孩子，寫得較少，只出版了長短篇小說各一本。

民國五十七年，我進入台南市忠孝國中任教，是國民教育延長九年的開始，沒有經過升學壓力的孩子們，更見活潑可愛，和他們相處，充實了我的寫作題材，文思愈豐。

教書是我的志趣，為此，我修教育學分。我站在講台上，捧著國文課本，為莘莘學子傳道、解惑，教學相長，也獲益不少。

使我更益肯定，寫作的泉源，是來自多樣人生的體驗。

在台南居住五、六年時間裡，老四出生，做四個稚齡孩子的母親，本已忙碌，還要教書、寫作，幸而有位中年好管家分勞，我能源源不斷寫長篇，最先在《中國時報》前身《徵信新聞》副刊連載〈生命的旋律〉，這部十五萬字長篇小說，寫一個幸福家庭的成長，有我自己濃濃的影子，婚姻生活帶給我人生新的體驗，也將文思帶入新的境界。

婚前，我擅寫愛情故事，甜美的摯情，刻劃純眞善良的人性，帶著夢幻般的嚮往，我陶醉在自己編織的柔情裡。婚後，現實生活磨平了織夢的觸角，比較能深刻地去透視人生，多種選擇題材，尤其寫婚姻故事，更是揮筆自如。因此，我以嘉義內埔果園爲背景，寫了十八萬字的小說〈河上的月光〉，在《新聞報》連載，是探討夫妻年齡差距的故事。後來在民國五十九年，中影公司拍成電影，由當時年輕的亞洲影后歸亞蕾主演，頗爲出色。只是將劇名改爲「葡萄成熟時」，我頗不以爲然。九年後，民國六十八年，我自己編寫成三十集，每集一小時的國語連續劇，在中國電視公司播出，螢光幕上觀賞自己塑造的人物出現，另有一番感受。

原名〈風在林梢〉的長篇小說〈春歸路〉，之後在《新生報》連載，這部小說共二十萬字，是我寫作十五年來最長的一本書，這些長篇在民國六十年以前都由「立志出版社」出版，後「立志」停業，改由「皇冠」出版，《春歸路》也是新版後我覺得書名更符合內容而易名，這是一個夫妻離異後經過曲折復合的故事。

有人說過，一個作者眞正能臻於成熟階段，總要等到三十歲以後，人生經驗豐富，文筆也變得老練，正是那時我的年齡。

由於搬遷台北，依依不捨辭去教職，幾年師生共處，情誼眞摯深厚，許多平常的體會，往往在內心突生光彩，有助文思生動。所以接著我又到台北一所高級商職任教，學生年齡變大了，比較調皮，我用一種有興致、去瞭解的眼光看這一代年輕人。也因配合課本另教「中國文化基本教材」，必須深入研讀

《論語》、《孟子》，因此增長不少國學知識。

值得一提的是，民國六十二年「環球書局」出版高職國文第五冊，編入我一篇散文〈春陽〉，寫一個做園丁的老榮民，主編在文後評介：「徐薏藍作品，內容多現實生活之反映，在清新自然之抒述中，明朗爽利，無灰暗氣息。」這也是我多年來的寫作方向，寫人生眞、善、美，希冀表露人生光明面，引導人向上，給人好的啓發。

我的小說第一次搬上螢光幕，是在民國六十二年九月，貢敏先生請劇作家改編我《婚姻的故事》短篇小說集中十個故事，每個十集，兩週播畢，共播了近四個月。由於製作認眞，頗獲好評。《婚姻的故事》是當時在《聯合報》上連載完畢後出版未久的新書。電視的立體呈現，讓小說獲得了新貌，才促使我在兩年後自己改編長篇小說《天涯路》爲連續劇。

之後十餘年間，我有十二部書都由我親自改編成電視連續劇和單元劇，民國七十一年出版，七十三年播映的「輕霧」爲第八部連續劇。電視劇是集體創作，編劇只是其中一環，對產品的呈現有時感到失望，卻又無能爲力。

繼續向上攀爬那難登的高峰

最近這幾年，我擱下寫連續劇的筆，多寫散文和專欄，自七十一年至今這七年間，我出版的十二本新書裡，就有五本是散文，其中《比翼》一書，爲結婚二十五週年銀婚紀念而出版，孩子們在歲月流逝中長大了，我的寫作生命也同時成長。

今年，我有兩本新書問世，「現代人」是近兩年寫的專欄，一改我慣有寫散文、小說的筆調，以論說方式探討現代人們應具備的各種理念，作新的嘗試。

就以本年底問世的散文集《獨行在鄉野》來說，未嘗不是新的創意，每篇文字配合女兒拍攝的鄉野照片，除了寫景，尚且抒懷，在報端發表時，有位年長文友讀後，讚我境界有了突破。

如果讀者感覺我的近作有異於往昔作品，那就是我的進步，看看走過三十三個年頭中耕耘的三十六個成果，我對未來有許多期許，就如某天翻開舊書，突然出現當年參加青年寫作協會會員卡，注視貼著尚留幾分稚氣的照片，上面記載年齡是二十一歲。我不禁沉思，也許要過好幾個二十一歲，創作功力才更上層樓。寫作是需要耐性的，只有不斷地寫，才能造就好作品。

因爲我要不斷地寫，就必須勤讀書，廣泛涉獵，經常受文化薰陶，才有進境，並關心周遭的一切，和我們的社會一起成長。

今後，我仍掌握堅持的風格與內涵，力求質甚於量，繼續向上攀爬那難登的高峰，自我磨練，才有達到峰嶺的希望。

——寫於民國七十七年歲末

原發表於一九八九年二月《文訊》四〇期

康芸薇

尋知音

康芸薇，籍貫河南博愛，1936年生。板橋中學畢業。曾獲幼獅文藝小説獎。創作文類以散文、小説爲主。用一種不帶悲戚卻又感人肺腑的平淡書寫，講述她對人生的眷戀懷思，造就其散文的迷人風景。小説則擅長捕捉男女之間稍縱即逝的錯綜糾纏，表面看似平凡，但字裡行間卻處處透露出對人性敏鋭的觀察。出版有《十二金釵》、《良夜星光》、《我帶你遊山玩水》等。

一心想寫一篇「我的祖母」

民國四十幾年的時候，台灣一度實行夏令工作時間，中午十二點下班，公務人員坐交通車回家吃飯、午睡，一直休息到下午四時再開始上班，一天只要工作六小時。

那個時期一切克難從簡，有許多辦公室是用鐵皮和木板建造的，沒有電扇和冷氣，在炎熱的夏天午後，太陽透過兩邊的窗子，照帶辦公桌上，實在無法辦公。

我那時剛入社會，在一個機關裡做一點小事，中午十二點坐上交通車，因爲沒有交通阻塞，十分鐘就到達家中。我祖母每天都做好了我喜歡吃的飯菜坐在桌前等我，我雖然是做點小事收入不豐，但是已經夠我和祖母生活。我每天回來看到我祖母安祥的坐在那裡，心裡充滿了驚訝和感動，我可以賺錢養活奶奶了。

我祖母沒有牙齒，她吃東西很緩慢，她邊吃邊望著我，臉上也是一副我已經長大，能養她，驚訝和感動的樣子。祖母的眼睛大大的，很明亮，她笑盈盈地望著我，慢慢地嚼著口裡的食物，讓我想起大家都說她年輕的時候很漂亮。

祖母年輕的時候，我們家環境很好，因爲我祖父過世早，由她當家主事，大家都喊她大掌櫃。那時她不僅不會做飯，連吃東西都沒有食慾，家中上上下下的人成天想著要做什麼好東西給她吃，如何讓她快樂。我看過她年輕的時候同家中一群女眷拍的相片，那時她很瘦，那雙明亮的大眼睛寒光逼人，一看就知道這個女子必是眾人中的勝利者，不像傳說和我想像中的那樣美麗。

我祖母會燒的菜不多，只有海帶燒肉、涼拌黃瓜、炒空心菜，還有放了蔥花和醬油、麻油，用滾水濕過的豬肝湯，但是都非常好吃。有次我祖母正在炒菜的時候，一個鄉親背著相機來我家，他對準了這個鏡頭給我祖母拍攝了一張照片。洗出來之後，大家都說將來反攻大陸了，要把這張相片拿給我父親看看。那張相片拍得很好，因爲天熱，我祖母只穿了一件無袖的褂子，手裡拿著鍋鏟，笑嘻嘻地站在爐台前面，讓我想到我祖母常說的一句話：「八十媽媽去採桑，一日不死渡時光。」心中很感動。

然而，大家說將來反攻大陸了要拿給我父親看，另有含意。我父親是長子，淪陷在大陸，沒能來台灣，除了不幸，還是不孝。他以前在中央銀行工作，他和我母親若到台灣來了，就不會讓我祖母「八十媽媽去採桑了！」我一面吃飯，一面想著這些遙遠、錯雜的問題，內在的視野就不知不覺的寬闊了。

我每天十二點半午睡，兩點鐘起床，有兩個小時沒事做，我常常懶洋洋地坐在院子裡屋簷下一張方桌旁邊，望著我祖母同幾個鄰居媽媽聊天，等待交通車開。

祖母生過五個孩子，我一個伯父和兩個姑姑都不幸夭折，只剩我父親和我叔叔，如今我父親又淪陷在大陸；這些鄰居媽媽有人喊我祖母老太太，有人跟著我叔叔喊她大娘，家中做什麼好吃的，都要送一點給她嚐一嚐，就彷彿女兒對母親一般。

我祖母人緣好，有兩個原因，除了年老慈祥外，對每個人同她說的心事話，都能守口如瓶。她常說：「在大家庭中，最忌諱翻嘴、說閒話，有許多話爛在肚裡都不能說。」我們住在叔叔工作的宿舍裡，如同住在一個大家庭之中，我常常撞見一些鄰居媽媽在沒有人的時候來找我祖母，一面說話，一面拭淚。我從不曾問過祖母這些鄰居媽媽對她說些什麼，我只是想，也不知道有多少話爛在她肚子裡。

每次望著許多鄰居媽媽圍著我祖母坐在那裡，我心中都會感到說不出的安慰，以前在大陸我父母親同她講話都很拘謹，她大掌櫃的身分、寒光逼人的眼睛讓人不敢隨意親近。

有一天我午睡醒來，看到大家圍著祖母坐在那裡，心中有一種想爲她畫一張像的衝動，題名「安歇中的婦女」。讓所有認識她的人知道，她不再是一個可憐的寡婦、有權的大掌櫃或是與長子離別、憂傷的母親。

可惜我沒有繪畫的天分。我忽然想起我在學校的時候作文寫得不錯，何不利用每天午睡之後無事可做的兩個小時，寫一篇「我的祖母」。我買了稿紙回來，因爲和祖母太接近不知如何下筆，卻寫了一篇與祖母完全不相干的〈十八歲的愚昧〉。

這時兩個月的夏令工作時候已過了一大半，我每天午睡起來就抓緊了等車的兩個小時，坐在屋簷下方桌旁邊埋首寫作。我時而聽到祖母同鄰居媽媽說話的聲音，和麻雀啁啾的叫聲，心裡很感動，覺得我雖同祖母二人相依爲命，但是充滿幸福。〈十八歲的愚昧〉初稿，就在這夏天完成，我寫了兩萬多字，卻沒有想到要拿去發表。直到四十九年我換了工作，因爲在新環境中感到孤獨和寂寞，我又再度開始寫作。這次我只寫了三千多字，寫一個四歲小女孩的天眞和可愛，寄到《中央日報》副刊，不久就登出來了。

看到自己的名字和作品變成鉛字登在報上，是一個很大的誘惑，我接著又寫了一篇〈異國人〉寄給中副。說一個嫁給中國人的老太太，如何愛中國和她如何以做一個中國人為榮，而我們的許多同胞卻跑到美國拿綠卡，做美國人去了。

這篇作品刊出之後，我收到編輯和許多讀者來信鼓勵。一位正在金門服役的青年來信說，他這個扛著槍在前線保衛國土的戰士，要向我這個拿筆桿武裝人心的工作者致敬。我那時年輕，是一個聽不得有人說中國一句不好的愛國主義者。看了他的信，我感到人生是這樣的莊嚴和美麗！

我早期在中副發表的作品都是人生的光明面，好像拉直了喉嚨唱「天倫歌」，在浩浩江水，靄靄白雲的天地間，挖心挖肝與人共享天倫。

寫久了，我發現我寫的東西和我同時期女作家的作品都不相同，她們詞藻動人、婉轉、空靈，讓我感到我的作品太過粗糙。恰巧《皇冠》雜誌在這個時候舉辦小說徵文，我也很婉轉、空靈的寫了一篇〈落月〉和一篇〈天神與天使〉寄去應徵，得了佳作。那時《皇冠》雜誌的經濟沒有現在好，這次小說徵文不僅沒有舉行頒獎儀式，也沒有稿費，我只收到幾本《皇冠》出版的書。不知是否因為沒有實質鼓勵的緣故，這兩篇婉轉、空靈的小說，我後來很不喜歡，覺得太造作，不像我寫的。

「這樣好的星期天」真好

我在五十二年結婚，改變了生活環境，寫作的內容和風格自然不同。我這個時期寫出的東西帶著一點成熟、冷冷的味道，不再寄中副，改投《徵信新聞》（即現在的《中國時報》）副刊，我有一篇〈這樣好的星期天〉發表之後，獲得不少好評。那時好像剛有插畫，〈這樣好的星期天〉的插畫是凌明聲先生畫的，在高樓矗立的西門鬧區，一個年輕女子茫然的站在街頭。我記得好久之後主編副刊的王鼎鈞先生還提到這篇作品說：

「文章寫得好，插畫也好。」

〈這樣好的星期天〉我寫得很輕鬆，我一直有一種錯覺，凡是輕易得來的東西都不會太好，因此，聽大家說好，反而讓我心中不安，我感到我是何其的幸運，在寫作的路上遇到許多貴人扶持！我就在這個時候認識了隱地，他不僅在他的「隱地看小說」中評介了〈這樣好的星期天〉，還介紹我到文星書店出書。

我的第一本書就是以《這樣好的星期天》爲名，五十五年出版，我雖已寫作六年，但是這時才眞正與文藝界開始有來往。以前我不曾想到出書，而且還是像文星這麼好的書店！我曾認識一些給《文星》雜誌寫稿的年輕人，他們都很有才華和抱負。我夢想著在我步入文壇之後，都將認識更多有才華和抱負的人來拓寬我的視野，引發潛藏在我心中的寫作能力。

因著《這樣好的星期天》出版，我認識了朱橋、水晶和汪其楣。他們都是很精采的人，那時朱橋正在編《幼獅文藝》，他一星期連寄五封限時專送向我催稿，迫使我去改寫〈十八歲的愚昧〉。

初稿原有兩萬多字的〈十八歲的愚昧〉，在經過改寫之後，只剩八千字。如果當年我寫好了就拿去發表，可能是一篇讓許多人喜歡的言情小說，但是就不會讓水晶說好。那時水晶在南洋教書，看了我在《幼獅文藝》發表的〈十八歲的愚昧〉，立刻要他在台北的姊姊寄一本《這樣好的星期天》給他，他看完了之後寫一篇評介，叫〈這樣好的一本小說〉。這篇評介對我很重要，水晶完全明白我在文字背後企圖表達的東西，他的共鳴，確定了我以後寫作的方向。

由於朱橋約稿，我參加了《幼獅文藝》舉辦的小說徵文。這次徵文我得了第二名，並在由總統　蔣公頒布青年節訓詞的紀念大會上頒獎。這篇得獎作品雖有評審朱西甯先生和司馬先生說好，但是，我覺得寫得並不理想，沒有收在以後出版的書中。

如果我能一直執著的寫下去，不知會寫出一個什麼樣的成就；《這樣好的星期天》裡的作品，沒有一篇寫我祖母，我只有在自序中，寫了幾句把這本小書獻給我祖母的話。書出版了很久之後，有一天我把這段話唸給祖母聽，她臉上沒有一點喜歡。因爲我平時都是跟她說河南老家話，我唸那段話給她聽，用的是國語。她彷彿不認識我似的，茫然地說：

「我看妳以後還是多照顧小孩，少寫這些東西。」

祖母的話，給我一個很深的印象，我警告自己，我可不能舞文弄墨、沽名釣譽，到最後大家都不認識我了。

我的文友們

五十七年文星歇業，在文星任業務經理的林秉欽先生成立了一個仙人掌出版社，來找我出第二本書，這次和我一起出書的尚有曉風、蔣芸、張健和白先勇。林先生年輕，又剛創業，凡事親自動手，他來送校對稿都是吃過晚飯，我正在給小孩洗澡的時候。因爲家居方便，我穿著短褲，又被兩個小孩在洗澡的時候潑了一身水，然而聽到摩托車聲，林先生已經到了我家門口，我來不及換衣服見客，只有狼狽不堪地任他推開紗門進來。

那時正是九月暑天，見他紅頭漲臉，我連忙切西瓜、倒冰開水給他。他一面吃西瓜，一面對我說他來我家之前，先去曉風家，曉風住在一幢公寓的四樓，他按了門鈴，曉風知道他來取稿，從陽台像拋繡球似的丟了下來，我聽了忍不住要笑，覺得住公寓眞好！在大熱天不會突然闖進一個人來，讓衣冠不整的自己措手不及。

文星歇業之後，汪其楣買不到《這樣好的星期天》，寫信來問我這個作者可有藏書割愛。那時她剛從台大中文系畢業出來，在一個語文中心教外國人學中文，用《這樣好的星期天》當小說教材。我們認識之後，她有次聽說我想去台大中文系旁聽，就替我選了鄭騫老師的宋詩，也不管我兩個小孩要怎樣安排，她在寄來的課程表上寫著：「一定要來，鄭老師要退休了，他講得非常好，你不來以後就聽不到他的課了。」讓我不敢錯失良機。

宋詩淡雅，不像詞和唐詩那樣艷麗，鄭老師兩節課只講一首詩，我坐在課堂上如同聽故事一般，非常愉快。我每次去上課都坐在第一排，靠右邊門口第一個位子。鄭老師每次來都會望望我，我就羞怯的朝他笑笑，讓他不好意思問我是誰。那時我三十剛過，覺得自己已經好老了！其實現在想想，三十仍很年輕；其楣雖已畢業，也來旁聽，我們同學一個學期，她出國深造後，我就鼓不起勇氣再去旁聽了。

我的第二本書《兩記耳光》在仙人掌出版之後，我覺得我應該像節育一樣暫時停止寫作，讓自己休息，好有暇再去看看我身邊的人與事。

對於我的寫作前途，我沒有計畫，甚至也沒有想到應該再去看一點什麼書，我只是覺得寫作脫離不了生活，我要把自己完全放鬆，很客觀的去看看我們所生存的這個世界。

聖經上說：「有衣有食就當知足。」那一段日子我過得很安逸，每天從市場上買回來一些我喜歡吃的零食，坐在屋簷下的石階上與兩個孩子分享。並且用我們老家河南話唸著：

「你一口，我一口，還有一口餵小狗。」

孩子們聽到我講河南老家話，都睜大了眼睛說：「媽媽的聲音好怪呀！」然後就和我咯咯地笑成一團。

六十年春天我祖母過世，她從小教我「寧失機，不亂步」，我也要求自己不可輕浮。然而，她過世之後，我內心的世界全瓦解了，連想寫一篇紀念她的文章都寫不出來。這時林懷民從美國寫信回來，說他想辦一個兒童月刊，邀我參加。他認爲我們這些寫作的人應該本著良知，給下一代寫點有血有肉的故事，不能老讓我們的下一代看人家西方人的王子和公主。我沒有回他的信，我不知如何告訴他，我祖母去世了，我什麼事都不能做。後來林懷民回國沒有辦兒童月刊，辦了雲門舞集，有一天，我在後台見到，他問我為什麼不寫了，我才向他解釋我沒有回信的事。並且問他：

「我祖母去世，這是不是理由？」

在收到林懷民的信同時，我還收到許家石的信，他接編聯副，許久沒有看見我的作品，向我約稿。許家石是一位我很喜歡的作家，他的信我也沒回，這件事讓我感到很遺憾，因為我和許家石沒有見過，一直沒有機會向他說明我不回信的原因，以及謝謝他向我約稿的美意。

到了六十五年我才又開始寫作，我的〈全福人〉、〈十二金釵〉、〈補心記〉等先後在聯副發表，也有許多人說好。然而，就在我想好好寫一陣子的時候，因為家中的儲蓄被一個親戚借去全部倒了，我必須出去工作，寫作又再度停止。

為報知音勤寫不輟

七十年大地出版社重印《這樣好的星期天》，《兩記耳光》也易名《良夜星光》，在民國七十一年由爾雅出版。這才使許多人又注意到康芸薇這個名字，紛紛鼓勵我再開始。有一個在政大讀書，叫王開平的小讀者，最為熱心，他把許多我未曾出版的舊作找了來，要我再寫幾篇新的結集出書。像當年汪其楣要我去台大中文系旁聽一樣，也不管我工作多麼辛苦，有沒有時間和精力。他時常打電話，或者到我家，問我已經寫了多少。

今年三月我能在大地出版社出版《十二金釵》，王開平的功勞最大，他常如數家珍一般提起我的舊作，把那些失去的歲月一一的喊了回來，使我有興趣去整理舊稿。

汪其楣學成回國在藝術學院任教，聽說我要出新書，要給我校對，讓我感到寫了這些年最大的成就，就是認識這些可愛的朋友。

朱西甯先生在給《十二金釵》寫的序中有一段話：

按芸微的小說遠在二十餘年前即已有成，太應享有盛名，卻幾乎沒沒無聞於世；尤其近十多年來未曾結集出書，今不必說所謂愛好文學的青年讀者，便是文壇新輩，又能幾人知有康芸微這位作家？

讓我想到年初我隨文協去菲律賓，在一個文藝集會中，有一個很年輕可愛的女孩，拿了一本由爾雅重印的《良夜星光》要我簽名。她叫陳淑璇，是一個小兒科醫生。我在台灣都沒沒無聞，很奇怪她遠在菲律賓，怎會有我的書。她說是一個叫吳清華的數學老師要她看的，吳老師現今正在美國進修。我回台灣之後收到陳淑璇的信，還有吳老師寫給她的信的影本，裡面有一段話，有關〈十八歲的愚昧〉：

康芸微的〈十八歲的愚昧〉，妳好歹也要設法借來一讀，寫得眞好！如果給××寫的話，一定在李老師吻學生這個情節上大作文章。康芸微卻把一群吱吱喳喳的中學女生寫得那麼傳神，叫你邊看邊把你帶回那段背死書、抄習題、一知半解度過去又令你無限眷念的中學時代。另外在你會心微笑認同下，再不露痕跡的加上一些嚴肅的東西，卻那樣輕描淡寫的夾在裡頭，完全是deceptively的平凡，是不平凡的渾然天成，令人心折——」

我從不覺得我寫過這樣好的東西，我感到又遇見了知音和貴人。我和吳清華老師雖不相識，但是，當我看了他信尾的P.S.：「忘了樓上廚房燒著東西，寫好信上去一看，鍋裡的玉蜀黍都燒焦了！」不禁會心微笑，覺得我是認識他的。我告訴自己，即是僅僅爲了尋覓這樣一個可愛的讀者，我也應該排除萬難，努力寫下去。

原發表於一九八七年八月《文訊》三一期

姚姮

一生的文學伴侶

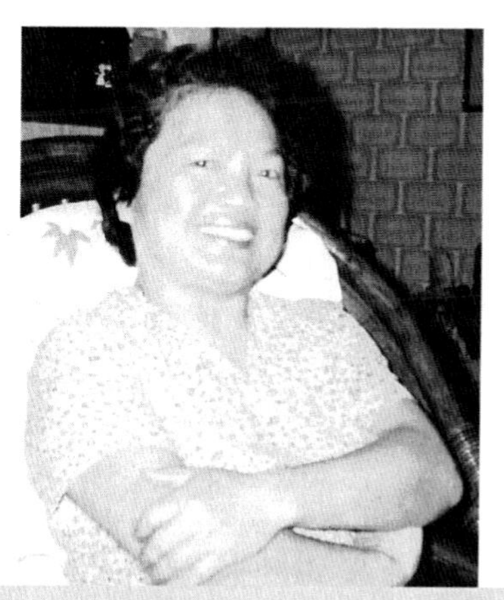

姚姮，本名徐月桂，籍貫台灣台中，1937年生。台中女中畢業。曾任《民聲日報》助理編輯，《商工日報》編輯。長期從事翻譯工作。創作文類以翻譯為主，兼及散文、小說。早年熱中翻譯，創作多發表於各大報刊，以其年輕時的種種困境為素材，平實深刻的以說故事的方式描述。出版有《年輕時候》等。

自從前年春天，因腹膜炎進手術房剖腹洗腔，及時撿回一條老命後，病中痛苦的折磨，使我內心深處，對寫作的那股熱度，消退很多，一抹停筆的念頭油然而生。前年十月再次進手術室割治眼疾後，停筆的念頭更加深了。事實上，這兩年來，一天能下筆寫個千把字，便算「豐收」。近些日子裡，情況更是每下愈況，常常覺得一隻右手臂，老是不聽指揮，一支原子筆好比千斤重，筆耕起來倍覺辛苦，經常擲筆數嘆——不只三嘆——那感嘆中，不是純然的無心筆耕，還含有力不從心，以及那欲振乏力的無奈感！

那天，驀然回首，屈指一算，自己的「寫齡」居然也超過三十年，這三十年也關係著我半生的點點滴滴，並不只是寫作而已。

三十年歲月如夢似幻

三十年，如夢似幻，像假卻又是眞！

我生長在鐵工廠商人的家庭，在父親的腦中，他的女兒長大後，應該找個開一爿店的商人家做歸宿，每天坐在店後面，數數鈔票，記記流水帳，跑跑銀行，那是最理想不過。拿筆寫字以字數算計賣錢，那是多麼不可思議，又多可笑的事，甚至也不懂。雖然父親的觀念是那樣，但他從沒有正面阻止過我。只是當我坐在客廳桌前爬格子時，父親偶而會在我頭頂上送個「五斤錘」，同時問：

「寫那些沒有錢賺的東西做什麼？」

商人是在商言商，談的總是錢。

說到「沒有錢賺」這件事，不得不把寫作過程從頭說。事實上，連我自己爲什麼會走上寫作這條路，眞是做夢都想不到的事。

第一份「薄酬」

民國四十二年讀台中女中高中的時候，有一次記不得在什麼情況下，寫了一篇稿子偷偷投給《學友月刊》的學生園地，稿子投出去後也就忘記這件事。過了些日子，家中突然收到一張三十元的匯票，和一張印有「薄酬」字樣的條子，對金錢控制得很刻薄的繼母，直問我：

「誰寄錢給妳？」

起先，我自己也弄不清爲什麼有人匯三十元給我，以後反覆看那張印刷的條子，終於弄清「薄酬」是什麼意思。記得那次爲了要去郵局領「薄酬」，向訓導處管理組長請外出假時，那位姓馮的組長，也像我繼母，人家匯錢給我，當做是壞事一樣。

因爲是平生第一次賺錢，又被家長、學校認爲是「驚天動地」之事，印象很深。

說來慚愧，從那時候起，我竟然因爲寫「作文」（當時腦中不叫稿件，也不懂稿子這些名詞）能賺錢，便到處投稿，中央、新生都投，可是全軍覆沒。但在台中《民聲日報》的「學生園地」，卻是一位「台柱」，去一篇登一篇。

《民聲日報》是個很「性格」的報紙，當年的徐社長對副刊不付分文稿費，只贈送刊出當天的一份報紙。徐社長認爲，我提供園地給你練習寫作，出白紙、鉛字、油墨，請人編輯、印刷、發行，不向投稿者收費用已經太好，還要付什麼錢？他認爲投稿者投他的報紙是「互惠」。

《民聲日報》雖然不付分文稿費，但在投稿期間，我認識了當時的總編輯黃若雲先生，他是位和善、非常愛護我的人，高中畢業，找不到工作時，他出面向徐社長推介，聘我到報館當資料室管理員，兼助理編輯。民國四十五年，女孩子上夜班的並不多。北部我不清楚，在中部，我可以說開風氣之先。黃先生教我認識鉛字的大小，題幾分幾，多少欄，多少高，用多少字等編輯方面的技術，視我爲他的左右手，替他整理信件、稿件，漸漸學習發稿，下工廠看拼版，先編「婦女版」，再兼顧「學生園地」，那段日子裡寫了不少現在自己看了都會臉紅的文章——如果還算是文章的話——也結交了好幾位目前還在詩壇上活躍的人，那時候，都是沒有名氣的。

也就在《民聲日報》工作的那段時間，我認識了畢珍。

一生的文學伴侶

我很少說出口，不過，我是瞎子吃餛飩——心裡有數，如果我沒有認識三十多年來一直默默耕耘，至今對寫作仍狂熱不衰的「畢珍」，我老早就從寫作路上退下，改走他途，泰半是嫁做商人婦。如果沒有嫁給愈挫愈勇，孜孜不倦的畢珍，文壇上不會有「姚姮」這個小卒，因爲沒有他的扶持與鼓勵，我早成了逃兵。如果不是畢珍的耐心、愛心和厚道，我不可能有六十多本書的「成果」。

在《民聲日報》和他做朋友期間，他以同事身分鼓勵我，每天至少寫兩千字，寫好交給他，由他修改，我再謄清，寄給台北各報章雜誌，那時候採用最多的要算薛心鎔先生主編的《大華晚報》副刊「淡水河」、《民族晚報》副刊、《聯合報》、《中央日報》，多半是中短篇，以後也出了兩三本薄薄的小書，銷路佳否，只有天知道。因爲那時候出版社肯替妳集印成書，妳就感激不盡，一毛版稅也拿不到。

不過，那時候東投西投，也賺了上萬元的稿費，四十七年春結婚時，自己添了一點點可憐的嫁粧。

婚後因爲兩人的薪水合起來不到一千元台幣，只有在正業外，拿寫作當副業，靠賣稿來改善生活。我們兩人可以說從無中生有、像一對拓荒者，在一塊荒蕪的地面上，又要種植、尋覓糧食餬口，又要搭蓋可以遮風避雨的屋子，胼手胝足，其辛苦可以想像。那時候稿費普通是三十元一千字，每賣一篇，那怕五十元或六十元，我就存入郵局，夫妻兩人，共同合作，我寫他改，他寫我謄，沒日沒夜，如針挑沙，一點一點的積存，到年底時，共積蓄了兩萬餘元(其中有些是他和我婚前私人的積蓄)。

這一年的九月，我們爲了節省每月的房租和水電，以及老闆肯多加的四百元薪水，婉拒了《民聲日報》的挽留，而應嘉義《商工日報》之聘南下，他去編新聞，我去編副刊。正業外，仍把寫作當副業。

四十七年年底，諾兒出世。那時我才二十二歲，少不更事，身邊又無長輩，糊糊塗塗，但養兒方知父母恩的心情倒是領悟到。這時碰巧父親經商失敗，我們趁過年回家拜年時，將兩人辛苦的積蓄，傾囊相助。

四十八年那年，在我們是屬於豐收年，本來積蓄可以買幢小房子的，但父親生意仍無起色，便陸陸續續將所賺的錢「悉數」往娘家寄。畢珍和我都認爲，報答父母養育之恩乃天經地義之事；錢寄回去，不求什麼，只希望父親生意好轉時，分享一點成果。那時候我便可以買幢小房子，不必再住八個榻榻米大的宿舍，用水下樓提，上一號要翻牆，那種如逃難一樣的住家環境。

四十七年底和四十九年春，兩個孩子相繼出世，這段期間我每天的工作是看稿和育嬰——連月子都看稿、編稿——稿子只是在自己編的副刊上寫個補白的「小婦人集」，屬雜文。

五十一年九月，由於《商工日報》社長林抱先生去世，林福地先生接任社長，社方對我夫妻雖很器重，然眼見其難有發展，畢珍便「跳槽」赴台北，在當時的《徵信新聞》工作，因爲我自己只有高中畢業，談不上學歷，本身在「文化沙漠」中長大，文學素養也不夠，爲了生活，一心想有個突破。正好畢珍有個同學夜晚在「美爾頓英文補習班」補英文，夫妻倆商量一下，這是一個可以試走的途徑，當時他編《徵信新聞．人間副刊》，是白天上班，他下班後，我去讀夜班；兩年後，當他調編夜晚的新聞時，我改讀白天班，兩個上幼稚園的孩子也就輪流帶。夫妻兩人分工合作，誰在家就帶孩子、燒飯，衣服請人洗。

五十二、五十三、五十四這幾年，是我最勤奮、辛苦，也最窮愁、潦倒的幾年。這三年裡，一邊補習英文，一邊給嘉義《商工日報》寫一個小專欄，一篇十五元台幣，每月四百五十元，另外東投西寫，寫些短散文，得空幫畢珍謄稿。記得那時候有人出一種小小的「小說報」，每本四萬字，畢珍打稿，我抄寫，再送到重慶南路，得款八千，那八千成了我們家庭的準備金。我們的生活原則是「常將有時思無時，莫待無時思有時」，日子再窮，手頭再拮据，絕不向人開口告貸，那區區數千元，是我們的根，誰也不能拔。

或許有人懷疑，妳家有兩隻筆，畢珍又編副刊，不是可以寫稿賺稿費嗎？沒有人相信，他編兩年「人間」副刊，自己沒有寫過一個字，我只寫過一篇應景文章配合而已。

「我們再寫再賺！」

五十三年間，父親生意大有轉機，機車生意給老人家著實賺了不少，可是中南部老一輩人的心中，有著根深柢固的重男輕女——那怕女兒只有我一個——娘家一發了財，我們拿回去的六、七萬元，變得微不足道，根本不屑一提。我曾客客氣氣，寫過三封信，告訴父親，我想購屋，以減輕每個月的房租開支，請教老人家，在不影響他的經濟範圍內，能幫助我多少？那時候敦化路國泰蓋第一批公寓，我去看過，三十六坪，四樓，鐵價是十二萬八千元，如果父親還我那區區不足道的六、七萬元，我再湊一點，銀行貸一點，可以買得很輕鬆。

然而，三封信均如石沉大海，沒有回音。有親戚慫恿我回去討，我做不出來。父親是我的，天下無不是的父母，我是啞巴吃黃連，不能說任何話，眼淚往肚子裡呑，一個原則，娘家人做得出，我便忍受得住。我常常想，這時候如果畢珍心胸狹窄，沒有風度，逼我回娘家「討錢」，或責罵我，或諷刺我的話，不是夫妻分手，就是尋短見。但是畢珍沒有，他每看到我難過，便安慰說：「我們還年輕，我們再寫再賺。」

就是衝著他這個「再寫再賺」，淡淡，溫溫，輕輕，巧巧的一句話，從五十四年起，我開始學習翻譯。起先在《商工日報》的老地盤上闢了一個「姚媽媽講故事」的專欄，專門譯一些外國兒童故事。那段日子裡，《徵信新聞》、《中華日報》、《新生報》都有兒童版，尤其《中華日報》，用我很多譯稿。這些兒童稿，以後收集成書，由水牛出版社出了五本：《巨人保羅》、《鑽石奇案》、《奠石奇遇》、《神奇的老馬》和《妖怪．冒險故事》等。

我是一邊補習，一邊練習翻譯。有一天在西門町的舊書攤買了一批舊的「希區考克神祕雜誌」，拿回家看看，覺得老外的文章，有些文字並不難，平易近人，故事精采，情節動人，便著手選材，練習翻譯。學問學問，邊學邊問，邊學邊譯，現買現賣，一譯出一篇稿子，便斟酌內容和數字，適合那一家報紙，或那家雜誌，再逕自投寄。那時候冥冥之中似有神佑一樣，每家報社的編者都很愛護我，我不敢說「來稿必登」，刊登率卻相當高。

從五十五年起一直到六十年，那幾年間，我是在內心委屈、失望、悲傷和憤怒中，化成一股無名的力量，沒日沒夜，沒有娛樂，沒有休閑，整個人像機器一般，成天運轉，不是寫，就是譯，寫累了，譯乏了，離桌做些家庭主婦該做的事。五十六、七年間，也曾患甲狀腺亢進的病——兩眼凸出、四肢抖顫、心臟亂跳、大量流汗，體重一下子減輕十公斤——但我仍沒有停筆，一邊醫病，一邊寫。那時候南部有位文友來信問我，說我是不是三頭六臂？因爲，好多次，同一天裡，台北兩三家大報的副刊頭條都是我譯的東西。那幾年譯的東西結集出書，計有：

商務印書館：《女孩的約會》和《春回春湖》。

新新出版社：《臥榻上的女客》和「惡妻」。

立志出版社：《鑽戒與眼淚》。

春雷出版社：《藍色時間》。

大西洋圖書公司：《陌生客》與《午夜的約會》。

水牛出版社一系列共計十二本的「希區考克神祕小說」和一本不屬於神祕小說的《可怕男孩》。以及《中華日報》刊出的〈八千萬隻眼睛〉這篇是長篇譯作，早賣給「水牛」，也許出版社考慮銷路問題吧，事過十多年的今天，仍然未見出版。

提到拿到稿費，仍不見出版的書，還有一個叫「博愛出版社」，那位老闆姓張，不記得名字，但他買了我一本翻譯稿子，一本創作，近二十年了，無影無蹤，無消無息。那本長篇創作刊在當年的《文壇》，只記得題目叫〈媳婦〉，我手邊是影子也沒有。

柳暗花明

五十五年到五十九年這幾年中，由於自己的勤奮、努力，我們家的生活大大改善。我們靠稿費購買一幢一樓一底的小房子，裝電話，在五十七年三月，女兒八歲生日那天，給女兒添了一架全新的山葉鋼琴，兒子學提琴，生活也步入電器化。

說到靠稿費購屋置產，使我想到五十四年春，曾和畢珍的同窗好友合買內湖三百餘坪土地。那時由於親戚不可靠，悲憤傷心之餘，又拿出畢珍一部百萬字小說《長青島》的稿費，和「好友」投資買地養牛，希望能賺一點錢。天可憐見，牛沒有養，變成養雞，以後這塊土地被「好友」一聲不響全部賣掉，直到去年（七十三年）在一個同鄉的聚會中，那個「好友」酒後才吐出眞言，說他在六十年時賣七十九萬，他大言不慚說：「我沒有錢，所以我沒有辦法還你們錢！」

六十年以後，我每天得空還是翻譯，那幾年的英文雜誌，不是在美國的朋友給我，就是我自己匯錢去訂購。有空便選材，遇到可用的，便查字典，再攤開稿紙，著手譯。東西寫多了，編者也注意到了，便來拉稿，往往拉稿的時候，都是甜言蜜語的，稿子限定字數，又訂交稿日期，有時甚至是×月×日×時來取稿。爲了依時交稿，好幾次，我通宵達旦，不曾闔眼的寫，但是稿子過手後，他們可能拖上半年才刊出，有些發排了，未來得及出刊，雜誌便關門大吉了。當初約稿的編者找不到人，老闆溜了，於是稿子「屍首無存」，不知擱在那家印刷廠裡。我的想法是，如果不合用，速速退還給作者或譯者，功德無量。還有一種編者，在原稿上，又是鉛筆，又是紅筆的亂劃一通後，沒有任何理由，退還給妳。這現象往往是那些剛出校門，目中無人的新手做法；文藝界老編們拉稿，我碰過幾次，稿子依約寄去，也很快刊出，但是稿酬久久沒有下文。依雜誌上的電話掛過去問，會計或出納會告訴妳，××編輯先生早代領走了，究竟是雜誌社「賴」，還是編者「狠」，沒有去追究。

稿子寄出去後，不登但不弄亂，速速退還的話，我心中很感激。一篇稿子的好與壞，原本見仁見智，曾經有位編者，把稿子積壓著不登、不用，等過一陣子之後退還。令人惱恨的是，他竟把稿子拿來當茶杯墊，因爲稿子上有一深褐色的圓圓的茶漬，而且印透過數頁。

每次遇到寫稿與投稿上的挫折時，我更堅定一項原則：絕不讓下一代再走我和他們老爸的這條寂寞、艱辛、坎坷的路，太痛苦，太悲哀了。

老天保佑，兒子學經濟，目前在霖園關係企業從事電腦工作；女兒學會計，洋會計師執照快到手了。

寫作這三十年中，總是一個階段一個階段，一朝天子一朝臣般的。早期《中華日報》林適存先生採用我很多稿子；以後《自立晚報》祝豐先生也採用很多；耿發揚先生編《經濟日報》副刊和《聯合報．萬象版》時，也採用我很多譯稿；《徵信新聞》（不是畢珍主編的時候）、新生、中央、青戰，以及這幾年楊尚強先生負責的《民族晚報》都很捧場。這些「散見各報章雜誌」的稿子，六十年來，交由國家出版社一次出版五本，一共出了二十五本；以後堯舜出版社也陸續出了五本，今年希代出版公司出了四本。

有時夜裡無事，坐在扶手椅上，側頭看那一大疊書，心中是又歡欣，又悲哀；竊喜自己辛苦沒有白費，悲哀是才這麼一轉眼就是三十年，自己變成「視茫茫，髮蒼蒼」了。

說眞的，寫太久，也寫太多，是該停筆交棒的時候了。

原題〈三十年來筆不停〉發表於一九八六年二月《文訊》二二期

岩上

生活裂縫中綻開一些花朵

岩上，本名嚴振興，籍貫台灣嘉義，1938年生。逢甲大學財稅系畢業。曾任中小學教師、台灣兒童文學會理事長、《南投青年》月刊總編輯，《笠》詩刊主編。曾創辦「詩脈詩社」，主編《詩脈》季刊。曾獲吳濁流文學獎、中興文藝獎章、中國文藝協會新詩創作獎、台灣榮後詩人獎。創作文類有論述、詩和兒童文學。詩作強調現實經驗的觀照與反應，此外亦藉由童詩的創作探索兒童的思維想像。出版有《詩的存在》、《岩上八行詩》等十餘種。

雖然有些資料把我列入作家之林，但嚴格說來，我不算是作家，原因有二：一是我尚未卓然成家；二是我沒有靠筆耕維生。在我微弱的寫作歷程中，沒有顯赫的名銜，也沒有參與過風雲際會般的活動。多少年來蟄居在鄉下，工作之餘，沒有其他嗜好，思索一些詩絲，捕捉一些意象，偶爾獲取一些稿費只是象徵性的而已，所以寫作對我來說只是一份業餘的興味，談不上筆墨生涯。然而興之所趨，趣之所之，卻也有一番追尋，掙扎和喜悅。

從未想過成為作家

年少時的夢想如果能持之以恆，努力耕耘，長大之後每每能成就一番事業。童年時代我也有很多夢想，但從未想過將來成爲作家。我的童年遭逢太平洋戰爭末期，一天到晚逃避空襲，台灣光復以後，經濟凋蔽，生活極苦，加上我父親壯年逝世，所以我的童年生活過得極爲不幸與憂鬱，是一個羞澀、敏感的孩子，塡飽肚子才是全部童年的夢想。貧困的家境，戰後蕭條的景氣及種種的禁忌，我小學階段除了學校教科書以外，沒有接觸到任何有關文學的書籍或刊物。學校成績還不錯，以書法和美術較爲突出，經常有作品貼在教室後面的成績欄，但文學的種籽那時尚未埋下。

民國四十一年上初中，學校只訂一份《中央日報》且高高的貼在走廊，我們每個星期爲塡寫週記而抄國內外新聞，還得爬到樓梯的半截才能看清報紙的標題大字：初中三年間學校只開放一次圖書館（後來才知道那天督學來視察），我好高興去借一本書，上午借，下午學校職員就來要回去，我根本還沒有看。

很多成名的作家在初中時代或更早就接觸到文學的薰陶，有的是書香門第，家有藏書，接受父兄輩的教導，有的是遇到啓蒙的好老師受其沐恩，我沒有這樣幸運，初中三年我的國文成績不錯，但分數最高的卻是勞作（工藝）。這期間我偶爾看些課外讀物、通俗小說如《七俠五義》、《羅通掃北》等等，文藝小說印象最深的是無名氏的《塔裡的女人》及《北極風情畫》，都是利用上課時間偷看的。這只是一般初中學生普通的行為，也還沒有鋪下走文學的基石。

我眞正對文學有了興趣，是四十四年入台中師範學校以後。五十年代台灣的經濟還在接受美國的援助，投考師範爲一般貧苦學生競爭的對象，考上不容易，但讀起來不難。學校有圖書館、閱覽室，全天開放，我是常客，讀了不少的中外名著。

當時班級訂的報紙學校規定只許訂閱《中央日報》，副刊經常有方塊排列的新詩出現，記憶裡余光中的作品很多。圖書館陳列的雜誌如《文學雜誌》、《自由青年》、《野風》等刊物也經常有新詩作品，短短的幾行，幾分鐘就讀完，很令我喜愛。我喜歡看畫、讀詩，因爲它一下子就能讓我捕捉意象，不像小說要讀很久。在校期間我也曾迷戀繪畫，教過我的老師有林之助、吳佛庭、徐人眾、王爾昌都是當今極富盛名的大畫家，後來我放棄學畫而寫詩，只有一個理由：窮。

開始和詩結緣

四十四年十二月我在台中市街頭的書攤上，花二塊錢（當時一碗牛肉麵三塊半）買到紀弦主編的《現代詩》秋季號第十一期，這是我真正接觸到現代詩的開始。這一期《現代詩》的封面裡印有當年詩人節新詩得獎作者的相片，分別是孫家駿、吹黑明、林泠、徐礦、白萩、彭捷。那時白萩還是台中高職的學生，就已出名令我羨慕不已，可惜那時我不認識他。以後《現代詩》就成爲我購買的刊物，現在還保存九本，其中第十三期封面用紅色印出現代派的六大信條，給我留下深刻的印象。

覃子豪主編的藍星詩選，出刊二輯叢刊，登出《藍星》和《現代詩》論戰重要的文章，都是我就讀師範期間所讀到的重要文獻，雙方論戰的文章，使我後來的詩觀沒有偏頗，某些流派有些許的影響。

有一天我在台中某書店購買覃子豪的《向日葵》詩集時，認識柴棲鶩，他說是覃子豪的學生，我非常驚喜，互留住址。那時他在測量學校服務，我去找過他多次，可惜那時他已不再寫詩。我在摸索中默默地寫著怕被人知道的「詩」，直到四十六年我寫了一首〈黃昏〉發表在《新新文藝》，算是我的處女作。

四十七年夏，我師範學校畢業，分發到南投縣內鄉下的小學執教，當起「孩子王」，到五十年底服兵役，其間購買詩集，閱讀詩作，也寫了少量的不成熟的作品，因爲工作繁重又缺乏朋友的砥礪，詩壇上沒有人知道有這麼一個愛好詩的青年存在。

五十一、二年服兵役期間，才算是我眞正寫作的開始，也較努力去寫，作品大都發表在軍中刊物。五十三年以本省籍詩人爲主組成的《笠》創刊，是台灣詩史的盛事。這年我考入逢甲學校夜間部就讀，白天教書晚上當學生，我又住在鄉下交通不便，眞是疲於奔波，勞苦不堪，生活與學業雙重的壓力下，詩思全部扼殺。直到《笠》詩刊第十三期我才投稿登出作品，以後每期幾乎都有我的作品。五十五年我大學尚未畢業，即先通過中學教師國文科檢定考試，旋即應聘轉入草屯中學任教，生活較爲安定，又開始寫詩。是年暑假由桓夫先生介紹加入笠詩社同仁，以後大部分的作品也都在《笠》詩刊發表。從此以後和詩結下不解之緣。

和《創世紀》結緣較慢，到五十八年元月出刊的二十九期，我才有作品在該刊登出，巧的是二十九期以後《創世紀》停刊三年多。六十一年《創世紀》復刊後，我陸續有作品發表，並與洛夫先通訊後結識，以後並認識張默、瘂弦等一些《創世紀》的同仁。其間也有一部分作品發表在其他文學雜誌，如：《中外文學》、《新文藝》、《中華文藝》、《幼獅文藝》等，詩風遂形成多風貌的趨向。

六十一年是我豐收的一年，作品很多，並結集出版了第一本詩集《激流》，並在《臺灣文藝》發表了〈松鼠與風鼓〉，此詩於次年四月獲得第一屆吳濁流文學新詩獎，對我的詩創作有很大的鼓舞作用。這期間和甫自文化學院畢業不久的一群青年詩人如王灝、黃勁連過從甚密，寫詩的意願非常高昂。

其實六十一年也是台灣詩壇掀起了一場論戰大風暴的一年，不但各詩社鑼鼓喧張，很多文學雜誌也捲入這場風暴，一些不寫詩的學者如關傑明、李國偉、唐文標等先後撰文攻擊現代詩的晦澀和脫離生活。唐文標手下不留情地說：「我們要的是生活下去，我們並不需要詩。」又說：「二十世紀不是詩的世紀。」一時有些詩人惶恐不安，不知所措，甚至有的就此停筆。我反而能冷靜下來，思考一些詩的本質問題，遂寫下了幾篇如：〈論詩想動向秩序〉、〈詩的繪畫性〉、〈詩的感覺與經驗〉、〈詩的來龍去脈〉等理論性的文章。

寂寞詩途的回響

六十五年在我寫作歷程上是極重要的一年，是年四月應聘主編《南投青年》月刊，當選青年寫作協會南投縣分會理事長，共五年，期間《南投青年》月刊曾三次參加全國青年期刊獲獎。七月由我發起，召集王灝、鐘義明、洪錦章、胡國忠成立「詩脈」社，發行《詩脈》季刊，以後加盟的有向陽、李瑞鄺、李瑞騰、老六、張萍珍、張子伯、劉克襄、李默默等人。主編《詩脈》季刊及《南投青年》月刊期間是我寫作歷程中投入最用心也是最忙的幾年。《詩脈》發行至第九期停刊，積存下來的刊物一小部分裝訂成合訂本，剩的幾百斤賣給收破銅爛鐵的，想起這群傻蛋嘔心泣血又出錢出力編印的詩刊，竟成垃圾一般運走，實讓我心痛好幾天，所以以後「詩脈」同仁曾多次聚會，提議復刊，我都抱持多加考慮的態度而拖延下去，其實同仁都已分散，聚合同好，實不易也！

六十五年出版的《八十年代詩選》及《當代詩人情詩選》，都分別有選入我的作品。六十六年撰寫〈愛染篇〉在《詩脈》季刊連載，〈攜手三章〉的抒情詩在洛夫主編的《中華文藝》詩專號發表，那一陣子寫了不少抒情意味的詩，乃有感於現代詩越走越生硬，抒情意味較能溫慰迷失於現代文明的心靈。六十八年〈星的位置〉等四首選入《台灣現代詩集》日文本，是年五月獲第二屆中興文藝獎章新詩獎，同屆張漢良獲評論獎，張夢機獲古詩獎。

我的第二本詩集《冬盡》於六十九年出版，蕭蕭為我寫〈岩上的位置〉一文發表於「台灣副刊」；李瑞騰寫〈爬行在灰白牆壁上的影子〉一文發表在《臺灣文藝》。蕭文以浪漫的心懷、超現實的奇想、悲苦的人生、簡單的句式四個要點來說明我的作品在詩國的位置；李文則以長廊的寂寞、自我的省思、血緣的系統、血的震撼、鄉土的擁抱五點來闡述我詩的特徵。這些回響在我寂寞的詩途中，不只是詩的詮釋，也摻和了友情的關注吧！

七十年以後詩壇有了年度詩選，各報紙副刊也大量刊出詩作，但詩壇並不顯得活躍。我的作品也改投報紙副刊較多，而數量卻減少。七十三年國立中央圖書館舉行現代詩三十年詩集詩刊詩人資料特展，留存了我個人的資料，七十五年應新聞處邀請訪問金門，七十六年獲二十一屆中國語文獎章，〈蹉跎〉一詩選入《台灣詩集》（世界現代詩文庫日文版），七十七年一月參加在台中市舉行的亞洲詩人會，〈星的位置〉一詩選入《亞洲現代詩集》，這些算是近年來較可一提的情事。

為了生活無法全力寫詩，回顧過往，在詩的歷程上，沒有什麼輝煌的戰績，留下些許的作品，只是生活裂縫中綻開的一些花朵，也許那是一滴淚或一滴血的凝結，也都表示我對詩的熱愛與堅貞。如果沒有一些詩友的鼓勵和詩刊詩集不斷提供詩的資源，我不可能繼續寫詩，如果我在寫作的途程中有些許的收穫，他們都是功勞者。如果生活的擔子能放輕一點，我會更努力去創作；也許我僅能和以前一樣，尋尋覓覓，斷斷續續，但既已走上了這條不歸路，只希望繆斯，不要嫌棄我。

原發表於一九八八年四月《文訊》三五期

張健

舞文弄墨三十年

張健，籍貫浙江嘉善，1939年生。台灣大學中文碩士。來台後曾任《藍星》詩刊和《海洋詩刊》主編。曾任教於台灣大學、中山大學、香港新亞研究所，並曾任中國青年寫作協會、中華民國比較文學會理、監事。現任中國文化大學中文系教授、「藍星」詩社同仁。曾獲新聞處優良著作獎、詩教獎等。創作文類包括詩、散文、小說、文學論述。詩風格多樣，技巧上「著重濃縮與精確意象的營造」。另從事文學評論四十餘年，以詩學爲主。出版有《中國現代詩論評》、《適當的位置》、《敲門的月光》、《春風與寒泉》等百餘種。

九歲開始投稿

說起我的筆墨生涯，要從九歲那年開始。

民國二十八年十二月十五日（陰曆十一月五日），我誕生在故鄉浙江嘉善，三歲便隨父母逃難到大後方的貴州省，抗戰勝利後全家返鄉，在故鄉讀小學二、三年級，在吳興上四年級，以第一名畢業（那時初小四年亦為一階段），然後隨父母渡海來台。由基隆登陸時，我才八歲又九個月大，不久即就讀台北的鐵路小學。

年底我就開始向兒童刊物投稿，而且一試即中，那是一篇題名〈我的故鄉〉的短文，在《新生報》兒童之頁刊出，稿費好像是新台幣三元，對於一個孩子來說，那已是莫大的欣喜了。

高小兩年，我的文章大約刊出了三、四篇，有時也遭退稿。三十九年九月，我考進師院附中（後來改名師大附中）實驗一班，在那兒就讀六年，高中不須重考，全體直升。在附中的六年裡，由於師長鼓勵，同窗切磋，自己勤勉，我的作品不但陸續在校刊上露面，也不時在報紙副刊、文藝刊物、青年刊物出現，並且用了不少不同的筆名，包括恬辛、田心、湘津、湘丹、丹慧、文津等。不過「汶津」一名，則是在大學以後才啓用的，也不知為什麼在「文」字左邊加上偏旁，可能是讀了李白〈沙丘懷杜甫〉中「思君若汶水」的詩句得來的靈感吧。

附中是一個學風自由、學生活潑、師長優秀的學校，我雖然生性比較內向，在那樣的空氣中，也逐漸開放心靈，發展理想，大約在高一的時候，就立志以文學爲我的終生職志了。

中學時代所寫的「作品」，種類已很雜，包括章回小說、散文、獨幕劇、偵探小說、短詩等。其中章回小說，是我初中時代最熱中的。我曾寫過〈班超演義〉、〈江湖豪俠演義〉、及由《三國演義》改編的〈三國演義七字經〉——以七字詩句把三國故事轉變爲敘事詩形式。它們大都是不成熟的作品，早已散失無蹤，有一部分還是我有心燒毀的。因爲在十七歲時，我已大致有了健康的文學史觀念，知道寫作章回小說是一件落伍的事，不容易有什麼眞正的前途，於是幡然改悟，重新拿起筆來，寫作現代文藝作品，包括詩、散文、獨幕劇和中篇小說，不過這一時期比較像樣的作品，仍推散文，曾刊出的作品約有七、八十篇，尤其《公論報》副刊「日月潭」刊用我的成品最多，有時每週一篇，而且不乏長文。

我們在四二制實驗班的栽培下，文班（後二年）的課程加強國文、英文的閱讀指導，英文閱讀指導一課主要是教導我們閱讀《雙城記》、《浮華世界》等簡編的英文小說，不但使我英文程度有很大的進步，對西方文學也發展了更大的興趣。一直到中學畢業，我已讀過一百種以上的西洋文學名著中譯本，本國的古今文學著作，也飢不擇食的閱讀。記得畢業時的紀念冊上，有一位同學爲我題上：「我們都是穿越花叢的蝴蝶，而你是辛勤釀蜜的蜜蜂。」大概就是意指我日夜不息的閱讀而言吧。除了偶爾打打籃球、看看電影，我的「課外活動」只限於讀和寫。正應合了十多年前我周歲時抓周的紀錄：左手抓一枝筆，右手抓一本書——這可不是「事後的預言」咧。

十八歲始入門徑

寫了八、九年，進了師大國文系（第一志願，入學成績爲全校第一），我仍未把自己當作一個合格的「作家」。總覺得自己還在摸索，寫出來的東西也很少讓自己滿意的。但是我並不氣餒，最主要的是，我的興趣濃烈，似乎在生命中根本沒有第二條路可以供我抉擇。如果說我也相信命運，這就可以算是一個有力的證據了。

大學一年級，我開始大量的閱讀現代詩——包括報上刊載的詩，以及《現代詩》、《藍星》兩大詩刊。

最初讀那些詩，當然不免有些一知半解的感覺。但是三、四個月下來，我已能欣賞大部分的現代詩了！而且逐漸懂得如何品評高下，有的詩，我一口氣可以讀上三遍，部分精采的句段隨即便琅琅上口了。和我同房的大弟常把我讀詩入迷的情景當作笑談。

不久，我便熱心地寫詩了。

前面說過，我在中學時代已經寫過一些詩——其中一部分是爲一位我私下戀慕的北一女女生寫的。雖然也曾發表過一些，但始終未被我自己「賞識」——那時，我一直認爲自己的新詩比不上別人的，甚至懷疑自己是否擁有所謂的「詩才」。

可是，大二上開學後不久，我便把我的新作向《藍星》、《現代詩》投稿了，那表示什麼？大概表示我對自己有了嶄新的信心了吧。因爲，《藍星》、《現代詩》都是第一流的詩刊啊。

第一首投給《藍星》的詩好像是〈春夢〉，我原只是抱著「試試看」的心情，好在我也不怕退稿！不料，兩三週後，〈春夢〉即在《公論報》的《藍星週刊》刊出，那時的編輯是余光中先生。這眞是一場令人欣喜的春夢！要知道，在此以前，我的大小文章在印刷簡陋的《公論報》上露相的，已不下四、五十篇，但這次是「藍星」！那是完全不同意義的一種肯定。不止是編者給予的肯定，也是自己的肯定。以後，〈排球賽〉、〈失眠〉、〈囚〉、〈懂〉、〈覆〉等陸續見刊，使我信心大增，興味百倍，有時半夜冒著寒意爬起床來寫詩，一寫便是一小時以上。那眞是一段瘋狂而刺激的「寫作生涯」。

《現代詩》我寄去了一首比較長的詩作，紀弦先生也回了信，鼓勵了幾句說是打算刊用，也使我興奮了好幾天。可惜後來不知是稿子遺失了還是怎的，竟一直沒下文。到現在我連那首詩的題目都記不清了，更不用說沒存底稿了。以後我認識了紀弦，可是也不曉得爲什麼，我始終沒跟他提起這件事情。仔細揣摩我那時的心理：大概是怕對方沒法交代，因而形成尷尬場面吧。我們那時候的年輕小伙子，對前輩詩人都是頗爲敬畏的。

廿一歲登堂入室

我開竅了！四十六年年底，我在心底對自己這麼說。

此後三年，是我寫作歷程中突飛猛進的一段時日，使我享用了跟別人不盡相同的「黃金時代」。

說來好笑，整個大學時代，我只跟女孩子約會過兩次；打過幾十次球；除此之外，不過看看籃球賽，看看三輪戲院上映的中外名片而已，一切都獻給了讀書和寫作！

由唐詩宋詞到明清小品、小說，由近代作家讀到上古的屈原、陶潛，再讀西方、日本小說的中譯本，讀英詩旁聽英語系的課，涉獵哲學、歷史、各種藝術，嘗試翻譯短詩短文，不間斷地作日記，寫札記；沒有一個星期不寫詩，沒有半個月不寫散文。到了大四，更寫成我自己眞正「承認」（該說是〈認可〉吧）的一篇短篇小說〈陌生的寒意〉——現已收入光啓出版社出版的《朝陽中的遠山》中，同時它也使一些詩友大吃一驚——我居然也會寫以一個女大學生爲第一人稱主角的現代小說！

爲什麼不呢？

我的小說多發表在《筆匯》、《現代文學》、《好望角》、《中國時報．人間副刊》等。

這年年底，我出版了我的第一本詩集——《鞦韆上的假期》，共收入五十三首詩，是由一百多首積稿裡選出來的。封面由畫家楊英風先生設計，可惜印刷廠選錯了底色，印壞了。這本詩集花了二千二百元的印刷費，完全是我「自費」的——由獎學金和稿費支應。至今還存書二十多冊，因爲後來我不耐煩送出去發行了。

這段時間內，我認識了不少詩壇前輩及詩友，包括余光中、覃子豪、周夢蝶、紀弦、夏菁、吳望堯、黃用、阮囊、敻虹、羅門、向明、周鼎、商略等，多爲藍星詩友，受到很大的鼓舞，尤其跟遠在東部的阮囊，由於惺惺相惜，還曾通過二、三十封信，頗爲投契。大學畢業後兩年，更遠赴台東去看他。

他還曾成爲我的短篇小說〈生命，我的母親！〉中的男主角。這篇小說是我的得意作品之一，收在皇冠版的《兩集皮球》裡。

這段時間裡，我也開始從事文學批評的工作，正式發表則是在大學畢業之後。我的〈評「水之湄」〉刊於《文星》雜誌後不久，有些詩友便以「批評家」相許了，我也只好置之一笑。

大學畢業，先分發到松山中學教了一年國文，接著入伍當預備軍官，先後在苗栗、澎湖服役，並當了一段時間教官，這兩年裡，我的身心大爲成長，也一一投影於我的詩、散文、小說中。

退役後的第十天，我便向台大報到，就讀中文研究所，一面繼續在松中夜間部教書，我雖「半工半讀」，但作品依然絡繹不絕。有一位讀者曾問我：「你是不是睡得很少？」我笑而不答，好像很神祕的樣子。

十項全能？不敢當

第二本詩集《春安．大地》在五十五年問世，正是我在台大中文所畢業留校任教後的半年。序中說它是爲一位女孩而出版的。這本詩集的內涵和技巧都較前一集爲豐富、成熟。

不久，第一本散文集《哭與笑》也由水牛出版社出版了，而且很快成爲當年的暢銷書，它前後印行了七版。

有人說：「你的散文跟你的詩完全不同嘛。」

我說：「每個人都有許多方面，何況同中有異，異中有同，仔細看就知道了。」後來他也同意了我的看法。

我在大學裡的研究工作大致是集中於宋代文學批評，由碩士論文〈滄浪詩話研究〉開始，至今已寫成論著一百多萬字，出版了專著十種。有人問我：「創作和研究不會發生衝突嗎？」我的一貫答案是：不衝突——只要作者能作適當的調配：包括時間、心境和感性智性的融洽在內。

我又寫了不少影評，還爲《劇場》雜誌（二十年前唯一的高水準戲劇電影刊物）譯介了紀涅、安東尼奧尼（我記得這兩位大家的中譯名就是我始「創」的）等戲劇家及導演。

不久，大約五十七年年初，我又應邀擔任《中國時報》副刊特約的專欄作家，每週有兩三篇「汶津方塊」見報，且獲得很多反應及立竿見影的效果，一時羨妒紛紜，我這個「只問耕耘，不問收穫」的書呆型作者，也因此陷入文壇的若干恩怨中。五年以後，才下定決心擱筆小憩。

於是，有人半譽半譏地稱呼我是「文壇上的十項全能」，甚至開玩笑說：「紀政、張健，讀音也差不多。」弄得我啼笑皆非。

其實我只是順著生命的律則寫作、工作。我並不以已出版了六十本書（包括翻譯在內）而沾沾自喜，也不否認創作本身便帶給我很大很大的快樂。但是我不願輕易接受別人的「勸告」（有些人一定是善意的）：「放棄幾樣吧！何必樣樣插手，惹人嫌厭！」我自有我的生趣、原則和理想，雖然跟絕大多數的人類一樣，我偶爾也會脫軌一兩次，甚至寫出一些可有可無的東西來，但是絕大部分的時間，我是誠摯、認眞、執著得不容任何人懷疑的。

我不是「十項全能」，而是「十項全愛」！如今我已寫了兩部長篇小說，一部〈梅城之夏〉已發表於《幼獅文藝》，一部〈春陰〉還在仔細修改中。說不定有一天，我還要寫劇本呢——三十年前，我就寫過一些獨幕劇和三幕劇了。

這算不算「撈過界」呢？——其實文學、藝術的領域裡，根本是沒有什麼「界」的。

最後的告白

我在什麼情況下寫作？有所感動則寫，有所不平則寫，巧思妙想湧至則寫，讀書有得則寫。

如今我還有七本詩集、一本散文集、一本小說集（上述的長篇小說另計）、一本評論集（尚待充實）、一本譯詩集還未出版。不過我已學會：不用著急。我不相信我的女兒會嫁不出去！與其「遇人不淑」，不如待字閨中。以前我本是很性急的，現在年近半百，這方面已稍有寸進。

至於我創作的過程，不可否認的是速度相當快。但對我而言，「快」、「慢」並不是決定作品品質的重要因素。有時候一瀉千里，止於所當止，照樣可以寫出得意的作品來。有時苦思力索，慢工溫火，結果其成品卻反而不太理想。

我喜歡大清早寫作，我的十首詩中，至少有七首是早晨寫的，其次是半夜失眠時在床上構思所得，有的當即起床記下，有的默記心中，翌晨再補錄成稿——偶然忘了一半，也就認了命。

我的散文比較不選擇時機「誕生」。譬如這篇稿子便是上午九點才開始握筆的。

小說呢，也是以清早為主要的寫作時刻，有時凌晨四、五點起床，振筆力書，八點左右吃早點，順便休息一下，接著繼續工作，一直到完成為止。情況最理想的時候，一篇七、八千字的小說，五、六小時就完成了，然後修改兩到三次。當然，也有自己不太滿意，把它放在書桌抽屜裡冷藏一週、半月、一兩個月的。有時，三月後姍姍遲來的靈感，會使一篇「舊作」改頭換面，更為出色。

不過醞釀的時間就長短不一了。最高紀錄是三、四年，譬如長篇小說〈春陰〉（初名〈春天的陰影〉）便是如此。甚至長詩也有在心中潛伏一兩年以上才化為文字的，如〈風荷上的寒露〉（收入《春安・大地》，後來的修訂稿又收進水牛版的《畫中的霧季》）。當然，很抱歉，有些「胎兒」不太幸運，便半途悶死在腹中了。

平時我不交際，不應酬，教書、讀書之外，就是寫作。嘲我，譽我，都改變不了我。

寫作是終生的事業。這句老話對我來說，眞是千眞萬確。假若上帝只允許我擇取世間一事，我想我只有一種抉擇：寫作。

它的終止就是生命的終止。

世間其他的得失毀譽，跟它一比，有如星月之於太陽。

原發表於一九八五年八月《文訊》十九期

羅英

耕耘者的獨白

羅英，籍貫湖北蒲圻，1940年生。台北市立女師專畢業。曾主持幼稚園，並曾參加「現代詩」社、「創世紀」詩社。曾獲時報文學獎，作品曾被選入各年度詩選、亞洲詩選、《中國現代文學大系·詩卷》。創作文類以詩、散文和小說爲主，詩以超現實手法創作，並以強烈的主觀來詮釋世界。在散文創作上，結合詩的意境與語法，極具現代感。出版有《雲的捕手》、《盒裝的心情》等十餘種。

本無意敘述從事文字寫作的因緣與歷程，但現今有人出了這樣的題目給我，就只得約略地談談目前的寫作與感懷，自己也藉此之回顧而有所助益和警惕。

第一個情人是詩

從童年模糊的記憶和長輩們的話語中得知，自己時常置身夢幻之境度過孩童和青少年時期。諸如未帶課本去上學，常忘記將空的飯盒帶回來，以及赴考場忘了帶准考證的例子是常有的事。由於課業並不是那麼難於應付，升學的壓力也不大，課餘或甚至在上課時，禁不住會看一些文學書，亦即長輩所謂的「閒書」。在乘車走路或用餐之際，雖不得已暫且擱下了那些書，心中仍被書中的人物占據。有時這本書與另本書的人物會交錯地聚在一起對談，甚至產生了與原書迥異的另一種情節來。

沉溺於幻想中的那段歲月，可說是豐富而新奇的世界。加之首次讀到了一些所謂的新詩現代詩，對於其中瑰麗的境界十分驚異之餘，也試著去寫那種一行一行的優美的文字。首先是在學生園地發表，後來大概是編者見作品的質與量並不太壞，便整版地編進了成年作家的園地。這給予了我無限的鼓勵，寫詩的喜好一直有增無減地保持著。「羅英的第一個情人是詩。」看到這文字，很驚服於那位記者徐開塵的靈慧與對我的了解。

十幾年的學校生涯簡直就在懵懵懂懂中度過。並未集中全力於課業上，便在驪歌與蟬鳴的混聲中陷入無限的慌張和惶恐。

忙碌和無奈是就業後的心情。加上社會上形形色色原本是與己無關的人，一下子都紛紛要擠進我一片清靜純眞夢般的世界。一時尚無法適應之際，便逐漸地與自己的文學天地疏遠，最後到了不讀也不寫的荒蕪情況。十餘年的歲月就這般如同冬眠地過去，這時期我孤獨而沉默，好像整個世界都與自己沒有關聯。

「你知道嗎，那種公路是直直的向前延伸，令人覺得沒有盡頭似的。這種時候，月亮緊緊地伴隨著車子前行，把它的淒涼丟給你。」友人自異地旅遊回來，不經意的敘述給了我無比的震驚。她嘆息一聲又說：「要是我能用文字把它寫下來該有多好。」這句話那夜一直地在我的心中和夢裡迴響。決意從當時的繁忙中脫身出來，心想若不是像那朋友那樣優閒地度過未來的歲月，也要做一些對自己眞正有意義的事情。離職後第一件事是找些好書來閱讀（那時最爲醉心的是三島由紀夫的《金閣寺》和蕭紅的《生死場》和張愛玲的一些短篇），然後便是乘了遠離都市的客運車，以清醒的視覺去審視久久被我忽視的美麗的世界。

喜歡真實的散文

好書與美好的事物看多了，就很想寫下自己的印象與感懷。加上有位朋友任台中一家報紙的主編，來信索取些「散文」（他指定的），寄了幾篇去便頻頻催稿。散文若不是寫自己的事，便也是自己的所思所感，自然來不及一下就寫很多，於是便嘗試寫些「別人的事」，是以小說的姿態配以插圖呈現在讀者的面前。除了可以充分發揮自己的想像空間，我喜歡的仍是那些眞實的散文，比如小鄉鎭的蟬鳴與小火車倥傯倥傯之聲，所構成的它特有的心跳和脈搏。由此之故我隨自己的喜好，不再將文字與情節乏味地鋪陳到六、七千字的小說。試著寫一些容納了詩與散文的小小說。（我認爲命之爲極短篇更爲恰當，因爲它再精短美好些便有了散文詩的韻致了。）瘂弦曾問我：「爲何你在文章裡面，詩、散文、小說混合使用，成爲一種特殊的文體？」我的回答現在忘了，但應該是「只是順其自然而已。」

爲了台中的那家報紙，我時常要趕寫些文字。直到有一天編那報的朋友忽然來信說：「明日起副刊將停刊，我們都離開了。」簡短的文字給我的震驚不是自己的作品沒有了去處，而是憂慮著一個報紙連較具精神層面的副刊也取消了，如果這是社會的新趨勢，或是說讀報人已不很需要副刊來安慰他們的心靈，那是多麼的悲哀呀。

這時期寫作已不必那般匆忙，便大量地閱讀了馬奎斯、三島由紀夫、川端康成、芥川龍之介和夏目漱石等人的作品，尤其醉心於川端康成極短篇的優美，和馬奎斯之魔幻而奇異的景觀。加之最近讀了大陸作家鍾阿城、馬建、殘雪、張賢亮等人的作品之後，深深感慨於文學世界寬漠如遙遙之大海，每個作者只是漂浮其上之或大或小的葉片而已。作爲一個文學工作者，絕不能以自滿爲自己的止境，應該是虛心而努力地向前行進。

原發表於一九八八年十月《文訊》三八期

國家圖書館出版品預行編目資料

文學好因緣／封德屏主編. -- 初版. -- 台北市：
文訊雜誌社出版；〔桃園市〕：台灣文學發展
基金會發行，民97.07
面； 公分. --（文訊書系；2）

ISBN 978-986-83928-3-0（平裝）

855　　　　97011035

經銷商／紅螞蟻圖書有限公司
台北市內湖區舊宗路二段121巷28、32號4樓
電話：02-2795-3656　　傳真：02-2795-4100
http://www.e-redant.com

文訊書系2
文學好因緣

主　　編◆封德屏
執行編輯◆杜秀卿
發　　行◆財團法人台灣文學發展基金會
出 版 者◆文訊雜誌社
地址／台北市中山南路11號6樓
電話／02-23433142　　傳真／02-23946103
郵政劃撥／12106756
封面設計◆不倒翁視覺創意工作室
排　　版◆浩瀚電腦排版股份有限公司
經銷發行◆秀威資訊科技股份有限公司
初　　版◆2008年（民97）7月

定價 360元
ISBN 978-986-83928-3-0

一路成長茁壯、一路曲折飄搖，《文訊》自1983年創刊至今，已度過四分之一個世紀了。悠長的25年裡，《文訊》走過文學的興盛與衰頹、熱鬧與寂寞，在許多人的支持與祝福下，依然昂首向往。

為了慶祝這份難得，我們特於《文訊》273期（2008年7月）製作專號，同時推出文訊書系3本新書，將多年來積累的成果，呈現給這塊滋養我們的土地，以及所有心懷文學的人。

文學好因緣

◎封德屏主編
◎25開，472頁，定價360元

在崎嶇的文學旅途上，這些前輩作家都已跋涉四、五十年的漫漫長路，他們執筆撰寫「我的筆墨生涯」，自述與文學的因緣、創作歷程，就像描寫一段與最鍾愛情人的戀情，辛酸、甜蜜盡在其中，讓人不得不為他們執著的熱情深深感動。

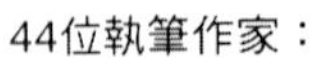
44位執筆作家：
魏紹徵◎蕭傳文◎王逢吉◎劉枋◎王聿均◎郭嗣汾◎王書川◎墨人◎陸震廷◎詹冰◎畢璞◎李冰◎楚卿◎嚴友梅◎張彥勳◎王明書◎廖清秀◎田原◎歸人◎蓉子◎童真◎小民◎臧冠華◎郭晉秀◎大荒◎宋穎豪◎林鍾隆◎張漱菡◎貢敏◎金劍◎段彩華◎鄭清文◎趙雲◎林文月◎邵僩◎趙淑敏◎梁丹丰◎趙天儀◎徐薏藍◎康芸薇◎姚姮◎岩上◎張健◎羅英

文化新視野

◎李瑞騰主編
◎25開，280頁，定價280元

文化可說是立國的根本，從中央到地方，從政府到民間，如何面對我們的文化，已成為這一代人的共同事業。

《文訊》把上世紀末所發表的有關文化建設的專文精選整編，彙成本書，共收錄54位對文化和文學有專業素養的學者專家之文章，他們從不同層面、不同角度切入，提出對文化的期待、批評和建言，期能帶出新視野，不僅發人深省，更展現知識分子對文化以至整個社會的關懷。

2008年7月出版

文訊25週年獻禮

領受文學的使命與美意，送給台灣、送給歲月的一份獻禮

《文訊》25週年專號

專號中，文學研究者王潤華、向陽、宋如珊、陳芳明、陳信元、黃美娥、須文蔚、蘇其康，將針對《文訊》在台灣文壇、文學出版、研究評論、區域文學、大陸文學、海外華文文學、文化關懷、文化政策等範域裡所扮演的角色、建構的意義、懷抱的使命，做出縱深的評述。

瘂弦、艾雯、吳玲瑤、吳東權、林谷芳、林央敏、於梨華、王榮文、姚宜瑛、郭楓、許世旭、畢璞、黃英哲、彭歌、李敏勇、鄭清文、顏崑陽、盧瑋鑾、劉俊、樊洛平等逾百位海內外學者、作家、文化人，以及《文訊》的伙伴們，亦皆撰寫專文，一陳各自的感懷與期許。

專號並將刊載《文訊》25年簡史、《文訊》專案與活動紀要，以及《文訊》分類評論目錄，以饗讀者。

◎零售價130元　洽詢專線：02-23433142

文訊書系

文訊25週年總目

◎文訊雜誌社編

◎16開，384頁，定價300元

《文訊》自1983年7月發行創刊號始，至2008年6月已屆滿25年，計發行272期。為慶祝《文訊》25週年慶，特編輯《文訊25週年總目》，展現《文訊》25年來深耕台灣文學的成果，並謹以此向台灣文學的創作者、工作者及讀者，致上無限敬意及謝意。循著他們努力的足跡及豐碩的成果，《文訊》得以映照出文學的光輝。